BASTEI
LÜBBE

Von Trisha Ashley erschien bei Bastei Lübbe Taschenbücher:

14 665 Dem Paradies so nah

Trisha Ashley

Frische Landluft

Roman

Aus dem Englischen von
Michaela Link

BASTEI
LÜBBE

BASTEI LÜBBE TASCHENBUCH
Band 14 845

1. Auflage: Januar 2003

Vollständige Taschenbuchausgabe

Bastei Lübbe Taschenbücher ist ein Imprint
der Verlagsgruppe Lübbe

Deutsche Erstveröffentlichung
Titel der englischen Originalausgabe: The Urge to Jump

Titelillustration: LOOK – Ingolf Pompe
Einbandgestaltung: Tanja Østlyngen
Satz: Heinrich Fanslau, Communication/EDV, Düsseldorf
Druck und Verarbeitung: AIT, Trondheim, Norwegen
Printed in Norway
ISBN 3-404-14845-2

Die schöne Halbinsel Gower in Südwales
gibt es natürlich wirklich,
aber das Dörfchen Bedd und alle in diesem Buch
gezeichneten Charaktere sind ausschließlich
das Produkt der erhitzten Fantasie
der Autorin.

Für Laudra Ager,
Elizabeth Hankin und,
last but not least,
Carol Weatherill.

In Liebe.

Kapitel 1

Das ist für mich alles Griechisch

Ein weiterer herrlicher griechischer Zweitausendertag dämmert über Bobs »Kreativ- und Freizeitzentrum« auf der Insel Lefkada herauf, und die Luft draußen ist wie warme Milch, ganz zart vermischt mit dem Duft glühender Holzkohle…

Zum Glück bin ich eine Frau von großer Entschlusskraft! Die brauche ich heute auch, denn nicht nur die Insel versucht, mich von meiner morgendlichen Arbeit fortzulocken, sondern auch der Stapel Geburtstagspost auf meinem Nachttisch.

Ich bin wie ein Jogger: Ich brauche meinen täglichen Rausch, und ich bin darauf programmiert, jeden Morgen zu schreiben. Das einzige Alternativprogramm dazu heißt Selbstzerstörung. Es spielt keine Rolle, in welchem entlegenen Winkel der Erde ich mich aufhalte, ob ich an Bord einer Fähre bin, in einem Flugzeug oder in einem Kanu sitze – zwischen fünf und sieben Uhr am Morgen brabbele ich entweder in einen Kassettenrekorder oder kritzele in ein Notizbuch. Mit *Spiralbindung*.

Wenn ich mal einen eigenen Wagen besitze, klebe ich mir den Sticker: »Schriftsteller tun es überall« auf die Stoßstange.

Nun denn, es bleiben mir noch zehn Minuten, und das derzeitige Kapitel von *Vengeane: Dunkle Stunden, dunkle Taten* ist noch zu beschließen. Nala, die Heldin, teilt zwei Eigenschaften mit mir (und auch mit Margaret Thatcher, wie es aussieht): Sie braucht sehr wenig Schlaf und verfügt über große Selbstbeherrschung.

So gesehen ist sie wohl ein wenig wie eine jugendliche Margaret Thatcher in Lederhosen, denn auch wenn sie nicht direkt mit einer Reihe am Gürtel baumelnder, runzliger männlicher Geschlechtsteile die Wälder durchstreift, geht ihr doch die Entmannung mit Worten recht flott über die Lippen.

Wenn ich dasselbe doch nur auch von mir behaupten könnte.

»Das Reich Mirrign gehörte jetzt rechtmäßig Nala … Aber war es ihr bestimmt, es ganz allein zu beherrschen? Während ihrer Jahre als vagabundierende Gesetzlose hatte sie davon geträumt, einen wahren Gefährten zu finden, der ihr ebenbürtig war an Talent, Wissen und Stärke.

Einmal hatte sie geglaubt, Raarg sei dieser Mann, bis ihr die Schuppen von den geblendeten Augen gerissen worden waren und sie die seichte, eitle, selbstsüchtige Wirklichkeit hinter der schönen Fassade gesehen hatte.

In der ganzen Verbitterung über ihre Zurückweisung folgte er ihr wie ein bösartiger Schatten und verführte wiederum seine Verfolger unter dem Einfluss des teuflischen, aus Flechten gebrauten Laags zu verderbten Taten.

Und jetzt war der mysteriöse, fremde Drachentöter, hochgewachsen und vor dem Hintergrund des dunklen Waldes von gespenstischer Blässe, gekommen, um sie zu quälen. Seine Augen, die wie klare Kristalle waren, schienen selbst ihre Seele zu durchdringen …

Drachentöter? Was für ein Ort mochte die Dunkle Seite sein, wenn Drachen Feinde waren, die getötet werden mussten? Und was wollte er von ihr?«

»Ich weiß es nicht, mein Augapfel«, antwortete ich ihr und klickte den Kassettenrekorder aus. »Du musst wohl selbst dahinter kommen.«

Und ich muss einen anderen Namen für diesen Drink suchen, der das Böse zu Tage bringt: Ich kann Laag Louts nicht in meinem Fantasieroman gebrauchen, das wäre einfach zu viel. Ich werde mir heute Nachmittag etwas anderes ausdenken, während die jetzt anwesenden »Kreativen Freizeitler« ihre Mußestunden zum Schreiben, zum Schlafen oder zur Unzucht nutzen, ganz nach Geschmack. (Und Vermögen.)

Ich mag zwar schreiben, aber ganz sicher gebe ich mich nicht der Unzucht hin: Diese bedeutungslosen, schnellen Nummern ohne Liebe führen mich schon seit Jahren nicht mehr wirklich in Versuchung, obwohl ich in letzter Zeit aus irgendeinem Grund fast so viel über Sex nachdenke wie über meinen Roman. (Etwa alle dreißig Sekunden also.)

Vielleicht hat es etwas damit zu tun, dass es wieder einmal so weit ist: Mein Geburtstag ist da, der Vorläufer einer neuerlichen Stufe auf der steil bergab führenden Treppe in Richtung vierzig, ohne dass es die geringste Spur von *dem* Mann in meinem Leben gäbe. Und mit schwindenden Chancen, ihn jemals zu finden.

Sehen wir den Tatsachen ins Auge: In meinem Stadium ist nur noch eine Sorte Männer auf dem Regal der Ladenhüter verfügbar – die letzten paar Verschmähten, Verfallsdatum lange überschritten, für die eine genetische Modifikation nur eine gute Idee sein könnte.

Bei einer weniger stark ausgeprägten Persönlichkeit hätte sich zu diesem Zeitpunkt womöglich Verzweiflung breit gemacht, aber ich stehe keineswegs im Begriff, nach dem nächstbesten männlichen Treibgut zu grabschen wie die *Ach so tief gesunkene Frau.* Ich hatte in meiner Jugend eine überstürzte und unbedachte Affäre, daher weiß ich, dass das Spiel eigentlich nicht der Mühe wert ist.

Raarg, der atemberaubende, aber böse Antiheld meines Romans, orientiert sich locker an der Person meines Ex-Lovers Dave, obwohl Dave nicht wirklich böse war, sondern höchstens ein klein bisschen fies – wie ein Hund mit einem winzigen Hang zur Verschlagenheit.

Er wurde ein bisschen komisch, nachdem mir aufgegangen war, dass ich einen großen Fehler gemacht hatte, und ihm den Laufpass gab; er gewöhnte es sich an, mir auf dunklen Straßen nachzuschleichen, seltsame Telefonanrufe bei mir zu tätigen und dergleichen mehr. Eines Abends hielt ich ihn dann für einen Straßenräuber und erwischte ihn kalt.

Hätte er von meinen Kursen im Kickboxen gewusst, wäre er bei der Wahl seiner Methoden wohl ein wenig vorsichtiger gewesen. Aber im Krankenhaus ließ man ihn schon am nächsten Tag wieder gehen, es konnte also nichts Gravierendes passiert sein.

Allerdings behält er mich immer noch im Auge und schickt mir per Post hin und wieder ein kleines *Memento mori*, um mich wissen zu lassen, dass er nach all diesen Jahren immer noch verrückt nach mir ist – wie die Postkarte, die ich neulich bekommen habe:

Ich weiß, wo du bist, Sappho.
Dave

Nun ja, damit hat er sich wohl kaum eine Nominierung für den Preis der Christopher-Columbus-Gesellschaft für die größte Entdeckung des Jahres verdient: Seit Bob das Kreativzentrum eröffnet hat, unterrichte ich jedes Jahr im August und September hier.

Und Dave ist ein bekannter selbstständiger Fotograf mit Kontakten überall, sodass ich, selbst wenn er düster brütend mitten in seinem Netz hockt, immer am Rande seines Bewusstseins zupfe, ganz gleich, an welch entferntem Ort des Globus ich mich gerade aufhalte.

Für gewöhnlich reagiere ich auf seine kleinen Streiche, indem ich Raarg etwas besonders Grässliches antue, aber diesmal habe ich ihm meinerseits eine Postkarte geschickt:

Dave,
ich weiß auch, wo ich bin,
Sappho

Erst *dann* habe ich Raarg etwas Grässliches angetan.

Das ist der dritte Band der *Vengeanc*-Serie. Ich bin mir zwar nicht allzu sicher, was im vierten und (wahrscheinlich) letzten passieren wird, aber ich habe keine allzu großen Hoffnungen für Raarg.

Und wie zum Teufel ist dieser mysteriöse Drachentöter plötzlich in mein Unterbewusstes geplatzt? Ich muss schon sagen – Drachentöter!

Bei meinem letzten Besuch in London habe ich mit zwei anderen Fantasieautoren zu Mittag gegessen – Tom Mac und Rana-Raye Faye –, und wir sind übereingekommen, dass wir wirklich eine eigene Gruppe (Splittergruppe?) gründen sollten, eine Gesellschaft für Fantasieautoren mit Regeln wie: 1) Schluss mit den verfluchten Drachen, 2) weniger von den großen, feurigen Schwertern und 3) definitiv keine Zauberer.

Vengeane mag eine zaubererfreie Zone sein, aber, oh Mann, was hat der Drachentöter für ein großes, feuriges Schwert! Ich weiß nicht, warum er so seltsam sexy rüberkommt, da ich doch überhaupt nichts für blonde Männer übrig habe.

Wobei ich auch seit Dave »Nenn mich Narziss« Devlyn nichts für gut aussehende Männer übrig habe oder für dumme Männer oder für Männer, die kleiner sind als ich.

Der See lediger, großer, dunkelhaariger, intelligenter, attraktiver-aber-nicht-gut-aussehender Männer ist zu einer kleinen, schlammigen Pfütze versickert. Also komme ich um eine Tatsache möglicherweise nicht herum: Wenn ich die Unzucht ursprünglich auch aus Überzeugung aufgegeben habe, verzichte ich mittlerweile mehr aus Mangel an Gelegenheit auf sie.

Ich werde älter und wählerischer: Die Welt füllt sich mit verheirateten Männern – verheirateten Männern, deren Frauen sie nicht verstehen –, geschiedenen Männern, komischen geschiedenen Männern, schwulen Männern und schwer wiegend mutterfixierten Männern. Oh, und Heranwachsenden wie dem einzigen ledigen Mann in der jetzt hier weilenden Horde Kreativer Freizeitler: Er ist noch grün hinter den Ohren.

Nur um mich weiter in meine Niedergeschlagenheit zu steigern, habe ich in letzter Zeit einige der Frauenzeitschriften gelesen, die die Freizeitler liegen gelassen haben. In diesen elenden Dingern geht es ständig um Sex in unzähligen Varianten. Mir war seinerzeit die traditionelle Art ganz brauchbar erschienen – wenn man heutzutage all diese anderen Sachen machen muss, na ja, dann braucht man auf mich nicht zu zählen.

Die einzige Art oraler Befriedigung, für die ich mich interessiere, kommt in einem Einwickelpapier von Mars daher.

Irgendwie habe ich bei der Lektüre den Eindruck gewonnen, als wäre eine merkwürdige, sexuelle Flut an mir vorbeigegangen. Sie hat mich nicht nur nicht mitgerissen – ich habe nicht mal feuchte Zehen davon bekommen: Gestrandet an den Gestaden der Liebe wie ein Häuflein verblassten Treibguts.

Das waren ziemlich trübselige Gedanken für einen Geburtstag, daher griff ich nach dem Stapel Post und entschied mich als Erstes für einen fetten, cremefarbenen Umschlag, auf dem ich das unverkennbare Gekritzel von Mu, meiner besten Freundin, entdeckte.

Mit welch unschuldig glücklicher Vorfreude ich die wunderschöne, handgemachte Karte herauszog, auf der Perlmuttknöpfe zwei Ziffern beschrieben! Und mit welchem Grauen mir klar wurde, dass mit dieser Karte etwas Düsteres, ausgemacht Monströses aus dem Umschlag gerutscht war: mein Alter.

Neununddreißig? Ich meine: *neun*unddreißig?

Mu musste da etwas falsch verstanden haben, denn obwohl ich seit meinem dreißigsten Geburtstag nicht mehr mitzähle, bin ich mir ganz sicher, dass der erst ein paar Jahre zurückliegt ... oder?

Mathe ist meine einzige Schwäche. Es kostete mich zehn Minuten hektischer Berechnungen, um zu akzeptieren, dass es wahr war, nur allzu wahr! Ich stand mit verbundenen Augen auf der Schwelle zur Vierzig, und zu meinen Füßen klaffte der Abgrund.

Nur ein Jahr, ein kleines Jahr entfernt von der großen Vier-Null, und es ist so unfair: Ich habe nicht erwartet, vierzig zu werden. Man wird nicht vierzig, so etwas passiert immer nur anderen.

Ich bin einfach noch nicht bereit dazu, also wird die Zahl wieder gehen und später zurückkommen müssen, wenn ich für die Altersschwäche zu sprechen bin.

Warum hat mich nicht irgendjemand davor gewarnt, bevor sie aus einem Umschlag gesprungen kam, mich mit dem Zaunpfahl der Sterblichkeit schlug und geistesgestört kichernd davonhüpfte?

Und da ist noch etwas. Ich muss nicht nur plötzlich mit der Erkenntnis fertig werden, dass ich nicht unsterblich bin – nächstes Jahr werde ich eine vierzig Jahre alte Frau sein, die allein in einem ländlichen Cottage in Wales lebt.

Wissen Sie, wozu mich das machen wird? Zu einer »Ledigen, exzentrischen Person«, jawohl – dann fehlt mir nur noch die Katze. Und vielleicht der Besenstiel.

Das einzig Positive daran ist, dass man mich wohl kaum als Hexe verbrennen wird, es sei denn, die Griechen tun es: Stathis, der Besitzer des hiesigen Cafés, machte das Zeichen des bösen Blicks, als ich ihm sagte, ich glaube nicht, dass er das Flohspray regelmäßig benutze, das ich ihm für seine Katze gegeben hatte. Auch wenn ich keine besondere Zuneigung zu Katzen hege, sehe ich sie nicht gern mit Kolonien von Flöhen so groß wie Weintrauben über beiden Augen. Doch ich befinde mich hier anscheinend auf einer Art Eine-Frau-Feldzug. Meine Freundin Mu schickt mir das Flohmittel: Sie leidet an einer Katzenmanie.

Katzen werden sich vielleicht als die einzigen Unsterblichen in Tiergestalt erweisen und ein gutes Wort für mich einlegen, denn sie betrachten einen immer so, als hätten sie seit dem Morgendämmer der Schöpfung alles gesehen und es – hipp, hipp, hurra! – für langweilig befunden.

Praktisch alles erscheint im Bad des magischen Morgensonnenscheins einer griechischen Insel möglich – nur nicht die Tatsache, dass ich neununddreißig bin.

Aber wahrscheinlich werde ich lernen müssen, diese Zahl mit Würde anzunehmen, zusammen mit den mittleren Jahren, denn die einzige Alternative besteht darin, sich für alle Zeit an den zerbröselnden Felsvorsprung der Neununddreißig zu klammern wie der allerletzte Lemming, und da würde ich doch viel lieber freiwillig herunterspringen – wie die berühmte, dem Sprung aus höchster Höhe zugetane Dichterin der griechischen Antike, nach der meine Eltern mich benannt haben.

Kühn dorthin zu gehen, wo noch keiner meiner Freunde je gewesen ist ... jedenfalls nicht Mu und Miranda, da ich im Jahr als Erste von uns dreien Geburtstag habe.

Dave muss sich natürlich schon weit in den Vierzigern befinden, da er ein Student höheren Semesters war, als wir miteinander gingen. Und er ist kein Freund – eher ein alter Poltergeist, der von Zeit zu Zeit unerwartet aufkreuzt und in einem Wutanfall mit irgendwelchen Gegenständen wirft.

Selbst *Bob* ist jünger als ich, was nicht fair ist, denn er als Mann wird einmal distinguiert sein, nicht alt, und selbst wenn er Pusteln um den Mund bekommt wie ein Huhn um den Hintern, kann er sich einen Bart stehen lassen, um sie zu verbergen. (Ich nehme an, das könnte ich auch, wenn ich es recht bedenke, aber die Frauen außerhalb der mediterranen Länder finden das doch ein wenig befremdlich.)

Immer noch tief in meinem Schockzustand befangen, öffnete ich den Rest meiner Karten und Briefe, die mir samt und sonders die unwillkommene Wahrheit bestätigten. Dann stieg ich hinauf auf die Klippen, um die natürlichen Konsequenzen meiner Zukunft zu verdauen: wiedergeboren als Grufti.

Ich fühlte mich insgesamt besser, sobald ich am Rand der nächstgelegenen Klippen stand – so geht es mir immer, obwohl ich bisher im Gegensatz zur Original-Sappho dem Drang hinunterzuspringen widerstanden habe.

Meine Eltern mögen voreilig gehandelt haben, als sie mir diesen Namen gaben, aber Tante Pops zufolge hatte Mutter nach meiner Geburt nur einen Blick auf mich geworfen und gesagt: »Sappho!« Ich fand das sehr romantisch, bis ich Platons Beschreibung der Dichterin las. Sie soll klein und dunkelhäutig gewesen sein, mit einem großen Kopf auf einem winzigen Körper. Pops, die mich aufzog, nachdem meine Eltern mich wegen der »Großen Archäologischen Ausgrabung im Himmel« verlassen hatten, meinte, ich sei nie dunkelhäutig gewesen, sondern lediglich rot und ungehalten.

Sappho Nummer eins sprang angeblich, um sich von ihrer Pein zu befreien, nachdem ihr Geliebter sie im Stich gelassen hatte. Aber vielleicht liegt hier auch ein Missverständnis der Geschichtsschreiber vor, und es war in Wirklichkeit das Trauma, vierzig zu werden, das sie damals in den Abgrund trieb.

Und viele Leute taten in jenen Tagen das Gleiche, ohne sofort zu sterben – es war eine Art frühen Bungeespringens, ohne die sechzig Meter Gummiband zur Sicherheit. Sappho hat einfach Pech gehabt.

Vielleicht sollte ich es mal an meinem nächsten Geburtstag

ausprobieren, da ich glaube, ich werde dann eine Form extremer Katharsis benötigen.

Vierzig zu werden ist definitiv ein Übergangsritus, der auf irgendeine Weise hervorgehoben werden muss. Für die meisten Leute wäre das der richtige Zeitpunkt, um aus den eingefahrenen Gleisen zu springen und etwas ganz und gar anderes zu machen. Aber unglücklicherweise ist es mir nie so recht gelungen, überhaupt erst aufs Gleis zu kommen.

Möglich, dass es der Sprung von den Klippen sein *muss.*

In letzter Zeit scheine ich in mehr als einer Hinsicht den Drang zu springen zu verspüren ...

Und wenn ich jetzt so darüber nachdenke, wird mein Leben sich nächstes Jahr ohnehin ändern, weil der Mieter in meinem walisischen Cottage gestorben ist und mir keinen Vorwand mehr gelassen hat, nicht dorthin zu gehen und mich niederzulassen ... wenigstens für einen Teil des Jahres.

Ich hatte noch nie ein eigenes Zuhause. Zwischen meinen Reisen habe ich bei Pops und Jaynie in Portugal gewohnt oder in Mousehouse in Pembrokeshire oder hier auf Lefkada, bei Bob und Vivi.

Als ich das Cottage mitsamt Mietern kaufte, dachte ich, dass ich mich eines Tages dort würde niederlassen wollen, wenn ich erst viel älter wäre – vierzig vielleicht. In irgendeinem immens hohen Alter wie eben jenem. Aber plötzlich hat es mich eingeholt, und ich werde dort einziehen – im Frühling, bevor sich *mein* Frühling verflüchtigt.

Außerdem hatte ich mir vage vorgestellt, dass ich mit einem Seelengefährten dort leben würde – vielleicht einem Schriftsteller oder sonst einer Art Künstler. Doch wenn man sich ansieht, was aus dieser Art Ehen zwischen ebenbürtigen Partnern wird, etwa bei Plath und Hughes, wäre es vielleicht doch besser, sich einen Hund anzuschaffen.

Aber ich bin trotzdem noch nicht ganz ohne Träume: Wenn zum Beispiel Daniel Day Lewis aus meiner Geburtstagstorte springen würde, halb nackt im Stil von *Der letzte*

Mohikaner und mit den Worten auf den Lippen: »Nimm mich, Sappho, ich gehöre dir«, dann wäre ich bereit, der Sache eine Chance zu geben. Allerdings würde sich der Reiz des Neuen bei ihm wahrscheinlich schnell abnutzen.

Während ich, vor mich hin grübelnd, dastand und die Sonne meine undurchdringliche Haut wärmte (braunes Haar, braune Augen, blasse Haut – wie ein Ein-Meter-achtzig-Spatz), war die Zeit bereits an mir vorbeigelaufen, und ich wollte sie mit beiden Händen packen und zurückreißen.

Ich schlug die Augen auf und kam zurück auf die Erde – auf das bröckelige Stückchen Klippenrand, auf dem ich stand, aus irgendeinem Grund mit ausgestreckten Armen in klassischer Titanenpose mit im Wind wirbelnden Medusa-Locken.

Weit, weit unter mir schäumten die Wellen gegen die Felsen, und ich gestattete mir, ein winziges bisschen in ihre Richtung zu schwanken und dieses berauschende Gefühl auszukosten, dass unten oben ist und oben unten und alles eins ist...

»Sa-pphooo!«, schrillte eine grässlich vertraute Stimme und beförderte mich damit um ein Haar ikarusmäßig die Klippen hinunter. »Sa-pphooo, spring nicht...«

Stämmig, schwitzend, hechelnd und gestikulierend kam Ken Smollett wie ein verrückt gewordener Seeigel auf mich zugekullert.

»Red keinen Blödsinn«, erwiderte ich wenig ermutigend, als er nahe genug war, um mich mit seiner feuchten Aussprache zu beglücken. »Was denkst du dir bloß dabei, mich dermaßen zu erschrecken?«

»Ich habe dich gesucht«, erklärte er tadelnd, warf dann einen Blick auf meine nackten Füße und lief rot an, als wären sie etwas Unanständiges. »Und entschuldige, wenn ich es erwähne, aber solltest du nicht Schuhe tragen? Es gibt hier Skorpione, Schlangen...«

»Auch wenn es mir Leid täte, auf irgendeine Kreatur zu

treten, müsste diese es einfach nehmen, wie es kommt«, gab ich geduldig zurück. »Ich bin keine Buddhistin, also kann es sich wenigstens nicht um einen verstorbenen Anverwandten handeln.«

Und da ich nun einmal diese unglückselige Angewohnheit habe, wie ein überalterter Hippie barfuß rumzulaufen, sind meine Füße so ledrig, dass es sich wahrscheinlich schon um etwas *wirklich* Schleimiges handeln müsste, damit es mir überhaupt auffällt.

Ken beäugte mich seltsam. »Bist du von irgendwas high?«

»Von geborgter Zeit. Sind wir das nicht alle? Warum hast du übrigens nach mir gesucht?«

»Nun – weil heute der letzte Tag des Kurses ist, und ich möchte keine Minute davon verschwenden. Als ich also vorhin aus dem Fenster gesehen und dich bemerkt habe ...«

»Es ist *dein* letzter Tag, nicht meiner«, unterbrach ich ihn erbarmungslos. »Meine Sitzungen finden zu klar festgelegten Zeiten statt, und keine davon beginnt vor dem Frühstück. Außerdem bist du nicht in meinem Kurs, du hast angeblich Dichtung bei Nigel belegt.«

Er machte ein langes Gesicht, ließ sich aber nicht ins Bockshorn jagen und drückte einen Stapel Blätter, die er mit einer verschwitzten Hand umklammert hielt, entschlossen an sich. »Ich habe eine Villanelle geschrieben – für dich!«

Er würde eine Villanelle nicht erkennen, wenn sie sich an ihn schmiegen und ihm das Ohr lecken würde. Außerdem, noch eins von Kens entsetzlichen Gedichten, und ich springe vielleicht freiwillig von den Klippen.

(Noch eine Theorie – vielleicht wurde Sappho Numero uno von schrecklichen Poeten in die Tiefe gehetzt, die ihr folgten und versuchten, ihr ihre Werke vorzulesen?)

»Du bist so viel sensibler und mitfühlender als Nigel«, flehte er und schob sich an mich heran, zu nahe, wenn man bedachte, dass ich nach hinten ausweichen konnte. »Tatsächlich hatte ich gehofft, dass wir uns in London vielleicht von Zeit zu Zeit treffen könnten, um *über die Arbeit zu sprechen.*«

Mittlerweile stand er lüstern Auge in Auge mit meinem Busen da, und ich erwog gerade, seiner behäbigen Gestalt einen unblutigen, aber unvergesslichen Schmerz zuzufügen, als die Stimme seines Herrn (oder seiner Herrin) lautstark erklang: »KEN!«

Barbara Smolletts Stimme ist ein Gottesgeschenk: Tief, machtvoll, kräftig und beherrschend – man könnte sie in Notfällen als Nebelhorn einsetzen.

Ein heftiger Ruck durchlief Kens Körper, als wäre ihm von unsichtbarer Hand ein Stock an strategisch entscheidender Stelle hineingeschoben worden. Er zischte: »Es ist Barbara – benimm dich, als wäre nichts gewesen. Später können wir etwas verabreden...«

»KEN!«

Seine kleinen, dicken Beine drehten sich, als hätten sie einen eigenen Willen, und beförderten ihn zuckend von dannen, während er den Kopf nach mir umwandte und mit den Lippen Worte formte.

Interessant...

Ich entfernte mich vom Rand der Klippen, nahm mein Notizbuch zur Hand und kritzelte:

»Die Macht ihrer Stimme war unwiderstehlich – selbst der Drachentöter spürte, obwohl er nicht ihrer Rasse angehörte, wie ihre Resonanz ihm unwiderstehlich die Glieder zucken ließ...«

Kapitel 2

Geburtstagsbriefe

Unter meinen Glückwunschschreiben befanden sich drei Briefe. Allerdings war einer davon genau genommen kein Geburtstagsbrief, sondern eine entrüstete Epistel von einer gewissen Dorinda Ace, die im Namen ihres Ehemannes Gilbert Ifor Ace schrieb, letztem männlichen Nachfahren der Gower Aces und als solcher rechtmäßiger Erbe von Aces Acre.

Sodann erdreistete sie sich, mich mehr oder weniger zu beschuldigen, ungebührlichen Einfluss auf die beiden in die Jahre gekommenen Ace-Brüder ausgeübt zu haben, um den Besitz zu erwerben, und endete mit der Forderung, ich möge ihn unverzüglich an ihren Mann zurückgeben, denn: *... ich bin auf Gower nicht ganz ohne Einfluss: Vor meiner Heirat war ich eine Penryn.*

Ich brachte unverzüglich eine Antwort zu Papier:

Liebe Mrs. Ace,

ich werde dieses Schreiben nicht damit eröffnen, dass ich Ihnen für Ihren Brief danke, da er in seinem Ton beleidigend und inhaltlich verleumderischer Natur war.

Zwischen den Zeilen lese ich, dass Ihr Anwalt Sie bereits dahingehend informiert hat, dass Sie nicht den Hauch einer Chance haben. Als ich vor mehr als zwölf Jahren das Cottage kaufte, waren sich Dafydd und Gethyn Ace vollauf darüber im Klaren, was sie taten, und mehr als glücklich mit dem Preis, den ich zahlte, und der Abmachung, dass sie mietfrei und ohne Einmischung für den Rest ihres Lebens dort würden leben können.

Ich höre, dass Ihr Mann den Inhalt des Hauses einschließlich der Familiendokumente geerbt hat, was ihm gewiss ein Trost sein wird.

Noch mehr hat mich indes Ihr Mädchenname mit Interesse erfüllt. Sagen Sie mir doch: Sind Sie verwandt mit Charlie Penryn, dem Kinnlosen, der letztes Jahr verhaftet wurde, weil er auf der Akropolis als nackte griechische Statue posierte und eine Gruppe amerikanischer Touristinnen fast zu Tode erschreckte? Ich glaube, die Polizei hat ihm erlaubt, nach Großbritannien zurückzukehren, vorausgesetzt, dass er sich einer medizinischen Behandlung unterzieht. Ich nehme an, Sie werden froh sein, ihn wieder daheim zu haben…

Einer der beiden anderen Briefe kam von Tante Pops und Jaynie in Portugal. Sie schrieben, für ein so merkwürdiges Paar hätten sie bei meiner Erziehung ihre Sache doch recht gut gemacht. Und jetzt, da ich kurz vor meinem Umzug in meine walisische Hütte stünde, amüsierten sie sich blendend damit, alte Stücke portugiesischen Porzellans und Möbel dafür zusammenzutragen, zu denen unter anderem eine Tür zählte.

Ich hoffe nur, dass sie nicht versuchen, sie in Geschenkpapier zu verpacken.

Mirandas Schreiben bescherte mir die willkommene – aber überraschende – Neuigkeit, dass sie in das ehemalige Haus ihrer Eltern auf dem Gower umgezogen war…, *das Dad mir unter der Voraussetzung hinterlassen hat, dass ich dort lebe. Ansonsten wäre es an die »Gesellschaft zur Erhaltung von Teichfischen« gegangen. Wir werden es zu unserem Hauptwohnsitz machen, aber das Haus in London weiter behalten, da Chris so oft dort sein muss.*

Ich bin mir sicher, dass er sich ziemlich freut, mich hier unten zu haben: Nachdem ich so zugenommen habe, bin ich eine peinliche Erscheinung. Aber ehrlich gesagt, gefällt es mir auf dem Land besser, und dasselbe gilt für Spike. Er ist ziem-

lich alt für einen Labrador, doch die frische Luft hat ihm neue Lebensfreude beschert.

Der Gower hat sich sehr verändert, seit du und Mu hier den Sommer verbracht habt, du weißt schon, als wir noch Studentinnen waren. Neulich ist ein Zeitschriftenartikel erschienen, in dem der Gower als das »Neue Cornwall« bezeichnet wird, da Unmengen Schriftsteller und Künstler hier runterziehen oder Wochenendhäuser kaufen. Selbst das halb verfallene Haus bei Penryn Castle ist jetzt ein »Zentrum für Kunstgewerbe«.

Ich lerne die meisten der Neuankömmlinge kennen, denn wenn Chris übers Wochenende hier ist, verwandelt sich unser Cottage samstagsabends immer in eine Art offenes Haus. Aber es sind auch ein paar alte Freunde hier. Erst kürzlich bin ich Lili Ford Jakes über den Weg gelaufen, die sagte, sie hätte gerade im Nachbardorf ein Wochenendhaus gekauft. Sie hat sich übrigens das Rezept für die Kohlsuppendiät aufgeschrieben und es mir gegeben.

Es war gut gemeint, doch als ich es las, wurde mir klar, dass es noch etwas Schlimmeres gibt, als fett zu sein: nämlich fett zu sein und permanente Blähungen zu haben.

Außerdem stecke ich bis über beide Ohren im Ausprobieren der Plätzchenrezepte für Chris' nächste Fernsehsendung – Chris backt Plätzchen – *also liegen ständig tausende verführerischer Plätzchen hier rum ...*

Es ist eine wunderbare Neuigkeit, dass Miranda ebenfalls in Bedd leben wird – mit Mu, die quasi um die Ecke in Pembrokeshire wohnt, werden wir zum ersten Mal seit unseren Studentenzeiten praktisch wieder alle zusammen sein. Außerdem kann Miranda, da sie nun schon mal an Ort und Stelle ist, ein Auge auf die Arbeiter haben, die angeblich das Dach von Aces Acre reparieren und eine Toilette im Haus einbauen.

Wann werden wir drei uns wiedersehen?

Mu und ich haben, bei Lichte betrachtet, nicht allzu viel von Miranda gesehen, seit sie Chris Cotter geheiratet und der Eiserne Vorhang – vielleicht war es auch ein Küchenvorhang – sich gesenkt hat.

Er mag mich nämlich nicht besonders. Vielleicht gründet sich seine Abneigung auf eine meiner Bemerkungen. Ich habe ihm gesagt, da er seine Karriere auf Mirandas kreativen kulinarischen Fähigkeiten begründet habe, solle er ihren Beitrag in der Fernsehserie und in den Büchern zumindest erwähnen. Ich dachte, er würde auf der Stelle vor Wut platzen. Das wäre das Interessanteste gewesen, was ich ihn je im Fernsehen oder im richtigen Leben habe tun sehen.

Was für ein Mann ist das, der nicht einen Hauch Kritik verträgt? Vor allem, wenn jeder, der die beiden kennt, weiß, dass Miranda das echte kreative Genie in der Küche ist. Sie hat sogar ihr eigenes Kochbuch herausgegeben, *Der gestopfte Student*, während wir noch auf dem College waren. Mu hat das Buch illustriert, und wir haben Miranda überredet, das Manuskript an einen Verleger zu schicken. Seither wird das Buch immer wieder neu aufgelegt. Dann heiratete sie Chris den Sukkubus, der über die kulinarischen Talente eines toten Esels verfügt, und das war das Ende ihrer persönlichen Karriere.

Ich antwortete ihr brieflich, da es keinen Sinn hatte, sie anzurufen, um ihr die frohe Kunde in Bezug auf das Cottage mitzuteilen: Sie stottert zum Gotterbarmen, und am Telefon ist es noch schlimmer.

Als sie in ihrem ersten Jahr an der Universität die Freuden des Sex entdeckte, meinten wir, es hätte daran gelegen, dass sie nicht schnell genug Nein sagen konnte. Ein Jammer, dass sie es nicht getan hat, als Chris ihr seinen Antrag machte. Aber man konnte sie schon immer leicht überreden, und anscheinend finden tatsächlich einige Frauen Chris sexy, seine Gerissenheit, obwohl ich selbst nichts Derartiges an ihm entdecken kann.

Nach meiner letzten Stunde bei den angehenden Fantasieautoren dieser Woche ging ich in die Halle und rief Mu an, die wie ein Gespenst klang, was sie gar nicht ist, weil sie zwar schlank, aber dabei keineswegs mager ist.

»Alles Gute zum Geburtstag, Sappho«, sagte sie fröhlich.

»Ich bin neununddreißig geworden, du herzloses Weib – was gibt es daran Gutes?«

»Es könnte schlimmer sein, du könntest *jetzt* schon vierzig sein.«

»Danke für diesen aufmunternden Gedanken – und es ist nur noch ein Jahr bis dahin. Wie um alles in der Welt kann ich denn vierzig sein, Mu? Ich meine, heißt vierzig zu sein nicht, dass man einen Haarknoten und Twinsets trägt, sich zweimal die Woche Bücher in der Bibliothek ausleiht und auf Peter Alexander steht? Die gefürchteten mittleren Jahre?«

»Ich bin alt, ich bin alt, ich trag jetzt alles festgeschnallt«, leierte sie wie eine Liturgie. »Na komm schon, Sappho«, fuhr Mu fort. »So mag es ja früher gewesen sein, aber das ist doch Schnee von gestern. Vierzig bedeutet heute, dass man zweimal die Woche seine Haarfarbe wechselt und nicht die Büchereibücher, einen Twinsetzwang gibt es nicht, und selbst wenn du dein ganzes Haar in einen Knoten bekämst, würde das Gewicht dein Gesicht verzerren wie eine Gummimaske.«

»Aber dann könnte niemand die Falten sehen«, bemerkte ich. »Und was ist mit den Peter Alexanders und Karel Gotts?«

»Der Peter Alexander unserer Generation heißt Mick Jagger.«

»Auf in die Vierziger mit Rock'n'Roll und hennagefärbtem Haar...? Weißt du was? Ich glaube, es geht mir schon etwas besser.«

»Gut. Und vergiss nicht, dass ich als Nächste dran bin, und dann erwischt es Miranda, obwohl es mir so vorkommt, als wäre es keine fünf Minuten her, dass wir alle noch grüne kleine Unschuldslämmer waren, die sich eine Bude teilten.«

»Ich war niemals irgendwie *klein*, weder in grünem noch in sonst einem Zustand. Und mir kommt es nicht wie fünf Minuten vor. Ich fühle mich innerlich gereift – ich habe Fortschritte gemacht. Ich fühle mich nicht mehr wie siebzehn, sondern wie etwa fünfundzwanzig.«

»Das wird wahrscheinlich das Schlimme an der ganzen Sache«, bemerkte Mu gedankenvoll. »Im Innern sind wir immer noch jung, aber unsere Körper kooperieren nicht. Ein Jammer, dass wir sie nicht wie eine Schlange von Zeit zu Zeit einfach abstreifen können.«

»Das wäre große Klasse. Ich würde mein faltiges, papiernes Ich mit Freuden an einen der kreativen Freizeitler weiterreichen und frisch und mit glattem Gesicht davonspazieren ... aber – nun, das wird nicht passieren, oder? Die einzige Hülle, die ich abstreifen werde, wird die sterbliche sein.«

Ich zitterte, denn die Zeit jagte mir eine Gänsehaut über den Rücken. »Weißt du was, Mu? Bis heute Morgen war mir nie wirklich bewusst, dass ich nicht ewig leben werde!«

Ein überraschtes Schweigen folgte. »Wie merkwürdig!«, sagte sie schließlich. »Ich habe das auch noch nie so betrachtet. Ich meine, du weißt, dass du eines Tages den Löffel abgeben wirst, aber du glaubst es nicht. Auf der Kugel steht immer der Name eines anderen.«

»Es kann nicht viele geben, auf denen Sappho oder Mu steht. Wir müssen einfach zusehen, dass wir ihnen weiter ausweichen.«

Mu seufzte. »Es ist komisch, ich habe beobachtet, wie meine biologische Uhr vertickt, aber nicht mein Leben.«

Ich verfluchte mich für meine Taktlosigkeit, aber Mu fügte fröhlicher hinzu: »Zumindest werden deine Bücher unsterblich sein: Oh, unsterbliche Sappho!«

»Aber sie sind nicht die große Literatur, von der ich glaubte, dass ich sie einmal schreiben würde.«

»Aber große Fantasy – brillant. Jeder liest sie. Selbst pubertierende Jungen lesen sie.«

»Ich weiß, ich muss ihre Briefe beantworten.«

»Nun, lass kleine Kärtchen drucken. Oder steig auf Computer um – viel einfacher, als ständig all diese Bandfetzen und Papierschnipsel zusammenfügen zu müssen.«

»Oh ja, und wenn ich schon mal dabei bin, sollte ich gleich noch ein Diplom in Informatik machen.«

»So schwierig ist das gar nicht – ich tippe Amblers gesamte Abenteuer jetzt in den Computer und schicke die Disketten an den Verleger. Meine Illustrationen müssen natürlich separat geschickt werden.«

Ambler, Mus Ehemann, nimmt an Abenteuereisen für große Jungen teil, nach dem Motto »Mit meinem Radl und einem Lama den Limpopo aufwärts.« Er hat erheblich mehr Geld als Verstand, ist groß, blond, freundlich, enthusiastisch und nicht geradezu bestürzend intelligent.

»Mein Agent glaubt, dass ich mit *Dunkle Stunden, dunkle Taten* fast fertig bin, aber ich bin es nicht. Bei der gegenwärtigen Brut Kreativer Freizeitler gibt es einen absolut ätzenden kleinen Kerl, der mich ständig verfolgt – er glaubt, ich stehe vierundzwanzig Stunden am Tag zur Verfügung. Kalte und warme, durchgehende Sappho. Hauptsächlich durchgehend.«

»So einen gibt es immer – der Typ fühlt sich von dir angezogen wie eine Motte von der Flamme. Warum machst du das eigentlich? Du brauchst das Geld doch gar nicht mehr.«

»Bob war mir immer so ein guter Freund, und natürlich ist da auch ständig die Hoffnung, dass ein oder zwei von ihnen weitermachen und gute Schriftsteller werden. Na ja, wie auch immer, ich muss nur noch eine weitere Gruppe unterrichten, bevor ich Ruhe habe und das Buch fertig stellen kann – und dich auf Rhodos treffen.«

»Du könntest zu Hause jemand sein. Du bist eine Kultfigur.«

»Eine was?«

»Kult.«

»Oh, *Kult.* Das ist die Original-Sappho bereits, obwohl ich nicht weiß, was sie von all den Lesbierinnen halten würde, die in hellen Scharen zu ihrer Insel pilgern, getreu dem Motto: ›Oliven sind nicht die einzigen Früchte.‹ Aber alles, was ich will, ist ein bisschen Frieden, um dieses Buch und die nächste *Spiralkladde* zu beenden.«

»Das könntest du auch hier und mir gleich noch beim Geschäft mit den Fantasy Flowers helfen«, erwiderte sie. »Es hat am Anfang Spaß gemacht, aber jetzt langweilt es mich langsam. Da wir gerade beim Thema sind – du errätst nie, wer mich angerufen und einen ganz besonderen kleinen Strauß bestellt hat, den ich an dich schicken soll?«

»Und ob ich es errate«, stöhnte ich. »Du hast es doch nicht getan, oder?«

»Er hat meine Stimme nicht erkannt, und ich sehe nicht ein, warum ich mir sein Geld entgehen lassen sollte, also wirst du demnächst ein Päckchen mit der Post bekommen, falls es nicht schon da ist. Ich habe dir alle Ehre erwiesen.«

»Herzlichen Dank. Hör mal, ich mache jetzt besser Schluss – wir sehen uns dann auf Rhodos.«

»Oh-oh«, erwiderte sie mit gedämpfter Stimme. »Ambler fuchtelt mir mit irgendwas vor der Nase herum.«

»Du Glückspilz.«

»Nicht *damit* – mit einem Stück Papier. Sieht so aus wie die Rechnung für den Import und die Quarantäne dieser ägyptischen Katze – der, von der ich dir erzählt habe. Sie hat sich an meine Fersen geheftet, als ich in Ägypten war, um zu helfen. Ambler bereitet gerade diese Geschichte vor, die er für den Winter geplant hat, du weißt schon, ›Kanufahren auf dem Nil‹. Ich konnte die Katze doch nicht in Ägypten lassen, oder? Ich glaube, ich sollte jetzt besser Schluss machen … bis dahin!«

Ich hatte gerade noch Zeit, Ambler brüllen zu hören: »Gibt es nicht schon genug verdammte Katzen in England ohne …«, bevor die Leitung erstarb. Aber ich mache mir keine Sorgen – Mu kann ihn, mit einer einzigen wichtigen Ausnahme, in allen Dingen um den kleinen Finger wickeln.

Während ich noch lächelnd dastand, machte mich das Knirschen des Kieses auf eine Gefahr aufmerksam: Ken Smolletts stämmige Gestalt trabte im Galopp den Pfad hinauf, die unausweichlichen, schweißdurchtränkten Papierbögen an die Brust gepresst.

Auf Zehenspitzen schlich ich in den hinteren Teil des düsteren Flurs und schob mich rückwärts durch die Küchentür, wobei ich um ein Haar mit Bobs Frau Vivi zusammengestoßen wäre.

»Was …?«

»Scht! Hör mal, Vivi, du hast mich den ganzen Nachmittag nicht gesehen, also glaubst du, dass ich wohl bis zum Abendessen außer Haus sein werde.«

In ihren braunen Augen blitzte es vor Lachen. »Dieser Ken! Immer ist es der Kleinste, der dir nachläuft. Aber er ist verheiratet – er sollte sich benehmen.«

»Wenigstens fährt er morgen wieder nach Hause, und Lili wird heute Abend herkommen, nicht wahr? Das dürfte ihn eigentlich ablenken – vielleicht bleibt er sogar noch eine Woche und belegt den Kurs ›Geben Sie Ihrem Roman den letzten Schliff‹.«

»Diese Lili«, schnaubte sie verächtlich. »Dreimal verheiratet, und kann sie an irgendetwas vorbeigehen, das Hosen trägt? Ich habe neulich zu Bob gesagt: ›Was weiß diese Frau denn über Romantik?‹. Sie glaubt, Romantik und Sex seien ein und dasselbe.«

»Es scheint ihre Buchverkäufe aber nicht zu beeinträchtigen.«

»Dann kennen die anderen den Unterschied auch nicht.«

»Was für ein überaus trauriger Gedanke, Vivi.«

»Du brauchst einen Ehemann – einen Griechen vielleicht, romantisch und kultiviert? –, bevor es zu spät ist! Du bist neununddreißig, das weiß ich, weil Bob es mir erzählt hat, also muss es stimmen. Ich kenne da einen sehr netten Witwer in Athen, er unterrichtet an der Universität und ...«

»Nein danke«, entgegnete ich hastig. »Ich brauche einen Ehemann, wie ein Fisch ein Fahrrad braucht.«

Sie legte ihre breite, glatte Stirn in Falten. »Ist das ein Scherz? Du musst vernünftig sein, Sappho – vielleicht ist es schon zu spät für die Babys, und wenn du vierzig bist, brauchst du ...«

»Scht! Er kommt den Flur hinunter. Ich bin weg!«

»Ich werde ihn im Vorfeld abweisen, wie man sagt«, erbot sie sich nobel. »Er darf Eleni in der Küche nicht unter die Füße kommen, während sie das Geburtstagsessen zubereitet, den herrlichen Kuchen, du weißt schon, mit einem dicken weißen Zuckerguss und Kerzen – vielen, vielen Kerzen ...«

»Oh, mein Gott!«, entfuhr es mir undankbar, dann gab ich Fersengeld.

»Später erzähle ich dir mehr über den gut aussehenden Witwer«, raunte sie mir noch zu, und im nächsten Augenblick hörte ich ihre Stimme laut, klar und kühl: »Ah, Mr. Smollett, kann ich Ihnen helfen? In nur einer halben Stunde wird auf der Terrasse Kaffee für alle serviert und ...«

Vivi ist ihr Gewicht in Geburtstagskerzen wert. Aber wie hatte sie das gemeint, es könne zu spät sein für Babys? Hat mir da jemand diese Option gestrichen, ohne mir Bescheid zu sagen?

Nicht dass ich mich nicht lieber als »Wiedergeborene Vestalische Jungfrau« weihen lassen würde, als selbst zu gebären, das versteht sich, aber es ist *meine* Entscheidung.

Oder etwa nicht?

War das vielleicht ein weiterer Wink mit dem Zaunpfahl der Sterblichkeit?

Kapitel 3

Sag es durch die Blume

An diesem Abend wurde das Essen draußen auf der Terrasse serviert, und die langen Klapptische wurden nur von dem weichen, flackernden Licht der Kerzen beleuchtet.

Was im Übrigen ein Segen war, wie sich zeigte, als Lili Ford Jakes in einem hautengen, grünen Kleidungsstück erschien, dessen obere Hälfte nur aus einem schmalen, horizontalen Riemchen bestand. Sie ist der Typus der zierlichen Brünetten, die man manchmal als Taschenvenus bezeichnet. (Das mit der Tasche ist nicht empfehlenswert, es sei denn, Ihre Tasche wäre feuerfest.)

»Oh, komme ich zu spät?«, fragte sie mit rauchiger, gedehnter Stimme, wobei sie nicht vergaß, ihre körperlichen Reize im Türrahmen künstlerisch darzubieten.

»Dieses Kleid!«, flüsterte Vivi schockiert. »Sie hat es falsch herum angezogen, nicht wahr?«

»Sprich sie um Himmels willen nicht darauf an – ich glaube, das Kleid hat gar keine Rückseite. Wie Tante Pops sagen würde: ›Sie ist ganz Pelzmantel, ohne Schlüpfer‹.«

»Sie ist ganz Pelzmantel, ohne Schlüpfer ...?«, wiederholte Vivi zweifelnd.

Bob bekam einen Schluck Wein in die falsche Kehle und hustete, und nachdem ich ihm auf den Rücken geklopft und mich wieder hingesetzt hatte (glücklicherweise war in diesem Fall keine Mund-zu-Mund-Beatmung nötig), befand sich Vivi mitten in einem Anfall hilflosen Gekichers, weil etwas anderes ihre Heiterkeit erregt hatte.

Vielleicht war es Ken Smolletts Gesicht – er hatte Lili so lange mit offenem Mund angegafft, dass seine Zunge zu einer

Substanz vertrocknet war, aus der man Schuhsohlen hätte fertigen können.

Er bemerkte nicht einmal die bösen Blicke, die seine Frau ihm von ihrem Platz am anderen Ende des Tisches aus zuwarf, aber wenigstens funkelte sie ausnahmsweise einmal nicht mich an. Wie wohltuend nach tagelangem Gefunkel – obwohl ich mich fragte, ob sie wirklich glaubte, ich hätte es auf ihr kleines Schleimtöpfchen abgesehen.

Lili glitt zu dem leeren Stuhl neben Ken – mit jener Art gut geölter Bewegung, die man sonst nur bei Vampiren zu sehen bekommt – und reichte mir ein in Seidenpapier eingeschlagenes Päckchen herüber.

»Alles Gute zum Geburtstag, Süße. Ehrlich, ich möchte am liebsten gar nicht daran erinnert werden, dass solche Dinge existieren, aber Vivi meinte, das hier sei eine Geburtstagsfeier, daher...« Sie zuckte die Schultern, und das Riemchen ihres Kleides rutschte endgültig unter jede Schicklichkeitsgrenze und blieb dort hängen.

Kens Gesicht nahm nun ein hässliches Braunrot an, und er verfehlte mit seinem Weinglas seinen Mund um Längen, ohne das Weinrinnsal zu bemerken, das ihm das Kinn hinuntertröpfelte.

»Vielen Dank, Lili«, antwortete ich und wickelte das Päckchen aus. Es enthielt einen ihrer historischen Romane, auf dessen Cover ein großer, blonder Mann in inniger Umschlingung mit einer verzückten Rothaarigen prangte. Der Titel lautete: *Irgendwann kommt mein Prinz.*

Wie kommt Lili bloß mit solchen Dingen durch?

In das Buch selbst hatte sie unter die üblichen Geburtstagswünsche geschrieben: *Komm endlich zur Sache, bevor es zu spät ist.*

»Ich bin schon bei der Sache, vielen Dank, Lili«, versicherte ich ihr und hatte Mühe, meinen Blick von dem grellbunten Cover loszureißen, denn der Mann verströmte etwas schwer Fassbares, etwas qualvoll Vertrautes...

»Ja, aber ich meine nicht die lebendige Vergangenheit, Darling. Puste den Staub weg und versuch es noch mal.«

Sie meint es gut, doch sie ist süchtig nach Liebe.

Ich musste noch zwei weitere Geschenke auspacken, eines davon war eine hervorragende Reproduktion einer antiken Vase mit einer Darstellung der Dichterin Sappho. Die Vase war von Vivi, die eine sehr talentierte Töpferin ist. Das andere Päckchen war ein Gemeinschaftsgeschenk der Kreativen Freizeitler: ein klimperndes kleines Armband aus unechten Münzen. Es klingelte, wenn ich auch nur Atem holte.

Jetzt weiß ich, wie sich die sprichwörtliche Katze fühlt, der man die Schelle umgehängt hat.

Dann war da noch das Geschenk, vor dem Mu mich bereits gewarnt hatte, aber zum Glück hatte ich bei dem Entwurf des Packpapiers für Fantasy Flowers mitgeholfen, als Mu das Geschäft vor zwei Jahren eröffnet hatte, daher konnte ich das Päckchen auf den ersten Blick erkennen.

Mu hatte sich wirklich mächtig ins Zeug gelegt: Die lange, leuchtend schwarze Schachtel enthielt Unmengen purpurfarbenen Seidenpapiers, das dem darin enthaltenen Strauß eine gewisse Grabesdüsternis verlieh. Der Strauß selbst war sehr künstlerisch aus Seidenblumen und Blättern gesteckt. Anfangs hatten wir es mit Trockenblumen versucht, aber es ist doch einigermaßen schwierig, Quellen aufzutun für Dinge wie getrockneten Schierling.

»Oh, igitt!«, murmelte Vivi, als sie sich über die Schachtel beugte. »Die gelben Rosen sind ja ganz in Ordnung – aber neben diesem Purpur! Und was sind das für Dinger, die wie Unkraut aussehen? Und diese stacheligen Teile? Und sieh mal, da ist noch ein kleines Buch dabei.«

Ich reichte ihr das Büchlein mit dem Titel *Bedeutungen von Blumen und Blättern* und schlug für sie die Stellen auf, die die Botschaft meines Straußes entschlüsselten: gelbe Rosen für Eifersucht, Rosmarin zur Erinnerung, Gartenraute als Sinnbild für Reue, Wermut für Leere, Begonien für düstere Gedanken und Hanf für Schicksal.

Ist es nicht eine Ironie, dass wir den abscheulichen kleinen Geschenke, die Dave mir über die Jahre hinweg immer wieder verehrt hatte, die Idee zu Fantasy Flowers verdankten? (Wir sagen es buchstäblich durch die Blume.) Und jetzt hat sich der Kreis endgültig geschlossen, indem Dave eben diesen Service benutzt, um mir etwas zu schicken!

Lili bemerkte mit unverhohlenem Neid: »Du musst aber jemanden ziemlich beeindruckt haben, um eine solche Botschaft von ihm zu bekommen!«

Ich zuckte die Schultern. »Nur ein alter Freund von mir, der mich gern daran erinnert, was ich einmal geliebt und hinter mir gelassen habe.«

»War er so schrecklich, dass er dir die Männer für alle Zeit vergällt hat?«

»Er war dunkelhaarig, groß, gut aussehend und der ›Ich-kann - absolut - nicht - treu - sein - aber - verzeih - mir - weil - ich-dich-liebe-Typ‹.«

Sein Hauptvorzug war sein unverwässerter, zügelloser sexueller Magnetismus. Er hatte die Kraft. Die Macht war mit ihm. Und er geizte auch nicht damit – er schlief mit allem, was jung und weiblich war und keine Papiertüte über dem Kopf brauchte.

»Er klingt so herrlich nach Heathcliff«, seufzte Lili. »Und er muss immer noch verrückt nach dir sein, wenn er dir solche Sachen schickt.«

»Ich glaube, er ist eher verrückt vor Wut auf mich – oder vielleicht auch einfach nur verrückt, wenn man sich ansieht, *was* er mir so schickt.«

Lili hätte mal ein oder zwei seiner früheren Gaben sehen sollen, wie das in Plastik versiegelte Päckchen mit dem halb verwesten Schweineherzen, das mir in dem Jahr hierher gefolgt war, als ich Bob bei der Gründung seines Zentrums half. Später wurde er dann etwas subtiler, etwas, aber nicht viel.

»Hüte dich vor Engländern, die mit Geschenken kommen«, meinte Vivi gutgelaunt. Inzwischen war ein neuer, abschätzender Ausdruck in ihre Augen getreten. Ich hoffte, sie würde nicht noch einmal den verfügbaren Bekannten aus Athen zur Sprache bringen. »Sappho, du schreitest immer durchs Leben, als wärst du eine Göttin, die über solchen Dingen steht, und jetzt höre ich zum ersten Mal, dass du tatsächlich so etwas wie eine Vergangenheit hast.«

»Die griechischen Göttinnen scheinen mir aber nicht über irdischen Freuden gestanden zu haben«, bemerkte ich. Wie dem auch sei, Bob gegenüber brauche ich wenigstens keine Erklärungen abzugeben, weil er dieselbe Universität besucht hat – ein wunderbar beruhigendes Gefühl. Jetzt bedachte er mich mit einem trägen Lächeln und sagte: »Ich nehme an, es geht mal wieder um Dave?«

Vivi starrte ihn mit offenem Mund an: »Du wusstest das? Und du hast es mir nie erzählt? Bob!«

Er zuckte die Schultern. »Ich hatte es vergessen oder geglaubt, er hätte es aufgegeben, oder sowas.«

»Also, ich finde die Geschichte einfach faszinierend«, rief Lili mit leuchtenden Augen. »Du musst mir unbedingt mehr darüber berichten – wie hieß er noch gleich? Dave?«

»Da gibt es eigentlich nicht viel zu erzählen. Sein Name ist Dave Devlyn, und ...«

»Doch nicht Dave Devlyn, der Porträtfotograf?«, stieß sie mit wenig schmeichelhaftem Erstaunen hervor.

Ich nickte.

»Mein Gott – der Mann ist zum Anbeißen! Du musst wirklich berühmt sein, um von ihm fotografiert zu werden ... Und gab es da nicht neulich einen Skandal über ihn und eine ausländische Prinzessin? Er hat sie fotografiert, und er ...«

»Das klingt mir äußerst wahrscheinlich«, unterbrach ich sie, bevor sie sich an die schmutzigeren Details erinnern konnte. »Hast du ihn mal kennen gelernt?«

»Nein, aber ich habe ihn gesehen. Er strahlt so eine düstere Art von Sexappeal aus«, fügte sie hungrig hinzu.

»Ja, das tut er – oder tat es, ich habe ihn seit einer ganzen Weile nicht mehr zu Gesicht bekommen.« Außerdem war er trotz seiner intuitiven Art hinter dem Kameraobjektiv von Natur aus eitel, seicht und unausgeglichen. Er hat mich jedoch eine ganze Weile nicht mehr gesehen, also besteht die Möglichkeit, dass das Grauen über meinen von der Zeit verzehrten Kadaver ihn flugs in die Arme einer jüngeren und erotischeren Kandidatin treiben würde.

Lilis herzförmiges, leicht ordinäres Gesicht erinnerte mich ein wenig an das sprichwörtliche Kind vor dem Schaufenster des Bonbonladens. »Warum *du?*«, fragte sie verwirrt. »Nicht dass du nicht attraktiv wärst«, fügte sie hastig hinzu, »aber du bist auch nicht gerade die Helena von Troja.«

»Das weiß ich eigentlich auch nicht, es sei denn, es handelte sich um eine extreme Form von Verstimmung, weil ich die einzige Frau bin, die ihn sitzen gelassen hat – und das, nachdem er mir einen Antrag gemacht hatte. Ich warte immer noch darauf, dass die Wirkung sich abnutzt. Wahrscheinlich wäre das schon lange passiert, wenn ich in all den Jahren verfügbar gewesen wäre, statt mich als Globetrotterin zu betätigen.«

Sie seufzte sehnsüchtig. »Wenn ich mich nicht gerade in einen Engel verliebt hätte, würde ich dich nach seiner Adresse fragen.«

»Du hast wieder geheiratet? Das wusste ich ja noch gar nicht.«

Sie heiratet sie immer – aus Liebe. Und dann lässt sie sich von ihnen scheiden, sobald sie sie abgenutzt hat. (Bis auf den Ersten, das muss ich ihr lassen, der – auf ihr, wie sie es erzählt – gestorben ist.)

»Noch nicht, aber ich habe diesen erstaunlichen Mann in London kennen gelernt, bei einer großen Kunsthandwerksausstellung, bei der ich all diese entzückenden, barbarischen

Schmuckstücke bekommen habe. Sieh mal.« Sie zupfte einen schweren Anhänger zwischen ihren Zwillingsgipfeln hervor und ließ ihn wie ein Pendel hin- und herbaumeln. »Rosenquarz wirkt Wunder bei meinem Liebeschakra. Ich habe dir einen Brief mit seinem Foto geschickt – hast du ihn nicht bekommen?«

»Natürlich – das hatte ich ganz vergessen.«

»Wenn du ihn leibhaftig gesehen hättest, würdest du ihn nicht vergessen! Glücklicherweise hatte er einen Riesenstreit mit diesem öden Geschöpf in selbst gestrickten Klamotten und übergroßen Stiefeln, mit dem er seit Jahren gegangen war – seit der Kunsthochschule! Aber er hasst London, und sie liebt es, deshalb haben die beiden sich getrennt. Die Sache hat nur einen Haken: Er lebt in Südwales, deshalb musste ich mir da unten ein Feriencottage zulegen, um eine Chance zu haben.«

»Oh ja – Miranda Cotter hat so etwas erwähnt. Und er muss wirklich etwas Besonderes sein, wenn du dir ein Cottage auf dem Land kaufst, nur um ihn kennen zu lernen!«

»Nun ja, mit Speck fängt man Mäuse – und ganz so schlimm ist es gar nicht, Gower ist unheimlich in: Das kannst du in jeder Zeitschrift lesen. Im Augenblick kauft sich einfach jeder ein Cottage da unten. Wir werden uns alle bei Miranda Cotter zu Hause treffen, wenn ihr Mann samstagsabends mal zu Hause ist – die beiden geben großartige Partys.«

Lili wandte sich an Vivi, die ihrem Bericht mit weit aufgerissenen Augen gefolgt war, und erklärte: »Gower ist dieses Stückchen Land in der Nähe von Swansea in Südwales. Mein Cottage liegt in Rhyss, in der Nähe von Bedd.«

»Ich glaube, es wird wie ›Beth‹ ausgesprochen, Lili.«

»Nicht von mir, ganz bestimmt nicht. Die Leute würden ja denken, ich lispele. Aber wie dem auch sei, wie kommt es, dass du das weißt? Du bist doch keine Waliserin, oder?«

»Nein, aber mir gehört zufällig seit Jahren ein Cottage in

Bedd, und mein Mieter ist gerade gestorben, daher werde vom nächsten Frühling an eine Menge Zeit dort verbringen.«

»Wirklich?« Sie schien ehrlich erfreut zu sein. »Oh, dann musst du mich unbedingt mal besuchen kommen, Darling. Es wimmelt in der Gegend nur so von eingebildeten Künstlern, ein bisschen zivilisierte Gesellschaft wird uns also gut tun. Du darfst mir nur nicht meinen Töpfer stehlen.«

»Heißt er so?«

»Nein, er *ist* Töpfer. Er hat eine Werkstatt in diesem großen Kunsthandwerkszentrum, das früher einmal Teil einer alten Burg war. Atemberaubend romantisch.«

Ein Töpfer schien mir eine ungewöhnliche Wahl für Lili zu sein, aber wenn er ihr bei einer bedeutenden Londoner Ausstellung aufgefallen war, musste er wohl viele Talente besitzen.

»Wenn er gut aussehend und blond ist, ist er definitiv nicht mein Typ, ich kann dir also versprechen, dass ich ihn dir nicht stehlen würde, selbst wenn es in meiner Macht stünde. Du kannst ihn haben.«

»Er sieht aus wie der Held auf dem Cover des Buches, das ich dir gerade geschenkt habe«, sagte sie leicht verstimmt.

»Oh?« Ich beäugte das Cover zweifelnd, und wieder verspürte ich das seltsame, nagende Gefühl der Vertrautheit.

»Er ist sehr groß«, bemerkte Lili.

»Das sehe ich.«

»Nein, ich meine nicht *hoch gewachsen«*, kicherte sie.

»Kapiert. Nicht mein Typ, obwohl ich irgendwie das Gefühl habe, dass ich ihn schon mal gesehen habe.«

»Hast du auch: Ich habe es dir doch erzählt – ich habe dir ein Foto von ihm geschickt.«

»Natürlich, *das* muss es sein«, erwiderte ich langsam. Groß, breitschultrig, blond ... es war der Drachentöter! Mein Unterbewusstsein hatte offensichtlich einen Blick auf das Foto von Lili geworfen und den Mann für zukünftige

Verwendung abgelegt! Wo ich das Foto wohl hingelegt hatte?

Lili erzählte den anderen noch ein Weilchen von Gower, während ich darüber nachdachte, ob es vielleicht inzwischen total verdorben und meilenweit entfernt war von dem magischen Ort meiner Erinnerung. Ich hoffe, nicht. Was Lilis Töpfer betraf ... nun, bis zum nächsten Frühling hatte sie ihn wahrscheinlich völlig ausgesaugt und war mehr als bereit, ihre Fangzähne in frisches Fleisch zu graben. Falls Dave mir also noch einmal auf die Pelle rücken sollte, würde ich ihn vielleicht auf sie abwälzen können. Sie ist so etwas wie eine weibliche Version von Dave, nur intelligenter, und man möchte sie *wirklich* nicht erleben, wenn sie gerade ihren Hunger stillt.

»Es gibt zwei Dinge im Leben, die ich ernst nehme«, vertraute sie mir später an, als wir beide zu viel Wein getrunken hatten, wenn auch nicht ganz so viel wie Ken, der unter den Tisch gesunken war und schnarchte.

»Sex natürlich und meine Schreiberei, die mich aus der absoluten Hölle des Unterrichtens befreit hat. Aber vielleicht sind die beiden ja in Wirklichkeit ein und dasselbe?«

Sie leerte die Flasche in ihr Glas und beobachtete, wie die letzten boshaften Tröpfchen im Kerzenlicht funkelten und glitzerten.

»Der Sex ist Recherche für die Romane – unreine Recherche.« Sie grinste. »Und wäre das nicht mal ein Lehrstuhl, den jeder gern bekleiden würde, wenn ich ihn Oxford oder Cambridge stiften würde? Der Lili-Ford-Jakes-Lehrstuhl für Unreine Wissenschaft. Da läuft einem doch das Wasser im Mund zusammen.«

»O Lili!« Ich stöhnte, wusste aber, dass sie es ernst meinte – zumindest was ihre Schreiberei betraf. Professionell und sorgfältig. Was den Sex betraf, wollte ich mich nicht festlegen, aber der ist wahrscheinlich ebenfalls gut recherchiert.

Jetzt stieß sie mit der Zehenspitze ihres Manolo Blahnik den lang hingegossenen Ken an und bemerkte: »Ich hasse schnarchende Männer, du nicht auch, Sappho? So unaussprechlich schweinisch. Sollen wir ihm eine Orange in den Mund stecken und Eleni bitten, ihn für das Abendessen morgen zuzubereiten?«

»Ich glaube, er wäre ein bisschen zu fett.«

Sie nahm eine Orange aus der Obstschale und beäugte sie nachdenklich.

»Besser nicht, er würde womöglich aufhören zu atmen«, warnte ich sie.

»Führ mich nicht in Versuchung, Darling«, gab sie mit einem Grinsen zurück, drehte sich um und warf die Orange mit überraschender Wucht dem einzigen jungen, ungebundenen Mann unter den Freizeitlern zu. Er fing sie aus reiner Notwehr auf.

»Nun, will nicht jeder mal ein Mädchen haben?«, fragte sie strahlend.

Wieder in meinem Zimmer, suchte ich Lilis Brief mit dem grobkörnigen Schwarz-Weiß-Foto von ihrem Töpfer heraus; es war eine Kopie aus dem Ausstellungskatalog.

Er sah wirklich ein bisschen aus wie der Drachentöter, aber es war nur eine allgemeine Ähnlichkeit. Der Mann konnte unmöglich die seltsamen, kristallklaren Augen des Drachentöters haben oder das weißblonde Haar ... oder eins der anderen interessanten Attribute, mit denen ich ihn ausgestattet hatte. Daher wird ihn in dem Roman niemand wiedererkennen.

Kapitel 4

Docht in Öltunke

Mu und ich hatten Zimmer in einem kleinen Hotel auf Rhodos gebucht, das zwar behaglich und preiswert, für Mus Geschmack jedoch nicht luxuriös genug war.

Seit sie mit Ambler verheiratet war (er hatte sie gesehen, war begeistert gewesen und hatte nicht lange gezögert), gab sie sich nicht mehr mit einem spartanischen Leben zufrieden. Davon hatte sie als Kind genug gehabt, als sie von einem Pflegeheim ans nächste weitergereicht worden war.

Das Fehlen von Eltern schuf ein sofortiges Band zwischen uns, als wir uns als Studentinnen kennen lernten, denn wenn meine auch erst starben, als ich zwölf war, waren die beiden immer so mit ihren Streifzügen ins alte Griechenland beschäftigt gewesen, dass ich während der Schulferien ohnehin Jaynies und Pops Haus in Portugal als mein Zuhause betrachtet hatte.

Ich will mich nicht beklagen – Pops und Jaynie haben mir stets Liebe und Sicherheit gegeben. Außerdem haben sie es geschafft, mir ein Gefühl der Toleranz für andere zu vermitteln, das mir auf meinen Reisen gut zustatten gekommen ist. Ich bin immer gerade da zu Hause, wo ich mich aufhalte, vielleicht mit Ausnahme von Japan, wo ich mich unter all den kleinen Menschen wie ein weiblicher King Kong fühle.

Und ich weiß wenigstens, wer meine Eltern waren. Als wir uns einmal eine Vorstellung von *Ernst sein ist alles* ansahen, sagte Mu, sie hätte John, eine der beiden Hauptpersonen des Stücks, immer darum beneidet, in etwas so elegantem wie einer Reisetasche gefunden worden zu sein. Sie selbst war in einer schnöden Einkaufstasche von Woolworth auf den Stufen eines Klosters ausgesetzt worden.

»Und noch dazu in einer Papiertüte. Als eine Nonne mich fand, hatte ich hineingepinkelt, und als sie die Tüte aufhob, fiel der Bodeneinsatz heraus und ich mit ihm.«

Mu war noch nie auf Rhodos gewesen, aber ich kannte die Insel sehr gut. Am ersten Abend schlenderten wir auf der Suche nach einem Lokal gemächlich umher.

Wir hatten irgendwie schon Aufmerksamkeit erregt, bevor ich einen Mann anhielt, der einen schwer beladenen Esel am Zügel führte. Das Tier hatte eine kleine offene Stelle am Hals, und ich strich eine Salbe darauf, die ich immer bei mir trug – unter gutmütigen Zurufen der Umstehenden. Sie gaben mir Ratschläge, wohin ich die Salbe als Nächstes streichen solle.

»Warum starren uns eigentlich alle an?«, beklagte sich Mu, als wir weiterzogen. Ich war gerade damit befasst, mich gegen das erste Restaurant auf unserem Weg zu entscheiden. Es stank nach Kanalisation, obwohl der Besitzer mir versicherte, dergleichen gebe es bei ihm überhaupt nicht. Es hatte offensichtlich keinen Sinn, seine Küche zu inspizieren.

»Warum sie uns anstarren? Könnte es vielleicht daran liegen, dass *ich* einsachtzig groß bin, mit Haaren bis zu den Knöcheln und Brüsten von der Größe der Großen Pyramide, und *du* in deinem Outfit aussiehst wie der kleine Albino eines Barbarenpilzes?«

Sie rückte ihren schwarzen Kulihut aus klassischem Stroh zurecht, von dessen Rand reichlich dunkle Gaze flatterte. »Ohne das Ding würde ich völlig verbrennen, weil meine Haut so blass ist. Außerdem würde es meinen Stil ruinieren.«

»Und der wäre?«

»Kleiner Albino-Barbarenpilz.« Sie drückte meinen Arm und fügte hinzu: »Das macht Spaß, findest du nicht auch? Ein paar Tage lang einfach nur du und ich. Ich meine, ich rechne nicht wirklich damit, dass meine Pilgerfahrt irgendetwas nützt, aber sobald ich es hinter mich gebracht habe, können wir uns morgen entspannen und richtig Ferien machen.«

»Du bist doch gerade erst in Ägypten gewesen.«

»Ja, aber das war Arbeit. Ambler braucht mich, damit ich seine Hand halte, während er seine kleinen Abenteuer aufzieht, und ich fertige stets gern an Ort und Stelle ein paar Zeichnungen für das Buch an.«

»In diesem Fall könnte das allerdings etwas heikel werden – gibt es im Nil nicht immer noch Krokodile? Ein Kanu als Schutz kommt mir ein bisschen dürftig vor.«

»Er kann die Tiere mit einem Paddel abwehren, und eine gewisse Gefahr gehört bei dem Ganzen unbedingt dazu, sonst wären die Bücher ja langweilig«, bemerkte sie gefühllos. »Außerdem kommt er ja immer mit heiler Haut davon – um sich sofort das nächste Buch-Thema auszudenken. Und weiß Gott, was es diesmal sein wird: ›Wie ich mit meinem Yak auf einem Drachenflieger den Mount Everest hinuntergeflogen bin‹ wahrscheinlich.«

»Das müsste aber ein großer Drachenflieger sein, um ein Yak zu befördern, Mu.«

»Es war nur ein Witz – aber erzähl Ambler um Gottes willen nichts davon, sonst kommt er noch auf dumme Gedanken.«

Schließlich fanden wir ein nettes Café, in dem ich mich für einen prachtvollen Hummer entschied. Mu aß gefüllte Weinblätter. Sie wollte auf keinen Fall etwas essen, das noch wenige Sekunden zuvor glücklich in einem Aquarium umhergeschwommen war, aber wenn sie an einigen der Orte gelebt hätte, in denen ich zu Hause gewesen war, wo die Leute das Abendessen direkt vor meinen Augen getötet hatten und ich auch noch hatte Beifall klatschen müssen, wäre sie nicht so empfindlich gewesen.

Nachdem die Wirkung des einheimischen Weins bereits

eingesetzt hatte, bereitete ich dann beim Essen den Boden vor, um ein umfassendes Geständnis bezüglich meines Cottages abzulegen.

»Mu, du erinnerst dich doch sicher noch an unseren Urlaub bei Miranda auf dem Gower, als ihre Eltern einmal nicht da waren? Wir haben damals noch studiert.

»Natürlich erinnere ich mich – es war himmlisch, nicht wahr?«, seufzte sie. »Bevor ich Ambler kennen gelernt habe oder du dich mit Dave eingelassen hast, und Miranda verschliss die Jungen schneller, als sie sich neue Rezepte ausdenken konnte.«

»Ja, das Leben erschien damals so unkompliziert.«

»Wahrscheinlich in Ermangelung jeglichen Verantwortungsgefühls, obwohl wir alle unsere Pläne für die Zukunft hatten.« Sie rollte ein Weinblatt auf, inspizierte den Inhalt, rollte es dann wieder zusammen und begann, es zu essen.

»Wir haben doch ziemlich genau das getan, was wir wollten, meinst du nicht?«

»Du hast es getan – du wolltest um die Welt reisen und schreiben, und nicht einmal Dave konnte dich davon abbringen. Und ich nehme an, Miranda hat sich am Anfang auch ganz gut geschlagen, wenn man bedenkt, dass *Der gestopfte Student* noch vor ihrem Abgang vom College veröffentlicht wurde. Aber seit Chris ihr wie ein Blutegel das Talent aus den Adern saugt, hat sie nichts mehr auf die Beine gestellt. Was mich betrifft – nun, ich bekomme regelmäßige Aufträge für Illustrationen, vor allem, wenn es um Katzensachen geht, aber wahrscheinlich hätte ich viel mehr gemacht, wenn ich nicht Amblers Geld im Rücken hätte. Als Sicherheitspolster.«

»Er ist ein sehr nettes Polster.«

»Ja, das ist er«, räumte sie mit sichtlicher Unruhe ein. »Und er verändert sich auch nicht: Ambler bleibt Ambler.«

»Stöhn.«

»Wie sind wir eigentlich auf das Thema Männer gekommen?«

»Keine Ahnung, wir sind abgeschweift. Ich habe dich gefragt, ob du dich an Gower erinnerst und an Bedd, wo Miranda gelebt hat.«

»Warum?« Sie musterte mich eingehend, und in ihren grünen Augen blitzte Argwohn auf. »Was führst du im Schilde?«

Ich rutschte schuldbewusst auf meinem Stuhl hin und her. »Ich habe mir da ein Haus gekauft.«

Sie starrte mich an. »Ein Haus? Was soll das heißen? Wann? Wo?«

»In eben demselben Dorf – Bedd. Um genau zu sein, ich habe es schon vor Jahren gekauft, mit fünfundzwanzig, als ich meine Erbschaft gemacht habe.«

»Du meinst, du hast die ganze Zeit nicht mehr als eine Autostunde von mir entfernt ein Cottage besessen und nie ein Wort davon gesagt?«

»Ich wusste, du würdest mich für verrückt halten – und es war ja auch nicht so, als hätte ich es benutzen können, weil ich beim Kauf Mieter übernommen hatte. Erinnerst du dich noch an den Tag, als Miranda mit uns zu zwei ältlichen Brüdern gefahren ist, die ganz am Rand des Dorfes lebten? Sie hat ihnen ein Glas von ihrer Orangenmarmelade gebracht.«

Mu legte die Stirn in Falten. »Ich erinnere mich undeutlich.«

»Von vorne sah das Cottage aus wie ein baufälliger Schuppen, aber wenn man herumging, kam man auf einen gepflasterten Innenhof, und dann hatte man plötzlich dieses kleine Steincottage vor sich. Es waren noch Schnitzereien aus irgendeiner alten Ruine mit in die Front eingebaut.«

Sie riss die Augen noch weiter auf. »Und ob ich mich erinnere! Du bist in eine Art Trance gefallen, und wir mussten dich förmlich wegzerren. Die Aces, so hießen die beiden

Brüder – und das Haus war eine halbe Ruine! Du willst mir doch nicht erzählen, du hättest *das* gekauft?«

»Doch, habe ich. Aber unter der Bedingung, dass die Aces dort so lange leben durften, wie sie wollten. Dafydd, der letzte Bruder, ist in diesem Jahr gestorben, also werde ich ein paar grundlegende Renovierungen in dem Cottage vornehmen lassen und dann dort leben. Ich freue mich darauf, mein eigenes Haus zu haben. Pops und Jaynie haben mir eine Tür gekauft.«

»Eine Tür? Wollen wir hoffen, dass noch eine Wand steht, in die du sie einbauen lassen kannst!«

»So schlimm war es doch gar nicht, Mu – ich habe eine Stippvisite gemacht, um mir einen Überblick über die nötigen Renovierungen zu verschaffen, und es sieht noch ganz genauso aus, wie ich es in Erinnerung hatte.«

»Mein Gott!«

»Du weißt doch, wie sehr ich Herausforderungen liebe. Oh, hast du gehört, dass Miranda wieder in das Haus in Bedd gezogen ist, in dem früher ihre Eltern lebten?«

»Was, sie hat Chris verlassen?«, rief sie.

»Nein, er kommt übers Wochenende und bei ähnlichen Gelegenheiten runter. Aber es ist seltsam, dass er einverstanden war, sie aus den Augen zu lassen, wo er doch immer eifersüchtig war, wenn sie sich auch nur mit alten Freundinnen wie uns getroffen hat. Findest du nicht auch?«

»Es ist entschieden seltsam«, stimmte sie mir zu. »Ich habe eine ganze Weile keinen Brief mehr von ihr bekommen, und es muss jetzt – hm, fast vier Jahr her sein, seit ich sie das letzte Mal gesehen habe. Sie hat ein bisschen zugenommen – das kommt wahrscheinlich von all dieser Kocherei. Hast du ihr erzählt, dass ihr Nachbarn werdet?«

»Ich habe ihr geschrieben – sie wird sicher begeistert sein, dass ich nach Bedd ziehe. Und ich werde mir Mühe geben müssen, es richtig auszusprechen, damit die Leute nicht auf falsche Gedanken kommen!«

Inzwischen waren Mu auch die Vorteile aufgegangen: »Du wirst nur eine Autostunde von mir entfernt sein, und Swansea ist in der Nähe. Dort gibt es Läden, und von dort fährt ein durchgehender Zug nach London.«

»Ich hasse Läden.«

»Hm – Essen? Du bist keine sehr häusliche Natur, oder?«

»Ich werde mir einen riesigen Gefrierschrank anschaffen und ihn füllen. Und ich kann sehr wohl kochen, wenn ich will. Es ist nur so, dass es meistens interessantere Dinge zu tun gibt.«

»Hatte das Cottage eigentlich ein Badezimmer?«, fragte sie plötzlich.

»Nein – die Brüder fanden, sanitäre Anlagen im Haus seien eine schmutzige Erfindung der Moderne, aber ich werde eins einbauen lassen.«

»Klingt ganz gut – obwohl ich mir nicht vorstellen kann, dass du dich auf lange Sicht dort niederlassen wirst. Wie dem auch sei, Gower ist im Augenblick ziemlich in, du könntest das Haus also jederzeit wieder verkaufen.«

»Ich werde es aber nicht verkaufen wollen, selbst wenn es auf Gower wirklich nur so von Künstlertypen wimmelt, wie Lili Ford Jakes behauptet. Sie hat sich übrigens auch gerade ein Wochenendcottage dort gekauft. Ich hoffe einfach, dass es doch nicht so furchtbar schlimm ist oder die Leute es leid werden und wieder verschwinden.«

»Wie geht es Lili eigentlich?«

»Oh, das Übliche – abgesehen davon, dass sie mir anvertraut hat, sie sei die Reinkarnation eines Vampirs. Es hat mich überrascht – ein Interesse am Okkulten sollte sich, wie das Schreiben von Gedichten, eigentlich bis zum sechzehnten Lebensjahr ausgewachsen haben.«

»Aber sind Vampire denn überhaupt fleischlich?«, fragte Mu verwirrt. »Oder meine ich Fleisch geworden? Kann man fleischlich als etwas auferstehen, das gar nicht ... Entschuldige bitte, mir dreht sich der Kopf.«

Ich zuckte die Schultern. »Sie braucht eine Art Rechtfertigung, um sich im Dunkeln auf männliche Wesen zu stürzen und ihnen in den Hals zu beißen.«

Mu kicherte. »Das ist nicht wahr!«

»Und ob es wahr ist – einer von den Kreativen Freizeitlern hat sich bei Bob beschwert. Ich habe möglicherweise eine Verwendung für Lili: Sie hat sich ihr Cottage in Rhyss gekauft, weil sie ihre Netze nach einem Mann ausgeworfen hat. Ich hoffe, dass sie ihn bis zu meinem Umzug nach Bedd ausgesaugt hat, und wenn Dave dann auf der Bildfläche erscheint und mir auf die Nerven geht – meinst du nicht, sie wäre dann genau die Richtige für ihn?«

»Mein Gott! Glaubst du, dass sie auf ihn anspringen würde?«

»Warum nicht? Dave ist alles, was sie je bei einem Mann gesucht hat: groß, gut aussehend, männlich und verschlagen.«

»Hetz sie ihm auf den Hals!« Mu hob begeistert ihr Glas und fügte hinzu: »Auf das Genie in seinem Loch.«

»Vielen Dank, aber das Haus wird kein Loch mehr sein, wenn ich mit ihm fertig bin. Selbst Pops bezeichnet es ständig als ›deine Hütte‹, aber du wirst deine Worte bald zurücknehmen müssen: Ich habe einiges Talent, wenn es darum geht, Dinge zu reparieren.«

Mu grinste.

»Was? Ich meine, ich verstehe mich darauf, Dinge in Ordnung zu bringen – alle möglichen Dinge! Sieh dir doch nur Bob und Vivi an: Wenn ich nicht eingeschritten wäre und ihm gesagt hätte, dass er nicht zu alt für sie ist, und wenn ich ihr nicht erklärt hätte, dass niemand sich heutzutage noch um eine Mitgift und dergleichen schert, würden sie einander immer noch seelenvoll über den Essenstisch hinweg anschmachten.«

Ohne ungebührliche Bescheidenheit muss ich sagen, dass ich eine geborene Organisatorin bin und zahlreiche Erfolge auf mein Konto gehen. Tatsächlich erinnere ich mich nur an einen einzigen Fehlschlag meiner Bemühungen – ich hatte es nicht geschafft, Ambler zu einer Spermienzählung auch nur in die Nähe eines Krankenhauses zu bekommen. Er hat eine Phobie. Mu hat alle Untersuchungen vornehmen lassen, aber er will nicht.

Wenn er es getan hätte, wären wir am nächsten Tag vielleicht nicht erhitzt und müde ungezählte Betonstufen zum Tsambika hinaufgeklettert, zusammen mit einer bunt zusammengewürfelten Schar (überwiegend) griechischer Frauen, von denen eine den Aufstieg schmerzhaft auf den Knien unternahm. Anders als wir wird sie wohl auch kaum mit dem Auto angereist sein.

Es ist ein Pilgergang, der die Fruchtbarkeit steigern soll. Man muss zur Kapelle Unserer lieben Frau auf dem Hügel steigen, wo man ein Stück Lampendocht isst. (Ja, wirklich, und ich bezweifle, dass selbst de Bono in einer Fußnote in der Lage gewesen wäre, das zu erklären. Freud allerdings, dieses arme, irregeleitete Geschöpf, hätte es vermutlich geschafft.)

Nach diesem Ritual ist eine Schwangerschaft praktisch garantiert, obwohl man den daraus resultierenden Sprössling Tsambika oder Tsambikos nennen muss, weil er sonst gleich wieder den Löffel abgibt, was mir ein bisschen unchristlich erscheint.

Wie dem auch sei, Mu war fest entschlossen, diesen Pilgergang anzutreten, seit sie in einem Reiseführer davon gelesen hatte, und obwohl sie nicht wirklich erwartete, dass es funktionieren würde ... erwartete sie es irgendwie wohl doch. Der Triumph der Hoffnung über die Intelligenz.

Wir hatten uns zu früher Stunde an die lange Schinderei gen Gipfel gemacht, aber schon kurze Zeit später war der Lärm der Zikaden, die ihre Schenkel aneinander rieben oder eben taten, was immer sie auch tun, um richtig laut zu werden (und machen Sie sich nicht die Mühe, in meinen *spiral-*

gebundenen Reiseführern solche Einzelheiten zu suchen, weil Sie sie nicht finden werden), ziemlich ohrenbetäubend.

»Ich hoffe stark, dass das hier wirklich funktioniert«, hechelte Mu, als wir unser Ziel erreichten, und ich blieb kurz stehen, um meine Sandalen auszuziehen, bevor wir in die Kapelle gingen. Sozusagen um mich für die Kirche in meinen besten Sonntagsstaat zu werfen. »Jetzt brauche ich nur noch den Lampendocht zu essen.«

»Aber ich hoffe, du nimmst nur ein kleines Stückchen. Der Docht ist wahrscheinlich in Öl oder Fett oder irgendetwas Ähnliches getaucht und wird dich von innen so richtig schön einschmieren.«

»Nur leider die falschen Teile von mir – und solltest du nicht besser hier draußen warten, damit die Zauberei nicht bei der falschen Person wirkt?«

»Nein, ich glaube nicht, dass das passieren könnte: Falls *ich* eine biologische Uhr habe, handelt es sich um ein schlappes Ding à la Dalí, das wie eine leblose holländische Trachtenhaube über meinem Becken hängt und kaum mit den Zeigern zuckt. Aber wenn du willst, kann ich es ja mal versuchen. Wenn es funktioniert, dann bekommst du das Baby.«

»Du redest wirklich dummes Zeug«, erwiderte sie ernsthaft, aber ich habe mich dann doch hinter ihr in die Kapelle geschlichen und ein Stückchen Docht gegessen. Warum sollte ich mir meine Schwangerschaftschancen nicht offen halten? In China haben Frauen oft eins ihrer Kinder an unfruchtbare Schwestern weitergegeben, daher war es vielleicht eine Nachlässigkeit von mir, dass ich Mu das Angebot nicht schon früher unterbreitet habe.

Aber wie es so oft bei diesen plötzlichen Impulsen geht, hatte ich das unappetitliche Ding kaum heruntergeschluckt, als mir auch schon die bedeutenden Fallgruben meiner Logik dämmerten.

Obwohl mein Magen tapfer versuchte, den fettigen Brocken abzustoßen, gelang es ihm am Ende doch nicht, und Leute, die sich in der Kirche den Finger in den Hals stecken, werden allgemein schief angesehen.

Nur gut, dass ich solchen Aberglauben nicht für bare Münze nehme.

Die Atmosphäre auf dem Weg nach unten war viel ausgelassener, und alle lachten und scherzten, wobei die Witze manchmal ziemlich zotig ausfielen, und als wir zurückkamen, erklärte Mu, sie sei froh, es getan zu haben.

»Und wenn ich nach Hause komme, werde ich gerade noch genug Zeit haben, um Ambler ins Schlafzimmer zu zerren, bevor er nach Ägypten fliegt.«

»Ich glaube kaum, dass er sich sehr zur Wehr setzen wird. Aber vielleicht ist er anschließend zu schwach, um sein Kanu zu paddeln. Weißt du, Mu, in der Kirche habe ich gedacht...«

»Du hast gedacht, wenn ich auch nur einen Funken Mumm im Leib hätte, hätte ich schon lange eine künstliche Befruchtung vornehmen lassen!«, fiel sie mir ins Wort.

»Nein, das war nicht ganz das, was ich...«

»Aber Ambler will nichts davon wissen, und ich liebe ihn wirklich... Also scheint mir die Idee, ihm ein Kuckucksei unterzuschieben, doch gelinde gesagt ein bisschen schäbig.«

»Es wäre nur ein halber Kuckuck«, warf ich geistesabwesend ein. »Aber eigentlich wollte ich etwas ganz anderes sagen. Ich dachte, vielleicht könnte ich wirklich ein Baby bekommen und es dir geben und...«

»Das ist sehr, sehr lieb von dir, Sappho«, unterbrach sie mich. »Nur habe ich als Adoptivkind überhaupt keine Verwandten – keine richtige eigene Familie. Aber wenn ich selbst ein Baby bekäme, dann hätte ich eine Familie. Verstehst du?«

Während ich diese Worte verdaute, warf ich Luftbläschen aus wie ein Schnorchel. Ich trank Retsina, in der Hoffnung, dass er den Docht auflösen würde, der sich wie ein Bandwurm in meiner Magengrube zusammengerollt zu haben schien.

Ich verstand selbstverständlich, worauf Mu hinauswollte, und natürlich ging ich davon aus, dass ich nach wie vor Kinder würde haben können und die Götter des Schicksals mir den Becher nicht bereits weggerissen hatten, ohne dass ich davon kosten konnte. Aber vielleicht war es wirklich schon zu spät ... und das würde ich den Schicksalsgöttern definitiv übel nehmen.

Es ist, als bekäme man ein Geschenk mit einer Uhr dran – einer Eieruhr –, und dann würde einem das Geschenk vor der Nase weggeschnappt, bevor man dazu gekommen war, es aufzumachen. Vielleicht hätte mir der Inhalt ja nicht gefallen, aber es war *mein* Geschenk.

Wie dem auch sei, in der folgenden Nacht träumte ich, ich würde einen Tisch zur Welt bringen, und ich hatte *schreckliche* Probleme mit den Ecken.

Versucht mein Unterbewusstsein vielleicht, mir etwas zu sagen?

Kapitel 5

Also auf nach Bedd

»Wie wär es denn mit dem da?«

Mu zeigte zum anderen Ende des Gebrauchtwagenplatzes, wo ein alter Volvo Kombi in einem unauffälligen Braunton stand. Er hockte hasserfüllt auf seinem Platz wie der letzte Brontosaurus, der einem Meteoriten die Stirn bot.

»Warum ausgerechnet den?«, erkundigte ich mich, während wir auf den Volvo zuspazierten, dicht gefolgt von Mr. Gebrauchtwagen persönlich, einem zu kurz geratenen vierschrötigen Mann mit einem großen Mund, wie ein Mensch gewordener Karton.

»Oh, ich weiß nicht, er erinnert mich einfach irgendwie an dich: Er ist groß, hat die gleiche Farbe wie dein Haar und sieht so aus, als ginge er aus den meisten Streitigkeiten als Sieger hervor.«

»Säuft wahrscheinlich Benzin wie ein durstiges Kamel.«

»Er ist modifiziert worden«, informierte Mr. Gebrauchtwagen uns mit geziemend gedämpfter Stimme. Vermutlich handelt es sich bei dieser Operation um eine Art Kastration für Autos. »Und er ist sehr ökonomisch, wenn man es so bedenkt.«

Wenn man was bedachte?, fragte ich nicht, da das adrette, solide, rechteckige Aussehen des Volvos mir auf Anhieb gefiel. Dies war ein Wagen, der reifer geworden war, statt älter. Vielleicht lag darin eine gewisse Botschaft an mich.

Die Tatsache, dass er zu meinem Haar passt, gab den Ausschlag, und wenigstens ist er groß genug, da das Design offensichtlich auf hünenhafte Schweden mit Gorilla-Armen und Beinen wie Stelzen zielte. Ich habe Schweden kennen gelernt, die so aussehen. Sehe *ich* so aus?

Ich machte Mr. Gebrauchtwagen sehr glücklich, aber nicht so glücklich, wie er war, bevor ich ihn im Preis drückte, indem ich ihn auf mehrere geringfügige Defekte aufmerksam machte und zweimal so tat, als wollte ich das ganze Geschäft abblasen. Wenn man einmal auf einem Bazar gefeilscht hat, fällt einem das nicht weiter schwer. Allerdings schien meine Technik den Mann doch ein wenig zu entnerven.

Als ich mit meinem Neuerwerb zu Mu zurückfuhr, hatte ich guten Grund, mich zu der Auswahl eines Kombis zu beglückwünschen, denn ich hatte unterwegs noch einen ausnehmend hübschen, alten ledernen Liegestuhl gekauft.

Okay, wie Mu festgestellt hat, ist es eigentlich ein Zahnarztstuhl, aber er ist wirklich aus echtem, schwarzem Leder und Chrom und sehr bequem.

Einige Arbeiter trugen ihn zu einem Container, und nachdem eine Hand voll schmutzigen Mammons den Besitzer gewechselt hatte, halfen sie mir nur allzu gern, das Ding stattdessen in den Wagen zu verfrachten. Wir mussten zuerst ein oder zwei der abtrennbaren Teile abschrauben, aber ich schätze, die werde ich ohnehin nicht brauchen: Bedd mag nicht besonders aufregend sein, aber so schlimm wird es wohl kaum werden, dass ich die Abende damit zubringe, meine Zähne in Klappspiegeln zu betrachten.

Der Stuhl ist ein weiteres hübsches Stück für mein Cottage – wie die portugiesische Tür, die Pops und Jaynie mir gekauft haben. Die beiden haben es auch mit der Tür nicht gut sein lassen; am Wochenende folgt noch eine ganze Wagenladung anderer Sachen.

Der Kram, den ich bei Bob und Vivi hatte, ist zurzeit samt und sonders auf Seereise, auf einem langsamen Boot nach Tenby, und dann sind da noch all die Sachen bei Mu, die transportiert werden müssen.

Für einen sorglosen Globetrotter ist es ein überraschend großer Besitz, obwohl der größte Teil meiner Habe aus höchst unpraktischen Dingen besteht wie Keramikgeschirr und Schnitzereien und Sarongs in ausreichender Zahl, um damit die weißen Klippen von Dover zu verhüllen. Und das, obwohl ich im Grunde Spülschüsseln und Toilettenbürsten gebraucht hätte, wie die allzeit praktisch veranlagte Mu bemerkte.

Tatsächlich erstellte sie mir eine Grauen erregende Einkaufsliste von »unerlässlichen Dingen«, wie sie es formulierte, aber ich entdeckte eine Firma, die anbot, einem eine Art Startset für Hausbesitzer zu senden, und so eine Kiste bestellte ich mir. Alles, was ich von ihnen bekam, war weiß, weiß oder weiß, aber ich habe schon jede Menge buntes Zeug, das ich im Haus verteilen kann.

Überdies machte ich in dieser Zeit eine interessante Entdeckung. Während ich ohne weiteres glücklich und zufrieden aus einem Rucksack zu leben vermag, wird spartanische Einfachheit, wenn es um ein eigenes Haus geht, wohl nicht mein Stil werden.

Ich freue mich jetzt wirklich darauf, ein dauerhaftes Basislager zu bekommen, vor allem, nachdem ich beim letzten Besuch von Mus riesiger, halb wilder ägyptischer Katze namens Ankaret absolut terrorisiert worden bin. Im Augenblick hat sie sich allerdings in irgendeinen Schlupfwinkel zurückgezogen, um einen Überraschungswurf kleiner Kätzchen zu produzieren.

Ich glaube, Ambler wird nicht allzu begeistert darüber sein, wenn er von seiner Expedition zurückkommt – so wie es sich anhört, hat Ankaret auch ihn terrorisiert.

Als ich zu Mu zurückkam, warteten dort zwei Briefe auf mich, einer davon von Bob mit der freudigen Nachricht, dass Vivi in anderen Umständen ist. Während wir uns beide freuten, wurde Mu ein bisschen still und entfernte sich, um unter dem Vorwand, dass dies mein letzter Abend vor meinem Umzug nach Bedd sei, ein besonderes Essen zu kochen. Bei Lichte besehen hatten wir allerdings schon die ganze letzte Woche geschlemmt: eine Art verlängerter Leichenschmaus zu Mus neununddreißigsten Geburtstag.

(Mirandas Geburtstag war letzte Woche – ich habe ihr eine lange Plastikröhre mit neununddreißig Geleebohnen geschickt. Ursprünglich waren vierzig da gewesen, aber eine Bohne habe ich aufgegessen.

Als Mu weg war, machte ich es mir gemütlich, um den anderen Brief zu lesen, der von Tante Pops kam. Ich erwartete die übliche Mischung aus Verdrehtheit und praktischem Rat und musste stattdessen feststellen, dass sie und Jaynie sich sorgten. Es ging um ein paar leichtfertige Bemerkungen, die ich bei meinem letzten Besuch dort gemacht hatte, über Lampendochte und dass eine Schwangerschaft zu den wenigen Dingen zählte, die ich noch nicht ausprobiert hatte.

Der Kern der Sache war der, dass ich jedem verrückten Drang, mich zu vermehren, widerstehen solle. Wie Pops es ausdrückte: *... die Erkenntnis, dass die Fortpflanzung eine Möglichkeit ist, die dir vielleicht nicht mehr lange offen steht, bedeutet nicht, dass du sofort schwanger werden musst, solange du es noch kannst! Mit neununddreißig würde es dir wahrscheinlich ohnehin schwer fallen, und ältere Mütter müssen mit mehr Komplikationen rechnen. Ein Baby sollte kein Spontankauf sein, Liebling.*

Wir haben über dieses Thema vor ein paar Jahren nachgedacht und beschlossen, uns die Mühe zu sparen. Jaynie wurde wieder ein wenig grüblerisch, als sie die vierzig erreichte, aber dann hat sie sich die Harley Davidson gekauft, die ihr Jahre der Freude geschenkt hat. Das kann man von Kindern nicht immer behaupten.

Die Schwangerschaft übernimmt die völlige Herrschaft über deinen Körper, und für dich ist es so wichtig, immer die Kontrolle zu haben, liebste Sappho, dass ich bestimmt glaube, dass es dir überhaupt nicht gefallen würde. Und ein Kind übernimmt dein ganzes Leben.

Außerdem wäre da noch die Kleinigkeit eines Samenspenders – es sei denn, du hättest jemandem im Sinn, von dem du uns nichts erzählt hast? Ich würde mich über die Maßen freuen, wenn du einen ganz besonderen Menschen finden würdest – Jaynie und ich waren immer so glücklich ...

Und so weiter.

Ich verstehe einfach nicht, warum selbst Menschen, die mich gut kennen, mit solchem Entsetzen auf den bloßen *Gedanken* reagieren, ich könnte, sozusagen auf der Schwelle zum Greisentum, noch ein Baby bekommen.

Perverserweise ließ diese Einstellung die Idee, mit irgendwelchen passenden Spermien eine Art russisches Roulette zu spielen, geradezu beängstigend attraktiv erscheinen.

Nach dem Essen und ziemlich viel Wein wandte sich das Gespräch unausweichlich Vivis Neuigkeit zu.

»Es ist nicht so, als freute ich mich nicht wirklich, wirklich für sie«, erklärte Mu ernsthaft.

»Natürlich nicht – das weiß ich doch.«

»Bloß dass ich höllisch eifersüchtig bin. Weißt du«, fügte sie hinzu und stützte ihr spitzes Kinn in die Hände, »obwohl ich die ganze Zeit gesagt habe, ich würde nicht erwarten, dass der Tsambika-Pilgermarsch funktioniert, habe ich es insgeheim *doch* erwartet. Ist das nicht traurig? Ich langweile die Menschen mit meinem Schwangerschaftswahn bestimmt zu Tode.«

Der Pilgermarsch hatte auch bei mir nicht funktioniert, aber andererseits konnte das wohl auch etwas damit zu tun haben, dass ich seit Menschengedenken keinen Sex mehr gehabt hatte.

»Nein, du langweilst mich nicht«, versicherte ich ihr. (Jedenfalls nicht, seit ich plötzlich ein persönliches Interesse am Thema Schwangerschaft entwickelt hatte. Früher hatte ich das Thema einfach automatisch ausgeblendet, zusammen mit anderen langweiligen Dingen wie zum Beispiel sämtlichen Formen von Sport.) »Ich habe auch gehofft, dass es funktionieren würde ... nur dass das Problem wahrscheinlich bei Ambler liegt und er sich nicht untersuchen lassen will, was bedeutet, dass du in eine Sackgasse geraten bist.«

»Eine Sackgasse in das Labyrinth, und auf der Uhr verticken die letzten Minuten«, stimmte Mu mir traurig zu.

»Ich glaube, ich werde vielleicht in meinem letzten Jahr vor Eintritt der Senilität ein Baby ansetzen. Du kannst etwas davon abhaben«, bot ich ihr an.

Sie lächelte: »Du machst Witze! Was solltest *du* mit einem Baby anfangen? Du kannst es nicht einfach in einen Rucksack setzen und loslaufen!«

»Warum nicht? In vielen Ländern tun die Frauen genau das.«

»Sappho, du meinst das doch nicht ernst, oder?«

»Hm, du kannst nicht behaupten, dass ein Kind mein Leben nicht verändern würde, und ich suche nach etwas, das mir eine neue Richtung gibt, bevor ich vierzig werde. Aber es liegt in der Hand der Götter, ob ich wirklich schwanger werde oder nicht, nicht wahr?«

»Wohl eher in gewissen Teilen eines Samenspenders – es sei denn, du hast schon jemanden im Sinn?«

»Noch nicht, aber ich hab ja auch noch reichlich Zeit. Ich suche nicht nach *dem* Mann, nur nach *dem* Sperma.«

»Roxana meinte, *ich* solle eine künstliche Befruchtung in Erwägung ziehen.«

»Was, Amblers *Mutter* macht dir einen solchen Vorschlag? Wann war das?«

»Sie ist vor ein paar Wochen auf einen Sprung vorbeigekommen, als sie mit Chuck aus Kansas hergekommen ist.«

»Chuck?«

»Ihr Fünfter. Er ist nett – klein, pummelig, ernsthaft, reich.

Er hat mich zur Seite genommen und mir offenbart, Roxana sei eine ›sähr, sähr empfindsame kleine Lady‹, und er beabsichtige, für sie zu sorgen.«

»Lieb, aber verfehlt. Sie hat sogar noch mehr Tiger im Tank als Lili.«

»Ja, aber sie wird auch nicht jünger, und ich finde, sie sollte bei diesem Mann Schluss machen. Wir haben ein ›kleines Schwätzchen unter Mädchen‹, wie sie es nennt, gehalten, und bei der Gelegenheit bemerkte sie auch, Ambler müsse wohl eine Niete sein und ich solle jemand anderen probieren.«

»Was, den Milchmann zum Beispiel?« Das schien mir denn selbst für Roxana ein bisschen stark zu sein.

»Nein, natürlich nicht! Sie meinte, es müsse natürlich ein Graythorpe-Baby sein, also sollte ich mich am besten an Simon wenden.«

»Simon? Der einzige Simon, der mir einfällt, ist Amblers kleiner Bruder, das Baby.«

»Genau der: Nur dass er jetzt Amblers zum Anbeißen attraktiver, neunzehn Jahre alter Bruder ist, der Student Simon. Kinder werden nämlich auch mal erwachsen, Sappho! Außerdem sieht er genauso aus wie Ambler, nur dass er etwas mehr unter der Mütze hat.«

Ich starrte sie an und musste erst einmal verdauen, was sie mir da sagte. »Aber Mu, wird Ambler denn nicht Verdacht schöpfen ...«

»Er wird nichts davon erfahren, und da ich zusehen würde, dass ich ihn vor jedem Versuch mit Simon verführen würde, könnte nicht einmal *ich* mir hundertprozentig sicher sein, wessen Kind es ist – falls es funktioniert.« Sie schauderte plötzlich. »Ich liebe Ambler wirklich, und ich möchte ihn nicht verlieren, es ist nur so, dass ich so schrecklich gern eine eigene Familie hätte.«

»Ich verstehe dich, Mu, aber was ist mit Simon? Er wäre

doch sicher...« Wieder verschlug es mir die Sprache, und es taten sich noch weitere Fallgruben vor mir auf.

»Roxana hatte bereits mit Simon darüber gesprochen, und er hat absolut nichts dagegen. Tatsächlich«, fügte sie geziert hinzu, »war er immer ein bisschen verliebt in mich, und es hat ihn offensichtlich enttäuscht, dass Roxana ihm erklärte, seine persönlichen Dienste seien nicht erforderlich, nur das Material selbst.«

»Das *Material?* Oh – ich verstehe.«

»Nun, das möchte ich doch hoffen! Ich war Ambler noch nie untreu, und wenn ich jetzt damit anfangen würde, dann müsste es schon jemand sein, der ein bisschen älter ist als Simon. Nicht dass jung, geschmeidig und muskulös nicht schreckliche attraktive Eigenschaften wären.« Sie blickte nachdenklich drein.

»Mu!«

»Schon gut, ich fühle mich nicht ernsthaft versucht, und Simon hat Roxana versprochen, dass er Ambler gegenüber nichts durchblicken lassen würde oder hintenrum irgendwelche versteckten Andeutungen machen würde. Falls er es doch tut, hat sie ihm damit gedroht, ihn umzubringen – oder ihm seinen Monatsscheck zu streichen, je nachdem, was das Schmerzhaftere wäre. Aber ich glaube nicht, dass er etwas verraten würde, weil er Ambler sehr gern hat.«

»Ja, aber hieße das nicht, die brüderliche Liebe ein bisschen zu weit zu treiben?«, protestierte ich schwach. Ehrlich, diese Roxana! Je mehr ich darüber nachdenke, desto unnatürlicher kommt es mir vor, dass sie ihren jüngsten Sohn als Zuchthengst für die Frau seines Bruders anbietet.

»Mu, was ist, wenn Simon heiratet und Kinder bekommt, und Vetter und Cousine lernen einander kennen und verlieben sich ineinander und...«

»Unwahrscheinlich – und die Taufpatin, nämlich du, müsste der Sache einfach einen Dämpfer verpassen.«

»Na, vielen Dank.«

Sie zuckte die Schultern. »Wahrscheinlich funktioniert es sowieso nicht, und das Problem wird sich gar nicht stellen, aber versuchen kann ich es ja mal. Und ich habe mich gefragt – da dein Cottage von Simons Universität in Bristol aus leicht zu erreichen ist, ob wir uns vielleicht dort treffen könnten?«

»Du möchtest das Cottage benutzen? Natürlich kannst du das tun. Aber wenn ihr nicht miteinander schlafen werdet – wie willst du das Werk dann vollbringen?« Nennen Sie mich naiv, aber es ist kein Thema, über das ich je viel nachgedacht hätte. Bei Kliniken für künstliche Befruchtung denkt man schlicht und einfach an Gummihandschuhe und riesige Spritzen, was im Übrigen den Tatsachen näher kam, als ich erwartet hatte.

»Eine Bratenspritze«, antwortete Mu.

»Eine Bratenspritze? Ist das dein Ernst? Wirst du das Baby Chipolata nennen müssen? Oder Valentino? Oder Mirabeau ...?«

»Das sind Enten«, unterbrach sie mich kalt. »Und ich könnte stattdessen einen langen Löffel benutzen, aber eine Bratenspritze würde dem Sperma einen besseren Start geben.«

»Ja, aber wenn du einen Löffel benutzen würdest, könntest du das Baby Caipirinha oder Margarita nennen.«

»Halt den Mund.«

»Oder Mustard. Mustard Graythorpe.« Ich sah sie von der Seite an und bemerkte, dass ihre Lippen zuckten, so sehr musste sie sich bemühen, nicht laut loszulachen. »Andererseits, der muskulöse, erotische Simon könnte dich vielleicht einfach in Versuchung führen.«

»Vielleicht, aber dann könnte ich ihm nie wieder in die Augen sehen – oder sonst wo hin –, und auf diese Weise kann ich es, weil etwas Abstand gewahrt bliebe. Wenn du es ernst meinst, dass du auch eins möchtest, könntest du Simon ja ausprobieren!«

»Du weißt doch, ich stehe nicht auf blonde Männer – ich suche nach jemanden, der groß, dunkelhaarig und attraktiv ist.«

»Wie Dave.«

»Wie Dave, aber ohne Kurzschluss im Hirn – jemanden, den ich anschließend wieder abschütteln könnte.«

»Sappho, es ist dir doch nicht ernst damit, oder? Ich dachte, du machst Witze.«

»Abwarten und Tee trinken.«

Das heißt, gesetzt den Fall, ich finde einen passenden Spender und die Götter des Schicksals haben mich nicht bereits von der Liste gestrichen.

Ich hatte immer noch meine Zweifel in Bezug auf Mus Plan, aber es war nie meine Art zu zögern, wenn Freunde meinen Rat oder meine Hilfe brauchen.

Miranda braucht mich offensichtlich auch, und zwar, um ihr etwas Rückgrat zu verleihen: und glücklicherweise bin ich ja jetzt mehr oder weniger an Ort und Stelle.

Die beiden brauchen eine gute Fee, und diese Fee bin ich.

Zugegebenermaßen gebe ich eine verdammt große Fee ab, aber wie heißt es so schön? Man soll einer geschenkten Fee nicht ins Maul schauen. Es sei denn, man möchte sich die Hand abbeißen lassen.

Titania die Titanin.

So kam es, dass ich an einem sonnigen, kalten Tag Anfang März zwei von Mus Katzen aus dem Wagen zerrte und nach Bedd fuhr.

»Bedd« ist walisisch und bedeutet »Grab«, und das Dorf hat seinen Namen von dem druidischen Steinkreis auf der moorbedeckten Anhöhe hinter meinem Haus. Offensichtlich werde ich geradezu umringt sein von Sterblichkeit, da der Acker des Besitzes Aces Acre im achtzehnten Jahrhundert als Friedhof verkauft worden ist und dort jetzt lauter moosbewachsene Engel und nicht mehr entzifferbare Grabsteine stehen. Aber das sind wenigstens ruhige Nachbarn.

Und den Brontës ist es gelungen, in Haworth in ihrem Haus mit Blick auf den Friedhof auch dann noch weiterzuschreiben, als sie eine nach der anderen dort begraben wurden.

Ich folgte dem kleinen Möbelwagen (in der Hoffnung, dass er in die richtige Richtung fuhr) mit meiner Habe sowie dem ganzen Drum und Dran von Fantasy Flowers, da Mu endgültig die Nase voll davon hatte. Mir dagegen widerstrebte es, ein Geschäft aufzugeben, das mit jeder Post Geld ins Haus strömen ließ.

Es fühlte sich gut an, im eigenen Wagen unterwegs zu sein, aber der allgemeine Fahrstil in England hat sich eindeutig verschlechtert. Etwa die Hälfte aller Autofahrer haben vergessen, wie man den Blinker bedient, und die meisten Männer schienen mehr als bereit zu sein, mich mitten in einer unübersichtlichen Kurve mit siebzig Meilen die Stunde zu überholen, statt hinter mir herzufahren. Schließlich wurde es mir zu bunt, ich hielt an und zupfte den Sticker ab, den Mu mir auf die Stoßstange geklebt hatte: *Frauen sind natürliche Anführerinnen – sie fahren gerade einer hinterher.* Anschließend wurde es eine Spur besser.

Haben Sie sich je gefragt, warum die meisten Männer beim Fahren nur eine Hand auf dem Lenker haben und was sie mit der anderen treiben? Nein? Nun, meine Theorie ist, dass sie eins von drei Dingen tun:

Einige blöken ungesetzlicherweise in ihr Handy, ein weiteres Drittel bohrt sich in der Nase, und die anderen schneiden diese komische kleine Grimasse, die bedeutet, dass sie ihre persönliche Ausrüstung arrangieren.

Wie dankbar ich war, dass ich mich für einen derart soliden Wagen entschieden hatte: persönlicher Schutz. Ich schob eine Kassette in den Rekorder, und das Herz wurde mir leicht in der Brust, während der Volvo die Meilen zu meinem Haus fraß, und das mit der ganzen schwerfälligen Anmut eines Sherman-Panzers. Die Klänge alter Lieblingsbands wie Motörhead, Dire Straits und Queen begleiten uns.

Die Menschen können sehr seltsam sein. An einer Ampel, vor der ich mich ganz um meine eigenen Angelegenheiten kümmerte und mit Freddy die *Bohemian Rhapsody* intonierte, warf mir der Mann auf der Nachbarspur einen sehr merkwürdigen Blick zu.

Warum? Starrte *ich ihn* an, nur weil er irgendeinen infernalischen Lärm mit einem durchgehenden Beat hörte, der so klang, als schlügen zwei Personen mit Tennisschlägern ein Wiesel tot?

Und wenn Mu Recht hat, dass Motörhead der Peter Alexander meiner Generation ist, sollte der Typ sich besser an dergleichen gewöhnen, denn in ein paar Jahren wird er kleine alte Damen dabei beobachten können, wie sie vor Verkehrsampeln wie betäubt den Takt mitnicken. (Wobei es sich in meinem Fall um eine *große* alte Dame handeln wird.)

»Bee-el-zeebub has a devil put aside for mee-e-e!«, kreischte ich glücklich vor mich hin, als die Ampel umsprang und der Wagen neben mir verreckte. Und das, nachdem der Typ die ganze Zeit wie ein Wilder den Motor hochgejagt hatte.

Friss Dreck, Punk.

Bevor ich die Hauptstraßen hinter mir ließ und die engen, gewundenen Landstraßen der Halbinsel Gower erreichte, hielt ich an und studierte die Karte. Danach hatte ich trotz der zunehmend schwereren Regengüsse kaum Schwierigkeiten, meinen Weg nach Bedd zu finden.

Drei Straßen führen in den Ort hinein, und mein Cottage ist das letzte Haus auf der engsten und steilsten Straße, derjenigen, die dicht neben dem druidischen Steinkreis herführt.

Mutig trotzte ich der Straße, während der Regen wie mit Panzerfäusten auf das Wagendach eindrosch und die Scheibenwischer langsam und heldenhaft ganze Wellen von der Scheibe wischten. Dann führte mein Weg wieder abwärts, und was vor mir lag, sah aus wie ein Fluss aus Schlamm. Ein geringerer Wagen wäre womöglich ins Schwimmen geraten.

Auf halbem Weg nach unten stand ein kleiner weißer Lieferwagen am Straßenrand, und eine arme Seele kauerte sich über einen platten Reifen, daher verlangsamte ich rücksichtsvoll das Tempo, in der Absicht, einen großen Bogen um die Stelle zu machen und den Unglücksraben nicht noch tiefer ins Elend zu stürzen, indem ich ihn im Vorbeifahren durchnässte.

In der Absicht sind hier die Worte, auf die es ankommt, denn gerade als ich ausscherte, schlich etwas Langes, Rötliches und Wieselähnliches über die Straße und zwang mich zu einem heftigen Ausweichmanöver – mit dem Ergebnis, dass sich über den Kopf des unglücklichen Radwechslers eine lange, abwärtsgebogene Welle flüssigen Schlamms ergoss.

Hallo, Schokoladensoldat.

Ein Brüllen, das Überraschung, Zorn oder Erschrecken bedeuten konnte, erklang – der Schlamm muss eiskalt gewesen sein –, und natürlich fuhr ich an den Straßenrand, in der Absicht, mich zu entschuldigen und das Malheur zu erklären.

Ich kurbelte das Fenster herunter und wartete, da es nicht viel Sinn zu haben schien, mich zu ertränken, nur um meine Sünden zu büßen. Im nächsten Moment konnte ich mein Opfer im Seitenspiegel näher kommen sehen; es wurde mit jedem Schritt noch größer und glänzender.

»Hören Sie, es tut mir furchtbar Leid«, versicherte ich zerknirscht, sobald er nahe genug war, um mich zu hören. »Ich bin dieser wieseligen Kreatur ausgewichen, die plötzlich über die Straße gerannt kam, und … und …«

Ich blickte auf.

Und auf.

Vielleicht schrumpfte *ich* ja auch auf die Größe eines Christbaumpüppchens zusammen?

Aus dem schlammbespritzten Gesicht des »Riesendings aus Der Schleimgrube« brannten zwei Augen mit einem farblosen, dämonischen Feuer, und ein (glücklicherweise) wortloses Grummeln weiß glühender Rage kam zwischen wölfischen Zähnen hervor, die vor dem Hintergrund des schwarzen Urschleims weißlich glänzten.

Der Drachentöter? Ist es meinen Figuren zu guter Letzt doch noch gelungen, aus meinem Kopf zu entfliehen und ein eigenes Leben zu führen?

Instinktiv legte ich einen Gang ein, dass es nur so krachte, und jagte wie eine Fledermaus direkt aus der Hölle diese Straße hinunter.

Manchmal kann Vorsicht tatsächlich der bessere Teil der Tapferkeit sein.

Ein letzter Blick in den Spiegel, bevor ich um die Ecke bog, zeigte mir, dass er mich nicht verfolgte, sondern sich auf die Straße setzte, höchstwahrscheinlich unbeabsichtigt.

Erschüttert drückte ich auf den Knopf des kleinen Diktiergeräts, das um meinen Hals baumelte, um freihändig großartige Gedanken aufzunehmen, und als ich in den Hof hinter Aces Acre bog und aus der Gefahrenzone heraus war, begann ich zu sprechen:

»Der Drachentöter erhob sich aus der Grube, und seine Augen brannten durch die schwarze Schicht aus …«

Allein daheim – fast.

Der Lieferwagen-Fahrer hat seine merkwürdige Fracht ausgeladen und ist verschwunden, aber oben kämpft der

Elektriker noch immer mit seinen schlangengleichen Schnüren, und irgendwo flucht ein Installateur. (Oder klingt das Walisische einfach immer so?)

Eigentlich hätten die Arbeiten inzwischen abgeschlossen sein sollen, aber beide Männer haben mir versichert, sie seien fast fertig. Sie werden es sein, falls sie gelogen haben.

Bei meiner Ankunft war von Miranda keine Spur zu sehen, abgesehen von einem beachtlichen, selbstgebackenen Früchtekuchen auf dem Küchentisch. Sie hatte aber offensichtlich früher am Tag die Arbeiter ins Haus gelassen.

Besagter Tisch ist übrigens eine seltsame, grünliche Angelegenheit aus Resopal, in dessen Oberfläche glitzernde Stückchen eingelassen sind. Wahrscheinlich hatte der Letzte der Aces das Möbel nicht haben wollen, als er das Haus ausräumte.

Ich will es seltsamerweise übrigens auch nicht, genauso wenig wie das aalglatte Sofa aus Kunstleder mit Rosshaarpolsterung.

Aber wie dem auch sei, das Dach ist fertig, und die Raufasertapeten, die die Farbe von kaltem Haferbrei hatten, sind verschwunden und haben weiß getünchten Wänden Platz gemacht. Das scheußliche kleine Gewächshaus, das an den vorderen Teil des Hauses angeklatscht worden war – ein Ding aus alten Fensterrahmen und allem möglichen anderen Zeug – ist immer noch da.

Die Handwerker hätten es eigentlich abreißen sollen, aber für den Augenblick kann es meinetwegen stehen bleiben und den Gerätschaften von Fantasy Flowers als Heimstatt dienen. (Obwohl ich dafür sorgen werde, dass die Handwerker mir den Abriss des Gewächshauses nicht in Rechnung stellen werden, nachdem sie es gar nicht abgerissen haben.)

Mein Telefon ist angeschlossen und wartet auf Blumenbestellungen, die Mu an mich weiterleitet. Mit den Bestellungen werde ich für den Augenblick sicher mühelos fertig –

ich habe immer ausgeholfen, wenn ich bei ihr zu Besuch war, daher kann ich so gut wie jede andere ein Sträußchen zusammenhauen.

Ich dachte gerade, dass ich es mit etwas Glück nicht allzu lange würde tun müssen, als wie auf ein Stichwort eine plötzliche Sonnenfinsternis die Küche verdunkelte: Etwas *Riesiges* blockierte den Eingang.

»Ich – ich b-bin es!«, erklang eine furchtsame Stimme.

Kapitel 6

Kräcker

»Mein Gott!«, rief ich ungläubig, als sie in den Raum trat und mir das ganze Ausmaß des Horrors bewusst wurde, eines Horrors, der einem förmlich die Augen aus den Höhlen quellen ließ. »Miranda?«

Ihre riesigen blauen Augen flossen über, und die Tränen zierten das abscheuliche, zeltartige Ding, das sie trug, mit dunklen Flecken.

»Ich – ich weiß, dass ich g-grotesk fett bin!«, stieß sie mit zitternder Stimme hervor.

Es gibt eine Zeit und einen Ort für brutale Offenheit, und da dies einer dieser Augenblicke war, schonte ich sie nicht: »Das einzig Groteske ist dieses Kleid, Miranda – ich habe in meinem ganzen Leben noch nichts derartig Abstoßendes gesehen! Wo hast du es her? Aus der Camping-Abteilung bei Hertie? Tents'Я'Us? Ich meine, selbst wenn es *nicht* diese seltsame Farbe hätte, eine Mischung aus Khaki und Durchfallgelb, würden diese psychedelischen Kringel es immer noch zu einem definitiven und schallenden *NEIN* machen. Hast du eine Geschmackstransplantation vornehmen lassen oder so etwas?«

Ihre Tränen tropften schneller, und ich dachte gerade, dass ich vielleicht eine *Spur* zu weit gegangen sei, als ich sah, dass sie durch das ganze Nass hindurch lächelte.

»Oh, S-Sappho!«, schniefte sie, und ich sprang auf und nahm sie fest in die Arme. Meine eigenen Augen brannten jetzt, obwohl das möglicherweise auf all diese tanzenden Kringel zurückzuführen war.

»Und ich dachte, du wärst entsetzt wegen meines Ge-Gewichts!«

Ich hielt sie um Armeslänge von mir weg und erwiderte erstaunt: »Was, du dachtest, ich würde rufen: ›Weiche von mir, Elefantenfrau, ich will keine übergewichtigen Freundinnen?‹ *Wirklich,* Miranda! Hast *du* je zu *mir* gesagt: ›Ich will nicht mehr mit dir befreundet sein, du bist zu groß und zu tyrannisch, und außerdem hast du Schuhgröße acht‹?«

Miranda stieß ein vertrautes, jugendvolles Kichern aus, das Echo der Miranda von früher.

Und wirklich, ich weiß nicht, was ihr so zusetzt, denn sie wird immer wunderschön sein: Es liegt am Knochenbau, selbst wenn einige Knochen ein wenig tiefer im Fleisch begraben waren als früher. Tatsächlich sahen ihr Kopf und ihr Hals genauso aus wie immer – entzückende Wangenknochen, nach oben gekämmtes, maisgoldenes Haar, Augen in dem französischen Blauton eines 2CV's...

Genau genommen sieht sie so aus, als hätte ein Bildhauer sie aus Styropor aus seiner Galatea gemeißelt und den Kopf fertig gestellt, aber den Rest einfach vergessen, als er sich zu seinem Tee verzog.

Die Sache hatte jedoch auch Vorteile, wie ich bei einer Tasse Kaffee und Mirandas köstlichem Früchtekuchen bemerkte, während über uns der Installateur und der Elektriker wie ein himmlischer Fanclub laut brüllend über Rugby diskutierten. Miranda hatte sich immer ein Dekolletee gewünscht, warum also sollte sie ihre Reize, jetzt, da sie sie hatte, nicht zur Schau stellen?

»Es sch-schien kaum mehr der M-Mühe wert zu sein, als ich erst mal die Größe zweiundvierzig überschritten hatte und Chris keinen Zweifel mehr daran ließ, dass mein Anblick ihm peinl-lich war. Und es macht auch nicht mehr viel Spaß, Kleider zu kaufen, wenn einem die meisten d-doch nicht passen. Und fast alle wirklich g-großen Sachen dienen nur zur B-Bedeckung – wie Sommer- und Winterhüllen für Sofas. Inzwischen ist es so weit, dass ich alles kaufe, was mir p-passt, selbst wenn ich es früher nicht einmal dem H-Hund als D-Decke gegeben hätte.«

»Ah ja – wie geht es übrigens Spike?«

»Gut. Der ist natürlich schon sehr alt für einen Labrador, und er lebt auch auf D-Diät. Ich bin netter zu ihm als zu mir selbst. Ich selbst habe in den letzten drei Jahren jede der M-Menschheit bekannte Diät gemacht, und jedes Mal scheitert es daran, dass mein Gewicht noch weiter in die Hö-Höhe schnellt.«

»Ja, ich habe gehört, dass das passieren kann. In Griechenland habe ich ein paar Frauenzeitschriften gelesen, und abgesehen von Sex waren Diäten das einzige Thema dort.«

»Ich befinde mich in einer A-Art Teufelskreis, Sappho«, vertraute sie mir an, »und ich w-weiß nicht, wie ich da wieder rauskomme. Je fetter ich werde, desto g-gehemmter werde ich, und mein Stottern wird immer schlimmer, und Chris macht ständig kränkende Bemerkungen darüber, und dann fühl ich mich noch mieser und esse noch mehr ...« Sie brach ab und sah mich hilflos an. »V-Verstehst du?«

»Oh ja, ich verstehe in der Tat, und ich finde, du solltest dich von diesem Bastard scheiden lassen – das einzig Vernünftige. Immerhin ist er doch bloß irgendein kleiner, rothaariger Mistkerl, der auf dem Rücken deiner Kochkünste und deiner harten Arbeit zu Ruhm und Vermögen gekommen ist.«

Ihr hübscher, rosafarbener Mund verzog sich zu einem verblüfften Lächeln. »Du h-hast dich nicht allzu sehr verändert, Sappho!«

»Nein, das höre ich immer wieder. Ich weiß aber nicht, ob das gut oder schlecht ist.«

»Gut! Mir geht es schon b-besser. A-aber du v-verstehst nicht, Sappho – Chris und ich sind Partner. Beim Fernsehen d-dreht sich alles um Persönlichkeit, und mit meinem Stottern könnte ich das unmöglich m-machen, oder? Und Chris ist nicht kreativ – er versteht n-nichts von innovativer Küche, und das ist der Punkt, an dem i-ich ins Spiel komme.«

»Es wäre eine Partnerschaft, wenn du dafür auch nur einen Funken Anerkennung bekämst, aber ich meine: Wirst du im Abspann der Serie überhaupt erwähnt? Oder in den Kochbüchern? Wirst du für deine Arbeit bezahlt?«

»Hm, *nein,* a-aber ...«

»Er benutzt dich, und er braucht dich mehr, als du ihn brauchst.«

»Er käme wahrscheinlich auch ohne mich klar, w-weil sie ihm einfach ein Team von Köchen zur Seite stellen könnten, die klammheimlich die A-Arbeit für ihn machen.«

»Aber die müsste er bezahlen. Und war Geizkragen nicht immer sein zweiter Vorname?«, bemerkte ich. »Verrat mir eins: Liebst du ihn noch?«

Sie schwieg einen Augenblick, dann sagte sie langsam und mit einem Ausdruck überraschten Staunens in den Augen: »Hm, irgendwie schon. Ich habe ihn geliebt, wie er *war* ... nur dass er sich verändert zu haben scheint, und er war einfach g-grässlich zu mir, seit ich angefangen habe zuzunehmen. Obwohl das meine Schuld ist, oder? A-aber ich meine, was sollte ich ohne ihn t-tun? Ich habe nie gearbeitet, das einzige Geld, das ich habe, hat er mir gegeben.«

»Ja, du Idiotin, aber es ist auch dein Geld – du hast, was die Kocherei betrifft, die ganze harte Arbeit gemacht, er ist bloß das Gesicht, das ihr der Öffentlichkeit zeigt. Es wird langsam Zeit, dass du aufhörst, dich als eine Art Anhängsel zu betrachten, und stattdessen mal wieder daran denkst, was Miranda Cotter will – oder die Miranda Lacey, die du warst, als du *Der gestopfte Student* geschrieben hast.«

»A-aber ich kann nichts anderes *m-machen.* Ich bin fett, hässlich, nutzlos und *ka-ka-kann* mich nicht klar ausdrücken!«

»Und einer Gehirnwäsche bist du offensichtlich auch unterzogen worden«, fügte ich hinzu, schenkte ihr noch etwas Kaffee ein und gab diesmal einen Klatsch dunklen Rums dazu. Wenn das sie nicht wieder zur Raison brachte, war ihr wirklich nicht mehr zu helfen.

»Der einzige Erfolg, den ich jemals hatte, w-war *Der gestopfte Student,* und jetzt möchte meine Lektorin, d-dass ich das B-Buch überarbeite. Bloß, als ich das Chris erzählte, wollte er, dass auch sein Name auf dem Cover steht, w-weil es sich dann besser verkaufen würde! Und du kannst mich engstirnig und schäbig schimpfen, Sappho, a-aber ich w-will das überhaupt nicht – ich meine, es ist *mein* Buch.«

»Natürlich wirst du das nicht zulassen – Chris hat überhaupt nichts mit der Sache zu tun.«

»Nein, und meine Lektorin war meiner Meinung.«

»Schön für sie – lass dich nicht ins Bockshorn jagen.«

»E-Er war ziemlich sauer. Und Sappho – der Verlag will, dass ich danach ein neues B-Buch schreibe, über Partyessen für Studenten mit sch-schmaler Börse.« Ihre Miene hellte sich auf: »Ich dachte, ich nenne das Buch: *Die Fütterung des Partytiers.* Was m-meinst du dazu?«

»Wunderbar!« Ich prostete ihr mit meinem mit Rum gewürzten Kaffee zu. »Da hast du es, ein Fünkchen Entschlossenheit, und schon fängt deine neue Karriere an. Du kannst dich wie ich in das zweitälteste Gewerbe stürzen, das den Frauen offen steht.«

»Sappho!«

»Das Schreiben«, erklärte ich geduldig.

Ihre Miene spiegelte Freude, aber auch Zweifel wider, was jedoch in Ordnung war, weil ich mehr als genug Rückgrat für uns beide habe.

»Ich muss aber vorher noch das B-Buch für die neue Fernsehserie fertig schreiben – *Chris Goes Crackers.* Es ist schon a-angekündigt!«

Sie gestikulierte mit der Kekstrommel, die sie seit ihrer Ankunft auf dem Schoß festgehalten hatte und die mir so eine Art Sicherheitsdecke zu sein schien. »Die ist für dich –

ein Geschenk zum Einzug. Sie ist voller K-Kekse – mein ganzes Haus ist voller K-Kekse.«

»Sag Chris, dass in Zukunft dein Name gleichberechtigt bei Büchern und Fernsehserien Erwähnung finden soll«, erklärte ich kategorisch.

»Er würde a-ausrasten – und behaupten, es sei alles ein Teil meiner Neurose.«

»Neurose? Welcher Neurose?«

»Er glaubt, ich habe eine Art Z-Zusammenbruch, weil D-Dad und Mum innerhalb eines J-Jahres gestorben sind und ich pausenlos unkontrolliert zunehme ... Also dachte ich, ich komme b-besser hierher, um ein W-Weilchen Ruhe zu haben, bis es mir b-besser geht.«

»Besser als was?«

»Ich habe in letzter Zeit tatsächlich ein oder zwei m-merkwürdige Dinge getan«, gab sie zu. »A-aber ich fühle mich gut.«

»Merkwürdige Dinge? Was für merkwürdige Dinge waren das?«

»Oh, ich habe zum Beispiel die Koi in die Gefriertruhe gelegt.«

»Die was?«

»Koi – das sind die Fische, die D-Dad immer im Gartenteich hatte. Eines Morgens waren sie nicht mehr da, und ich fand sie in der Tiefkühltruhe. In Tüten verpackt, d-datiert und etikettiert: *Zu verzehren innerhalb von drei Monaten.*«

Ich erstickte fast an meinem Kaffee. »Du glaubst, du hast das getan?«

»Wer könnte es denn sonst g-gewesen sein? A-aber ich k-kann mich nicht daran erinnern. Chris meinte, er sei in der Nacht d-davor aufgewacht und hätte den Deckel der Tiefkühltruhe zuknallen hören.«

»Gestern habe ich mitten in der Nacht die Tiefkühltruhe zuknallen hören ...«, gurrte ich gedankenvoll zur Melodie von *Big Yellow Taxi*.

»Ich glaube, mich daran zu erinnern, dass es ein großer Teich ist. War dein Nachthemd nass? Wasserpfützen überall im Haus? Blutige Messer? Erdverkrustete Füße?«

»Nein, nichts in der Art – und ich hatte n-nicht einmal ein Angelnetz, obwohl ich komischerweise später eins auf einem der B-Balken in der Garage gefunden habe.«

»Chris war in besagter Nacht zu Hause, hast du gesagt?«

»Er – er ist an dem Morgen weggefahren, als ich die Fische gefunden habe ... a-aber ...« Ihre Augen weiteten sich. »A-aber er würde so etwas doch nicht ...? Warum sollte ...«

»Noch andere merkwürdige Ereignisse?«, unterbrach ich sie.

»Nur Kleinigkeiten, wie zum Beispiel der Schinken, den ich in der Werkzeugk-kiste gefunden habe, und den Hammer im Kühlschrank. Solche Dinge.«

»Und Chris war bei diesen Gelegenheiten auch zu Hause, nehme ich an? Wirklich, Miranda, der Mann versucht, dich mit Manipulationen wieder unter die Knute zu bekommen! Er dachte, er hätte dich gut an der Kandare, und du würdest bis in alle Ewigkeit widerspruchslos für ihn schuften, und plötzlich zeigst du Anzeichen von Unabhängigkeit!«

»M-meinst du wirklich? Dann werde ich also nicht verrückt? A-aber Chris würde doch sicher nicht ...?« Sie brach ab und seufzte. »Ich nehme an, er *würde* – a-aber es ist abscheulich. Diese Fische lagen mir am Herzen!«

»Dein Verstand liegt dir vermutlich auch am Herzen.«

Sie richtete sich höher auf. »Wenn ich wirklich dächte ...«

»Das war es dann«, meldete sich plötzlich der Elektriker zu Wort, ein kummervoll dreinschauender, dunkelhaariger Mann, der unbemerkt die Treppe heruntergekommen war. »Sie haben jetzt neue Steckdosen, und die Kabel sind auch wieder verlegt. Diese alten Kabel haben förmlich nach Unfällen geschrien.«

»Gut – vielen Dank. Ich lasse die Maurer all diese kleinen Löcher und Kanäle, die sie in die Wände gemeißelt haben, wieder ausfüllen.«

Er starrte mich an. »Wo gehobelt wird, da fallen Späne«, bemerkte er vernünftig.

»Wie wahr. Also, ich möchte, dass Sie später noch einmal herkommen, um die Scheune zu verkabeln – das Nebengebäude –, oder wie auch immer Sie das alte Ding vorm Haus nennen. Bis ich mich entschieden habe, was ich damit anfangen will, genügt es mir, wenn Sie da drin erst einmal für etwas Licht sorgen würden.«

»Man könnte ein hübsches Feriencottage daraus machen«, schlug er vor.

»Ich brauche kein Feriencottage, ich wohne hier. Ich könnte einen Teil davon zur Garage umfunktionieren und den Rest als Anbau für das Haus benutzen, aber dafür würde ich wahrscheinlich eine Baugenehmigung benötigen.«

»Ich könnte Sie nächsten Mittwoch noch dazwischennehmen.«

»Mir sehr recht – es hat keine Eile. Also, zeigen Sie mir noch mal diesen Schnitt in ihrem Finger, bevor Sie gehen.«

Er riss die verletzte Hand hinter seinen Rücken. »Nein, es ist alles in Ordnung – ehrlich!«

Männer können in solchen Dingen ja so kindisch sein.

»Lassen Sie mich mal sehen. Wir wollen doch nicht, dass die Wunde sich infiziert.«

Er begann, sich an mir vorbeizuschieben. »Nein, wirklich, das Zeug, das Sie vorhin draufgeschmiert haben, hat höllisch gebrannt.«

»Wo gehobelt wird, da fallen Späne«, erinnerte ich ihn. »Wenn es wehtut, funktioniert es. Vielleicht noch etwas von der antiseptischen Salbe ...«

Er schlängelte sich um mich herum und rückwärts in Richtung Tür. »Ich kümmere mich darum«, versicherte er hastig und schoss hinaus zu seinem kleinen Wagen.

»Schade«, sagte ich. »Es war ein scheußlicher Schnitt. Aber wie dem auch sei, wenn sich die Wunde entzündet und sein Finger abfällt, werde ich wenigstens wissen, dass ich alles getan habe, was *ich* konnte.« Ich wandte meine Aufmerksamkeit wieder Miranda zu, die verwirrt und mit leicht rosigen Wangen in ihre Kaffeetasse blickte.

»Ist das einer von diesen aromatisierten Kaffees, die man jetzt kaufen kann?«

»Ja, mit Rumaroma. Hör mal, Miranda, es gibt da etwas, wobei ich wirklich, wirklich deine Hilfe brauche.«

Sie errötete vor Erstaunen noch mehr. »Meine Hilfe? Du möchtest, dass *ich* dir helfe?«

»Ja. Magst du Blumen?«

»Blumen? Ja, natürlich – a-aber ich kann kein Unkraut mehr j-jäten, weil ich schnell müde werde und meine Knöchel zu Ballons anschwellen. Wenn du also Hilfe bei deinem Garten brauchst...«

»Ich habe keinen Garten, ich habe ein Meer aus Unkraut und Schutt, das mit dem Moorland verschmilzt, und einen gepflasterten Innenhof, der unter einem Ozean von Schmutz begraben liegt«, erwiderte ich. »Nein, ich meinte, ob du gern Blumensträuße und dergleichen arrangierst?«

»Oh ja – und erst vor ein paar Wochen war im Dorfgemeinschaftshaus ein Wochenendkurs zum Thema Blumensträuße. Llyn aus dem Dorfladen hat mich überredet hinzugehen, und ich habe meine Sache ziemlich gut gemacht.«

»Großartig. Dann komm mal mit in den Schuppen, und ich zeige dir was.«

Sie folgte mir nach draußen und starrte verwirrt die Kartons, Teekästchen und gebündelten Blätter an, die Bänder und Schachteln und die beiden Klapptische.

»Das«, erklärte ich großspurig und mit einer weit ausholenden Handbewegung, »das ist Fantasy Flowers. *Blumen, die für Sie sprechen.*«

»Was sagen sie denn?«

»Absolut gar nichts.« Ich tauchte in einen Karton hinein und beförderte einen Stapel der kleinen Büchlein zu Tage, die die Aufschrift trugen: *Bedeutungen von Pflanzen und Blättern: ein Geschenk, das mehr ist als Worte.*

»Verstehst du, Mu und ich haben vor ein paar Jahren das Geschäft zusammen aufgezogen, und die Kunden rufen uns an und beschreiben uns, was sie mit ihren Sträußen ausdrücken wollen, und wir arrangieren dann den Strauß und schicken ihn mit einer Ausgabe des Büchleins an den Empfänger, sodass dieser sich die Bedeutung des Geschenks selbst ausknobeln kann. Seit der Gründung des Geschäfts hat Mu den Laden geschmissen, aber jetzt langweilt es sie nur noch, und sie möchte damit aufhören. Ich habe auch keine Zeit dafür – aber du hättest sie. Ich meine, im Augenblick kommen die Aufträge nur spärlich rein, aber du könntest die Sache weiter ausbauen.«

»I-ich? Du möchtest, dass ich für dich arbeite?«

»Nein, ich möchte, dass du für *dich* arbeitest – dass du Fantasy Flowers übernimmst. Von hier aus und für den Augenblick, wenn du willst, aber wenn du expandieren möchtest, wirst du mehr Platz brauchen, und ich möchte diese architektonische Abscheulichkeit da draußen eines Tages ohnehin abreißen.«

Miranda sah aus wie vom Donner gerührt.

»Was ist los? Wenn die Idee dir nicht gefällt, brauchst du es nur zu sagen. Ich weiß, dass ich ein Tyrann bin, aber mir scheint, dass ein eigenes Geschäft dich von Chris unabhängiger machen würde, und das kann doch nur eine gute Idee sein. Außerdem würde es dich nicht mehr als einen kleinen Teil des Vormittags kosten, sodass du reichlich Zeit übrig hättest, um Kochbücher zu schreiben.«

»Ob mir die Idee *gefällt?«*, wiederholte sie. »Oh, Sappho – ich w-war dir im Laufe der Jahre so eine schlechte Freundin, und jetzt – jetzt schenkst du mir ein fix und fertiges G-Geschäft, und ich hab es überhaupt nicht v-verdient!«

»Na hör mal, das ist doch kein Grund zu weinen. Willst du es denn wirklich haben?«

»Natürlich, a-aber – Ob ich das kann, w-was meinst du?«

»Natürlich kannst du es. Wie wär es, wenn wir heute Nachmittag diesen ganzen Kram auspacken und ich dir alles erkläre? Im Augenblick nimmt Mu die Bestellungen entgegen und spricht mir jeden Morgen die Anweisungen auf den Anrufbeantworter.«

Miranda schien immer noch ein bisschen von der Rolle zu sein: wahrscheinlich die Erkenntnis, dass sie mit ihren Problemen nicht allein dasteht. »Das ist eine ganze Menge auf einmal«, murmelte sie verwirrt. »Hör mal, hast du nicht L-Lust, zum M-Mittagessen mit mir in die Hazienda zu gehen – du würdest dann auch Spike sehen. Ich habe ihn n-nicht mitgebracht, w-weil ich mich nicht mehr erinnern konnte, ob du H-Hunde magst oder nicht.«

»Ich mag sie, und ich werde mir selbst einen anschaffen, obwohl es eigentlich eine Katze sein sollte.«

Sie sah mich an

»Ich bin ein lediges, exzentrisches weibliches Wesen – ich sollte eine Katze haben. Aber du kannst Spike jederzeit mitbringen. Und ich komme gern zum Mittagessen mit, weil ich nicht viel Essbares mitgebracht habe, obwohl man im Dorfladen sehr geschäftstüchtig zu sein scheint – sie haben mir ein Flugblatt unter der Tür durchgeschoben. Ich komme nach, wenn der Installateur fertig ist, ja?«

»In Ordnung – und danke, Sappho.«

»Wofür?«, fragte ich überrascht.

»Dass du mir das Gefühl gegeben hast, eine Zukunft zu haben, etwas, wofür ich leben kann.«

»Es gibt tausend Dinge, für die man leben kann.«

»A-aber ich bin fast vierzig, und ich habe alles v-verpfuscht, was ich bisher angefangen habe.«

»Du bist fast vierzig, ich bin fast vierzig, Mu ist fast vierzig

– es wird Zeit, sich wie Phönix aus der Asche unserer Jugend zu erheben und einen virtuellen Bungeejump für die Seele hinzulegen.«

Miranda kicherte.

»Für manche ist das genau das Richtige«, bemerkte der Installateur, der gerade zur Tür hereinkam. Um seinen Hals hing, wie eine übermäßig freundliche Python, ein Stück Gummirohr.

»So ist es«, pflichtete ich ihm bei. »Wie kommen Sie zurecht?«

»Die Zentralheizung funktioniert, falls es das ist, was Sie meinen. Hören Sie sie nicht?«

Jetzt, da er es erwähnte, fiel mir auf, dass es tatsächlich in den letzten Minuten im ganzen Haus gescheppert und geklirrt hatte.

»Gut. Den Rest kann ich in meiner Freizeit selbst erledigen – falls ich jemals welche haben sollte, da ich jetzt das nächste *Vengeane*-Buch schreiben muss.«

»Buch?«, fragte der Installateur und bediente sich unaufgefordert aus der Keksdose.

»Sie ist die Sappho Jones, die Fantasy-Romane schreibt«, erläuterte Miranda eifrig.

»Nie davon gehört, aber ich habe keine Zeit, Bücher zu lesen. Diese Kekse sind gut.«

»Freut mich sehr, dass Sie sie mögen. Mrs. Cotter hat sie gebacken.«

»Sie sind eine gute Köchin.«

Miranda errötete vor Freude. »Vielen Dank.« Sie hievte sich hoch. »Ich gehe dann mal b-besser und lasse Spike raus. Ich sehe dich später, Sappho – und noch mal vielen Dank.«

»Warte es ab, das war erst der Anfang!«, erklärte ich und brachte die Keksdose entschlossen vor den Händen des Installateurs in Sicherheit.

Kapitel 7

Auf den Hund gekommen

Einer vergnüglichen Eingebung folgend hatten Mirandas Eltern ihren Bungalow im Ranchstil »Hazienda« genannt, was zwar besser war als, sagen wir, Dunroamin' oder Thistledome, aber dennoch völlig unpassend für die Umgebung, in der das Haus stand. (Zugegeben, Pops und Jaynie haben ihr Haus in Portugal »Pop'n'Jays« genannt, aber das war absolut ironisch gemeint.)

Als ich anbot, für Miranda nach passenderen Alternativen Ausschau zu halten, sagte sie, sie habe zwar noch nie von einem Thistledome gehört, fände den Namen aber recht nett, und ich war dankbar dafür, dass Chris ihren schelmischen Sinn für Humor nicht völlig hatte einrosten lassen.

Das einzig Anormale in dem sauberen, strahlenden und modernen Inneren des Bungalows war der dicke, übel riechende, alte schokoladenbraune Labrador Spike, der offensichtlich nichts davon ahnte, dass er an etwas litt, von dem ihm nicht einmal sein bester Freund etwas gesagt hätte. Da er indes den Instinkt eines Gentlemans besaß, hievte er sich höflich hoch und kam zu mir herübergeschnauft, um mich zu begrüßen. Er hielt den Kopf gesenkt, und seine Beine bewegten sich wie die eines aufgezogenen Spielzeugs. Ich wusste seine Aufmerksamkeit zu schätzen, wenn auch nicht den Geruch.

Miranda kam mit einer Keksdose herein, die zwei weitere, ganz verschiedene Sorten selbst gemachter Plätzchen enthielt, damit ich in den etwa zehn Minuten, die sie für die Sandwiches brauchte, nicht womöglich verhungerte. Mein Angebot, ihr bei der Zubereitung des Mittagessens zu helfen, lehnte sie ab, obwohl Spike mitging, um ihr zur Hand zu gehen. Ich blieb derweil mit einem Aktenordner mit Zeitungsausschnitten zu meiner Unterhaltung zurück.

Wie es aussieht, ist Dorinda Ace (die Dame mit der vergifteten Feder und dem Drohbrief, Marke: Geben Sie meinem Mann das Cottage zurück, sonst passiert was) im vergangenen Oktober verschwunden, und es hat seither keine Spur mehr von ihr gegeben. Einige der Artikel beschrieben ihren Mann als »bekümmert«, und er scheint einige Zeit aufgewandt zu haben, um der Polizei bei ihren Nachforschungen behilflich zu sein.

Offensichtlich vermutet man, dass die Verschwundene Dorinda auch die Tote Dorinda ist, aber falls es sich um eine Verwandte des kinnlosen Charlie Penryn handelt, ist sie vielleicht einfach nur als die Verrückte Dorinda auf Abwege geraten – denn in dieser Familie gibt es einen starken Hang zum Wahnwitz.

Nicht dass Charlie nicht allzeit freundlich und höflich wäre, abgesehen von einer leichten Neigung, wildfremde Menschen zu fragen, ob sie nicht Lust hätten, irgendetwas an seinen Knauf zu hängen. (Und der Geschichte mit der nackten Statue.)

Miranda legte mir eindringlich ans Herz, nicht zu glauben, was man sich über Gilbert Ace erzählte, weil sie mit ihm zusammen in der Schule gewesen war und er keiner Fliege etwas zu Leide tun würde, aber Miranda ist offensichtlich voreingenommen.

Danach habe ich mir die Bücherregale angesehen, die voll von Mirandas geliebten alten Kochbüchern waren. Nur eines war ausschließlich meinen sämtlichen *Vengeane*-Romanen und den *spiralgebundenen Reiseführern* vorbehalten. Ich fand das rührend, dass sie sie selbst gekauft haben musste: Chris hätte sein Geld bestimmt nicht für mich verschwendet.

Ich zog eine glänzende, neue Hardcoverausgabe von

Dunkle Stunden, dunkle Taten heraus, signierte es mit: »In Liebe, für Miranda«, und stellte das Buch wieder zurück.

Auf dem Klavier des Cottages stand ein altes Foto von Mu und Miranda, zwei zierlichen Blondinen, und zwischen ihnen ragte ich wie ein großer, dunkler Dorn zwischen zwei Rosen auf. Außerdem befand sich dort eine Studioaufnahme von Chris, der auf eine füchsische, glatte Weise attraktiv aussah und lächelte, als hätte er gerade die alchemistische Formel entdeckt, wie man Essen in Gold verwandeln kann. (Er hatte sie tatsächlich entdeckt, er hatte sie sogar geheiratet.)

Ich setzte mich ans Klavier, bog die Finger durch und klimperte dann ein paar Takte des *Hokey Cokey*, einem Stück aus meinem begrenzten, aber erlesenen Repertoire. Meine kühnen Zurschaustellungen dieses Klassikers haben bei ungezählten Gelegenheiten in den entferntesten Winkeln der Welt das Eis gebrochen. Sie wären überrascht, wenn ich Ihnen all die seltsamen Orte aufzählte, an denen die rituelle Darbietung des *Hokey Cokey* heute ein regelmäßiges Ereignis ist.

Da ich dem Stück meine ganze schöpferische Kraft widmete, dauerte es ein paar Sekunden, bis das Klingeln des Telefons meine Aufmerksamkeit erregte.

»You put your left leg in, your left leg out. In-out, in-out, shake it all about«, sang ich glücklich vor mich hin, während ich durch den Raum segelte und den Hörer abnahm.

»Wer ist da?«, begehrte eine erschrockene Stimme zu wissen. »Miranda?«

»Nein, warum sollte sie …?« Mit Verspätung fiel mir wieder ein, wo ich war. »Chris, ja?«

»Hören Sie, spreche ich mit der Putzfrau?«, fragte er ungeduldig. »Können Sie bitte Mrs. Cotter für mich an den Apparat holen?«

»Ich bin es, Sappho, und Miranda hat im Augenblick zu tun.«

»Sappho? Sappho wer?«

»Also wirklich, Chris, wie viele Sapphos kennst du? Sappho Jones natürlich.«

Stille folgte.

»Bist du noch da?«, erkundigte ich mich.

»Was machst du in Wales? Was machst du in *meinem* Haus?«, blaffte er.

»Wales ist zufällig das Land meiner fernen Vorväter, und es ist Mirandas Haus.«

»Mein Haus – Mirandas Haus – was spielt das für eine Rolle? Was machst du da?«, fragte er und ließ seine Worte so klingen, als wäre ich eingebrochen, um das Silber zu stehlen.

»Ich bin hier, um die Plätzchenrezepte zu stehlen.«

»Was?«

»Nicht wirklich – war nur ein kleiner Scherz. Was willst du?«

»Mit meiner Frau sprechen!«

»Sie ist in der Küche und bereitet das Mittagessen zu, aber ich kann ihr etwas ausrichten. Wusstest du, dass ich ein Haus im Dorf habe?«

»Nein, wusste ich nicht! Und wenn du jetzt bitte meine Frau holen würdest...«

»Ist es wichtig?«, unterbrach ich ihn. »Ich habe nämlich Hunger, und wir haben heute Nachmittag eine Menge vor.«

»Wir?«

»Miranda hilft mir. Soll sie dich heute Abend zurückrufen?«

»Nein, dann werde ich nicht hier sein«, fuhr er mich an, »aber du kannst ihr ausrichten, dass ich es dieses Wochenende nicht schaffe, ich sitze hier fest.«

»Okay. Hm, ich kann dir gar nicht sagen, was für eine Freude es mir gemacht hat, nach all dieser Zeit wieder einmal deine Stimme zu hören, Chris, denn es lässt sich nicht in Worte fassen. Wir sehen uns dann. Byeee...«

In diesem Augenblick kam Miranda herein, mit einer Platte, auf der man ein Ferkel (oder einen Ken Smollett) im Ganzen hätte arrangieren können. Auf besagter Platte befand sich ein Büffet für eine Hochzeitsgesellschaft von etwa hundert Personen.

»Würde es dir etwas ausmachen, das K-Kaffeetablett zu holen, Sappho? Ich muss aufpassen, dass Spike vom Essen wegbleibt. Er ist so gierig – hab ich nicht Recht, L-Liebling? Und der Tierarzt hat ihm ausdrücklich Kuchen verboten.«

Sie gab ihm jedoch ein Stückchen von allem anderen.

»Chris hat angerufen.« Der Anruf fiel mir wieder ein, während ich zierliche kleine Sandwiches im Ganzen in meinen Mund schob. Es ist so schwierig, von diesen Dingern abzubeißen.

»Chris? A-aber warum h-hast du mich nicht gerufen?« Sie machte Anstalten, sich zu erheben, und erinnerte mich dabei an einen widerstrebenden Vulkan.

»Oh, setz dich doch, Miranda!«, bluffte ich sie ungeduldig an. »Er wollte dir nur sagen, dass er übers Wochenende nicht nach Hause kommt, was eine gute Neuigkeit ist, da du dich dann Fantasy Flowers widmen kannst, während ich das Haus einrichte.«

»A-aber ich sollte ihn s-sofort zurückrufen!«

»Nein, solltest du nicht – hast du denn nicht gehört, was ich dir erzählt habe? Ich habe gesagt, du könntest ihn vielleicht heute Abend zurückrufen, aber dann wird er nicht da sein. Und wir auch nicht – wir gehen nämlich zur Feier deines neuen Unternehmens zum Essen ins ›Pike and Gasket‹.«

Miranda blickte von dem Foto zu mir hinüber und klappte wie ein verhungerndes Huhn lautlos den Mund auf und zu. »M-meinst du das ›Eagle and Stone‹?«

»Was auch immer. Und bring Spike heute Nachmittag mit, der Spaziergang wird ihm gut tun.«

Ihre Miene hellte sich auf, aber sie beäugte immer noch mit unsicherem Blick das Telefon. »Vielleicht sollte ich doch – ich meine, er muss s-so überrascht gewesen sein, als du dich gemeldet hast, und er f-fragt sich sicher...«

»Lass ihn ein Weilchen schmoren.«

»Wahrscheinlich wollte er wissen, wie sich die P-Plätzchenrezepte machen, weil der V-Verleger das Manuskript doch b-bis Ende des Monats haben will. Es ist alles a-aufgeschrieben, aber es m-muss noch getippt werden, und das geht bei mir so furchtbar langsam. N-normalerweise macht Violet D-Duke das für mich, aber s-sie und ihre Schwestern w-waren zu Besuch bei Verwandten in Australien.«

Ich richtete mich etwas höher auf: »Violet Duke?«

»Ja, die D-Dukes sind deine nächsten Nachbarn, und es gibt drei von ihnen – Violet, Pansy und Lavender.«

»Dafydd Ace hat einmal etwas von neugierigen Nachbarn gesagt, aber wenn Violet tippen kann, ist sie die *ideale* Nachbarin!«

»Sie war bis zu ihrer Rente Sekretärin, und sie hat n-neulich an einem Computerkurs teilgenommen, daher ist sie jetzt auf dem n-neuesten Stand. Sie sind alle um die siebzig, a-arbeiten aber immer noch. Pansy ist die örtliche D-Dekorateurin und A-Anstreicherin – sie befördert ihr ganzes Zeugs auf einem F-Fahrrad mit Anhänger. Lavender ist Gärtnerin – leichte Gartenarbeit –, aber n-nachmittags malt sie im Kunsthandwerkszentrum B-Blumenaquarelle.«

Die drei Schwestern klangen sehr unternehmungslustig, aber mich interessierten vor allem Violets Leistungen. »Meinst du, Violet würde anhand von Kassetten und handgeschriebenen Notizen meine Bücher für mich tippen? Ich hasse es, es selbst zu machen, und ich brauche immer eine ganze Ewigkeit dafür.«

»Natürlich, und sie ist furchtbar tüchtig. Sie wird es auf ihrem C-Computer schreiben und gleich ausdrucken.«

»Wundervoll!« Ich seufzte. »Ich sehe, es war ein brillanter

Schachzug, hierher zu kommen. In ein paar Wochen werde ich nicht nur das Haus auf Vordermann gebracht haben und wieder regelmäßig schreiben, ich werde obendrein noch eine Schreibkraft ganz für mich allein haben.«

Und vielleicht werde ich ein Buch mit dem Titel schreiben: *Spiralgebunden – Letzte Station Schwangerschaft.*

An diesem Nachmittag gelang es mir, Fantasy Flowers erfolgreich Miranda aufs Auge zu drücken. Sie hatte schnell den Bogen raus, und ich ließ sie allein mit den Auftragsbüchern und den Blättern, die ausgepackt werden mussten, während ich mich daranmachte, den Stuckateur so weit einzuschüchtern, dass er sich bereit erklärte, noch einmal wiederzukommen, um die verschiedenen Ritzen und Kanäle zu verputzen, die der Elektriker hinterlassen hat. Danach würde ich endlich etwas schöne, saubere, weiße Farbe auf die Wände klatschen können.

Ich habe nicht die Absicht, für alle Zeit in einem schlichten, weißen Haus zu leben, aber ich kann es ja neu streichen, wenn mich die Muse küsst.

Am Ende des Nachmittags sah das Haus besser aus, und ich gesellte mich zu Miranda in die Küche, wo sie mit Spike bei einer Tasse Kaffee saß.

»Wie kommst du mit den Blumen zurecht?«

»Oh, gut – es könnte nicht ei-einfacher sein, meinst du nicht auch? In den B-Büchlein steht alles Notwendige, und die Blumen sind etikettiert – es ist alles fix und fertig. Und ich bin durchaus im Stande, ein viktorianisches Sträußchen zusammenzustellen. Es macht Spaß! W-wie kann Mu es nur ertragen, das aufzugeben?«

»Du kennst doch Mu – niedrige Schmerzschwelle, was Langeweile betrifft. Und sie hat einen Auftrag für die Illustration einer ganzen Bilderbücherreihe über Calico Cat angenommen, weil die erste Staffel so ein Erfolg war.«

»Ich kann mir vorstellen, dass Kinder diese Bücher lieben. Ist es nicht s-seltsam, dass keine von *uns* Kinder bekommen hat? Ich war sehr durcheinander, als ich kurz nach meiner Hochzeit eine Fehlgeburt hatte, und es hat m-mir ein paar Jahre lang ziemlich zugesetzt, dass ich nicht wieder schwanger geworden bin – aber w-wirklich, jetzt m-macht es mir gar nichts mehr aus. Es hat einfach nicht sein s-sollen.«

»Ich habe bis vor kurzem niemals auch nur einen Gedanken ans Kinderkriegen verschwendet, bis jemand mich darauf hingewiesen hat, dass es bald zu spät sein könnte. Seither hat die Idee eine heimtückische Faszination entwickelt, also, wer weiß, vielleicht tu ich's ja doch noch, um die große Tapferkeitsmedaille für Vierzigjährige zu erringen.«

Miranda sah mich mit wenig schmeichelhaftem Entsetzen an. »Das ist doch nicht dein Ernst, oder? Was du b-brauchst, ist ein Hund wie Spike, kein B-Baby! Es sei denn – ich meine, du hast doch nicht jemand Bestimmten im Kopf, oder?«

»Nein, es gibt niemanden, aber das heißt doch nichts, oder? Ich könnte sogar in eine Klinik gehen und mir ein Spermium abholen, obwohl ich in einem solchen Fall erst mal Genaueres über den Spender in Erfahrung bringen wollte.« Mu hatte das eindeutig getan, aber ich erzählte Miranda nichts von der bevorstehenden Episode mit der Bratenspritze, weil Mu es ihr schon selbst erzählen wird, wenn sie es möchte.

»... vom Meer glatt geschliffene Kiesel«, bemerkte Miranda gerade.

»Was?«

»Unter dem Schlick im Hof – da gibt es jede Menge wunderhübsche g-große, glatte Kiesel ... Und mit ein paar Blumenkübeln und wenn das Haus von außen erst g-gestrichen ist ... und dann eine Baumreihe den Garten hinunter ...«

»Im Augenblick ist es noch der reinste Dschungel, aber ich kann es direkt vor mir sehen. Trotzdem, ich muss zuerst das Innere des Hauses auf Vordermann bringen, damit ich wieder schreiben und etwas Geld verdienen kann. Und wenigstens ist diese scheußliche graue Raufasertapete runter – es war ein Gefühl, als wäre man von kaltem Wabbelfett umgeben. Morgen werde ich noch literweise weiße Farbe kaufen und mir einen Werkzeugkasten zulegen. Wird wahrscheinlich ein Vermögen kosten.«

»Der Tisch hat den Aces g-gehört, n-nicht wahr? W-wollte Gil ihn nicht haben?«

»Anscheinend nicht. Er ist ziemlich abscheulich ... obwohl er mir langsam ans Herz wächst.«

»Wir könnten ihn mit zu einem Mini-Flohmarkt nehmen«, schlug sie vor. »Llyn aus dem Dorfladen besucht jeden Sonntag einen, und sie macht immer t-tolle Schnäppchen.«

»Ach ja? Meinst du, es würde Spaß machen?«

»Hm, vielleicht finde ich ja sogar ein paar alte K-Kochbücher, und ich wollte immer schon altes Küchengeschirr sammeln, nur dass Chris meinte, das wären nur reine St-Staubfänger.«

»Vergiss, was Chris denkt, und fang an, selbst zu leben.«

Ich reckte mich und gähnte. »Wir machen jetzt besser sauber und gehen in den Pub, bevor ich einschlafe – außerdem habe ich morgen einen anstrengenden Tag vor mir. Meine Möbel von Tante Pops werden geliefert.«

Mirandas Gesicht leuchtete auf. »Popi und Jaynie hatte ich irgendwie ganz vergessen! Weißt du noch, damals, als sie um Mitternacht auf einem g-großen, lauten Motorrad draußen vor unserer B-Bude angekommen sind und dir auf dem Rasen ein Ständchen gebracht haben? Mit einer Mandoline und einem Kamm mit einem Stückchen Papier drüber?«

»War das der Besuch, bei dem sie vergessen hatten, irgendwas zum Anziehen mitzubringen, und der Koffer voller Salami, Oliven und portugiesischem Wein für mich war? Sie kommen übrigens immer noch mit der Harley rüber, um sich mit Marmite und Kartoffelchips einzudecken, aber ich glaube, in Wirklichkeit brauchen sie nur eine Ausrede, um eine lange Fahrt zu unternehmen und sich ein paar Gläser englisches Bier zu gönnen.«

Als ich vom Pub zurückkam, lag ich stundenlang schlaflos auf meinem absolut bequemen Campingbett. Obwohl ich sehr erschöpft war, kreisten meine Gedanken unaufhörlich um alle möglichen Dinge.

Warum versuchen nur alle, mich davon abzubringen, ein Baby zu bekommen? Ich bin sehr fit, alles funktioniert noch (soweit ich weiß), und ich sehe nicht ein, warum ein Kind eine solche Last wäre. Schließlich war ich sehr glücklich bei Pops und Jaynie, als meine Eltern auf und davon gingen, um ihr eigenes Ding zu machen. Außerdem kenne ich Unmengen Leute, bei denen ich mein Kind parken könnte (park and ride), wenn ich wollte.

Oder ich könnte es auf meine Reisen mitnehmen, was ihm wahrscheinlich sehr gut tun würde.

Es ist natürlich ein Problem, vor August einen passenden Samenspender zu finden, und da ich dunkelhaarige Männer im Allgemeinen vorziehe, würde ich mich wahrscheinlich auch zu einem dunkelhaarigen Kind mehr hingezogen fühlen. Außerdem brauche ich jemanden, der sich hinterher nicht einzumischen versucht.

Ein Jammer nur, dass Simon blond ist, denn er wäre sehr bequem gewesen – obwohl, wenn ich noch mal darüber nachdenke, könnte es uns ein wenig in Erklärungsnöte bringen, wenn Mu und ich beide schwanger würden und ähnliche Babys produzierten.

Es könnte in der Tat etwas heikel werden, einen Samenspender zu finden ... Alle anständigen Männer, die ich kenne, sind verheiratet, und ich kann wohl kaum einer Frau mit der Bitte kommen, mir ihren Mann auszuleihen oder auch nur sein Sperma.

Es sei denn vielleicht, es wäre mein Freund Tom Mac (der diese unglaublich erotischen Fantasy-Romane schreibt), denn er ist so fruchtbar, dass seine Frau wahrscheinlich dankbar wäre, wenn ich ihr etwas abnähme. Aber obwohl er auf eine sehr düstere und attraktive Weise Charles Stuart ähnelt, ist er kleiner als ich, und das wäre denn doch ein Hemmnis. Wessen Gene würden sich durchsetzen?

Ich schreibe ihn auf die Reserveliste.

Vielleicht finde ich ja vor dem großen Tag im August jemanden, der so attraktiv ist, dass ich es auf die althergebrachte Weise machen werde, obwohl ich nie zu Impulsivität geneigt habe. Und heutzutage muss man außerdem an Aids und solche Dinge denken, was ja so unromantisch ist: Aber andererseits waren Tripper und Herpes wirklich nicht romantischer.

Ich schlief schließlich bei dem Versuch ein, eine höfliche Anfrage nach dem Gesundheitszustand eines potenziellen Spenders zu formulieren. Schwierige Sache.

Kapitel 8
Angeeiert

Ich hatte die Absicht gehabt, ein oder zwei Wochen Urlaub vom Schreiben zu nehmen, um das Cottage auf Vordermann zu bringen, aber die Macht der Gewohnheit trieb mich trotz des anstrengenden Tages zuvor am nächsten Morgen um fünf Uhr zum Arbeiten aus dem Bett.

Nachdem ich eine Weile an der Mechanik des Zahnarztstuhls herumgefummelt hatte, fand ich eine liegende Position, die mir maximalen Komfort gewährte, und diktierte die nächste Episode von *Dunkle Geschicke*, das sich in eine unerwartete Richtung zu entwickeln schien.

Um sieben Uhr machte ich Frühstückspause und entdeckte bei dieser Gelegenheit einen Zettel, den mir Miranda irgendwann während der Nacht unter der Tür durchgeschoben hatte:

Liebe Sappho,

ich schiebe dir diesen Brief unter der Tür durch, weil mein Gewissen mir so furchtbar zusetzt, vor allem nachdem du so gut zu mir warst. Ich muss es dir einfach sagen. Mu weiß es bestimmt schon, obwohl sie nie etwas hat durchblicken lassen.

Es geht um Folgendes: Erinnerst du dich an den Tag, an dem Dave eine Überraschungs-Verlobungsparty gegeben hat? Du bist aufgetaucht und hast die Wohnung fluchtartig verlassen, sobald du herausgefunden hattest, dass es deine Verlobung sein sollte. Er tat mir irgendwie Leid, und du bist nicht zurückgekommen, und er – hm, ich nehme an, du wusstest, dass ich immer ein bisschen verknallt in ihn gewesen war. Ich versuche nicht, mich zu rechtfertigen. Was ich zu erklären versuche, ist, dass ich zu viel getrunken hatte und in der Nacht mit ihm im Bett gelandet bin.

Das Baby, das ich kurz nach meiner Hochzeit mit Chris verloren habe, war wahrscheinlich von Dave.

So, ich habe niemals etwas davon erzählt, niemandem (erst recht nicht Chris), und die Schuldgefühle haben mich schier erdrückt. Ich bin so ein Nichts. Es tut mir Leid, Sappho, und ich würde es verstehen, wenn du mich jetzt nie mehr wiedersehen möchtest.
Miranda

Ehrlich, so etwas die ganze Zeit in sich hineinzufressen – noch dazu vollkommen sinnloserweise. Daves Hauptdefekte waren seine Unfähigkeit, seine Hosen an- und seinen Mund zuzubehalten, wenn es um seine Eroberungen ging. Ich kritzelte auf eine Postkarte:

Sieben Uhr morgens. Das wusste ich bereits, du Huhn, obwohl es immerhin erklärt, warum du so eine Niete wie Chris geheiratet hast. Wir sehen uns dann später beim Sträußcheneinpacken.
Alles Liebe, Sappho

Als ich den Hügel hinunterging und die Postkarte in Mirandas Briefkasten warf, konnte ich Spikes laut durchs Haus hallendes Schnarchen hören.

Zumindest hoffte ich, dass es Spike's Schnarchen war.

Das Dorf schlief unter einer kristallenen Decke von Tautropfen. Nachdem ich mir Wärme suchend zweimal das Haar um den Hals gewickelt hatte, ging ich an der Hazienda vorbei zum Moor hinauf, wobei ich den Pfad nahm, der an dem Steinkreis vorbeiführt – einer Art gewaltigem Steintisch *ohne*, wie ich erfuhr, das Grab, dem das Dorf seinen Namen verdankt – und direkt hinter meinem Haus wieder in die kleine Landstraße mündet.

Ich hatte wahrscheinlich noch Zeit für ein paar weitere Stunden *Vengeane,* bevor der Umzugswagen aus Portugal ankommen würde.

Der Gedanke an riesige Steine und Gräber hatte es mir von neuem gewaltig angetan…

»›Komm‹, sagte der Drachentöter, ›ich habe den Ort der Steine entdeckt, den ich bisher für eine bloße Legende hielt, und du musst deine Kraft mit der meinen vereinigen, bevor die Ahnen zu mir sprechen werden.‹«

Als ich durch mein Tor trat, befand ich mich bereits auf dem Planeten Vengeane. Daher katapultierte mich die Stimme, die mich plötzlich von der anderen Seite der Hecke her ansprach, um ein Haar in den Orbit. Es war allerdings auch eine außerordentlich hohe und weit tragende Stimme.

»Hallo, Sie!« Ein mit lavendelblauen Lockenwicklern bedeckter Kopf auf einem Hals wie einem steifen, pinkfarbenen Seil schnellte in die Höhe.

Die Hecke konnte jetzt bis genau zur Mitte zwischen uns mit einem radikalen Schnitt aufwarten: dem Irokesenlook mit seitlicher Rasur.

»Sie müssen unsere neue Nachbarin sein! Warten Sie, ich komme rüber!«, erklärte die Besitzerin der hohen Stimme, und einen Augenblick später schritt eine hoch gewachsene, dünne, ältliche Dame in rosa Tweed und mit großen Perlen um den Hals durch das Tor. Sie hielt mir die Hand hin. »Sappho Jones? Es freut mich ja so, Sie kennen zu lernen. Wie aufregend, einen echten Schriftsteller nebenan wohnen zu haben! Pansy und Lavender werden sich ja so freuen. Das sind nämlich meine Schwestern. Ich bin Violet Duke.«

»Das dachte ich mir schon – Miranda Cotter hat mir von Ihnen erzählt«, antwortete ich, während meine Hand in einer drahtigen Umklammerung verschwand. »Ich fühle mich gleich nicht mehr so isoliert, jetzt, da ich weiß, dass ich Nachbarn habe.«

»Wir waren im Ausland, müssen Sie wissen. Wir haben meine jüngste Schwester, Lili, in Australien besucht. Ein richtiges Abenteuer.«

Gütiger Himmel – wenn sie erst gestern Abend zurückgekommen waren und jetzt schon meinen Namen kannten und wussten, dass ich Schriftstellerin war, musste die hiesige Buschtrommel extrem effizient sein!

Sie war es tatsächlich: »Der liebe Gilbert – haben Sie Gilbert Ace mal kennen gelernt? –, er hat uns immer auf dem Laufenden gehalten, was die jüngsten Ereignisse in unserem guten alten Bedd betraf. Und gestern Abend hat er uns vom Flughafen abgeholt und nach Hause gefahren. So ein lieber Junge – seine Mutter war eine meiner ältesten Freundinnen. Und die arme Dorinda! Wenn ich damals doch nur zu Hause gewesen wäre, dann hätte ich ihr Verschwinden vielleicht irgendwie verhindern können.«

»Wie meinen Sie das?«, fragte ich erstaunt.

»Ich weiß es nicht genau, meine Liebe, aber Dorinda und ich haben zusammen Computerkurse besucht, und dabei habe ich sie ziemlich gut kennen gelernt. Sie ist eine sehr energische Frau. Ich hätte der Polizei zumindest versichern können, dass sie niemals ihr Gedächtnis verloren hätte und einfach umhergeirrt wäre – so eine Schwäche würde sie sich niemals gestatten.«

»Was glauben Sie denn, was ihr zugestoßen ist? Ein Unfall?«

»Überaus wahrscheinlich, denn sie war davon überzeugt, dass es in den Klippen von Gower ein weiteres unentdecktes Knochengrab geben müsse, ein Grab, das noch spektakulärer war als die Red Lady von Paviland. Sie kennen doch die Red Lady, Miss Jones? Nebenbei bemerkt, in Wirklichkeit stammten die Knochen von einem Mann! Dorinda hat systematisch nach einem Grab gesucht, aber sie war eine große

Heimlichtuerin – ich würde sagen, es widerstrebte ihr einfach, im Rampenlicht zu stehen –, daher vertraute sie nicht einmal dem armen Gil an, auf welches Gebiet sich ihre Suche erstreckte. Ich habe sie gewarnt, dass es gefährlich sein könnte und dass niemand wüsste, wo sie steckt, wenn sie einen Unfall hätte.« Sie hielt inne und sah mich triumphierend an – und sie war nicht einmal außer Atem.

»Aber Miranda erwähnte, man hätte ihren Wagen nie gefunden«, bemerkte ich.

»Nun, ich könnte natürlich ganz falsch liegen mit meiner Vermutung«, entgegnete sie gutgelaunt. »Es könnte auch einfach ein falsches Spiel gewesen sein.«

»Sie meinen, Gilbert…?«

»Oh, nicht Gilbert! Ich meinte nicht *Gilbert.* Das steht absolut außer Frage! Er ist so ein gutmütiger Junge, und er hat Dorinda regelrecht vergöttert. Und es war auch nicht dieser nette Töpfer, Nye Thomas, aus dem Kunsthandwerkszentrum«, fügte sie zu meiner Überraschung hinzu. »Lavender kennt ihn ziemlich gut, und sie sagte, er könne es unmöglich gewesen sein. Er mag sich zwar mit Dorinda in den Haaren gelegen haben, weil die meinte, sein kleines Chalet sei eine Beleidigung fürs Auge, aber sonst war da nichts. Außerdem sieht er aus wie ein Engel, deshalb kann er unmöglich ein schlechter Mensch sein.«

»Ich glaube nicht, dass alle Mörder hässlich sind.« Und Lavender liegt völlig falsch, was den Töpfer betrifft, falls das der Mann war, den ich im Schlamm zu ertränken versucht hatte, denn er sah alles andere als engelhaft aus.

»Vielleicht nicht, aber in diesem Fall vertraue ich einfach auf Lavenders Urteil. Nein, wenn es ein falsches Spiel war, muss Dorinda einem dieser fremden Männer begegnet sein, als sie allein auf den Klippen war.« Sie sah mich triumphierend an: »Die warten nämlich nur darauf, dass man ihnen in die Hände fällt.«

»Ich werde daran denken.«

»Einer hat sich vor mir entblößt, als ich letzten Herbst Treibholz gesammelt habe. Er trug einen Wollmantel, der furchtbar gejuckt haben musste – geschieht ihm recht. Er sagte: ›Nimm eine Ladung hiervon!‹«

Ich kämpfte mit einem kleineren Erstickungsanfall. »Wie schrecklich! Was haben Sie getan?«

»Ich habe nur geantwortet: ›Nicht heute, vielen Dank, junger Mann‹, und bin weitergegangen.«

»Das muss seinen Absichten einen ziemlichen Dämpfer verpasst haben.«

»Ich schätze, das hatte der kalte Wind bereits besorgt«, bemerkte sie trocken und wechselte dann jäh das Thema: »Mögen Sie Gartenarbeit?«

»Nein.«

»Nein?«

»Nein, ich sitze allerdings gern in einem Garten, vorzugsweise an einem schönen Abend und mit einem Drink in der Hand.«

»Oh?« Sie musterte mich neugierig, denn ich zählte offensichtlich zu einer seltsamen Züchtung, über die sie bisher noch nicht gestolpert war. »Nun, Sie sind Schriftstellerin, nicht wahr? Ich nehme an, die halten alle nicht viel von solchen Dingen. Was unseren Garten betrifft, den besorgt hauptsächlich meine Schwester Lavender, aber wir fassen alle mit an, und – oh – da sind jetzt auch Lavender und Pansy.«

Lavender war vierschrötig und hatte einen kurzen dicken Hals wie eine freundliche Schildkröte, während Pansy, die Anstreicherin und Dekorateurin, eine untersetzte, tüchtig aussehende Frau mit kurzem, weißem Haar und dazu passendem Overall war. Sie schüttelte mir entschlossen die Hand, bellte, dass sie sich freue, mich kennen zu lernen, dass sie jetzt aber zu einem Job aufbrechen müsse, und ohne viel Federlesens zu machen, wackelte sie auf einem schwer beladenen Fahrrad mit Anhänger davon. Unter einem Arm hielt sie obendrein eine Leiter.

»Bye-ee!«, zwitscherten ihre Schwestern im Duett und sahen ihr winkend und voller Zuneigung nach, bis sie in Richtung Dorf verschwunden war. Ich hoffte, dass sie gute Bremsen hatte: Es kann nicht leicht sein, mit einer Leiter unterm Arm herumzukurven.

»Ich habe einen Kropf«, vertraute mir Lavender an und rückte sich dabei einen an eine durchnässte Henne erinnernden Hut zurecht, als erwartete sie, womöglich ein Ei darunter zu finden.

»Ja«, stimmte ich ihr zu, denn ich hatte versucht, meinen Blick nicht allzu lange auf diesem ziemlich spektakulären (und gewiss unnötigen?) Gebrechen ruhen zu lassen. »Den haben Sie tatsächlich.«

»Er ist ein Geschenk Gottes«, erklärte sie, während hinter ihrem Rücken Violet Grimassen schnitt und unfreundliche Bewegungen machte, bei denen sie den Finger an die Schläfe führte.

»Gottes Wege sind unergründlich«, erwiderte ich.

»Soll ich Ihre Seite der Hecke für Sie beschneiden? Ich übernehme nämlich Gartenarbeiten, aber kein schweres Umgraben. Ich gebe Ihnen mein kleines Informationsblatt – und Pansys auch, falls Sie irgendetwas tapeziert haben wollen, obwohl ich annehme, dass Sie das meiste davon bereits selbst besorgt haben. Und Violet …«

»Ja, deswegen wollte ich ohnehin mit Ihnen sprechen.« Ich wandte mich an Violet: »Sie erledigen Schreibarbeiten, nicht wahr?«

»Ich tippe, ich arbeite am Computer, alles, was Sie wollen!«

»Es geht um meine Bücher – die meisten davon diktiere ich auf Band, aber manche schreibe ich auch auf Papier, das Ergebnis ist also oft ziemlich zusammengestoppelt. Ich wäre überglücklich, wenn jemand die Sachen für mich abtippen könnte, damit ich sie dann leichter überarbeiten kann.«

»Ich könnte die Texte für Sie in den Computer eingeben«,

erwiderte Violet, die einen Blick für das Wesentliche hatte. »Dann braucht man sie nur noch auszudrucken. Es ist so einfach, am Computer Änderungen vorzunehmen. Die alten Zeiten mit dreifachen Durchschlägen und Tipp-Ex-Orgien sind lange vorbei.«

»Ich verstehe«, sagte ich anerkennend. Dann ließ ich Lavender allein, die geziert, aber effizient meine Seite der Hecke beschnitt, und ging mit Violet ins Haus, um ihre Arbeitsbedingungen zu klären.

Später, nachdem Violet mit dem ersten Teil von *Dunkle Geschicke* abgezogen war und der Umzugswagen von Pickfords meine portugiesischen Möbel gebracht hatte, ging ich auf Entdeckungstour in den Dorfladen.

Er ist wirklich etwas Außergewöhnliches: eine Aladinshöhle profaner Dinge.

Es ist wirklich nicht nötig, zum Einkaufen weiter wegzufahren, es sei denn, man hat etwas dagegen, eine Spur mehr zu bezahlen als in den Supermarktketten, oder möchte sich nicht damit abfinden, von der Besitzerin, Llyn, eines Verhörs dritten Grades unterzogen zu werden.

Als ich aus dem Laden wieder auftauchte, war ich mit weißer Emulsionsfarbe, Pinseln und Tüten mit verschiedenen Lebensmitteln ausgestattet, mit denen ich mich würde über Wasser halten können, darunter sechs »frei laufenden Eiern« in einer braunen Papiertüte, die ich mir mit äußerster Behutsamkeit an die Brust drückte.

Solchermaßen beladen, blieb mir nichts anderes übrig, als rückwärts durch die Schwingtüren hinauszugehen, und als ich mich auf der anderen Seite umdrehte, fand ich mich unerwartet Nase an T-Shirt mit einem Mann wieder, der gerade hineingehen wollte. Es folgte ein Unheil verkündendes Knirschen, und im nächsten Augenblick sickerte etwas Kaltes und Glibberiges zwischen uns herunter.

Ich prallte zurück und starrte ihn an, und Sie können sicher verstehen, warum: Er war viel größer als ich – mindestens einsneunzig –, kein Schwarzenegger, aber mit breiten Schultern, schmalen Hüften und langen Beinen. Er hatte eine Mähne weißgoldenen Lockenhaars, ein Kinn mit Grübchen in der Mitte und helle, fast farblose Augen, die Kristallen ähnelten. Wenn Luzifer in *Das verlorene Paradies* auch nur halb so schön gewesen wäre, wären wahrscheinlich alle Engel in Scharen zu ihm übergelaufen: Kommt nur herunter, es lohnt sich!

Ja, er war dem Drachentöter ähnlicher als der Drachentöter selbst – es war unheimlich, doch ich würde mich nicht nur deshalb aus dem Gleichgewicht bringen lassen, weil meine Figuren aus meinem Roman entfleuchten und meine Lebensmitteleinkäufe ruinierten. Zum Glück hatte ich den Rum nicht fallen lassen.

»Entschuldigung«, blaffte ich schroff, »aber Sie hätten mich doch kommen sehen müssen. Ich glaube, Sie haben mir meine Eier zerdrückt.«

Ich bekam keine Antwort, daher blickte ich auf (und auf), um zu sehen, wie er mich mit schmal gewordenen Augen anstarrte, Augen, die jetzt eine zornige Bleifarbe annahmen – überaus merkwürdig. Ich wünschte langsam, ich hätte ihn nicht erfunden – oder ihn zu einem kleinen, blonden Schnösel gemacht.

Nach diesem grobkörnigen, alten Foto, das Lili mir geschickt hat, hatte ich angenommen, er sei der übliche blauäugig-blonde Typ! Jeder, der ihn kannte und das Buch las, würde ihn erkennen ... Ich hoffe nur, dass *er* keine Fantasy-Romane liest.

Ich warf ihm einen Blick voller unverhohlener Abneigung zu, und er prallte sichtlich zurück.

»Sind Sie nicht die Frau, die gestern versucht hat, mich im Schlamm zu ertränken, und – was ist los?«, fügte er in neugierigem Ton hinzu, und ich riss mich mit Gewalt aus meiner entsetzten Trance heraus und trat zurück.

»Nichts. Mir geht es bestens, was mehr ist, als ich von meinen Eiern behaupten kann. Tut mir Leid wegen des T-Shirts, aber Sie hätten aufpassen sollen, wo Sie hinlaufen.«

Aus der Papiertüte tröpfelte es glibberig auf meine nackten Füße, aber vielleicht gab es ja Überlebende.

»Es tut mir Leid, dass mein T-Shirt es sich angemaßt hat, Ihren Weg zu kreuzen«, bemerkte er sarkastisch.

»Man kann kein Omelett zubereiten, ohne Eier zu zerbrechen!«, kicherte der Installateur, der sich an uns vorbei in den Laden schob.

Ich sah ihn missbilligend an und entgegnete ernsthaft: »*Sie* sehe ich nächsten Mittwoch!«

Sein Lächeln löste sich auf, und er huschte eilig in den Laden.

»Vielleicht würden Sie jetzt die Güte haben, auch *mich* in den Laden zu lassen? Es sei denn, Sie möchten vorher lieber noch irgendeine andere eklige Substanz über mich ausgießen?«, schlug der Drachentöter unfreundlich vor.

Nein, nicht der Drachentöter – lediglich ein Töpfer und noch dazu ein verärgerter. Aber ich hatte nichts Schlimmeres getan, als ihn mit Schlamm und Eiern zu besudeln, und ein Mann, der seine Tage damit zubringt, Schlammkuchen zu backen, sollte in diesen Dingen nicht so kleinlich sein.

Einen Augenblick lang zog ich es in Erwägung, den schlammigen Zwischenfall auf der Straße zu erklären, aber sein Anblick, wie er hoch über mir aufragte, seine muskulösen, über der beschmierten Brust gekreuzten Arme und sein Stirnrunzeln brachten mich schlichtweg auf die Palme.

»Sie scheinen sich selbst ja schon mit Lehm beschmiert zu haben«, bemerkte ich, denn er war von Kopf bis Fuß voller grauer Spritzer, einschließlich eines diagonalen Streifens, der sich über die eine Seite seiner Nase zog.

Und da auf der Vorderseite seines T-Shirts ohnehin ein

Gemälde von Turner prangte, das ebenfalls die Farbe eines ausgeblasenen Eies hatte, konnte man die Flecken, die auf mein Konto gingen, praktisch gar nicht sehen.

Aber statt das auszusprechen, wie es sonst meine Art gewesen wäre, ging ich um ihn herum, als litte er an einer ansteckenden Krankheit, und verschwand.

»Der Drachentöter, der über ihrer geschwächten Gestalt aufragte, starrte wütend auf Nala hinab und verschränkte die Arme über seiner breiten Brust...«

Ob es wohl zu spät ist, ihn in den Schurken zu verwandeln und Raarg von allem Bösen freizusprechen?

Ich brauche einen Helden.

»Warum«, fragte ich Miranda nach unserem ersten Miniflohmarkt in Gesellschaft Llyn Smiths, der Besitzerin des Dorfladens, »warum schreibt sich ›Llyn‹ mit zwei L, und warum spricht sie ihren Namen aus wie ein walisisches Schimpfwort, obwohl sie aus Birmingham stammt? Und weshalb um alles in der Welt hat sie ihre Kinder Rhubarb und Aphid genannt?«

»Astrid und Rhiannon«, murmelte Miranda geistesabwesend. Sie blätterte ein uraltes, zerlumptes Rezeptbuch durch, eins von mehreren, die sie an diesem Tag erworben hatte. Dann blickte sie mit einem glücklichen Lächeln auf. Auf ihrer Stirn prangte ein dicker Fleck, und ihre Finger waren schmutzig.

»Llyn ist seit f-fünf Jahren hier, und sie ist so fest entschlossen, hierher zu p-passen, dass sie dafür bis zum Äußersten geht.«

»Deshalb zum Beispiel auch die handgewebten walisischen Tweedröcke in Technicolor?«

»Noch schlimmer – in der h-heißesten Touristensaison trägt sie das komplette traditionelle Kostüm mit dem roten Cape und dem g-großen sch-schwarzen Hut. Sie belegt auch

Kurse in Walisisch. Vielleicht hat s-sie es ein bisschen übertrieben, aber sie m-meint es gut.«

»Die Straße zur Hölle ist mit guten Vorsätzen gepflastert. Aber wie dem auch sei, eins muss ich ihr lassen: Sie hat ein gutes Auge für ein Schnäppchen.« Llyns Kombi, dem ich im Augenblick folgte, beförderte, verzurrt bis obenhin, eine Kommode, bei der ein Antiquitätenhändler in verzücktes Schwärmen geraten wäre.

Miniflohmärkte machen möglicherweise süchtig, denn neben nützlichen Dingen wie Gardinenstangen scheine ich allerlei Zeug erworben zu haben, das sich nur als Müll beschreiben lässt, als da wären ein protziger Korbstuhl und ein Kamelsattelhocker, aus dem hie und da schon etwas Füllung herausquillt.

Miranda hat neben den Kochbüchern Unmengen obskurer alter Küchenutensilien gekauft, und der Kofferraum des Kombis ist ziemlich voll beladen – vor allem, wenn man bedenkt, dass auch noch Spike mit von der Partie war. Spike lag auf einer gehäkelten Decke, von der ein Duft Marke stinkender alter Hund durch den Wagen wehte.

»Ich habe h-heute so viel Spaß gehabt«, seufzte Miranda glücklich. »Und morgen k-kommen vielleicht noch B-Blumenbestellungen rein, obwohl ich bestimmt glaube, dass wir viel mehr zu tun bekämen, wenn wir nur an den richtigen Stellen ein oder zwei kleine Anzeigen schalten würden.«

»Wenn *du* ein oder zwei Anzeigen schalten würdest«, widersprach ich. »Es ist jetzt dein Geschäft.«

»Wenn ich sehr viel mehr Bestellungen bekomme, m-muss ich mir schnell einen größeren Arbeitsraum suchen«, überlegte sie laut. »Wie viel es wohl kosten würde, eins von den Ateliers im Kunsthandwerkszentrum zu mieten? Obwohl ich den Raum natürlich nur morgens benutzen würde.«

»Wie wär es, wenn wir eines Tages mal rüberfahren und

uns die Sache ansehen?«, schlug ich vor. »Ich bin noch gar nicht dort gewesen.«

»In Ordnung. W-wusstest du, dass Lili Ford Jakes ein Auge auf einen der Künstler aus dem Zentrum geworfen hat und ihm unv-verhohlen nachläuft? Er ist der attraktivste Mann, den ich je gesehen habe, und w-weißt du, was? Er erinnert mich an den D-Drachentöter – diesen sch-schnuckeligen neuen Mann in deinem letzten Roman.«

»Ich bin ihm schon über den Weg gelaufen«, fiel ich ihr hastig ins Wort. »Er hat überhaupt keine Ähnlichkeit mit ihm – und der Drachentöter ist nicht schnuckelig.«

Wenn Miranda ihn nach meiner Beschreibung schon erkennt…?

Mit einem Seufzer erklärte ich ihr das Zusammentreffen. Hoffen wir nur, dass ich dasselbe nicht demnächst einem erzürnten Töpfer werde erklären müssen.

An diesem Nachmittag sah ich Miranda, wie sie im Dorf mit einem kleinen, bärtigen Mann plauderte, der sich ziemlich viel sagend abwandte und verschwand, lange bevor ich zu ihnen stieß. Ich hatte schon erraten, dass es sich um Gilbert Ace handelte, bevor Miranda es mir erzählte.

Hoffentlich erholt Gilbert sich bald von seinem Ärger darüber, dass ich das Cottage gekauft hatte, denn Gower ist zu klein, um ständig irgendwelchen Leuten aus dem Weg zu gehen.

Ich habe den leisen Verdacht, dass er und Miranda eine Schwäche füreinander haben. Gil klingt ziemlich lenkbar und noch gutmütiger als Miranda, daher würden die beiden einander vielleicht gut tun, wenn ich nur Chris auf die Weide schicken könnte. Obwohl ich zuerst herausfinden müsste, was aus der verschwundenen Dorinda geworden ist.

Tatsächlich sollte ich bei meinen Nachforschungen besser einen Zahn zulegen, denn am Ende war es vielleicht doch der schlecht gelaunte Töpfer, und ich mag Lili ziemlich gern – gern genug, um ihr nicht zu wünschen, dass sie dauerhaft in der Versenkung verschwindet.

Aus irgendeinem Grund scheine ich neuerdings kleinen weißen Lieferwagen aus dem Weg zu gehen.

Nye ist eine Abkürzung – ich frage mich, für welchen Namen es wohl stehen mag?

Kapitel 9

Das Kreuz mit Chris

Lieber »jugendlicher Fan«,

waschen Sie sich Ihr Gehirn mit (kaltem) Seifenwasser aus.

Und, nein, das Foto auf der Rückseite meiner Bücher ist nicht neu – es wurde schon vor Jahren aufgenommen. Ich bin heute ein verhutzeltes altes Weib,
Sappho Jones

Nach nur wenigen Wochen in Bedd beginnt das Leben, sich auf eine höchst angenehme Weise von selbst zu regeln. Es ist sehr verführerisch, diese neue Häuslichkeit.

Morgens wache ich immer früh auf, arbeite zwei Stunden an *Dunkle Geschicke: Unsterbliche Freuden,* unternehme einen Spaziergang (häufig entlang der Klippen bei Rhosili) und kehre dann wieder zu dem Buch zurück.

Irgendwann am Morgen kommt Miranda, die einen eigenen Schlüssel hat, ins Cottage, um die Bestellungen für Fantasy Flowers zu erledigen. Auf dem Weg zur Hazienda gibt sie dann die Resultate auf die Post und widmet sich am Nachmittag dem Ausklügeln neuer Rezepte. Mu hat bereits zusätzliche Illustrationen für die Neuausgabe von *Der gestopfte Student* angefertigt, die sie mitbringen wird, wenn sie herkommt.

Die ersten Kapitel von *Dunkle Geschicke* sind bereits entziffert und ausgedruckt worden, eine Leistung der wahrhaft erstaunlichen Violet, die jetzt sämtliche *Vengeane*-Bücher von Anfang an durchliest, um ein Gefühl für meinen Stil zu bekommen.

Das Mittagessen nehme ich ziemlich oft im Pub ein, was es mir erspart, etwas kochen zu müssen, und hin und wieder taucht Lili im Pub auf oder Miranda begleitet mich, obwohl sie sehr kritisch ist, was die Küche betrifft. Das einzige Mittagessen, das Lili zu sich zu nehmen scheint, ist die Olive in ihrem trockenen Martini, aber ich glaube, ihr leicht hageres Aussehen ist auf die mangelnden Fortschritte zurückzuführen, die sie bei ihrem Töpfer macht.

»Dieser ganze nasse Lehm ist irgendwie so sexy«, vertraute sie mir eines Tages kurz nach meiner zweiten Begegnung mit dem Gegenstand ihrer Begierde an. »Ich weiß allerdings nicht, warum, es sei denn, es ist all diese glitschige Feuchtigkeit? Aber weshalb ist er so immun gegen meine Reize? Ich meine, nachdem seine letzte Freundin sich als Lesbierin erwiesen hat, sollte man meinen, er wäre dankbar, wenn endlich eine absolut heterosexuelle Frau etwas Interesse an ihm zeigt.«

»Wie meinst du das, seine letzte Freundin sei Lesbierin gewesen?«

»Es stimmt, Sappho! Kann man sich so etwas vorstellen? Erinnerst du dich daran, was ich dir von meiner ersten Begegnung mit ihm bei der Ausstellung erzählt habe, bei der er sich mit seiner Exfreundin gestritten hat? Nun, anscheinend hatten die beiden zusammen das Kunstcollege besucht, nur dass sie lieber in London lebte und er nicht, sodass die Beziehung sich schließlich auf Wochenenden und dergleichen erstreckte. Aber dann ist sie zu dieser Freundin gezogen und hat Nye sitzen lassen.«

»Das macht sie noch lange nicht zu einer Lesbierin, Lili.«

»Nein, aber hör doch zu: Während ich in Griechenland war, ist sie hierher zurückgekommen und hatte einen Riesenstreit mit Nye, und das Ergebnis war, dass sie schnurstracks zurück nach London fuhr. Als ich das hörte, fragte ich mich natürlich, ob sie vielleicht versuchte, ihn wieder zurückzuerobern. Deshalb dachte ich, ich fahre mal hin und besuche sie – unter dem Vorwand, ich würde mich für die handgestrickten Sachen interessieren. Ich wollte ihr sagen, sie solle aufhören, an ihm rumzuzerren, wenn sie ihn nicht wirklich haben wollte, damit er frei für eine andere wäre. Aber als ich das Haus fand, kam sie gerade heraus, und sie und diese andere Frau haben sich vor der Tür verabschiedet – knutschenderweise.«

»Du meinst, sie haben richtig geknutscht, und es war nicht nur eine liebevolle Umarmung und ein Kuss unter Freundinnen?«

»Es war ein richtiger Knutsch. Aber das Interessante ist, dass dieses Mädchen zwar klein, dunkelhaarig und mager ist, aber auch noch etwas anderes: Entweder hatte sie einen ziemlich gesunden Bandwurm oder einen Braten in der Röhre.«

»Du meinst, das Baby ist von Nye? Vielleicht ist ihr beides gleich recht.«

»Ich habe ihn gefragt, und er hat es kategorisch abgestritten, aber so weit es seine alte Freundin betrifft, ist er nicht gerade gesprächig – sie heißt übrigens Eloise. Tatsächlich ist er auf meine Frage hin einem Anfall übellaunigster Trübseligkeit erlegen – falls er nicht immer so ist.«

»Ich finde, da kann man ihm keine Vorwürfe machen – es muss ein ziemlicher Schlag für sein Ego gewesen sein.«

»Ja, aber wenigstens weiß ich jetzt, warum er so reagiert, und konnte mir eine Taktik zurechtlegen – ich bin ganz freundliche Weiblichkeit und bereit, Balsam auf seine Seele zu streichen und auf alle anderen Körperteile, die er solchermaßen behandelt sehen möchte. Warte nur ab, irgendwann krieg ich ihn so weit – vorausgesetzt, die Polizei verhaftet ihn nicht vorher.«

»Das ist doch nicht sehr wahrscheinlich, oder?«

»Er scheint der Letzte gewesen zu sein, der Dorinda Ace gesehen hat – du weißt doch über die verschwundene Dorinda Bescheid, oder? Nye lebt in einem heruntergekommenen viktorianischen Chalet ohne geringsten Komfort in einem Gebiet, wo ein Chalet sich ans andere reiht. Es heißt übrigens Preece's Plot. Dorinda ist im Gemeinderat, und der hatte gerade die Genehmigung für die Sanierung des Baugebiets erteilt. Nye hatte deswegen einen Mordsstreit mit ihr, und seither hat niemand sie mehr gesehen. Die Polizei hat ihn zum Verhör aufs Revier geholt, doch sie interessieren sich mehr für Dorindas Mann, Gil, der ein ganz süßer, aber sentimentaler kleiner Bursche ist – doch das war Crippen auch. Zwischen den Zeilen habe ich gelesen, dass er Mirandas Jugendliebe war. Ist Miranda jetzt nicht übrigens *gewaltig*? Greenpeace sollte eine Kampagne starten, um sie genau wie die anderen Wale zu schützen.«

»Wir sind nicht *alle* darauf versessen, Bohnenstangen mit riesigen Köpfen und ausgemergelten Leibern zu sein«, gab ich unfreundlich zurück, denn so mager ist Lili nun auch nicht, sie hat immer noch eine Figur. »Dein Töpfer scheint übrigens ein übellauniger Mensch zu sein. Meinst du nicht, du solltest vorsichtig sein, für den Fall, dass er Dorinda doch irgendetwas angetan hat?«

»Er sagt, sie sei nach dem Streit einfach wutschnaubend davongefahren, obwohl man niemandem einen Vorwurf daraus machen könnte, wenn er sie um die Ecke gebracht hätte. So wie es sich anhört, war sie eine grauenhaft tyrannische, anmaßende Person – Geschichtsdozentin und Autorität in Sachen altertümlicher Gräber auf Gower, das langweilige Geschöpf. Vielleicht war es am Ende ja doch der große Pantoffelheld, der brave Hausmann, mit dem sie verheiratet war?«

»Oder sie ist einfach auf und davon gefahren – Miranda hat erzählt, ihr Wagen sei nie gefunden worden«, bemerkte ich.

Lili verlor das Interesse an Dorinda. »Es wird Zeit, dass Nye herausfindet, dass es noch andere Frauen gibt, die ganz sicher nicht vom anderen Ufer sind. Die Sache wird immer frustrierender, obwohl ich Nyes wegen wenigstens ein Cottage am trendigsten Ort der Stunde gekauft habe, bevor die Preise dort absolut in die Höhe geschnellt waren.«

»Ich … ich bin ein- oder zweimal mit deinem Töpfer zusammengetroffen«, bemerkte ich vorsichtig.

Sie grinste boshaft. »Ich weiß. Er hat mir von dieser Wahnsinnigen erzählt, die versucht hat, ihn in Schlamm und Eiern zu ertränken. Ich habe ihm erklärt, du seist eine Exzentrikerin, die Fantasy-Romane schreibt. Weil du Sappho heißt, hat er mehr oder weniger geschlossen, du seiest eine Lesbierin, die schwule Romane schreibt. Ich finde das ganz gut so, denn ich möchte nicht, dass er sich allzu sehr für dich interessiert.«

»Vielen Dank, Lili, aber das Einzige, was ihn an mir interessiert hat, war wahrscheinlich meine Adresse – um mich umzubringen.«

»Ich weiß nicht…«, entgegnete sie gedankenvoll, »aber wie dem auch sei, wenn du Dave Devlyn am Gängelband hast, brauchst du nicht auch noch Nye.«

»*Den* kannst du auch haben. Ich will keinen von beiden.«

»Dann ist die Lösung doch ganz einfach – sag dem fantastischen Fotografen ebenfalls, du seist lesbisch. Und dann leitest du ihn in meine Richtung um.«

»Ja, Lili, aber ich *bin* nicht lesbisch, wie er sehr wohl weiß«, bemerkte ich geduldig. »Außerdem habe ich Probleme mit Leuten, die behaupten, ich hätte mir den Namen Sappho wegen dieser Assoziation ausgesucht und sei nicht schlicht und einfach darauf getauft worden.«

»Wie Nye – und der Trick hat wirklich funktioniert, obwohl er seiner grässlichen, handgestrickten Eloise, während sie zusammen waren, langweilig treu gewesen zu sein scheint. Und das Einzige, wovon er redet, ist seine Arbeit. Es ist unnatürlich.«

»Vielleicht hat er Eloise geliebt? Vielleicht ist sein Ego so angeschlagen, dass seine Libido spurlos untergegangen ist?«

»Meine Libido wird das ganz sicher tun, wenn das so weitergeht«, murmelte sie düster. »Aber ich weiß, dass ich sein Typ bin – klein, dunkelhaarig und schlank. Ich muss ihn nur dazu bringen, mich wahrzunehmen.«

Mich hatte er ganz sicher wahrgenommen, aber ich glaube nicht, dass das ganz das war, was Lili im Sinn hatte.

Ich habe noch nie zuvor einen Mann erlebt, der einem Frontalangriff von Lili widerstanden hätte. Ich frage mich, ob *er* auch bisexuell ist?

Als das nächste Chris-Cotter-infizierte Wochenende nahte, wurde Miranda immer geistesabwesender, und ich hoffte nur, dass meine guten Werke zur Stärkung von Rückgrat und Unabhängigkeitsstreben nicht gänzlich verschwendet waren.

Aber es würde mich nicht wirklich überraschen, wenn sie schnurstracks in die Sklavenmentalität zurück verfällt und ich am Montag wieder ganz von vorne anfangen muss.

Am Freitagmorgen kam sie und erledigte die Blumenbestellungen so schnell, dass nur der leichte, noch in der Luft schwebende Geruch von altem Hund ihren kurzen Besuch verriet, als ich von meinem Spaziergang zurückkam.

Sie hatte mir jedoch einen Zettel dagelassen:

Ich muss gleich wieder zurück und anfangen, das Essen für die gewohnte Party morgen Abend zuzubereiten, aber ich werde morgen in aller Frühe wieder da sein, um die Blumenbestellungen zu erledigen. Im Kühlschrank steht eine Plastikbox mit Pilaw (orientalisches Reisgericht) für dich zum Probieren – neues Rezept für Die Fütterung des Partytiers! *Ich dachte, du könntest es vielleicht heute Abend essen und mir sagen, was du davon hältst? Die Anweisungen zum Aufwärmen stehen auf der Box, alles Liebe, Miranda*

Also war meine Mühe, sie aufzurichten, vielleicht doch nicht ganz umsonst gewesen?

Am Samstagmorgen hätte ich sie um ein Haar wieder verpasst – sie hatte sich so früh ins Haus geschlichen, dass ich mich noch auf der Liege lümmelte und versuchte, den Drachentöter zu unterwerfen.

Nala scheint in Gegenwart des Drachentöters immer ein wenig nervös zu sein: Ich glaube, es verunsichert sie, dass er so viel größer und kräftiger ist als sie selbst, wo sie das doch gar nicht gewohnt ist, aber er soll nicht denken, es würde alles nach seiner Mütze gehen.

»Der Drachentöter spürte, wie der dunkle Schatten der Vorahnung seine Gedanken berührte, und schauderte: Was kam da auf ihn zu, um ihn zu bedrohen – oder jene, die er liebte?«

Ich schob den Kopf durch die Tür des Wintergartens und sagte: »Das Pilaw war großartig. Du solltest das Rezept unbedingt aufnehmen.«

Miranda zuckte zusammen und ließ eine Hand voll Nelken fallen – »Nelken sind immer hübsch«.

»H-hallo Sappho! Ich hoffe, ich h-habe d-dich nicht gestört? Ich bin ein b-bisschen früh dran, aber ich m-muss zurück, um Chris d-das F-Frühstück zu machen.«

»Ist es nicht ein bisschen tragisch, dass ein Fernsehkoch nicht in der Lage ist, sich selbst das Frühstück zuzubereiten?«

»Er ist gestern Abend erst sehr spät nach Hause gekommen – und er ist s-selbst gef-fahren. Es ist ein langer Weg. Außerdem kommen heute Abend jede Menge Leute zu Besuch, und ich muss alles vorbereiten. Ich hoffe, du wirst auch vorbeikommen? Lili kommt n-normalerweise ebenfalls – Chris m-mag sie nicht besonders, aber s-sie kennt absolut *jeden.*«

»Sie kommt tatsächlich ganz schön rum«, stimmte ich ihr

zu. »Und es ist nett von dir, mich einzuladen, Miranda, aber ich bin kein so großes Partytier – und *mich* mag Chris auch nicht!«

»Ich mag dich«, erklärte sie entschieden, »und Chris wird sich daran gewöhnen müssen, dass d-du hier bist.«

Oder auch nicht, je nachdem, dachte ich. Miranda mochte ein bisschen von ihrem neu gewonnenen Rückgrat verloren haben, aber sie zeigte immer noch schwache Anzeichen von Unabhängigkeit, was Chris ganz bestimmt nicht gefallen würde.

»Mal sehen, wie ich mich später fühle«, antwortete ich. »Aber der Drachentöter wird schrecklich unverschämt, und vielleicht muss ich ihn mir heute Abend etwas zurechtbiegen. Außerdem wird es Zeit, dass Raarg von den Toten aufersteht.«

Da wir gerade beim Thema sind, Dave macht immer noch keine Anstalten, eine Wiederauferstehung zu versuchen. Konnte es sein, dass er endlich aufgegeben hatte? Was für eine Ironie das wäre, gerade zu dem Zeitpunkt, da ich endlich wieder in seiner Reichweite aufgetaucht bin!

Am Ende war mein Besucher an diesem Nachmittag fast so unwillkommen, wie Dave es gewesen wäre: Der kochende Chris tauchte unangemeldet auf meiner Schwelle auf.

Ich ließ ihn herein, aber nur bis in die Küche, da ich nicht wollte, dass mein Allerheiligstes im Innern des Hauses besudelt wurde.

Wie vorherzusehen, war er gekommen, um mir zu befehlen, Miranda in Ruhe zu lassen. Nachdem er sich neben dem Herd in Pose geworfen hatte, behauptete er, ich übe einen schlechten Einfluss auf sie aus und hätte sie beinahe davon überzeugt, dass er – Chris! – all die merkwürdigen Dinge getan hatte, die in der letzten Zeit geschehen waren, nicht sie selbst.

Außerdem sei sie wirklich nicht in der Lage, irgendeine Art von Geschäft zu betreiben, es sei also unfair von mir, ihr die Last aufzubürden und von ihr zu erwarten, dass sie die Arbeit für mich täte – und so ging es noch ein Weilchen weiter.

Ich verschränkte lediglich die Arme vor der Brust und blickte auf ihn hinab, während er sein Sprüchlein aufsagte, aber als er hinzufügte, er habe Miranda verboten, weiter Umgang mit mir zu pflegen, und ich sei in seinem Haus nicht willkommen, erklärte ich, ich hätte nicht die Absicht, jemals sein Haus zu besuchen. Was aber Mirandas Haus betraf, so lägen die Dinge ganz anders.

Dann versicherte ich, er hätte sich den Besuch bei mir sparen können, da seine kleinen Machenschaften eine wie die andere absolut durchschaubar seien, woraufhin er türenknallend die Örtlichkeit verließ.

Ein Jammer nur, dass ich keine dieser versteckten Kameras habe, denn ich hätte wahrscheinlich gutes Geld für einen Film bekommen, der den charmanten Chris Cotter bei einem Einschüchterungsversuch zeigt.

Natürlich war anschließend die Versuchung groß, jetzt erst recht zu der Party zu gehen, aber irgendwelche unerfreulichen Szenen hätten Miranda sicher sehr aufgeregt. Daher werde ich mich also damit begnügen, weiterhin schädliche Einflüsse auszuüben, sobald Chris wieder fort ist.

Ich sah Miranda erst am Mittwochmorgen wieder. Den dunklen Ringen unter ihren Augen und den gehetzten, ängstlichen Gesichtsausdruck entnahm ich, dass das Wochenende aus ihrer Sicht jedenfalls keine lange Kette himmlischer Freuden gewesen war.

»Wie war die Party?«, fragte ich. »Ich habe gestern mit Lili in ihrem Cottage gegessen – wirklich ein Schmuckstück –, und sie berichtete, sie hätte ihren Töpfer überredet, mit ihr auf die Party zu gehen, doch als sie dort angekommen seien, sei er vor Entsetzen zurückgeprallt.«

»Oh, ich wünschte, du wärst auch da gewesen, Sappho – es war sch-schrecklich! Chris hat furchtbare Dinge zu mir gesagt, und das mit einer gütigen, freundlichen Stimme, als wäre ich ein schwachsinniges Kind. Nye hat versucht, Lili aus dem Weg zu gehen, und Lili hat sich besoffen...« Miranda schauderte. »Und dann war Gil so n-niedergeschlagen, w-weil die Polizei ihn wegen D-Dorinda noch einmal zu einem Verhör aufs Revier bestellt hatte.«

»Tut mir Leid, dass ich das alles verpasst habe«, antwortete ich aufrichtig, denn es klang interessanter, als ich erwartet hatte. »Aber ich dachte, ich gehe besser nicht hin, weil Chris nicht gerade begeistert ist, dass ich wieder hier bin. Ich meine, stell dir nur vor, zu welch erstaunlichen Tiefen du aufgrund meiner Anwesenheit bereits gesunken bist! Du betreibst dein eigenes Geschäft, du schreibst deine eigenen Rezeptbücher, du gehst zu Miniflohmärkten ... es ist eine einzige Orgie des Lasters.«

»Es ist eine Orgie der L-Lust«, korrigierte Miranda mich. »Und w-weißt du, was? Ich glaube, ich habe auch sch-schon abgenommen! Meine Kleider kommen mir irgendwie lockerer vor.«

»Das überrascht mich kaum – du hattest in letzter Zeit so viel damit zu tun, hin- und herzuflitzen, dass selbst Spike schon schlanker aussieht. Also – machst du weiter, oder tust du, was Chris will, gibst Fantasy Flowers auf, stellst den Kontakt zu mir ein und hörst auf, deine eigenen Kochbücher zu schreiben, statt nur seine zu schreiben?«

Sie setzte sich aufrecht hin, und ein leicht martialisches Glitzern trat in ihre blauen Augen. »Nein, das werde ich nicht tun! Er irrt sich vollkommen, was mich betrifft – ich habe mich schon seit J-Jahren nicht mehr so gut gefühlt! Stell dir vor, er sagte, allein mein *Verdacht*, er habe all diese m-merkwürdigen Dinge getan wie das mit den Koi, zeige, dass ich v-verrückt sei! Doch ich bin mir da nicht sicher ...«

»Natürlich hat er all diese Dinge getan«, versicherte ich ihr. »Dein Verstand funktioniert besser als meiner.«

Sie schien mein Urteil zu akzeptieren, und wir lebten glücklich und in Frieden bis zum nächsten Samstag (glücklicherweise einer chrisfreien Zone), als sie mitten in *Unsterbliche Freuden* in einem Zustand halb wahnsinniger Panik bei mir hereinplatzte.

»Sappho«, rief sie. »Gestern ist etwas Merkwürdiges passiert – etwas wirklich Merkwürdiges –, und Chris kann es d-diesmal nicht gewesen sein, und ...«

»Beruhig dich«, erwiderte ich beschwichtigend, »und erzähl mir alles. Aber langsam – und um Himmels willen: *setz dich!*«

Sie ließ sich hechelnd auf einen Stuhl sinken. Zum Glück hing ihr dabei wenigstens nicht wie Spike die Zunge heraus.

»Nachdem ich gestern Morgen nach Hause gekommen bin, erschien eine Frau vor meiner T-Tür und erklärte, sie wolle die Kleider liefern, die ich g-gestern bestellt hätte – eine Menge Kleider. Sie kam von einem teuren Geschäft in Swansea.«

»Nun, das klingt mir nicht allzu beängstigend. Hast du denn irgendwelche Kleider bestellt?«

»Nein, ha-habe ich nicht. A-aber die Sache ist die, Sappho, sie waren alle in Größe achtunddreißig, und ich passe s-s-seit Jahren nicht mehr in Größe achtunddreißig ... Es waren wunderschöne Kleider, die Art Sachen, die ich vielleicht bestellt hätte, wenn ich noch schlank wäre – Kleider, die mir gut gestanden hätten.«

»Ein einfacher Fehler – vielleicht ging die Lieferung an die falsche Adresse?«, schlug ich vor. »Aber ich nehme an, das ist das Erste, was du überprüft hast?«

»Ja – auf dem L-Lieferschein standen klar und deutlich

mein Name und meine Adresse. Die Frau w-wusste von nichts. Sie war nur eine Aushilfe, und sie kam aus reiner G-Gefälligkeit vorbei, der Laden macht n-normalerweise keine L-Lieferungen.«

»Was ist mit dem Laden? Hast du angerufen?«

»Ja, ich habe die Geschäftsführerin an den Apparat bekommen, und sie war sehr höflich, g-glaubte aber offensichtlich, ich sei völlig durchgeknallt! Sie sagte, die Frau, die die Sachen g-gekauft habe, hätte meinen Namen genannt, und sei klein und sehr dick gewesen, mit b-blondem Haar, und sie dachte, sie hätte die S-Sachen als Überraschung für ihre T-Tochter g-gekauft. Die blonde Frau hat eine hohe zusätzliche Summe bezahlt, damit die Kleider an meine Adresse g-geliefert wurden.«

»Was sagtest du, wann die Frau die Sachen bestellt hat?«

»Am T-Tag zuvor – am Donnerstag. Und ich fahre donnerstags immer nach Swansea zum Supermarkt.«

Ich versuchte, mich zu erinnern ... »Bist du letzten Donnerstag denn auch dort gewesen?«

»Nein, das ist es ja! Ich bin als Erstes hier bei dir vorbeigekommen – da war so ein g-großer St-Strauß, der fertig w-werden musste, du weißt schon ... Es ging um unerwiderte Liebe und Eifersucht.«

Ich nickte: »Ja, ich erinnere mich an den Strauß – bei der Gelegenheit ist mir nämlich klar geworden, dass du das viel besser kannst als Mu und ich.«

»Das ist sehr lieb von dir, Sappho, aber ich g-glaube nicht, d-dass es so ist. Doch w-wie dem auch sei, ich habe die B-Bestellung erledigt und auf dem W-Weg nach Hause zur Post gebracht. Ich wollte meine Einkaufsliste holen und Spike dalassen. Doch als ich die T-Tür öffnete, dachte ich, ich könne Gas riechen, deshalb habe ich Spike gerufen und von n-nebenan die Gasgesellschaft angerufen; sie sind auch gleich rübergekommen und haben eine undichte Stelle gefunden. Dann war es zu spät, um noch irgendwohin zu fahren.«

»Das hast du mir ja gar nicht erzählt – aber zumindest beweist es definitiv, dass du es nicht gewesen sein kannst, nicht wahr?«

»Ja ... Aber d-dann bekam ich doch Z-Zweifel ... Ich meine, gestern Nacht habe ich darüber nachgedacht: Es sind noch andere merkwürdige Dinge passiert, und der Donnerstag *ist* der T-Tag, an dem ich normalerweise meine Einkäufe erledige. Also habe ich mich gef-fragt, ob ich nicht vielleicht doch hingefahren bin und mir den Rest bloß einbilde. Und, Sappho, diesmal kann es nicht Chris gew-wesen sein, w-weil er sich unmöglich als b-blonde F-Frau verkleiden könnte, oder?«

»Nein, aber es wäre kein Problem für ihn, jemanden für den Tag nach Swansea zu schicken. Miranda, ich bin mir ganz sicher, dass er hinter all dem steckt – es geht ihm darum, Macht über dich auszuüben, jetzt, da du erste Anzeichen von Unabhängigkeit zeigst. Konfrontier ihn damit und hör dir an, was er zu sagen hat.«

»Oh, das kann ich unmöglich tun! Und er – er hätte mir doch bestimmt nicht so einen Streich gespielt, w-weil es ... es ist grausam. Es ... es geht w-weit über einen Scherz hinaus.«

»Das liegt daran, dass es niemals ein Scherz sein sollte. Und, ja, es ist grausam, doch es muss sich jemand ausgedacht haben, der dir sehr nahe steht, genau wie bei den anderen Gelegenheiten. Wer sonst hätte zum Beispiel die Fische fangen und in die Tiefkühltruhe legen können? Hör mal, du fährst doch am Montag zu deiner Lektorin nach London, oder? Warum fährst du nicht anschließend zu eurem Haus dort und trägst die Sache mit Chris aus?«

»Aber es ist g-ganz anders, w-wenn er hier ist, Sappho – am Ende g-glaube ich immer alles, was er sagt ... Und er wird am M-Montag nicht d-da sein, w-weil ...«

Sie brach ab, denn in diesem Augenblick erklang ein höchst entschlossenes Klingeln an der Tür, und ich musste öffnen.

Es war Lili, und sie war fast nüchtern.

»Hi!«, rief sie strahlend, marschierte schnurstracks an mir vorbei und ins Wohnzimmer, wo sie Miranda begrüßte, dann zog sie eine Flasche Gin aus ihrer geräumigen Schultertasche und sah sich mit benebeltem Blick um. »Hast du irgendwelche Gläser da?«

Ich holte welche und brachte gleich auch noch etwas Tonic Water mit, da Lili durchaus im Stande war, den Gin pur und gleich aus der Flasche zu trinken, Miranda und ich ihn aber in jedem Fall verdünnt vorzogen.

Lili rollte sich am einen Ende des schlüpfrigen Sofas zusammen und kippte mit einem zufriedenen Seufzer ihren Gin.

»Ich habe dich gestern mit deinem Bewunderer gesehen«, wandte sie sich an Miranda, die steif auf dem anderen Ende des Sofas saß.

»Bewunderer? Was m-meinst du damit?«

»Gil, den potenziellen Gattinnenmörder. Natürlich könnte es auch Nye gewesen sein, aber ich finde, die ganze Sache verleiht den beiden Männern eine gewisse Ausstrahlung, meinst du nicht auch?«

»S-sei nicht dumm«, entgegnete Miranda, die ein wenig rot geworden war. »Gil ist ganz bestimmt kein Mörder, und er ist auch nicht mein Bewunderer, sondern lediglich ein Kindheitsfreund, der gerade eine wirklich sch-schlimme Zeit durchmacht. Zuerst dachte er, er würde dieses Cottage erben, und seine Frau hat so einen Wirbel darum gemacht, als es dann nicht p-passierte, dass er um ein Haar einen N-Nervenzusammenbruch erlitten hätte – er ist schrecklich sensibel. Dann verschwand D-Dorinda, und er kommt g-gerade erst wieder langsam auf die B-Beine – sie war normalerweise diejenige, die alles für ihn geregelt hat. Und ich bin davon überzeugt, dass Nye Thomas D-Dorinda nicht umbringen würde, nur w-weil sie die Chalets abreißen w-wollte, um den Golfplatz zu erweitern.«

»Er könnte es aber durchaus getan haben, falls sie eine von diesen grässlichen Golfmonturen trug – du weißt schon, die Dinger, in denen man so aussieht, als wäre man die Schulsprecherin des örtlichen Gymnasiums«, warf ich schnoddrig ein. »So was zu tragen, sollte durch sofortiges standrechtliches Erschießen geahndet werden.«

»Das ist nicht komisch«, entgegnete Miranda tadelnd. »Denk doch nur an die arme D-Dorinda.«

»Wahrscheinlich hatte sie Gil einfach satt und ist auf und davon gegangen«, vermutete ich.

»Ja, er ist nicht gerade übermäßig aufregend«, pflichtete Lili mir bei. »Aber solange sie nicht in Nyes Garten wieder auftaucht, interessiert es mich eigentlich wenig.« Lili kippte die Hälfte ihres Drinks herunter und fügte hinzu: »Hat Sappho dir von Griechenland erzählt, Miranda? Ich weiß nicht, warum ich noch jedes Jahr hinfahre – nie sind irgendwelche anständigen Männer da, und Bob ist so entsetzlich spießig: Neulich hat er doch glatt behauptet, ich brächte die britischen Frauen in mittleren Jahren in Verruf. So eine Unverschämtheit! Ich – in mittleren Jahren!«

Sie nahm noch einen langen Schluck von ihrem Gin. »Dieser komische kleine Fettkloß aus Sapphos Kurs hat ihr ständig Avancen gemacht, und dann wollte er noch eine Woche zusätzlich buchen, damit er auch meinen Kurs besuchen konnte, nur dass seine Frau zum Glück die Faxen dicke hatte und ihn weggeschleppt hat. Und Sappho ist für eine Woche mit Mu Graythorpe weggefahren, um auf Berge zu klettern und Kerzen zu essen.«

»Kerzen?«, wiederholte Miranda verständnislos, und ich schnellte auf meinem Platz in die Höhe und funkelte Lili wütend an.

»Woher wusstest du das?«

»Warum, war es ein Geheimnis? Aber keine Bange, ich habe niemandem etwas davon erzählt.«

»Außerdem waren es gar keine Kerzen, sondern Lampendochte.«

Sie zuckte die Schultern. »Kerzen, Lampendochte – beides gleich verrückt.« Dann wandte sie sich wieder an Miranda: »Anscheinend handelt es sich um eine Art Fruchtbarkeitsritus.«

»Es soll einer sein, ja«, stimmte ich ihr zu, widerstrebend, denn ich wollte Mus Probleme nicht in die ganze Welt hinausposaunen – vor allem nicht, wenn sie und Simon demnächst unter eben diesem Dach zu einem kleinen Tete-a-Tete mit der Bratenspritze zusammenkommen sollten.

Miranda starrte mich an: »Aber du w-willst doch nicht sch-schwanger werden, oder? W-wirklich? Ich dachte, du machst Witze!«

»Ich hatte damals noch gar nicht darüber nachgedacht, ich bin nur mitgegangen, weil Mu es wollte.«

»Nun, wenn Mu nicht schwanger werden kann, muss es ihre eigene Schuld sein, denn mit diesem großen, blonden Schrank von einem Mann, den sie geheiratet hat, ist bestimmt alles in Ordnung«, bemerkte Lili nachdenklich.

»Lili – du hast doch nicht ...?«, begann ich wütend.

»Ach, halt doch die Hosen an«, entgegnete sie freundlich. »Nein, ich habe nicht – obwohl ich hätte, wenn er hätte!«

»Halt die Hosen an« konnte, wenn es von Lili kam, nur ein Scherz sein, dachte ich. Wahrscheinlich machte sie sich meistens nicht mal die Mühe, welche zu tragen.

»Nein, ich meinte, er sieht einfach sexy aus. Aber ich habe immer angenommen, er und Mu wollten keine Kinder – wie du und Chris, Miranda.«

»I-ich? Oh, nein – wir wollten Kinder, aber es sind k-keine gek-kommen ... und es m-muss meine Schuld sein, w-weil Frauen so viel komplizierter sind als Männer, nicht wahr? Chris ist in eine Klinik gefahren und hat eine Spermienzählung und alles Mögliche vornehmen lassen, und mit ihm war alles in Ordnung.«

»Das hat er getan?« Lili klang überrascht. »Dann hat er seine Vasektomie rückgängig vornehmen lassen?«

»Vasektomie? Er hat nie eine Vasektomie machen lassen, Lili!«

In ihren Augen glitzerte das boshafte Vergnügen der geborenen Unruhestifterin: »Oh doch, hat er – wusstest du das nicht? Er war zur selben Zeit in der Klinik wie mein erster Mann, Kevin, vor etlichen Jahren schon. In einer Privatklinik in London. Nun, nun!«

Miranda wurde so blass, dass ich glaubte, sie würde in Ohnmacht fallen.

»Was für ein Bastard, dass er es dir nicht erzählt hat«, bemerkte Lili, die Miranda mit der Befriedigung eines Menschen betrachtete, der eine Arbeit gut und gründlich erledigt hatte. »Du solltest ihm die Eier abschneiden.«

»Sieht so aus, als hätte das schon jemand besorgt«, bemerkte ich, goss in Mirandas Glas eine großzügige Menge Gin und Tonic Water und reichte es ihr.

Sie kippte den Inhalt in einem Zug hinunter, sah mich dann jämmerlich an und fragte mit zitternder Stimme: »Wie konnte er mich nur glauben lassen…? All diese Jahre…? Und all diese Untersuchungen, die ich habe über mich ergehen lassen – einige davon absolut grässlich –, bei denen sie einem irgendwelches Zeug durch die Eileiter spülen.«

Und dann war da das Baby, dass sie verloren hatte und das wahrscheinlich Daves Kind gewesen war – das musste ihre Schuldgefühle noch verschlimmert haben, als sich keine weiteren Schwangerschaften einstellten.

»Du solltest dich rächen, Darling«, bedrängte Lili sie. »Zieh los und leg alles flach, was dir unter die Augen kommt. Es ist noch nicht zu spät für ein Baby, oder?«

Miranda schniefte, ihre Augen tränten von Gin und Erregung. »N-nein. Ich bin neununddreißig, aber ich n-nehme an, ich könnte immer noch … Aber w-wer würde eine Frau wollen, die so ein Koloss ist?«

»Das ist ein Argument«, räumte Lili ein, und ich funkelte sie an.

»Wie dem auch sei, ich glaube, ich habe das Verlangen nach K-Kindern inzwischen verloren – ich hätte lieber H-Hunde.«

»So ist es recht«, stimmte Lili ihr zu und fügte dann neidisch hinzu: »Und du bist erst neununddreißig! Ich wünschte, das wäre ich auch: So viele Männer, so wenig Zeit! Und bei Nye komme ich auch nicht weiter – es war alles in Ordnung, solange ich nur die Nummer mit dem Balsam für seine verletzte Seele abzog, aber bei der leisesten Andeutung von Leidenschaft ergreift er sofort die Flucht. Es ist furchtbar frustrierend.«

Sie versenkte sich in ihre geräumige Tasche und angelte ein Stück Zeitung heraus, das sie glatt strich und mir unter die Nase hielt. »Sieh mal.« Sie zeigte auf einige blutrot umkringelte Anzeigen.

»Herzenssachen?«, fragte ich zweifelnd. »Du antwortest doch nicht neuerdings auf solche Annoncen, oder, Lili?«

»Nur so zum Spaß, um die Zeit totzuschlagen, während ich meine Netze nach Nye auswerfe. Hast du die da gelesen?«

Die Anzeige lautete: *Dark Lady sucht energischen Input.*

Ich zwinkerte. »Seltsame Art, sich auszudrücken.«

»Das bin ich – ich habe die Annonce geschaltet, und ich habe schon neun Antworten bekommen!« Sie nahm eine Hand voll Briefe aus ihrer Tasche, und ein Foto flatterte heraus. Es blieb mit der Oberfläche nach oben auf dem Teppich liegen.

Sie hob es hoch und schwenkte es durch die Luft: »Ich habe um Fotos gebeten, und der da hat mir ein Bild von seinen edelsten Teilen geschickt!«

Etwas wie ein schlabberiges, rosafarbenes Würstchen lag neben einem Lineal, und wenn es sich nicht um ein getürktes Lineal handelte, konnte man eine Menge Geld dafür bekommen, wenn man es nach Zentimetern berechnete.

»Lili, du hast doch nicht wirklich die Absicht, dich mit einem von diesen Männern zu treffen, oder? Schon gar nicht mit dem da – den würdest du nur in einem Nudistenlager erkennen. Es könnte gefährlich sein – wer weiß, was für schräge Typen auf so eine Art von Annonce antworten? Und was ist mit deinem Töpfer?«

»Ich könnte für ein bisschen Aufregung einfach sterben – das hier ist nur eine kleine Ablenkung, um mir die Zeit zu vertreiben. Es ist nichts Ernstes.«

»Willkürlicher Sex mit einem Fremden ist eine *Ablenkung?«*

»Nur wenn der Betreffende mir wirklich gefällt. Mach nicht so ein angewidertes Gesicht – wir sind nicht alle Nonnen im Herzen, weißt du?«

»Das ist offensichtlich.«

»Triff dich am besten erst mal an einem öffentlichen Ort mit ihm«, schlug Miranda vernünftigerweise vor. »Irgendwo, wo du ihn sehen kannst, b-bevor er dich sieht, und wenn er zu grässlich ist, kannst du immer noch wieder gehen.«

Sie hatte das Foto aufgehoben und musterte es eingehend. Ich vergesse immer wieder, dass Miranda auf der Universität auch ihre freizügige Phase gehabt hat.

»Ich g-glaube nicht, dass das so etwas Besonderes ist«, bemerkte sie kritisch.

Kapitel 10

Locker verspritzelt

Am Morgen nach ihrer London-Fahrt rief Miranda mich schon früh an, um mit tränendurchweichter Stimme zu fragen, ob ich an diesem Vormittag noch einmal die Blumenbestellungen erledigen könne, da es ihr nicht gut gehe.

»Was ist denn los?«, erkundigte ich mich. »Hast du Chris nach der Vasektomie gefragt, als du gestern in der Stadt warst?«

»N-nein, Nachdem ich Zeit zum Nachdenken hatte, war i-ich mir nicht mehr sicher, ob Lili d-das richtig verstanden hatte. Aber wie dem auch sei, Chris sollte eigentlich gar nicht d-da sein, und – ich kann im Augenblick nicht reden, Sappho.« Es folgte ein hörbares Schlucken und ein gedämpftes Schluchzen. »Ich sehe dich dann später.«

Sie sah mich schon früher, denn zehn Minuten später war ich auf der Hazienda und begehrte zu wissen, was vorgefallen war.

»Oh Sappho!«, weinte sie und rang die Hände. »Ich habe Chris versprochen, mit niemandem darüber zu reden, aber ich b-b-bin ja so unglücklich – ich habe das Gefühl, als müsste ich gleich explodieren oder so etwas! Ich weiß einfach nicht, was ich t-t-tun soll...«

»Ich weiß *immer*, was zu tun ist«, versicherte ich ihr, während sie sich ein großes Stück Schokoladencremekuchen in den Mund stopfte und ihre Worte unverständlich wurden. Spike wuselte um ihre Füße herum und inhalierte Krümel.

»Ich hätte gleich Unrat wittern müssen, als er vorschlug, dass ich h-hierher ziehen solle«, fuhr sie verbittert fort, als ihr Mund vorübergehend nichts anderes zu tun hatte.

»B-bevor ich so zugenommen hatte und er sich für mich sch-schämte, hätte er mich niemals aus den Augen gelassen.«

»Ja, er war immer unvernünftig eifersüchtig. Was hat er getan? Oder sollte ich fragen, mit wem?«

»Oh, es war schrecklich, Sappho! Nach meiner Besprechung mit meiner Lektorin habe ich ein Taxi zu unserem L-Londoner Haus genommen, weil ich ein paar Sachen abholen wollte: Die ursprünglichen Notizbücher zum *Gestopften Studenten* und meine B-Blinipfanne. Ich w-wusste, dass Chris bis zum Abend w-weg sein würde, also habe ich sein L-Lieblingsessen in einer K-Kühltasche mit runtergenommen, als Überraschung, wenn er nach Hause kam, und ich habe die Sachen gerade in den Kühlschrank geräumt, als ich ein Geräusch hörte ...«

Sie hielt inne, und ihre Augen füllten sich von neuem mit Tränen: »Überrascht habe ich ihn dann tatsächlich – nackt auf dem B-Buchara vor dem Kamin im W-Wohnzimmer, mit dieser Frau, dieser Lebensmitteltechnologin, Susi!«

»Kein hübscher Anblick?«

»N-nein – es war irgendwie total unwirklich, und die b-beiden sind wie von der Tarantel gestochen aufgesprungen. Es war wie in einer dieser grässlichen Farcen. Ich stand stocksteif und b-benommen vor Schreck da, bis Susi – die eine himmlische Figur hat, auch w-wenn ihr Gesicht aussieht wie ein sch-schlecht gefaltetes Origami – bis sie also sagte: ›Oh, sieh mal, Chris, L-Liebling – ein entflohener großer Weißer Wal‹.«

»Diese dumme Kuh.«

»Nun, dann bin ich völlig ausgerastet und habe ihnen d-die Ente *à l'orange* und die Himbeerpavlova an den Kopf geworfen und bin aus dem Haus gerannt.«

»Gut gemacht. Es geht doch nichts über eine fliegende Ente.«

»Die Himbeeren lassen sich aus dem B-Buchara bestimmt nie wieder entfernen.«

»Was kümmert es dich? Du wirst das Ding ohnehin nie wieder sehen wollen. Also, was hast du dann getan?«

»Ich bin auf direktem Weg nach Hause gefahren, obwohl ich mich n-nicht mehr erinnere, wie ich hierher gekommen bin. Ich erinnere mich an g-gar nichts, bevor ich Spike von den Nachbarn geholt und ihn klatschnass geheult habe.«

»Warum hast du mich nicht angerufen? Ich wäre vorbeigekommen.«

»Ich wollte auch, aber Chris ist g-gleich n-nach mir hergefahren – er war fast so schnell da wie ich. Und er war völlig fertig, Sappho – wirklich. Es sei alles ein Irrtum gewesen, und er sei froh, dass ich gekommen bin, b-bevor etwas passiert ist, d-denn es s-sei nur ein flüchtiger Impuls gewesen, und die ganze Initiative sei von Susi ausgegangen. Und es würde nie wieder passieren, w-weil er mich wirklich liebt.«

»Und ich bin Zarah die Zahnfee.«

»Wirklich, Sappho, er l-liebt mich immer noch«, versicherte sie ernsthaft. »Nur bin ich jetzt so grauenhaft fett, dass es einfach jeden Mann abstoßen muss. Es ist alles meine Schuld, dass ich mich so habe gehen lassen und mir keine Mühe gebe, nett auszusehen. Ich wusste, d-dass er sich n-nicht mehr mit mir sehen lassen wollte, und ich w-wollte mich auch nicht mehr sehen lassen, ich wollte nicht einmal mehr, dass du und Mu mich seht.«

»Natürlich ist Chris' Affäre nicht deine Schuld, du dummes Huhn! Das Gewicht hat nichts damit zu tun: Du hörst nicht auf, jemanden zu lieben, nur weil er jetzt als Familienpackung daherkommt. Du bist immer noch Miranda, oder etwa nicht? Die begabte Köchin, deren Kochbuch seit Jahren auf der Bestsellerliste steht, ein Kochbuch, das sie geschrieben hat, als sie noch Studentin war; und wer ist der wirklich kreative Kopf hinter Chris Cotter, Fernsehchef und allseits bekannte Marionette?«

»Ich w-weiß n-nicht ... Chris kann so grausam sein, aber

er w-wollte mir wirklich immer nur helfen, wenn er abf-fällige Bemerkungen über meine Figur gemacht hat, auch wenn das stets nur dazu führte, dass ich loslaufen und Pralinen essen wollte.«

»Er ist ein geborener Manipulator – er zieht sich daran hoch, dass er dir die Verantwortung in die Schuhe schiebt, aber es ist nicht deine Schuld.«

»Sappho, er hat sogar geweint, so Leid hat es ihm getan, und er hat mir versprochen, dass es nie wieder vorkommt, wenn ich ihm verzeihe. Er will versuchen, die m-meisten Wochenenden nach Hause zu kommen, obwohl ich auch dann eigentlich n-nicht viel von ihm zu sehen bekomme, w-weil wir s-samstagsabends immer ein offenes Haus zu haben scheinen. Er ist so beliebt.«

»Jeder ist beliebt, wenn er bereit ist, an den meisten Wochenenden eine Party zu schmeißen. Was musstest du ihm denn dafür versprechen?«

»Dass ich eine strenge D-Diät mache und w-wieder die Miranda werde, die ich mal w-war, die Frau, auf die er so stolz war. Er sagt, wenn ich ihn wirklich liebe, werde ich abnehmen.«

»Mentale Grausamkeit, Erpressung und Manipulation. Lass dich von dem Bastard scheiden.«

»Aber er m-meint es nicht s-so! Wir haben stundenlang geredet ... und ich habe ihn sogar nach der Vasektomie gefragt. Sappho, er sagte, Lili hätte das völlig falsch verstanden, und er hätte mich niemals so hintergangen.«

»Hätte er doch.«

»Nein, ich bin davon überzeugt, dass er die Wahrheit gesagt hat ... nur, als er heute Morgen in aller F-Frühe abgefahren ist, fühlte ich mich plötzlich so l-leer und unglücklich – und hungrig. Diese Susi ist dreiundzwanzig, Sappho, und so schlank, auch wenn sie w-wirklich eine Nase wie ein Skipiste hat und beim Reden mit den Fingern Anführungszeichen in die Luft malt. Sie lackiert Essen, damit es für die

Kameras gut aussieht. Damit verdient sie sich ihr Geld, und deshalb ist sie immer dabei, während ich für Chris d-dick machende Rezepte ausknoble und mich hundeelend fühle. Und je unglücklicher ich mich fühle, desto mehr esse ich und desto fetter werde ich. Und je fetter ich werde, desto unglücklicher fühle ich mich, deshalb esse ich umso mehr ... und so weiter. Ich bin eine einzige große, f-fette Versagerin. Ich kann mich genauso gut gleich zu T-Tode essen. Ich *esse* mich zu T-Tode ...«

»Ich verbiete dir kategorisch, dich zu Tode zu essen. Ich werde dich auf Diät setzen.«

Sie schnüffelte und sah überrascht zu mir auf.

»Es ist eine Diät, die ich von einer Romanschriftstellerin namens Peggy Mulvaney habe – sie schwört darauf. Sie heißt: ›Die Gin- und Halt-es-aus-Diät‹: Du musst jeden Tag *zwei* große Gin-Tonic trinken, kannst ansonsten aber alles essen und trinken, was du willst. Anscheinend nimmt man dabei weder ab noch zu, ist aber absolut glücklich mit der Situation.«

Miranda legte das halb gegessene Stück Kuchen weg, als überraschte es sie, dass sie es in Händen hielt, und ein schwaches, wässriges Lächeln erschien auf ihrem Gesicht.

Und was tat Spike? Ein Sprung und ein Biss, und der abgelegte Kuchen war verschwunden.

Lieber Tom,

Ihr Problem ist, dass Ihre Frau Sie versteht, und ich tue dasselbe. Aber ich könnte mich am Einunddreißigsten zum Mittagessen mit Ihnen treffen, wenn Ihnen das recht wäre? Ich komme an dem Tag nach London, um eine Büchersendung fürs Radio aufzuzeichnen.

Die Radioleute sagten, sie hätten zwei »ernsthafte Schriftsteller« und mich eingeladen, diese Bastarde, also haben sie es verdient, wenn sie ihr Fett wegkriegen. Der Erste, der das

Wort »Trivialroman« ausspricht, bekommt ein Glas kaltes Wasser ins Gesicht.

Alles Liebe, (aber rein platonisch)

Sappho

P. S.: Mache jetzt auch bei einer Fernsehsendung mit – als Kinderbuchautorin! Liest denn keiner von diesen Leuten jemals die Bücher, über die in solchen Sendungen diskutiert wird?

Miranda ist niedergeschlagen, beherzigt aber meinen Rat in Bezug auf den Gin und lebt im Allgemeinen einfach weiter.

Nach den schmutzigen Enthüllungen am Mittwoch gingen wir in das Kunsthandwerkszentrum in der Burg hinunter, um uns nach einem Atelier für Fantasy Flowers zu erkundigen, aber die Mieten sind ziemlich hoch, und das derzeit einzige freie Atelier ist eins von den größeren.

»Wenn die hier solche Preise verlangen, m-muss Lavender Duke mit ihren Gemälden gutes Geld verdienen«, bemerkte Miranda, als wir aus dem umgebauten Burgturm kamen, der das Büro beherbergte.

Die Umgebung war zugegebenermaßen malerisch, und die Burg hatte im Laufe ihrer Existenz etliche Verwandlungen durchgemacht: Die Steine waren noch die alten, auch wenn sie sich, sah man von der Außenmauer ab, nicht mehr unbedingt in ihrer ursprünglichen Anordnung befanden.

Auf dem Parkplatz stand ein kleiner weißer Lieferwagen, der Sappho bekannt vorkam – aber schließlich arbeitet der Mann ja auch hier.

»Und Lavender benutzt ihr Atelier nur nachmittags«, fuhr Miranda fort. »W-weil sie morgens Gartenarbeiten übernimmt.«

Mirandas Worte erregten plötzlich meine Aufmerksamkeit. »Tut sie das? Warum zeigst du mir dann nicht mal, wo ihr Atelier liegt?«

Miranda machte gehorsam wieder kehrt: »Ich dachte, du w-wolltest dir die übrigen Werkstätten ein andermal ansehen? Aber d-das Atelier l-liegt hier unten.«

Wir gingen durch einen gemauerten Durchgang, der von Atelierfenstern gesäumt war, durch die Besucher die Künstler bei der Arbeit sehen konnten. Einige Fenster waren aus satiniertem Glas, andere waren von Hüfthöhe an durchsichtig.

Miranda brauchte es mir nicht zu sagen, als wir die Höhle des Töpfers erreichten – die Traube verzückter Frauen, die ihre Nasen gegen die Scheibe drückten, war ein todsicherer Hinweis.

Sein Atelier war dunkel, anders als die gut beleuchteten Werkstätten, an denen wir bereits vorbeigekommen waren, und der Töpfer lauerte dort wie ein riesiges, gespenstisches Geschöpf der Unterwelt.

Er hatte seinen breiten Rücken dem Publikum zugekehrt, und man sah sein weißgoldenes, im Nacken gelocktes Haar, während er an einem Gegenstand auf dem Tisch vor ihm arbeitete.

Es musste sehr heiß da drin gewesen sein, denn er hatte sein Hemd ausgezogen, und seine Haut glänzte. Jedes Mal, wenn sich die Muskeln auf seinem Rücken bewegten, stieß die Damentraube vor seinem Fenster einen einstimmigen Seufzer aus.

Als er Anstalten machte, sich umzudrehen, packte ich hastig Mirandas Arm und zog sie weiter, denn ich wollte auf keinen Fall dabei ertappt werden, dass ich ihn angaffte wie ein Zoobesucher.

Lavenders Atelier lag am hintersten Ende des Durchgangs, und sie befand sich gerade im letzten Stadium eines Verkaufs, als wir ankamen. Ein japanisches Ehepaar wollte ein großes, mit vielen üppigen Spritzern hergestelltes Blumenbild kaufen. Ich fragte mich, wie sie es nach Hause bekommen wollten, vor allem wenn ihr Gepäck so klein, aber perfekt geformt war wie sie selbst.

Als Lavender fertig war, erklärte ich ihr, warum wir gekommen seien, und ohne dass wir weiter hätten in sie dringen müssen, rief sie sofort:

»Aber Miranda, wenn Sie nur ein Atelier für den Vormittag suchen und ich meins nur nachmittags benutze, könnten wir uns den Raum teilen! Es ist reichlich Platz vorhanden.«

»M-meinen Sie das ernst?« Mirandas Gesicht glühte. »Oh, Lavender, das w-wäre perfekt! Und es sind in b-beiden Fällen Blumen, die Sachen würden irgendwie zusammenpassen, f-finden Sie nicht auch?«

Lavender begeisterte sich für ihre Idee, und schon bald steckten die beiden tief in einem Gespräch über die Einzelheiten. Lavender erwärmte sich darüber hinaus für den Gedanken, Blumensträuße mit Bedeutungen (mit netten Bedeutungen) zu malen, und Miranda würde weitere Bestellungen von Leuten bekommen, die ihre Arbeit im Atelier gesehen hatten...

Als sie das Büro verließen, um die Sache perfekt zu machen, zockelte ich langsam hinter ihnen her, atmete den wunderbaren Geruch der Lederwerkstatt nebenan und schmiedete Pläne für die Verlegung des grässlichen, kleinen Wintergartens, der sich im vorderen Teil meines Hauses befand. Ich würde zur Tat schreiten, sobald Miranda die Blumen weggebracht hatte. Dann kann ich die portugiesische Tür einbauen lassen, statt der schon arg baufälligen, die gegenwärtig den Haupteingang des Hauses darstellte...

Erst als etwas Graues sich zwischen meine Zehen presste, wurde mir bewusst, dass ich vor der Höhle des Töpfers stehen geblieben war.

Glücklicherweise war er fort – alle schienen gegangen zu sein, es musste schon spät sein –, aber er hatte eine glitschige Lehmspur hinter sich hergezogen wie eine Schnecke.

Der Lehm fühlte sich kalt an und eigentlich ganz angenehm, daher matschte ich noch ein bisschen mit den Zehen herum, bis ich plötzlich spürte, dass ich nicht allein war: Das Burggespenst stand direkt vor mir und blickte auf meine nackten Füße hinab. Dann wanderte sein Blick langsam nach oben, bis er mein Gesicht erreichte, und mit einem Mal kam ich mir vor wie in einem dieser Träume, in denen man nackt über die Hauptstraße geht und es erst bemerkt, wenn es schon zu spät ist.

Sehr seltsam: Noch dazu, da *er* der halb Nackte von uns beiden war, denn obwohl er ein Hemd angezogen hatte, waren die Knöpfe nicht geschlossen. Ich war seit Jahren keiner nackten Männerbrust mehr so nahe gewesen.

Ich konnte den seltsamen Ausdruck auf seinem Gesicht nicht in Worte fassen, aber »verwundert« würde der Sache wohl am nächsten kommen. Seine Augen waren leere graue Spiegel der uralten Steinmauern: Die Lichter brannten, doch es war niemand zu Hause.

»Auf diesem nassen Lehm könnte jemand ausrutschen«, bemerkte ich ernst, und er kehrte zurück – wo auch immer er gewesen sein mochte – und lächelte.

Für einen Mann der die Schönheit eines gefallenen Engels besaß, hatte er plötzlich bestürzende Ähnlichkeit mit einem schlauen Fuchs – eine Andeutung scharfer Zähne vielleicht, die nur darauf warteten, etwas zu zerreißen, wie der Drachentöter.

Aber wenigstens kann er nicht Gedanken lesen.

»Es sind alle weg – außer Ihnen und mir ist niemand hier«, sagte er, wieder mit diesem wölfischen Lächeln, und ich spürte, wie das lastende Schweigen um mich herum mich ganz umfing. »Der Ton wird bis morgen früh trocken sein, dann fege ich ihn weg.«

Im Augenblick trocknete er tatsächlich wie Zement auf meinen Füßen, und am Ende würde mein Gegenüber *mich* am nächsten Morgen ebenfalls wegfegen müssen.

Nur dass er jedes Interesse an mir verloren hatte: Wieder trat dieser geistesabwesende Ausdruck in seine Augen, aber er ging einfach ohne ein weiteres Wort um mich herum in sein Atelier und schloss die Tür.

»Sappho!«, rief Miranda von irgendwo hinter dem düsteren Korridor. »Sappho?«

»Ich komme!«

»›Lassen Sie sich nicht von mir aufhalten, wenn Sie etwas Wichtiges zu erledigen haben‹, sagte Nala sarkastisch, aber sie sprach es ins Leere: Der Drachentöter war fort...«

Mu erschien am Freitag, denn am nächsten Abend sollte die Bratenspritze zum Einsatz kommen. Wenn es funktioniert, könnten wir das Baby Thanksgiving nennen. Thanksgiving Graythorpe. Klingt wunderbar quäkerisch.

Sie hätte eigentlich nicht allzu spät dran sein dürfen – ich selbst hatte nicht besonders lange gebraucht, um von Pembrokeshire hierher zu fahren –, aber ich hatte ihre Unfähigkeit vergessen, an Kreuzungen rechts abzubiegen. Eine Eigenschaft, die selbst die einfachste Fahrt zu etwas ungemein Kompliziertem macht.

Als sie es endlich geschafft hatte, musste ich ihre Finger mit Gewalt vom Lenkrad lösen, aber sobald sie mit einem Drink in der Hand im Haus war, ging es ihr wieder gut, wenn man davon absah, dass sie sich weigerte, sich auf den Zahnarztstuhl zu setzen.

Die Alternativen waren der grässlich unbequeme Kamelsattelhocker oder das von Gil verschmähte Sofa aus Kunstleder und Rosshaar, das wohl schon bessere Tage erlebt hatte, die meisten davon vermutlich auf dem Rücken des Rosses.

Mu hatte als Einzugsgeschenk sechs Flaschen Rotwein mitgebracht, was möglicherweise eine Erklärung für meine ungewohnte Säumigkeit an diesem Morgen war.

Miranda hatte, als ich von Vengeane auftauchte und Mu sich nach unten gegähnt hatte, bereits drei florale Huldigungen – oder Schmähungen – zu Stande gebracht.

Für Mu war Mirandas Erscheinung kein solcher Schock wie für mich: Ich hatte eine Versandfirma ausfindig gemacht, die durchaus tragbare Mode in großen Größen entwarf.

Kurz darauf feierten wir auch schon unser Wiedersehen mit Kaffee und der riesigen Schachtel selbst gemachter Marmeladendoughnuts, die Miranda mitgebracht hatte.

Anschließend ließen wir uns nieder, um Mu auf den neuesten Stand der hiesigen Gerüchteküche zu bringen, wobei wir mit Dorinda anfingen.

»Ich finde einen Mann, der seine Frau verlegt, ausgesprochen unachtsam«, erklärte Miranda, während sie in ihren zweiten Doughnut biss, dass der Zuckerguss nur so knirschte.

Ein dünnes Rinnsal roter Marmelade lief ihr übers Kinn und ließ sie wie eine Dreingabe in einem billigen Dracula-Film aussehen.

»Weiche von mir, abscheuliche Bestie«, rief ich und machte ein Zeichen gegen das Böse.

»Er w-wollte das doch gar nicht«, erklärte Miranda ernsthaft. »Er hat sich sch-schrecklich darüber aufgeregt.«

»Und vielleicht war es ja dieser Töpfer, dem Lili nachjagt – übrigens bisher ohne Erfolg. Seine Freundin hat sich als heimliche Lesbe entpuppt, und seitdem ist er zum Frauenfeind geworden.«

»Oh, Nye ist überhaupt nicht so«, protestierte Miranda. »Ich bin davon überzeugt, dass er wirklich sehr verletzt war, aber vielleicht ist es auch einfach so, dass er n-noch nicht zu einer neuen Beziehung bereit ist?«

»Nye?«, fragte Mu.

»Es ist ein walisischer Name«, erklärte Miranda. »Er heißt eigentlich Aneurin – Aneurin Thomas.«

»Der Mann muss ja etwas ganz Besonderes sein, wenn Lili sich für ihn interessiert – sie steht normalerweise nur auf echte Leckerbissen.«

»Er ist sehr attraktiv«, pflichtete Miranda ihr bei. »Hast

du schon Sapphos letztes B-Buch gelesen? W-weil er nämlich genauso aussieht wie der D-Drachentöter und ...«

»Das war ein Zufall«, unterbrach ich sie hastig.

Mu sah mich an.

»Größtenteils ein Zufall«, räumte ich ein. »Lili hat mir in einem ihrer Briefe ein verschwommenes Schwarz-Weiß-Foto von ihm geschickt, das ich aber vollkommen vergessen hatte. Doch mein Unterbewusstsein muss daraus den Drachentöter gemacht haben, und das Merkwürdige ist, dass Nye all die Merkmale und Eigenschaften besitzt, mit denen ich den Drachentöter ausgestattet habe. Auf dem Foto kann ich dies unmöglich gesehen haben – wie zum Beispiel seine merkwürdigen Augen und die Art, wie seine Ohren nach oben ganz spitz zulaufen und seine Augenbrauen schräg nach oben verlaufen ... und dann diese Haarfarbe, die eine Mischung aus Silber und Gold ist.«

»Ist er denn wirklich von dieser Welt?«, fragte Mu trocken. »Oder ist er ein Außerirdischer? Und was ist so merkwürdig an seinen Augen? Wie viele hat er denn?«

»Nur die üblichen zwei«, antwortete Miranda. »Und sie sind sehr hell.«

»Ganz und gar farblos«, warf ich ein. »Wie Regentropfen.«

»Die Pupillen haben einen d-dunklen Rand, Sappho, und ich würde nicht sagen, dass sie immer farblos sind ...«

»Nein, manchmal reflektieren sie Dinge wie ein silberner Spiegel«, stimmte ich ihr zu. »Und wenn er wütend ist, nehmen sie eine Farbe an wie graues Blei.«

Beide Frauen sahen mich an.

»Was denn? Ich habe ihn also zufällig ein paarmal getroffen – und er schien immer über irgendetwas wütend zu sein.«

»Davon hast du mir ja g-gar nichts erzählt«, entgegnete Miranda.

Ich zuckte die Schultern. »Da gab es nichts zu erzählen. Er ist nicht besonders interessant – du kennst ja meine Meinung zu attraktiven Männern. Da wir gerade davon sprechen«, fügte ich hinzu, um das Thema zu wechseln, »seit ich hier bin, habe ich von Dave nichts gehört oder gesehen – das muss die längste Pause zwischen seinen Annäherungsversuchen sein, die es je gegeben hat.«

»Vielleicht ist er es leid geworden?«, warf Miranda hoffnungsvoll ein. »Er ist ein überaus seltsamer Mensch ... ich meine, ich bin ihm in L-London oft über den Weg gelaufen, und er hat sich b-benommen, als w-würden wir einander kaum kennen, und das, obwohl er dir seit J-Jahren nachläuft.«

»Er hat sie nicht mehr alle«, brummte Mu. »Aber wollen wir hoffen, dass sein Verschwinden von der Bildfläche bedeutet, dass er eine Auseinandersetzung mit einem Londoner Bus oder etwas Derartigem hatte«, fügte sie unfreundlich hinzu. »Ansonsten wird er nämlich früher oder später wieder auftauchen.«

Nach einer Weile ging Miranda nach Hause, um eine neue Anzeige für Fantasy Flowers zu entwerfen, die fertig sein sollte, wenn sie in einigen Wochen in Lavenders Atelier einziehen wollte.

Glücklicherweise schlägt Chris seinen Schaum dieses Wochenende irgendwo anders, sodass Miranda das Haus für sich allein hat. Sie hat sich nicht die Mühe gemacht, ihn in ihre Pläne einzuweihen, da er sie ohnehin so sehr missbilligt, aber wenigstens gibt sie nicht klein bei und lässt die Sache sausen.

Ich brachte Mu noch über die mysteriösen Zwischenfälle und unsere Herzöge auf den letzten Stand, und nach dem Mittagessen machten wir einen Spaziergang, um die Zeit bis zu Simons Ankunft totzuschlagen.

Ich weiß nicht, wie es Mu ging, aber ich selbst war ziemlich nervös.

Er kam mit dem Motorrad aus Bristol, eher ein *deus in machina,* auf der Maschine, als ein *deus ex machina* – ganz glühende Haut und ansprechend geformtes schwarzes Leder.

»Hast du den Stoff?«, fragte Mu ohne jede Finesse und praktisch im selben Augenblick, als er das Haus betrat.

Also, was glaubte sie wohl, wo er in dieser Montur etwas versteckt haben konnte? Und wenn es so gewesen wäre, hätte die kalte Luft dem »Stoff« ganz sicher nicht gut getan.

Simon nahm seinen Helm ab und enthüllte einen Glorienschein goldener Locken und blaue Augen mit einem leichten schelmischen Blitzen darin.

(Blonde Menschen haben sich in letzter Zeit derart in meinem Leben breit gemacht, da doch Mu, Miranda, Ambler, der Drachentöter und jetzt auch Simon zu dieser Spezies gehören, dass ich mir neuerdings so vorkomme, als wäre ich in einer einzigen riesigen Beach-Boys-Versammlung gelandet.)

»Du willst mich nur wegen meines...«

»Simon!«, rief Mu. »Du hast versprochen, nett zu sein!«

Er grinste. »Ich bin nett, und wenn du persönliche Bedienung wolltest, könnte ich es beweisen – dir oder sonst irgendjemandem?«, fügte er mit hoffnungsvollem Blick auf mich hinzu.

»Nein danke«, erwiderte ich geziert, obwohl ich mich in Wirklichkeit ziemlich geschmeichelt fühlte. »Aber es war großherzig und nobel von dir, das Angebot zu machen.«

Simon ging resigniert allein nach oben, um das Notwendige zu tun, worüber ich auf keinen Fall näher nachdenken wollte (abgesehen davon, dass ich hoffte, dass er durch all dieses Leder den richtigen Weg fand), und ich war gerade mit einer frischen Kanne Kaffee und den restlichen Doughnuts hereingekommen, als Miranda mit der Neuigkeit zu uns stieß, dass Dorindas Wagen im Grundlosen Teich gefunden worden sei.

»Sie haben das W-Wasser rausgelassen, und da stand er auf dem Grund des Teiches«, erklärte sie atemlos.

»Wie kann der Grundlose Teich einen Grund haben?«, wandte ich ein.

»Er heißt doch nur so. Tatsächlich ist er in der Mitte sehr t-tief, aber an den Seiten fällt er sanft ab, und dort stand auch der Wagen. Er war völlig leer, und es sieht so aus, als hätte er sch-schon lange da gestanden.«

»Keine ertrunkene Dorinda?«

»Nein. Und noch etwas – der W-Wagen war aufgebrochen worden! Jemand hatte ein L-Loch in das Schloss gebohrt. Das heißt, wahrscheinlich hat jemand den Wagen gestohlen, eine Spritztour damit gemacht und ihn dann in den Teich geschoben. Der Teich liegt gleich hinter der Straße – man könnte ein Auto m-mühelos hineinschieben.«

»Ist das jetzt eine gute Neuigkeit oder eine schlechte?«, fragte Mu, die – wen wundert es – nicht ganz bei der Sache gewesen war. »Ich meine, gut für deinen Freund Gil? Schließlich gibt es doch wahrscheinlich einen Ersatzschlüssel zu dem Wagen, sodass er wohl kaum das Schloss hätte aufbrechen müssen, wenn er Dorinda ermordet hätte?«

»Er würde D-Dorinda nicht ermorden!«, wandte sie ein. »Aber d-du hast Recht. Ich nehme an, sie hat den Wagen an irgendeinem entlegenen Ort geparkt, und er ist gestohlen worden – und während sie versuchte, nach Hause zu kommen, ist ihr etwas zugestoßen.«

»Ich nehme an, irgendjemand könnte sie gefunden haben, als sie allein umherirrte«, stimmte ich ihr zu, »obwohl es schon ein ziemlicher Zufall wäre, findest du nicht auch? Erst der Autodiebstahl, dann ein Angreifer.«

»Ja, aber Zufälle g-gibt es immer w-wieder.«

»Das ist wahr.« Wie zum Beispiel die Tatsache, dass der Drachentöter und der Töpfer einander so verblüffend ähnlich sind.

Ein Donnern auf der Treppe kündete von Simons Wiederauftauchen, und einen Augenblick später stand er mit hochzufriedener Miene in der Tür. Mit dem Gehabe eines Geheimagenten drückte er Mu verstohlen einen kleinen Gegenstand in die Hand.

Miranda brach ab und starrte ihn an.

»Oh – das ist Amblers jüngerer Bruder, Simon«, erklärte ich. »Mu hat Miranda doch sicher irgendwann mal erwähnt, Simon?«

»Ja«, antwortete er mit engelsgleichem Lächeln, woraufhin Mu ihm quasi automatisch schweigend sämtliche Doughnuts hinhielt, die noch übrig waren.

Nun, er war noch im Wachstum, was wahrscheinlich der Grund dafür war, dass er es schaffte, sich einen ganzen Doughnut in den Mund zu stecken.

»Wenn ihr mich jetzt bitte entschuldigen wollt …?«, murmelte Mu und verschwand in die oberen Gefilde des Hauses. Sie drückte sich das kostbare Gut an die Brust.

Es ist eine Spur anstrengend, eine auch nur halbwegs normale Unterhaltung in Gang zu bekommen, wenn man weiß, dass die beste Freundin ein Stockwerk höher merkwürdige Riten mit einer Bratenspritze und dem Sperma des Mannes vollführt, der gerade vor einem sitzt.

Meine Gedanken schweiften ab. Vielleicht erlebe ich eine Art zweiten Frühling … oder einen Altweibersommer vielleicht sollte mein nächster *Spiralgebundener Reiseführer* den Titel *Spiralgebunden: Sex* tragen. (Oder erinnert das vielleicht ein bisschen an S&M?)

Auf der Suche nach einem dunkelhaarigen, attraktiven (aber nicht hübschen), großen, ledigen, heterosexuellen männlichen Wesen mit medizinischem Attest und ohne irgendwelche abscheulichen Krankheiten. Es wäre vielleicht einfacher, ein Einhorn zu finden.

Aber wenigstens bin ich nicht verzweifelt genug, um Simon verführerisch zu finden, was vielleicht zum Teil daran liegt, dass er wie Ambler aussieht, den ich auf eine schwesterliche Weise sehr liebe. Außerdem fehlt Simon Amblers Kuscheldeckeneffekt.

Miranda, die offensichtlich mitbekommen hatte, dass da irgendetwas ablief – obwohl sie nicht erraten konnte, was es war –, riss sich zusammen und schenkte Simon einen Kaffee ein. Dann verwickelte sie ihn in ein Gespräch über seinen Kurs an der Universität. Irgendwie stellte sich dann heraus, dass er ein großer *Vengeane*-Fan war und unter seiner Ledermontur sogar eins der Dark-Planet-T-Shirts trug. (Ich liebe übrigens dieses knirschende Geräusch, das seine Lederkleidung macht, wenn er sich hinsetzt!)

»... als er sie durch den Wald trug, konnte Nala seinen Herzschlag unter dem weichen Leder seiner Tunika spüren, und sie hörte das weiche Rascheln, wenn seine Schenkel ...«

»Was?«, sagte Simon.

»Nichts«, murmelte ich, klickte hastig das Diktiergerät aus und lächelte strahlend.

Anschließend stürzten wir uns in eine lebhafte allgemeine Diskussion darüber, dass Raarg es auf keinen Fall verdient, Nala in die Hände zu bekommen, selbst wenn er erlöst würde. Seine einzige Chance diesbezüglich bestünde darin, dass er seine dunkle Seite bezwingt und kosmisches Karma erlangt. Der Drachentöter allerdings könnte bei Nala durchaus Erfolg haben, sofern er seine Karten richtig ausspielt. Daraufhin könnte Raarg dann in die Hände von Sirene fallen, der Harpyienkönigin, die moralisch völlig hemmungslos ist – wie Lili –, nur dass sie obendrein auch kein Gewissen hat.

An dieser Stelle kam auch Lili/Sirene in den Raum geschlendert.

War mein Haus der Hauptbahnhof?

»Da seid ihr ja alle!«, stellte sie anklagend fest. Lili Ford Jakes, Geheimpolizei. »Ich sitze seit Stunden im Pub, weil ich genau weiß, dass Nye sagte, er wolle hingehen, aber er ist nicht aufgetaucht, deswegen bin ich jetzt hier.«

Sie entdeckte Simon und kam zu dem Schluss, dass ihre Entscheidung richtig gewesen war.

»Hattest du nicht gesagt, Mu sei dieses Wochenende bei dir?«

»Sie ist oben – abgeplatzter Nagellack.«

»Sie lackiert sich doch nicht etwa noch per Hand die Nägel, oder? Man kann nämlich mittlerweile alles Mögliche zum Aufkleben kaufen«, bemerkte sie, wandte sich dann von dem Thema ab und eröffnete das Vorspiel, um Simon zu ködern.

Arme Lili! Der Klang eines – gewiss vertrauten? – PS-starken Motorrads, das draußen vorfuhr, genügte, um Simon wie einen geölten Blitz hinausspurten zu lassen.

Ich folgte ihm und nahm ohne große Überraschung die Harley Davidson zur Kenntnis, die dort parkte. Daneben stand Jaynie, klein und dick in rot-weißer Ledermontur wie eine überreife Tomate und bereits tief in ein Gespräch mit dem vollkommen faszinierten Simon verstrickt. Pops, die sich ihren langen, grauen Zopf wie einen Schal um den Hals geschlungen hatte, saß im Beiwagen und zog zufrieden an einer handgedrehten Zigarette.

Sie klappte die Beine auseinander, stieg aus und gab mir einen Kuss. »Überraschung, Liebes! Wir dachten, wir fahren einfach mal vorbei und sehen uns die Hütte an – aber keine Sorge, wir wohnen nicht hier. Wir haben für heute Nacht ein Zimmer im Pub im Ort reservieren lassen – im ›Frog and Ratchet‹.«

»›Toad and Blowpipe‹«, korrigierte ich sie.

»›Eagle and Stone‹?«, schlug Miranda mit schwacher Stimme vor. Sie war uns nach draußen gefolgt und wurde unverzüglich von Pops erkannt und umarmt. Jaynie riss sich kurz von ihrem Gespräch los und nahm, ohne irgendwelche Unterschiede zu machen, jeden in den Arm, bevor sie ihre fesselnde Diskussion mit Simon fortsetzte. Das Einzige, was ich davon verstand, waren Worte wie Kubikzentimeter und Zylinderköpfe.

Ich spreche viele Sprachen, aber nicht die der Motorradfahrer.

Wir überließen die beiden sich selbst und gingen wieder hinein, zusammen mit einigen Flaschen portugiesischen Weins, einem Päckchen Salami und Unmengen Oliven. Mu war inzwischen wieder heruntergekommen, und es entwickelte sich eine richtig Party, bevor Simon noch einmal auftauchte, um sich zu verabschieden – mit einem Augenzwinkern in Mus Richtung, die sittsam neben Miranda auf dem Rosshaarsofa saß, und einem Luftkuss für Lili, bevor er mit diesem erotischen Rascheln von Leder auf Leder zwischen den Schenkeln wieder verschwand...

O je.

Lili ging erst, als der letzte Tropfen Alkohol getrunken war und wir anderen uns zum Essen in den Pub begaben. Bei besagtem Essen verlangte Pops dann eine große Schere von der Kellnerin und hackte sich etwa fünfundzwanzig Zentimeter ihres Zopfes ab, weil er ihr angeblich überall in den Weg kam und auf der Reise um ein Haar zu einem Unfall geführt hätte, weil er sich in den Rädern des Motorrads verfangen hatte.

Es war schon ziemlich spät, als Mu und ich endlich in das Cottage zurücktaumelten, uns müde auf die nächstbeste Sitzgelegenheit sinken ließen und versuchten, die Energie für die letzte Meile zum Bett zusammenzukratzen.

»Auf der Innenseite meiner Augenlider sind reihenweise chinesische Schriftzeichen aufgedruckt«, meinte Mu schläfrig. »Das ist komisch, findest du nicht?«

»Vielleicht bist du ja ›made in Hongkong‹?«, meinte ich, gerade als das Telefon klingelte. »Wer um alles in der Welt kann das um diese nachtschlafende Zeit sein?«

Es war Ambler, der einen Ausbruch von Schnupfnasen und tränenden Augen bei den Katzen vermeldete und um einen Rat bat. Mu war daraufhin prompt hellwach und befahl ihm, augenblicklich den Tierarzt aus dem Bett zu werfen, um nach ihnen zu sehen, für den Fall, dass es sich um Katzenschnupfen handelte.

»Und lass dich nicht mit einem Nein abspeisen! Nein, es sollten nur acht Katzen und die Jungen da sein, Ambler, wenn es heute Nachmittag elf waren, hast du die Nachbarkatzen mitgefüttert. Jetzt tu, was ich gesagt habe. Ich bin morgen ganz früh wieder zurück.«

Mu brach bei Sonnenaufgang auf. Ich hatte bereits die beste Reiseroute für den Rückweg für sie ausgearbeitet, bei der sie nur links abzubiegen brauchte. Um ihr die Dinge weiterhin zu erleichtern, hatte ich die Zahlen der Straßen mit floureszierenden Klebestickern an ihr Armaturenbrett geheftet.

Danach gelang es mir, ein ganzes Kapitel von *Vengeane* fertig zu stellen, bevor ich den Klang der Harley hörte. In allerletzter Sekunde erinnerte ich mich noch daran, ins Gästezimmer hinaufzuflitzen und die Schachtel mit der Bratenspritze zu verstecken, bevor ich die beiden zu einer Besichtigungstour durchs Haus einlud.

Glücklicherweise fanden sie das Cottage wunderbar, und Jaynie versprach, ein paar blau weiße Kacheln für die Küche aufzutreiben, als Ersatz für die scheckig beigefarbenen. Pops, die immer ein gutes Händchen bei der Inneneinrichtung von Häusern hat, half mir, die Möbel umzustellen und einige Gardinen aufzuhängen, und bevor ich wusste, wie mir geschah, sah alles vollkommen anders und viel gemütlicher aus.

Danach verschafften wir uns mit einem Spaziergang über die Moore hinterm Haus etwas Bewegung und gingen auch zum Steinkreis hinauf, um den Ausblick auf das silbrig schimmernde Meer zu bewundern. Anschließend packten die beiden den Beiwagen voll und fuhren ab, unter lautem Gehupe und mit einem riesengroßen Bogen um Pansy, die auf ihrem schwer beladenen Fahrrad einhergewackelt kam.

Das Thema später Mutterschaft hatte seinen Kopf noch nicht über die Brüstung erhoben.

Langsam senkte sich wieder der Friede auf Aces Acre.

Liebe Pops, liebe Jaynie,

ich übernachte in London, da ich plötzlich eine Medienfrau geworden bin. Wenn ich bei diesen beiden Sendungen mitgewirkt habe, nehme ich allerdings nicht an, dass man mich je wieder zu einer einladen wird.

Im Augenblick laufen Verhandlungen wegen der Filmrechte an den Vengeane-*Romanen, die den Fiskus vielleicht sehr reich machen, mir wahrscheinlich aber nicht viel nutzen werden. Man sehe sich nur an, was diese Leute aus dem Wüstenplaneten gemacht haben! Ich dachte, diese Postkarte von Millais'* Ophelia *würde Euch vielleicht gefallen; sie erinnert mich an Miranda, wenn sie sich down fühlt. Eine Mischung aus Schönheit und Schwachsinn. Sie lässt sich dann einfach den Fluss des Lebens hinabtreiben, mit einem schlaffen Blumenstrauß und einem Gesichtsausdruck minderbemittelter Resignation.*

Meiner Meinung nach liegt es an zu niedrigem Blutzucker. Bei Selfridges habe ich wunderschöne langstielige Blumen aus Süßigkeiten und gezuckerten Mandeln entdeckt, und ich habe welche für Miranda gekauft. Die kann sie dann knabbern, wenn ihr Blutzucker absinkt und sie anfängt, Trübsal zu blasen. Ich wette, wenn Ophelia *einen Strauß dieser Zuckerblumen gehabt hätte, wäre sie nicht so eine nasse Nellie gewesen.*

Es war wunderbar, Euch beide mal wiederzusehen, wenn auch nur so kurz: Das nächste Mal müsst Ihr bei mir im Cottage wohnen.

Alles Liebe,

Sappho

Kapitel 11

Ace zum Frühstück

Der April kam wie ein schlecht ausgestopfter Löwe übers Land und fuhr fort, uns die meisten Tage mit seinem feuchten Nass zu berieseln.

Wir hatten wieder eins von diesen Chris-Wochenenden hinter uns, an dem Miranda am Samstagmorgen kurz auftauchte, geistesabwesend und stets bereit, auf den ersten Wink ihres Meisters hin wieder loszusausen. Der Zwischenfall mit den zu klein gekauften Kleidern und der ehelichen Untreue scheint daran nicht viel geändert zu haben, und ich glaube auch nicht, dass sie ihm etwas von dem Plan erzählt hat, ein Atelier zu mieten.

Andererseits hatte Chris jahrelang Zeit, um seine Methoden zu Mirandas Verunsicherung zu perfektionieren, und jetzt verfügte er über eine Art mentaler Einschüchterungstechnik.

Am Sonntag gibt es natürlich keine Blumenbestellungen, aber ich schätze, dass sie am Montag wiederkommen wird.

Ich habe heute Morgen eine Menge geschafft und anschließend den Drang nach einem Spaziergang über die Klippen verspürt, obwohl es ein ziemlich trüber Vormittag war. Wenn man gehen muss, muss man gehen.

Der Parkplatz bei Rhosili war verlassen, und als ich aus dem Wagen stieg und die ersten Schritte über den Klippenweg ging, umhüllte ein dichter Nebel wie feuchtes, erdiges Sackleinen meinen Kopf.

Ferner verspürte ich das vertraute Gefühl unsichtbarer Abgründe unter meinen Füßen; ich konnte sie an diesem Morgen wirklich nicht sehen.

Man mag es für ein wenig leichtsinnig halten, aber bei Rhosili konnte ich den Weg unter meinen Füßen spüren, obwohl ich aus Respekt vor der kühlen Feuchtigkeit des Tages Schuhe trug. Die Beschaffenheit des von Schafen angeknabberten Rasens auf der seewärts gelegenen Seite ist vollkommen anders.

Der Nebel war herrlich; es war, als ginge man durch Marshmallows. Kalte, feuchte Schwaden, die stark nach Meer, zertrampeltem Gras und warmen, nassen Schafen rochen, drangen in meine Lungen, während ich durch die gedämpfte Traumlandschaft wanderte.

Zweimal stürzte eine Möwe an meinem Ohr vorbei, um in letzter Minute einen Zusammenstoß zu vermeiden, und einmal sprang ein Schaf unter meinen Füßen auf und taumelte mit einem erstickten Blöken davon.

Ich ging bis zum trigonometrischen Messpunkt, lehnte mich dort auf die Markierungen und verfrachtete all meine nebeldurchzogenen Gedanken nach Vengeane:

»Nala bewegte sich langsam durch die schaurigen, gewundenen Nebelspiralen und ertastete mit allen sechs Sinnen ihren Weg … aber trotzdem schoss direkt unter ihren Füßen eine der bronzegeflügelten Bestien von Megadorr in die Höhe. Die Bestie, die solchermaßen rüde geweckt worden war, hatte Hunger und schrie wie ein kreischender Dämon.«

Wieder sirrte eine Möwe wie eine Haubitzenladung an mir vorbei, und ich wäre fast aus der Haut gefahren. Plötzlich schienen Unmengen Möwen da zu sein, die mit wahnsinnigem Heulen irgendwo kreisten, wo ich sie nicht sehen konnte.

Und was waren das für merkwürdige, auf- und abhüpfende Gestalten, die nicht mehr zu sein schienen als eine Veränderung in der Dichte des Nebels direkt vor mir am Rand der Klippen? Die Schreie der Vögel klangen plötzlich wie irrsinniges Gelächter …

Nein, es waren nicht die Vögel – das *war* tatsächlich irrsinniges Gelächter, was ich da hörte ...

War ich allein mit einem kichernden Irren auf diesen Klippen?

»Ger-on-i-moooo!«

Also, *das* musste ich nun aber wirklich erfunden haben.

Wer (außer mir) würde inmitten eines feuchten Nebels am Rand der Klippen stehen und schreien und lachen? Die Stimme, so verzerrt sie war, klang irgendwie vertraut...

Sie war wahrscheinlich in meinem Kopf. Es ist manchmal so schwer, den Unterschied zu erkennen, nicht wahr? Ich meine, zwischen dem, was real ist, und dem, was es nicht ist – und natürlich ist Vengeane für mich überaus real.

Vorsichtig schlich ich weiter auf die Stelle zu, von der das Geräusch – sofern es existierte – gekommen sein konnte, und ein weiteres Schaf (oder sonst etwas) schob sich an mir vorbei in den Dunst. Oder vielleicht sah ich jetzt schon Dinge, die nicht da waren?

Nur ein Wahnsinniger würde bei diesem Wetter vom Weg abgehen...

Etwas Weiches schlang sich um meine Beine, und ich fiel. Mit einer Hand umklammerte ich leere Luft, und mit der anderen tastete ich verzweifelt nach dem buschigen Gras. Es folgte ein interessantes Zwischenspiel, währenddessen ich mein Körpergewicht entschlossen wieder auf den festen Boden zurückbewegte und mich aufrichtete.

Mein Möchtegernattentäter war ein alter Regenmantel. Nachdem ich ihn mit den Füßen weggetreten hatte, stand ich auf und tastete mich zurück auf den Weg, wobei ich äußerste Vorsicht walten ließ. Ich hatte das Gefühl, dass selbst ein hart gesottener Liebhaber von Abgründen, wie ich es war, an einem anderen Ort besser aufgehoben sein würde.

Und ich wurde langsam nass. Es war nicht so, als hätte mein hundertprozentig wasserdichter Anorak nicht funktioniert – im Gegenteil, er ließ hundert Prozent von dem Regen auf meine Beine fließen.

Meine Augen waren so verkrustet von der salzigen Gischt in der Luft, dass sie sich wie geeiste Weintrauben anfühlten (und wahrscheinlich auch so aussahen). Außerdem schwoll der Wind in meinen brennenden Ohren jetzt zu einem dämonischen Kreischen an.

Genug.

Ich bin ja gern allein, aber heute würde ich lieber woanders sein, irgendwo, wo ich sehen konnte, dass ich allein war, obwohl ich all diese wunderbaren Gefühle gedämpfter, heulender Undurchschaubarkeit für künftige Benutzung in meinem inneren Archiv ablegte.

Es war später, als ich dachte, denn im National Trust konnte ich bereits einen Lichtschimmer entdecken, und auf dem Parkplatz standen jetzt etliche Autos sowie ein Bus – obwohl immer noch kein menschliches Wesen zu sehen war.

Hatten Außerirdische sie entführt, um unheimliche sexuelle Experimente mit ihnen durchzuführen? Wie viele Experimente sie wohl würden machen müssen? Warum hüpfen sie nicht einfach aus ihren Raumschiffen und kaufen haufenweise Frauenzeitschriften, die ihnen mehr über den Sex auf dem Planeten Erde sagen würden, als sie jemals wissen wollten?

Aber nein, alle saßen sie im Café »Seaspray«.

Die gewaltsam abgefüllten Touristen (Es ist Montag – Sie werden unter Garantie die Felsenspitzen bei Rhosili sehen!«) hatten allesamt mit Postkarten, Reiseführern und Kaffee Platz genommen, und in der einen Ecke hatte sich eine Gruppe frohgemuter Wandersleute breit gemacht.

Sie trugen alle leuchtend rote Socken: Vielleicht ist das das Zeichen, an dem Außerirdische einander erkennen, wenn sie sich als Menschen verkleiden.

In einer anderen Ecke saßen zwei mürrisch dreinblickende Drachenflieger, denen das Wetter einen Strich durch die Rechnung gemacht hatte; man kann sich nicht mit Ikarusmanier ins Leere stürzen, wenn man nicht sehen kann, wo man hinfliegt. Aber zumindest waren sie voll bekleidet – ich trage ein verzerrtes inneres Bild von Drachenfliegern mit mir herum, seit ich einmal bei Mu einen Film über Nudisten gesehen habe, die diesem Sport splitternackt frönten.

Ich hängte meinen Anorak auf und zog meine Füße aus den nassen Schuhen. Sie sahen ein wenig bläulich aus, würden aber sicher bald auftauen.

Keiner der Tische war frei, aber an einem saß nur ein grämliches Individuum, das eine Illustrierte las.

In der – vielleicht unlogischen – Annahme, dass ein Mensch, der Bilder Worten vorzieht, keine Lust auf ein Schwätzchen haben würde, tappte ich durch das Café und fragte, ob die anderen Stühle an diesem Tisch besetzt seien.

Der Mann sah mich kaum an, aber sein Gesichtsausdruck ließ darauf schließen, dass die Gesellschaft eines zerzaust aussehenden weiblichen Wesens ungewissen Alters für diesen Tag nicht unbedingt seine Prioritätenliste anführte. Immerhin erhob er keinen Protest, als ich seine Habe von einem Stuhl auf den nächsten beförderte und mich hinsetzte.

Ich war plötzlich hungrig: sehr, sehr hungrig. Und ich fror. Die Kellnerin war eine Studentin, die ein Schild um den Hals hätte tragen können mit der Aufschrift: *Ich mach das nur wegen des Geldes.* Sie mochte den Blickkontakt mit mir zwar geschickt meiden, konnte aber kaum meine Stimme ignorieren, die recht tief und tragend sein kann, wenn mir der Magen knurrt. Ich könnte damit wahrscheinlich auch meinen Lebensunterhalt auf der Bühne verdienen, wäre ich etwas exhibitionistischer veranlagt.

»Ich hätte gern ein komplettes englisches Frühstück«, erklärte ich und lächelte sie beruhigend an, da sie offensichtlich eine nervöse Natur war. »Kaffee – *Unmengen* Kaffee.

Mit Milch, kein Süßstoff. Und ich möchte den Kaffee jetzt, während ich auf das Frühstück warte.«

»Der Kaffee kommt *mit* dem Frühstück.«

»Meiner wird vor dem Frühstück kommen, während des Frühstücks und danach«, sagte ich ermutigend, und sie starrte mich ausdruckslos an, bevor sie sich mit ihrem Bleistift am Kopf kratzte und sich trollte.

Vielleicht irrte ich mich in der Annahme, sie sei Studentin, denn was konnte sie schon studieren? Es sei denn, es wäre das Frisörgewerbe, denn dieser Look, als hätte man den Kopf zehn Minuten lang in einen Mixer gehalten, musste doch wohl Absicht sein, oder?

Bevor ich mir auch nur die Salzkruste von den Wimpern klimpern konnte, kam sie mit einer Kanne Kaffee zurück, einem Becher und Plastikbehältern mit etwas, das sich als Halbfettmilch ausgab. Was war die andere Hälfte? Knochenmehl?

»Das ist der ›Kaffee mit Frühstück‹«, erklärte sie ernsthaft. »Wenn Sie mehr wollen, geht das extra.«

»Schön«, erwiderte ich herzlich, »gut gemacht.« Und während ich beide Hände um den warmen Becher schlang, bemerkte ich zum ersten Mal, dass das grämliche, bärtige Wesen neben mir von seinem Comic abgelassen hatte und mich unverhohlen anstarrte.

Der Mann sah vage vertraut aus ... und nicht schlecht. Wie ein kleiner spanischer Grande, wenn auch die Wirkung dadurch ziemlich verdorben wurde, dass seine Augenbrauen sich beim Trinken jedes Mal wie behaarte Raupen rauf und runter bewegten.

»Scheußliches Wetter für einen Ferientag«, bemerkte er mit leicht walisischem Akzent und vertiefte sich mit offenkundiger Anerkennung in die Betrachtung meines nassen, jadegrünen T-Shirts, das sich über die Vorberge des Himalajas wölbte.

»Ich bin keine Touristin, ich wohne hier«, erklärte ich. Ich sparte mir nähere Ausführungen, da ich mich nicht sehr gesprächig fühlte.

»Ist es dann nicht seltsam, dass ich Sie noch nie hier gesehen habe?«, sagte er verwirrt zu meinen Brüsten. »Ich wohne in einem Bungalow ein oder zwei Meilen die Klippen hinauf. Erlauben Sie mir, mich vorzustellen – ich bin ein Ace.« Endlich bewegte sich sein Blick zu meinem Gesicht hinauf, und er fügte hinzu: »*Gilbert* Ace.«

»Natürlich – ich habe Sie mal von weitem gesehen, als Sie sich mit Miranda unterhielten. Deshalb kamen Sie mir irgendwie bekannt vor. Nun gut – nun treffen wir uns also endlich einmal allein!«

Er fuhr die Stacheln aus wie ein wütender Igel. »Sie sind dieses Frauenzimmer, diese Sappho Jones! Lassen Sie sich gesagt sein, dass ich Dafydds und Gethyns nächster männlicher Verwandter bin und Aces Acre rechtmäßig mir gehören sollte! Es hat schon seit Jahrhunderten den Aces gehört!«

»Und in Cold Comfort Farm hat es immer Starkadders gegeben.«

Er funkelte mich wütend an.

»Hören Sie, Sie sind vielleicht ein bisschen sauer deswegen, aber die beiden Brüder konnten mit dem Haus machen, was sie wollten, und auf diese Weise konnten sie ihr ganzes Leben dort verbringen und sich trotzdem all die Dinge leisten, die sie haben wollten.«

»Ja, sie konnten zum Beispiel ein Vermögen für Riesenfernseher und exotische Kreuzfahrten aus dem Fenster werfen!«

»Sie hatten ihren Spaß – und warum auch nicht? Und Sie haben den Inhalt des Hauses und alles, was sonst noch übrig ist, geerbt, nicht wahr? Sie haben mir gerade erzählt, dass Sie einen Bungalow besitzen, daher glaube ich nicht, dass Sie das Cottage wirklich brauchen. Es tut mir Leid und so weiter, doch damit ist die Sache für mich erledigt.«

»Mein Anwalt meinte, da sei nichts zu machen«, gab er ungehalten zu.

»Dann hoffe ich, Sie nehmen es mir nicht übel, denn es wäre doch peinlich, wenn wir beide mit Miranda befreundet sind und uns immer wieder über den Weg laufen und Sie nicht mit mir sprechen.«

»Ich bin von Natur aus nicht nachtragend«, erwiderte er steif und offensichtlich nicht wahrheitsgemäß, »und Mirandas Freunde sind auch meine Freunde.«

Seine Stimme nahm einen leicht schmalzigen Klang an, wenn er Mirandas Namen aussprach, und ich fragte mich unwillkürlich, ob er wohl immer noch eine Schwäche für seine Jugendliebe haben mochte? Ich bin mir ziemlich sicher, dass Miranda ihn sehr gern hat … doch ich darf die verschwundene Ehefrau nicht vergessen. Er sieht vielleicht nicht wie ein potenzieller Blaubart *aus*, aber ich denke, wir müssen in Erfahrung bringen, wo Dorinda eigentlich abgeblieben ist.

»Gut – ich hoffe, wir können Freunde sein, Gil, denn Gower ist so klein, dass wir hier alle zusammenhalten müssen.« Inzwischen wurde in einzelnen Etappen das Frühstück gebracht, und er sah mit leicht verwunderter Miene zu, wie ich mich methodisch darüber hermachte. Ich bin ein großes Mädchen, und ich brauche Nahrung, vor allem solche, die ich nicht selbst zubereiten muss.

»Ich habe immer einen Bärenhunger«, erklärte ich, während ich Wurst, Ei und gebratenes Brot auf meine Gabel lud. »Aber heute ganz besonders – der Spaziergang oben auf den Klippen hat gut getan.«

»Sie sollten bei diesem Wetter nicht auf die Klippen gehen«, tadelte er mich ernst. »Sie hätten abstürzen können.«

»Nicht, wenn ich auf dem Weg bleibe, und der ist deutlich genug zu sehen.«

Er schüttelte düster den Kopf. »So was passiert leicht.«

»Nicht mir.«

»Sie wären überrascht über die törichten Dinge, die die Leute auf Klippen tun.«

»Nein, ich wäre nicht im Mindesten überrascht. Aber ich muss zugeben, der Nebel spielt einem schon seltsame Streiche. Ich meine, vorhin glaubte ich irgendwann mal, ich hätte jemanden in der Nähe des Abgrunds umhergehen sehen, aber es war natürlich nur ein Schaf, das dort graste, und als ich den Weg verließ, um nachzusehen, bin ich über einen alten Regenmantel gestolpert.«

Gilbert wirkte erschrocken. »Glauben Sie, es könnte wirklich jemand da gewesen sein ... am Abgrund?«

»Nein, natürlich nicht – ich meine, es ist nicht direkt Beachy Head, oder? Die Leute stehen da oben nicht Schlange, um sich in die Tiefe zu stürzen.«

»Es hat schon etliche tragische Zwischenfälle auf diesen Klippen gegeben«, versicherte er mir und ergötzte sich dann mit sichtlichem Behagen daran, mir alles über die verschiedenen Unfälle und Selbstmorde zu erzählen, die die Klippen und den Strand darunter im Laufe des letzten Jahrhunderts mit Leichen übersät haben mussten. Allerdings sah Gilbert nicht viel älter aus als ich selbst und konnte all diese Dinge kaum persönlich miterlebt haben. Aber wenn doch, war es womöglich seine Art zu reden gewesen, die die Unglücklichen in den Abgrund getrieben hatte.

»Ich bin ein Experte für Lokales«, beendete er seine Erzählung bescheiden.

»Hmhm.«

»Ich weiß nicht, ob Miranda es Ihnen erzählt hat, aber ich bin ein leidenschaftlicher Ornithologe – Sie sind wahrscheinlich schon über meine jüngste Veröffentlichung gestolpert: *Führer zu seltenen Zugvögeln auf Gower?*«

Nein, aber ich würde sicher eine Rolle in seiner nächsten Veröffentlichung spielen: *Noch unheimlichere Zugvögel auf Gower.*

»Ich werde auf alle Fälle danach Ausschau halten, Gilbert«, entgegnete ich freundlich und eingedenk dessen, was Miranda mir von seinem Beinahe-Nervenzusammenbruch, von seiner dominanten Frau und unfreundlichen Polizeiverhören erzählt hatte. »Aber ich habe Probleme, Falken von Habichten zu unterscheiden. Und Raubvögel von Raubrittern.«

Er sah mich mit ernsten, glänzend braunen Augen an. »Sie sollten anfangen, meinen wöchentlichen Artikel in der Lokalzeitung zu lesen: *Notizen über die Natur.* Dann kennen Sie sich in der gefiederten Welt bald besser aus. Es ist faszinierend, absolut faszinierend, das versichere ich Ihnen – ich habe die Klippen zu allen Tageszeiten im Visier.«

Und in der Nacht wohl auch, könnte ich mir denken. Wahrscheinlich weiß er, dass ich Schriftstellerin bin, aber das scheint ihn nicht weiter aufzutauen. Andererseits hält er – wie viele andere Leute – Fantasy vielleicht nicht für richtige Schriftstellerei.

Mittlerweile hatte ich den letzten Rest Butter großzügig auf meinem Toast verteilt und ließ ihn mir schmecken. Währenddessen nahm ein neues Kapitel von *Vengeane* irgendwo in meinem Gehirn nebelhaft Gestalt an. Eine Idee von erstaunlicher Genialität lupfte da ihr Haupt …

»Raarg muss scheinbar sterben, aber dann als passender Gefährte für Nala, die Kriegerkönigin, wiedergeboren werden – obwohl das Grisundorakel ihr offenbart hat, dass der Drachentöter ihr künftiger Gemahl sein würde …«, rief ich und setzte meine Kaffeetasse klirrend ab. *»Durch die reinigenden Feuer von Meldroth kam …* Entschuldigen Sie bitte.«

Während er mit offenem Mund zurückblieb, stürmte ich zum Ausgang und wehrte unterwegs die Kellnerin gereizt mit einer Hand voll Geld ab. »Behalten Sie das Kleingeld«, erklärte ich und nahm meinen Anorak und meine Schuhe an mich. »Etwas Wichtiges …«

Es hatte fast aufgehört zu regnen, aber ich wirbelte auf meinem hastigen Weg über den Parkplatz wahre Wasserfontänen auf.

Als die Windschutzscheiben langsam die versprengten Regentröpfchen auseinander trieben, kam der Letzte der Aces aus dem Café und gestikulierte.

Ich grüßte freundlich und fuhr vorbei. Ich hatte bereits angefangen, in mein Diktiergerät zu murmeln.

Im Rückspiegel sah ich, wie die schmächtige Gestalt sich umdrehte und in Richtung der Klippen davontrottete.

»It's going to be – a lovely day...«, sang ich und vergaß dabei ganz, den Aus-Knopf zu drücken. »Lovely day, lovely day, lovely day, love-ly day...«

Kapitel 12
Streuselkuchen

Raargs Epiphanie schien einfach von meiner Zunge in meinen Kassettenrekorder zu fließen, als wollte sie geschrieben werden.

»Sie legten den nackten Raarg zu ihren Füßen nieder. Die Feuer des Abyssus hatten ihn unversehrt gelassen. Das einzig Auffällige war der schwache, seltsam bronzefarbene Schimmer seiner Haut …«

Inzwischen wieder warm und trocken, lag ich in einem langen, losen, bestickten schwarzen Morgenrock bequem auf meinem Zahnarztstuhl und verweilte in Gedanken bei all den grauenhaften Dingen, die dem hinreißenden, schurkischen Raarg widerfahren würden, bevor er von dem Bösen gereinigt werden würde. Oder vielleicht auch nicht.

»Während ihm der Angstschweiß aus allen Poren drang, hockte Raarg …«

»S-Sappho!«

»Verdammt!« Ich klickte den Rekorder aus und hievte mich widerstrebend aus dem warmen, weichen Leder. Während ich zwar im Unterbewusstsein wahrgenommen hatte, dass Miranda früher am Morgen wegen der Blumenbestellungen da gewesen war, wusste ich, dass sie mich nicht bei der Arbeit stören würde, wenn es nicht etwas Wichtiges geben würde.

Ich fand sie aufgeregt im Wintergarten, zusammen mit dem Grund für ihre Störung: Er war beträchtlich, und er trug eine marineblaue Uniform von der Größe der Isle of Wight.

»C-Constable Gwynne«, stellte sie ihn vor und deutete

mit einer Hand voll getrockneten Bilsenkrauts auf seine Brust, als hätte ich ihn übersehen können. Dann murmelte sie etwas von Kaffee und zog sich zurück.

»Gwynne wie in ›Nell Gwynne‹?«, erkundigte ich mich interessiert.

»Ich kenne keine...«, begann er, brach dann ab und sah mich mit gerunzelter Stirn unheilvoll an. Er vermittelte den Eindruck, als hätte ich ihn gerade aus dem Konzept gebracht.

Wie dem auch sei, Nell Gwynne hatte ein hübsches, freches kleines Gesicht; das Gesicht dieses armen Jungen dagegen war so von Aknekratern verwüstet, dass das Rasieren schwierig sein musste. Vielleicht fanden seine Freundinnen den Streuselkucheneffekt liebenswert? Die perfekte Akne.

Er stand zwischen den aufgehängten Blättern, ein Unschuldslamm, das sich in einen Hexensabbat verirrt hatte, aber fest entschlossen blieb, seine Pflicht zu tun.

»Sind Sie Mrs. Sapp ... Sapp-ho Jones?«, erkundigte er sich, als könnte ich aufgrund eines derart ausländischen Namens im Sinne des Gesetzes verhaftet werden.

»Weiche Phs, Constable«, erklärte ich, »Saffo – nach der altgriechischen Dichterin. Und ich bin eine Miss – ich war noch nie, nicht einmal technisch gesehen, eine Mrs.«

Offensichtlich hatte Gwynne das angeborene Gefühl, dass Frauen, die sich Miss nannten, linke, feministische Lesben sein müssten, obwohl ich hoffe, er hatte die arme Miranda nicht in Verdacht, meine Partnerin zu sein. Das hätte ihr nicht gefallen: Außerdem waren die einzig bedeutsamen Beziehungen, die sie in letzter Zeit gehabt hatte, absolut untadelig und kreisten um Schokoladentorte.

»Ich verstehe«, gab er ernsthaft zurück, obwohl das offensichtlich gelogen war, dann kritzelte er in ein kleines Büchlein, das einige Ähnlichkeit hatte mit denen, die ich für meine *Spiralgebundenen Reiseführer* benutze. »Könnte ich

Ihnen wohl ein oder zwei Fragen stellen, Madam, im Zusammenhang mit einer Untersuchung, die wir gegenwärtig anstellen?«

»Sie kommen besser mit ins Wohnzimmer«, antwortete ich resigniert, obwohl mir im Augenblick keine Gesetzesübertritte meinerseits einfielen, nicht einmal im Straßenverkehr, »aber es ist verdammt schade um Raarg – ich habe vollkommen vergessen, was ich als Nächstes mit ihm machen wollte.«

Mein junger Streuselkuchen sah rosa und verwirrt aus, daher fügte ich freundlich hinzu: »Machen Sie sich nichts draus, es ist nicht Ihre Schuld, Officer.«

Der arme Junge. Sein Adamsapfel hüpfte wie verrückt auf und ab, und während unseres Gesprächs zeigten seine Augen die Neigung, zu meinem Dekolletee zu wandern und wieder zurückzuspringen. Aber andererseits passiert mir das oft.

Mein Busen mag unproportional riesig sein, aber wenigstens trotzt er der Schwerkraft, und geben die Götter, dass das noch lange so bleibt.

»Ich ... es tut mir Leid, wenn ich ungelegen komme«, versicherte er. »Vielleicht wollen Sie sich vorher anziehen?«

»Sie kommen ungelegen, doch da Sie einmal hier sind, können wir die Sache genauso gut hinter uns bringen. Und ich *bin* angezogen – das ist ein beduinisches Thob. Ich trage es oft beim Schreiben, es ist irgendwie inspirierend – *der Scheich* und so weiter, Sie wissen schon. Oder vielleicht wissen Sie es nicht? Egal. Nehmen Sie doch bitte Platz«, fügte ich hinzu.

Er warf einen kurzen Blick auf den Zahnarztstuhl hinter mir und gab ein seltsam ersticktes Geräusch von sich. In dieser Saison trägt der Schutzmann die Gesichtsfarbe Puterrot.

Erinnert der Stuhl ihn an ein seltsames Gerät aus einer perversen Zeitschrift, obwohl ich die abartigeren Teile schon abmontiert habe? Was glaubte er, was ich gerade getrieben hatte? Auch mein beruhigendes Lächeln schien ihn nicht aufzumuntern, und er ließ sich langsam rückwärts auf das mit einer Tagesdecke verhüllte Sofa mir gegenüber sinken und blickte weiter entsetzt drein.

Ich versuchte, mein loses Haar zu einem Knoten zu schlingen, dann hockte ich mich auf den Zahnarztstuhl. »Was wollten Sie mich fragen, Officer?«, ermutigte ich ihn, da er offensichtlich den Faden verloren hatte und sich an das Notizbuch klammerte wie ein Ertrinkender an einen Rettungsreifen.

Er räusperte sich: »Wir ... ähm ... wir stellen Nachforschungen zu einem Unfall an, der sich heute Morgen auf den Klippen von Rhosili ereignet hat, und wir glauben, dass Sie uns bei unserer Untersuchung möglicherweise helfen können?«

Heute Morgen? Es schien bereits *Tage* her zu sein, dass ich durch den feuchten Nebel auf den Klippen spaziert bin!

»Ja, ich bin tatsächlich in aller Frühe den Klippenweg entlanggegangen und habe mit den Elementen gekämpft – aber die Elemente haben gewonnen. Was ist das denn für eine Untersuchung, die Sie anstellen – und woher wussten Sie, dass ich da war?«

»Ein Anwohner hat uns auf die Angelegenheit aufmerksam gemacht und uns Ihre Beschreibung gegeben.«

»Was für eine Angelegenheit? Ich habe im Café ›Seaspray‹ mit Mr. Gilbert Ace geplaudert – ist er vielleicht Ihre Quelle? Und was genau habe ich getan?«

»Nichts, Madam, wir möchten einfach, dass Sie ...«

»Dass ich Ihnen bei Ihren Nachforschungen helfe?«

»Ja«, pflichtete er mir stoisch bei. »Mr. Ace, der uns bekannt ist«, (als eingefleischter Gattinnenmörder, und sie würden ihn schon noch kriegen, sagte seine Miene), »Mr. Ace hat uns von seinem Gespräch mit Ihnen berichtet, weil

Sie einen möglichen Zwischenfall auf den Klippen erwähnten, und er erklärte, dass er anschließend aus einem Gefühl der Unruhe heraus zu der Stelle gegangen sei, die Sie beschrieben hatten, um dort zu suchen.«

Ein kalter Knoten bildete sich in meinem Magen. »Oh nein, sagen Sie mir nicht, dass tatsächlich jemand in den Abgrund gesprungen ist und ich einfach weitergegangen bin und mir ein gutes, heißes Frühstück im Café gegönnt habe!«

»Möglicherweise, aber wir wissen noch nicht mit Sicherheit, ob jemand über die Klippen gesprungen ist, Madam. Mr. Ace hat auf dem Kliff einen Regenmantel gefunden, der nicht nass genug war, um sehr lange dort gelegen zu haben, aber eine gründlichere Suche hat bisher keine weiteren Beweise erbracht.«

Ich starrte ihn an und versuchte, logisch zu denken. »Es ist ein bisschen dünn«, bemerkte ich erleichtert. »Ein feuchter Regenmantel, nicht allzu viele Tote.«

Er machte sich eine Notiz, befeuchtete einen Finger und schlug in seinem Notizblock eine frische Seite auf. Meine unangebrachte Leichtfertigkeit hatte mir wahrscheinlich einen Platz in seinem kleinen schwarzen Büchlein eingetragen, und ich rangierte jetzt nach Gil auf Platz zwei seiner Mordverdächtigen-Liste.

»Es wurden keinerlei Ausweispapiere in dem Mantel gefunden«, räumte er widerstrebend ein, »und die Klippen sind bei den Touristen sehr beliebt. Es werden alle möglichen Dinge dort liegen gelassen.«

»Aber für gewöhnlich keine Regenmäntel, noch dazu an einem kalten, nebligen Morgen? Und die einzigen Touristen, die ich gesehen habe, waren im Café. Aber andererseits, wenn es Selbstmord war, warum sollte der Betreffende den Mantel ausziehen?«

»Selbstmörder denken nicht immer logisch, Madam.«

So ists recht, mach mir nur gleich wieder ein schlechtes Gewissen.

»Aber wie dem auch sei, selbst wenn jemand über die Klippen gesprungen ist, während ich dort war, gab es nichts, was ich hätte tun können, oder?«

»Nein, wahrscheinlich nicht, Madam, doch unter den gegebenen Umständen brauchen wir Ihre Aussage, falls später irgendwelche Beweise auftauchen. Vielleicht könnten Sie mir mit Ihren eigenen Worten schildern, was genau passiert ist?«

Ich versuchte, ihm zu vermitteln, wie die Bedingungen an diesem Morgen auf den Klippen gewesen waren, aber der April zeigte sich mal wieder von seiner typisch widersprüchlichen Seite, und der Tag war jetzt warm, milde und friedlich.

Wie ich.

»Ich konnte nicht viel sehen, aber es waren Schafe da, und die Möwen haben geschrien – eine hat besonders laut gekreischt, gleich nachdem ich die Stimme gehört hatte, daher nahm ich an, dass ich sie gehört hätte. Das erschien mir ganz wahrscheinlich, da ich in Gedanken ganz auf Vengeane war...«

Sein Kugelschreiber verharrte, und er starrte mich anklagend an. »Sie haben eine Stimme gehört? Davon haben Sie bisher überhaupt nichts erwähnt!«

Miranda kam mit dem klirrenden Kaffeetablett herein, und ich antwortete geduldig: »Weil ich es mir wahrscheinlich nur eingebildet habe, wie alles andere auch – abgesehen von dem Regenmantel. Ich muss es mir eingebildet haben, nicht wahr? Denn es würde sich doch sicher niemand in aller Herrgottsfrühe auf eine feuchte, neblige Klippe stellen und ›Geronimo!‹ schreien. Oder?«

Miranda zuckte zusammen, und das Tablett kam in bestürzende Schräglage. Ich sprang auf und schaffte es gerade noch, es aufzufangen, bevor alles zu Boden fiel. Dann stellte ich es auf den Tisch, während Miranda sich schlapp auf das gegenüberliegende Ende des Sofas fallen ließ, worauf der überraschte Polizist mehrere Zentimeter weit in die Luft gehoben wurde – wie die Spitze des Krakatau, nur nicht mit so viel Lärm verbunden.

»Ent-schuldigung«, murmelte sie. »Ich bin s-so unbeholfen.«

»Es liegt an dem Tablett – es ist schief.« Ich wandte mich wieder an den jungen Mann. »So, sehen Sie jetzt, wie dumm das Ganze ist? Wer würde schon auf den Klippen stehen und so etwas rufen? Es fällt kaum in die Kategorie der ›berühmten letzten Worte‹. Also habe ich mir das Ganze nur eingebildet, und der Regenmantel ist wahrscheinlich vom Parkplatz oder vom Fußweg heraufgeweht worden.«

Mit einem leidvollen Seufzer klappte er sein kleines Büchlein zu; seine Augen verloren ihr »Ich-bin-ein-aufstrebender-junger-Officer«-Glitzern und wurden so stumpf wie trockene Kieselsteine.

Ich griff nach der Kaffeekanne. Sie hatte die Form eines fremdartigen grünen Ungeheuers, das über dem geduckten, nackten Raarg aufragte, der im Übrigen die Tülle darstellte (ein Geschenk von einem Fan). Strahlend schwenkte ich die Kanne und fragte: »Kaffee, Constable?«

An der Geschwindigkeit, mit der er ablehnte und aufsprang, konnte man erkennen, dass er kein Kaffeetrinker war. Vielleicht wäre Earl Grey besser angekommen? Aber es war auch unübersehbar, dass er seinen ganzen Auftritt bei mir für komplette Zeitverschwendung hielt.

Ich führte ihn durch die ziemlich kahle, weiße Küche und das Blätterwerk von Fantasy Flowers hinaus, obwohl es eher eine Verfolgungsjagd war als ein Abschied unter Begleitung.

MUTMASSLICHER HEXENSABBAT, würde wahrscheinlich in Großbuchstaben auf der nächsten Seite seines Notizbuchs prangen.

An der Tür blieb er mit einem letzten bedauernden Blick

auf mein Dekolletee stehen, drehte sich um, stolperte über eine leere Teetruhe, erholte sich von dem Schrecken und marschierte feierlich von dannen, wobei seine Ohren wie Zwillingsscheinwerfer strahlten: jedes groß genug, um Satellitenfernsehen zu empfangen.

Kapitel 13

Steckbrieflich gesucht

Als ich ins Wohnzimmer zurückkam, hatte Miranda ihre Sträußchenfabrikation wieder aufgenommen und beschäftigte sich mit Bilsenkraut (Unvollkommenheit), Giftsumach (offenkundig) und Lanzenkratzdistel (Vergeltung).

Hoffen wir, dass der Empfänger Sinn für Humor hat.

Miranda schlang mit ihren geschickten, kleinen Händen ein grün und purpur gestreiftes Band um die Stängel und befestigte das kleine Büchlein an dem fertigen Strauß.

»Was hat ›Geronimo‹ zu bedeuten, Miranda?«, fragte ich, als sie den Strauß in die Schachtel verfrachtet hatte. »Du hättest fast das Tablett fallen lassen, als ich es erwähnt habe.«

Und jetzt, da ich rüde von Vengeane zurückgekehrt war, fielen mir noch ein oder zwei andere Merkwürdigkeiten auf – wie zum Beispiel die Tatsache, dass es Mittag war, obwohl Miranda doch normalerweise früh morgens herkam, um die Blumen zusammenzustellen. Und wie sie aussah ... *Ominös* war das einzige Wort, das mir einfiel. Ihre Hände zitterten, als sie die Schachtel beschriftete.

Und bei näherem Nachdenken ... wo war eigentlich Spike?

»Ge-Geronimo? Oh – es ist etwas ganz Dummes, wirklich – es ist eins von Chris' Worten. Er – er hat es immer in dem kritischen Augenblick gerufen, wenn wir ... nun ja, du weißt schon.«

»Nein. Was ...?« Der Groschen fiel. »Oh, *klar.*«

Ich wollte es gar nicht wissen. Und hatte jemand, der im Augenblick des Orgasmus »Geronimo!« rief, nicht eine peinliche Bestrafung seiner edelsten Teile verdient?

»Ja, und ich war in Gedanken ohnehin schon bei ihm, weil wir gestern Abend einen Streit hatten – er wünscht jetzt, dass ich den größten Teil meiner Zeit wieder in London verbringen soll, weil ich ein ganz anderer Mensch geworden sei, seit ich hier wohne und Umgang mit dir pflege.«

»Ja – ein anderer Mensch. Ist es nicht wunderbar?«

»Ich habe ihm erklärt, du hättest mir lediglich geholfen, die Dinge in die richtige Perspektive zu rücken, sonst nichts. Und ich habe hinzugefügt, dass ich es wunderbar finde, Fantasy Flowers zu betreiben, und dass es mir furchtbar wäre, in London leben zu müssen. Er war sehr wütend, und ich habe mich schrecklich aufgeregt und bin ins Bett gegangen ... Und als ich heute Morgen ganz früh aufwachte, war er bereits nach London gefahren, ohne ein Wort oder eine Nachricht. Er fängt heute mit den Dreharbeiten zu *Crackers* an.«

»Nun, du glaubst doch nicht, dass Chris Cotter sich in einem Anfall von Verärgerung heute Morgen von den Klippen gestürzt hat, mit dem unsterblichen Wort ›Geronimo!‹ auf den Lippen?«

»N-nein, aber ...«

»Ruf ihn an, wenn du dir Sorgen machst.«

»Das h-habe ich schon, aber es hat sich niemand gemeldet – und nicht *er* ist es, um den ich mir Sorgen mache: Es ist Spike. Heute Morgen war er spurlos verschwunden – seit ich gestern Abend ins Bett gegangen bin, habe ich ihn nicht mehr gesehen.«

»Er ist verschwunden?«, wiederholte ich erstaunt. Dass ein so alter, dicker und stinkender Hund verschwinden konnte, war ein Zauberkunststück, angesichts dessen Houdini vor Neid erblasst wäre.

Miranda nickte, und ihre riesigen, kreideblauen Augen blickten ängstlich drein. »Ich g-glaube, er muss sich aus dem Haus geschlichen haben, als Chris weggegangen ist, aber ich habe heute Morgen stundenlang gesucht und k-keine Spur von ihm gefunden.«

»Du hättest mir sofort Bescheid geben sollen, dann hätte ich dir geholfen«, tadelte ich sie mit ernster Stimme. »Vergiss erst mal diese Blumen – Spike ist viel wichtiger. Komm, lass uns einen Schlachtplan entwerfen.«

»Es war heute nur eine Bestellung da, und die ist jetzt fertig – ich gebe sie an der Post ab, w-wenn ich die Poster abhole«, entgegnete sie geistesabwesend.

»Poster?«

»Ja – als ich Spike nicht finden konnte, bin ich mit seinem Foto nach Swansea gefahren und habe hundert Poster drucken lassen. Auf denen ich eine Belohnung in Aussicht stelle.«

Es ist erstaunlich, in welchem Maße die Macht der Liebe das Rückgrat zu stärken vermag, selbst das des schlappsten Salatkopfs.

»Also gut«, sagte ich und kämpfte mein Erstaunen nieder. »Als Erstes rufen wir jetzt noch mal bei Chris an – wie ist die Nummer?«

Ich wählte, und eine vertraute Stimme antwortete wohltönend: »Hallo, Chris Cotter am Apparat.«

»Gut. Hier ist Sappho ...«

»Sappho? Was willst *du* denn? Hast du dich noch nicht genug eingemischt ...«

»Halt den Mund und hör zu«, unterbrach ich ihn. »Als du heute Morgen weggegangen bist, hast du da Spike rausgelassen?«

Es folgte ein kurzes Schweigen. »Spike?«

»Der Hund, erinnerst du dich? Wo war er, als du heute Morgen weggegangen bist?«

»Keine Ahnung: in seinem Korb wahrscheinlich. Hast du mich angerufen, nur um mich wegen des Hundes ins Kreuzverhör zu nehmen? Warum fragst du nicht Miranda?«

»Du hast ihn heute Morgen überhaupt nicht gesehen?« Er stieß einen theatralischen Seufzer aus – wie ein Mensch, der genug gelitten hatte. »Ich habe keine Sekunde lang an ihn gedacht.«

»Er ist verschwunden, und er muss rausgekommen sein, als du aufgebrochen bist – wahrscheinlich jedenfalls.«

»Dann hoffe ich, du behauptest nicht, ich hätte das stinkende alte Vieh entführt – wobei mir einfällt, dass selbiger Gestank mir wahrscheinlich aufgefallen wäre, wenn er versucht hätte, sich an mir vorbeizuschleichen. Ich nehme an, Miranda hat gestern Abend wieder mal vergessen, ihn reinzulassen, und er ist davonspaziert.«

Miranda, die ihren Kopf ans Telefon hielt, damit sie jedes Wort hören konnte, erblasste und machte ein entsetztes Gesicht.

»Nein, natürlich hat sie das nicht vergessen.«

»Sie muss es aber vergessen haben – denk nur an all die merkwürdigen Dinge, die sie seit ihrem Umzug nach Bedd getan hat.«

»Oh, halt die Luft an! Wir wissen doch alle, dass du diese Sachen eingefädelt hast, und du bist derjenige, der immer ein bisschen komisch war, nur leider nicht besonders witzig!« Als ich den Hörer auflegte, war ich durchaus nicht davon überzeugt, dass Chris nicht irgendetwas mit Spike angestellt hatte, um Miranda eins auszuwischen. Aber zuerst mussten wir das Offensichtliche ausschließen.

»Komm, Miranda«, meinte ich aufmunternd. »Natürlich hast du Spike gestern Abend reingelassen, und ich spüre es in allen Knochen, dass Chris ihn heute Morgen aus dem Haus gelassen hat und es jetzt nicht zugeben will. Spike wird sich schon wieder einfinden.«

Ihr hübsches Gesicht zerfiel, und eine Träne kullerte langsam ihre Wange herunter. »Aber ich habe überall nach ihm g-gerufen und gesucht. Du ... du glaubst doch n-nicht, dass er tot ist, oder?«

»Ich hoffe es nicht, Miranda, aber lass uns keine voreiligen Schlüsse ziehen.«

»Wenn er verletzt wäre, k-käme er auf jeden Fall zu mir, und er hat noch nie gestreunt.«

Zu fett, das arme Vieh.

Die Blumenschachtel entschlossen an ihren Busen gedrückt, stand sie auf. »Ich gehe jetzt nach Hause, um f-festzustellen, ob er zurückgekommen ist, dann fahre ich nach Swansea und hole die Poster und dann...«

»Moment mal!«, unterbrach ich sie. »Verrate mir den Namen der Druckerei, und ich sorge dafür, dass sie geliefert werden.«

»Ich glaube n-nicht, dass sie das tun werden – aber der Name war Quicksilver Print.«

»Sie werden es tun, wenn ich mit einer Visakarte winke und sie die Poster mit dem Taxi herschicken können. In der Zwischenzeit werden wir das Dorf systematisch durchsuchen. Du fährst nach Hause, und ich komme nach, sobald ich mich umgezogen habe.«

Nachdem ich wahre Unsummen versprochen hatte, sagte man bei Quicksilver Print tatsächlich zu, die Poster in Plastik zu verpacken und binnen einer Stunde jemanden zu schicken, der sie abgab. Dann schlüpfte ich in Kleider, die für eine Hundesuche geeignet waren, und machte mich mit einem kleinen, geistigen Seufzer beim Gedanken an mein fast fertiges Kapitel auf den Weg.

Draußen hatte der launische Tag sich entschlossen, es Katzen regnen zu lassen, aber unglücklicherweise keine Hunde. Bedd ist normalerweise ein recht hübsches Dörfchen, doch jetzt wirkte es trostlos und düster, genau wie die Schafe, die um Llyns Minimarkt herumlungerten und auf Touristen mit Butterbroten warteten.

Als ich vorbeiging, kamen sie halbherzig auf mich zugestürzt, zogen aber rasch wieder blökend davon.

Miranda, die keinen reuigen Spike auf der Veranda gefunden hatte, legte die Neigung an den Tag, wie ein kopfloses Huhn im Kreis herumzulaufen, bis ich das Kommando übernahm.

»Also gut, wir gehen das methodisch an. Es gibt drei Straßen, die aus Bedd hinausführen, eine davon ist meine und so steil, dass Spike sicher nicht viel weiter gekommen wäre als bis zu meinem Haus. Also, was meinst du, wie weit er zu gehen im Stande ist?«

»Etwa eine Meile?«, vermutete sie.

Liebe macht blind. Miranda ist es jedenfalls ganz sicher, sonst hätte sie nicht so einen hinterhältigen kleinen Blödmann wie Chris geheiratet.

»Eine Meile. Schön.« Es hätte mich erstaunt zu erfahren, dass einer der beiden eine Viertelmeile zu gehen im Stande war, obwohl Miranda die Kunst perfektioniert zu haben schien, hundertdreißig Kilo so mühelos wie eine wogende Wolke umherzubewegen.

»Also: Jeder von uns nimmt eine Seite der Straße, dann gehen wir beide Straßen etwa eine Meile weit ab. Und wenn wir dann immer noch keine Spur von ihm haben, werden die Poster da sein. Während wir das Dorf durchsuchen, können wir überall welche aufhängen.«

»Ich habe eine Belohnung von hundert Pfund ausgesetzt. Ich dachte, jemand hat ihn vielleicht mitgenommen, weil er so ein lieber Hund ist, aber wenn der Betreffende die Belohnung sieht ... Meinst du, es ist genug?«

»Ich glaube, du bist etwas unrealistisch, was alternde Labradore betrifft«, entgegnete ich trocken.

Was die Möglichkeit angeht, dass jemand sich für das ekelhafte, stinkende alte Tier erwärmt: Wer bin ich, mich darüber zu erheben? Ich verbringe mein Leben im Land der Fantasie.

Also durchkämmten wir, wie ich vorgeschlagen hatte, die nähere Umgebung und riefen dabei wie wild nach Spike, wobei ich zumindest jeden Augenblick damit rechnete, einen toten Hund im Graben zu finden. Aber so sehr wir uns auch bemühten, es half alles nichts. Ich ging sogar meine eigene steile Gasse hinauf und suchte auf dem Friedhof von Aces Acre.

Mittlerweile waren die Poster angekommen, und mithilfe einiger Kinder durchsuchten wir das Dorf selbst und hängten dabei gleich auch die Poster auf.

Alle kannten Spike vom Sehen, aber niemand hatte ihn an diesem Tag bemerkt.

Ja – Spike war jetzt der »Unsichtbare Hund«.

Kapitel 14

Westentaschentiger

Da der Katzenschnupfen falscher Alarm gewesen war, beschloss Mu, am nächsten Wochenende wiederzukommen – diesmal allerdings mit der Bahn.

»Aber nicht, um das ›Du-weißt-schon-was‹ noch mal zu versuchen«, erklärte sie. »Ich werde dieses Wochenende erfahren, ob es funktioniert hat oder nicht – aber ich glaube bestimmt, es hat nicht funktioniert.«

»Wie bald kannst du es mit Sicherheit sagen?«

»Ein Schwangerschaftstest zeigt am ersten Tag nach Ausbleiben der Periode eine Schwangerschaft an – nur dass meine Periode nicht ausbleiben wird. Ich fühle mich genau wie immer. Ich werde es in ein paar Wochen noch mal probieren müssen, wenn Simon einverstanden ist.«

»Simon wird mehr als einverstanden sein. Aber ich freue mich, dass du am Wochenende herkommst.«

»Warum? Hat dieser blödsinnige Trottel sich doch noch bei dir blicken lassen?«

Es fiel mir nicht schwer, diese Beschreibung zu deuten. Sie sprach von Dave. »Nein, komischerweise ist er noch nicht aufgetaucht – außerdem liegt da nicht das Problem. Mit dem werde ich schon fertig. Nein, es ist nur so, dass ich möglicherweise Zeugin eines Selbstmords war – irgendwie jedenfalls –, und Spike, Mirandas Hund, ist verschwunden. Er war zu alt und zu fett, um weit zu kommen, und ich mache mir Sorgen, dass Chris ihm in einem Anfall von Verärgerung über Mirandas Rebellion etwas angetan haben könnte. Er kann den Gedanken nicht ertragen, die Macht über sie zu verlieren, und sie hat sich in letzter Zeit wirklich ganz schön auf die Hinterbeine gestellt.«

»Ich fand es schon seltsam, dass du zwei Monate in Bedd warst, ohne dass eine Revolution ausgebrochen ist. Du kannst mir alles erzählen, wenn wir uns sehen. Ich bleibe bis Montag, wenn das in Ordnung ist? Ambler bringt es sicher fertig, die Katzen bis dahin zu füttern, wenn ich ihm simple schriftliche Anweisungen hinterlasse.«

Ich hörte ein schwaches, bekümmertes Rumoren, an dem ich erkannte, dass Ambler gerade in den Raum gekommen war – nur gut, dass er außer Hörweite gewesen war, als Mu über Simon geredet hatte!

»Oh, übrigens, ich bringe dir ein Geschenk zum Einzug mit«, fügte sie hinzu und kicherte.

»Ich habe doch schon ein ...«

Aber da hatte sie bereits aufgelegt. Gott weiß, was das für ein Geschenk sein wird – bei Mu konnte es praktisch alles sein.

Ich konnte Mus kurz geschnittenen, aschblonden Kopf bereits in der Tür des Zuges erkennen, als er in den Bahnhof einfuhr, und als ich ihren Wagon erreicht hatte, hatte sie bereits zwei elegante Stoffkoffer auf den Bahnsteig befördert, und zwar mit einer solchen Wucht, dass sie ein Erdbeben ausgelöst hätte, wenn wir in einem vulkanischen Landstrich gelebt hätten.

Mu selbst folgte mit einem großen Bastkorb, den sie mir in die Arme drückte: »Bitte schön, dein Geschenk – das ultimative Dave-Abschreckungsmittel.«

»Es scheint nicht mehr nötig zu sein, ihn abzuschrecken ...«, begann ich und brach plötzlich ab, als der Korb unter schauerlichem Geheul zu vibrieren begann. »Was zum Teufel ist das? Eine Todesfee im Käfig?«

»Nicht direkt.«

Ich stolperte, fand das Gleichgewicht wieder und funkelte sie anklagend an: »Sag mir nicht, du hast mir eine Katze mitgebracht!«

»Was denn sonst?«, fragte sie unbekümmert, eroberte einen Gepäckwagen und ließ beide Koffer darauf fallen. Ich fügte hastig den Korb hinzu, der umherhüpfte, als wäre er ein lebendiges Wesen. Das Geräusch von Krallen, die scharrten und fetzten, hatte einige Passanten bereits sichtlich entnervt.

Es war auffallend, dass niemand aus demselben Wagon gestiegen war wie Mu: Offensichtlich hatten ihre Mitreisenden Verstand genug gehabt, die Flucht zu ergreifen, bevor das, was sich im Korb befand, herauskam.

»Sie hat während der gesamten Reise hierher den Korb bearbeitet, das kleine Frauenzimmer«, berichtete sie liebevoll. »Vielleicht sollten wir sie besser in den Wagen schaffen?«

Der Blick, den ich ihr schenkte, sprach Bände, aber es blieb mir nichts anderes übrig, als voranzugehen.

Mu stellte den Korb auf den Rücksitz und beschwerte den Deckel mit einem der Koffer. Hinter dem Gitter des Korbes wurden etliche bitterböse Krallen sichtbar und bohrten sich in den Stoff des Koffers.

»So, das müsste eigentlich halten, bis wir nach Bedd kommen«, erklärte Mu ungerührt und kicherte dann. »Tut mir Leid, es ist dieser Name. Bedd – er weckt das Schulmädchen in mir.«

»Das war bei mir früher auch so, aber ich habe mich daran gewöhnt – und außerdem heißt ›Bedd‹ auf Walisisch schlicht und einfach ›Grab‹, was definitiv nicht witzig ist. Also, was diesen Tiger auf dem Rücksitz betrifft...«

Sie klatschte in die Hände. »Oh, das Meer! Wundervoll! Können wir über Mumbles fahren? Ich weiß, es ist ein Umweg, aber es wäre so schön. Ich würde gern in Mumbles leben. Ich habe einmal ein Dorf in Yorkshire entdeckt, das Slack Top hieß. Es war absolut verführerisch – und dann gab es auch noch ein Slack Bottom, aber ich glaube, das geht jetzt etwas zu weit...«

»Du weißt, dass du dich in Amblers Haus in Pembrokeshire verliebt hast, bevor du dich in ihn verliebt hattest.«

»Es war ein Kopf-an-Kopf-Rennen. Doch er hat mich wirklich umgehauen.«

»Der personifizierte Action Man: Er sah, er verliebte sich, er zögerte nicht. Und du und dieses Haus, ihr passt zusammen. Ambler ist lediglich das Brötchen um den Käse herum: ein bisschen was Nahrhaftes.«

»Das ist er wirklich, und die Zeit hat seiner unerschöpflichen Vielseitigkeit keinen Abbruch getan, weil er nie Zeit hatte – er ist immer vollauf damit beschäftigt, irgendwohin zu gehen, wo noch nie jemand hingegangen ist.«

»Aber er kommt immer zurück«, bemerkte ich. »Ach, übrigens, wie war denn der Nil-Trip? Ich habe dich beim letzten Mal gar nicht danach gefragt. Oh, und vielen Dank für das Foto, das du mir geschickt hast – von Ambler in seinem Kanu mit einem Vengeane-T-Shirt.«

»Der Nil war in Ordnung, nur dass ein Krokodil eine echte Leidenschaft für ihn oder sein Kanu entwickelt hat und ihnen meilenweit gefolgt ist. Während ich fort bin, besteht seine Aufgabe darin, seine Notizbücher für mich durchzusehen, damit ich sie abtippen und das übliche Abenteuergarn daraus spinnen kann.«

»Wie geht es dieser Furcht einflößenden Katze, die du aus Ägypten mitgebracht hast? Ankaret hieß sie, nicht wahr? Hast du je herausgefunden, welcher Kater die kleinen Kätzchen gezeugt hat?«

»Oh ja, es war definitiv Coochie.«

Ich zermarterte mir das Hirn. »Coochie? Ist das das große, schwachsinnige, haarige Geschöpf, das dir jemand aus Amerika geschickt hat? Die Katze, die sich ... ähm ... nicht ordnungsgemäß entwickelt hat?«

»Die Maine Coon, stimmt. Ich glaube, sie haben den

Armen zu früh aufgegeben, oder ihm sind bei Ankarets Anblick die Hormone durchgegangen!«

Etwas zwischen schlechtem Gewissen und Erheiterung in ihrer Stimme verriet mir plötzlich, was der arg gebeutelte Korb enthielt.

»Mu!«, rief ich flehentlich und wandte mich eine entsetzengefüllte Sekunde lang von der Straße ab: »Sag mir, dass du mir nicht den Sprössling einer wilden ägyptischen Dorfkatze und eines retardierten Maine Coon mitgebracht hast!«

»Aber klar doch«, antwortete sie schlicht. »Ich habe die Beste für dich aufgehoben, und du wirst hingerissen von ihr sein – sie hat ja so viel Charakter!«

»Genau das hast du von dem letzten *Mann* behauptet, mit dem du mich verkuppeln wolltest«, erwiderte ich verbittert, »und es klingt so, als wäre sie von mir hingerissen – um mich zu fressen.«

»Ich habe sie sehr sorgfältig ausgesucht. Und überleg doch nur – Dave hat eine absolute Katzenphobie –, was wahrscheinlich der Grund ist, weshalb ich im Gegensatz zu den meisten anderen Frauen nie seinen Reizen erlegen bin. Also wird er, wenn du eine Katze hast, nie wieder bei dir auftauchen, hab ich Recht?«

»Er hat sowieso das Interesse verloren«, vermutete ich. »Ich habe nichts von ihm gehört und gesehen. Vielleicht hat er ja die Frau fürs Leben gefunden. Wie auch immer, seine Phobie hat ihn nicht daran gehindert, zu dir nach Hause zu kommen, um mich dort zu sehen.«

»Ich glaube, er hatte das mit den Katzen lediglich vergessen. Jedenfalls ist er nie wiedergekommen, oder?«

»Nein, aber das könnte damit zusammenhängen, dass Ambler ihn rausgeworfen hat.«

»Also, irgendwie bereitet es mir Sorgen, dass er sich nicht bei dir gemeldet hat. Das ist irgendwie unheimlich, wenn man bedenkt, dass er einen ernsthaften Dachschaden hat, was dich betrifft.«

»Um ehrlich zu sein, ich war so darauf eingestellt, Eindringlinge fern zu halten, dass es schon etwas enttäuschend war, als er nicht auftauchte.«

»Vielleicht will er damit nur andeuten, dass er nicht so leicht zu haben ist?«

»Meinetwegen – ich will ihn nicht.«

Mittlerweile hatten wir das Moor hinter uns gelassen und fuhren zum Dorf hinunter, hinter dem sich glitzernd das Meer ausbreitete. Dann bog ich um die Scheune in den noch immer von Unkraut überwucherten Innenhof.

Ich hievte Mus Gepäck aus dem Wagen und überließ ihr den Katzenkorb, denn meine Jeans hatte am Oberschenkel bereits einen blutigen Riss. Diese Krallen waren rasierklingenscharf.

Mu, die den Katzenkorb um Armeslänge von sich hielt, folgte mir. »Ich finde, du brauchst einen Wächter wie diesen hier, da du doch ganz am Rand des Dorfes wohnst.«

»Ich beabsichtige, mir einen Hund zuzulegen«, erklärte ich spitz.

»Hunde haben keine Würde.«

»Würde! Was immer du da in diesem Korb hast, hat in dieser Hinsicht herzlich wenig abbekommen!«

»Du wirst schon sehen«, meinte sie und ging in den Wintergarten. »Ist Fantasy Flowers immer noch hier untergebracht?«

»Ja, obwohl Miranda demnächst im Kunsthandwerkszentrum arbeiten wird. Sie will sich eine Werkstatt mit Lavender Duke teilen, einer meiner Nachbarinnen. Lavender ist Blumenmalerin und benutzt ihre Werkstatt nur nachmittags, sodass die beiden wunderbar zurecht kommen werden. Wir werden den ganzen Kram bald rüberbringen, und Miranda will dann auch mehr Werbung machen. Sie lässt sich in der Hazienda sogar eine zusätzliche Telefonleitung legen, nur für die Bestellungen.«

»Klingt alles gut organisiert. Dann hast du sie also wirklich zur Revolution aufgewiegelt? Ich kann mir nicht denken, dass Chris zu so viel Unabhängigkeit seinen Segen gegeben hat.«

»Er ist nicht nur nicht glücklich darüber, er versucht, sie mit allen möglichen Streichen wieder an die Kandare zu bekommen«, berichtete ich. »Und jetzt zu Spike – ich habe mehr und mehr das Gefühl, dass Chris etwas über den Hund weiß. Komm doch rüber ins Wohnzimmer, dann erzähle ich dir alles.«

Mu folgte mir mit dem Korb. »Zuerst lassen wir besser die Katze raus.«

»Gut, ich hole den Stuhl und die Peitsche, okay?«

Sie warf mir einen vernichtenden Blick zu.

Kapitel 15

Die Katzenklappe

Das halb ausgewachsene Kätzchen war groß, und ich meine: GROSS. Außerdem legte es eine beeindruckende Vornehmheit an den Tag, sobald es erst einmal aus seiner Gefangenschaft befreit war. Definitiv handelte es sich um die seltsamste Katze, die ich je gesehen hatte; sie ähnelte einem großen, zottigen, scheckigen Leoparden.

Mu hatte eine Katzennotverpflegung mitgebracht, was zumindest einen Teil des Gewichts in ihrem Gepäck erklärte, und sie machte sich unaufgefordert daran, mir einen Crashkurs in »Katzenhaltung für Anfänger« zu geben.

Die Katze hörte genau zu – sie sah klug genug aus, um sich die Büchsen selbst zu öffnen –, aber ich verfolgte den Vortrag nur mit mäßiger Aufmerksamkeit, da ich vollauf beabsichtigte, das Vieh mit Mu zusammen wieder in den Zug zu verfrachten, wenn Mu abreiste. Wahrscheinlich deckten sich diese Absichten mit denen der Katze, da sie mir den Eindruck vermittelte, dass die Unterbringung nicht ganz ihrem gewöhnlichen Standard entspreche.

»Weißt du, was?«, gestand ich, als wir es uns später mit einer Flasche Rotem und einem Teller von (Mirandas) Makronen gemütlich machten. »Ich kann immer noch nicht ganz fassen, dass das Haus mir gehört und ich es mir leisten kann, hier zu wohnen – ich rechne vollauf damit, dass die Verkaufszahlen meiner Bücher plötzlich in den Keller gehen.«

»Nun, das werden sie nicht«, widersprach Mu überzeugt. »Fantasy ist beliebter denn je, außerdem bedeuten all diese Nebenprodukte – die T-Shirts, die Zeichentrickserie und der ganze Kram –, dass du dir einen hübschen kleinen Spargroschen zur Seite legen und davon zehren kannst, falls deine Bücher sich irgendwann nicht mehr so gut verkaufen sollten.«

»Das mit dem Spargroschen scheint irgendwie daran zu scheitern, dass der Fiskus immer gleich seine gierige Hand aufhält. Ich verstehe nach wie vor nicht, warum ich so viel von dem Geld abgeben soll, für das ich hart gearbeitet habe – warum kann mein Steuerberater diese Leute nicht ein bisschen runterhandeln?«

»Der arme Mr. Grace hat sich bei deinen letzten Steuererklärungen sämtliche Haare einzeln ausgerissen«, erwiderte sie, stopfte sich ein Lederkissen in den Rücken und warf sich auf dem Sofa anmutig in Positur. »Lauter Plastiktüten voller bekritzelter alter Briefumschläge und ausländischer Quittungen. Ich an deiner Stelle würde ihm keine Bazarmethoden nahe legen. Es ist zwecklos, sich gegen das Steuersystem aufzulehnen – Ambler bezahlt noch mehr als du.«

»Das liegt daran, dass er viel mehr Geld hat. Wie geht es ihm übrigens? Hat er nichts dagegen, dass du schon wieder hier runtergefahren bist?«

»Nein, er denkt, es tut mir gut, und du weißt doch, wie sehr er dich mag – er hält dich für einen wahren Quell der Weisheit und Vernunft.«

»Er ist nicht übermäßig helle, nicht wahr? Aber liebenswert. Was ist mit dir – bist du mit dem nächsten *Calico-Cat*-Bilderbuch fertig?«

»Ja, es ist fix und fertig und schon abgeschickt. Der Verlag will gleich noch eins, es scheint also immer weiterzugehen – aber die eigentlichen Geschichten werden von jemand anderem geschrieben, sodass ich nicht alles an Themen bekomme. Ich mache übrigens auch ein paar Illustrationen für Mirandas Buch, *Die Fütterung des Partytiers.*«

»Du solltest etwas Eigenes schreiben – etwas Längeres, für eine Zielgruppe.«

»Ich? Ich bin Illustratorin, keine Schriftstellerin! Was für ein Buch könnte ich schon schreiben?«

Ich dachte ernsthaft darüber nach. »Es müsste natürlich ein Katzenbuch sein … über eine abenteuerlustige Katze, ein bisschen wie Ambler! Eine Art Indiana Cat, die ständig Expeditionen in die entlegensten Winkel der Erde macht …«

Ihre grünen Augen funkelten. »Klingt wunderbar … doch ich glaube nicht, dass es mir gegeben ist, so etwas zu schreiben.«

»Und ob es das ist – wenn du Amblers Abenteuer überarbeitet hast, klingen sie absolut faszinierend, obwohl ich weiß, dass seine Sherpas ihn lediglich auf den Gipfel raufgetragen und vor die Kamera gesetzt haben!«

»Wirklich, Sappho, so schlimm ist er nicht! Die Sherpas in Nepal haben darauf *bestanden,* ihn das letzte kleine Stückchen des Weges zu tragen, und das auch nur, weil er über seinen Rücksack gefallen war und sich den Knöchel verstaucht hatte. Die Männer mochten ihn.«

»Na, egal. Hör mal, wie wär es, wenn ich dir eine kurze Skizze für jede Story anfertige und du sie ausarbeitest und die Bilder malst? Wie wäre das? Wenn es etwas gibt, das ich im Überfluss habe, dann sind es Geschichten.«

Ich konnte förmlich sehen, dass ich ihre Gedanken in eine ganz neue Richtung gelenkt hatte, und als ich aus der Küche zurückkam (wo ich unter strenger Beaufsichtigung meines ungeladenen Logiergastes stand) und den Kaffee hereinbrachte, kritzelte sie gerade etwas auf einen Papierfetzen, den sie neben meinem Stuhl gefunden hatte.

»Ich hoffe, du hast nichts dagegen, dass ich mir das Papier genommen habe«, murmelte sie und blickte auf. »Ich wollte die Idee nur schnell aufschreiben, solange ich sie noch im Kopf hatte.«

»Nimm, was du willst«, antwortete ich und stellte das Tablett ab. »Wer war noch gleich die Frau, die meinte, sie könne unmöglich ihre eigenen Geschichten schreiben?«

Nachdem sie noch einige Minuten weitergekritzelt hatte, wurden ihre Augen wieder klar, und sie bemerkte: »Hübsche Kaffeekanne.«

»Die hat ein Fan mir geschickt – eine junge Frau, die die Kanne selbst gebastelt hat. Ich bekomme seit neuestem alle möglichen kleinen Geschenke von Fans, aber das hier ist das Beste. Sieh dir nur den armen Raarg unter diesem Drachen an!«

Mu musterte die Gestalt eingehend. »Ja, aber wenn Raarg wirklich wie Dave wäre, hätte er sich längst auf den Drachen geworfen und ihn zu Tode gebumst.«

»Ich glaube, das wäre selbst für Dave etwas übertrieben ehrgeizig, geschweige denn für Raarg, und meine Leser wären in diesem Fall sicher ein wenig überrascht.«

»Nicht halb so überrascht wie der Drache.«

Ich musterte Mu voller Zuneigung: Sie mochte so hochnäsig und distanziert wirken wie die hochnäsigste ihrer Katzen, aber ihre unverbrüchliche Loyalität und Freundschaft ist nie ins Wanken geraten – und ich hoffe, dass auch ich immer für sie da war, wenn sie mich brauchte.

»Mir gefallen deine Fingernägel«, sagte ich. »Hattest du beim letzten Mal nicht Seestücke drauf?«

Mu malt sich seit Jahren Bilder auf die Fingernägel, lange bevor das Mode geworden ist.

»Ja, und Ambler mochte die Schiffe und das ganze Drum und Dran, aber meine Sternhaufen gefallen ihm nicht besonders – er meint, es sähe so aus, als hätte ich mir die Finger in einer Tür geklemmt. Sieh mal – der da gefällt mir besonders – es ist der M20, der Trifidnebel.«

»Darauf wäre ich nie gekommen«, erwiderte ich wahrheitsgemäß, aber ich fand den dunkelblauen Hintergrund und die weißen Pünktchen sehr hübsch. »Ambler hat null künstlerische Sensibilität.«

»Ja, aber wenigstens war er auch nie ein eifersüchtiges Monstrum wie Chris. Wie geht es denn mit der Revolution voran?«

»Sehr gut – es war eine Revolution, die irgendwann ausbrechen musste. Miranda hat alle Hände voll damit zu tun, hierher zu traben, um die Blumen zu besorgen und ihren Umzug ins Handwerkszentrum zu organisieren. Außerdem muss sie den *Gestopften Studenten* aufpolieren und Rezepte für das *Partytier* ausprobieren. Das Ergebnis ist, dass sie kaum noch Zeit zum Essen hat – seit ich hier bin, muss sie schon etliche Kilo abgespeckt haben, und das ohne große Anstrengung.«

»Habt ihr noch mal irgendetwas von dem armen alten Spike gehört?«

»Nein, nichts – und wir haben jeden Tag nach ihm gesucht. Miranda hat überall Poster aufgehängt und eine sehr attraktive Belohnung ausgesetzt, und es hat auch etliche Male Fehlalarm gegeben, aber keinen Spike. Ich habe mehr und mehr den Verdacht, dass Chris etwas Grässliches mit ihm angestellt hat. Vielleicht hat er ihn in den Wagen gepackt, als er nach London fuhr, und ihn auf halbem Weg einfach ausgesetzt.«

»Zuzutrauen wäre es ihm«, überlegte Mu, »und wo sonst könnte er sein? Es sei denn, er hätte sich zu dieser verschwundenen Frau gesellt – wie hieß sie noch gleich?«

»Dorinda. Von der gibt es nach wie vor keine Spur, aber ich habe mittlerweile ihren Mann kennen gelernt, daher kann ich ihm vielleicht bald mal auf den Zahn fühlen und in Erfahrung bringen, wo sie hätte hingehen können. Es muss einfach irgendwelche Hinweise geben, die bisher übersehen worden sind.«

Die Katze, die auf mein Beharren hin aus dem Wohnzimmer ausgesperrt worden war, lag in der Küche, aber als wir das Tablett zurückbrachten, kam sie herbeigeschlendert und wickelte sich wie eine Pelzstola um meinen Hals.

»Siehst du, sie hat dich schon ins Herz geschlossen«, bemerkte Mu erfreut. »Wie willst du sie nennen?«

»Vorübergehendes Verhängnis?«

Der scheckige Katzenschal ließ sich an meinem Haar herunter und verschwand unter dem Tisch, um dort mit meinen nackten Zehen zu spielen.

Kann man Katzenzähne abfeilen?

»Morgen müssen wir ein paar Kleinigkeiten für sie besorgen«, stellte Mu nachdenklich fest.

»Was zum Beispiel?«

»Ein Katzenklo, ein Halsband, Fressnäpfe...«

»Lohnt sich das für ein einziges Wochenende?«, erkundigte ich mich anzüglich, aber sie schenkte mir nur ein breites Lächeln.

»Ich wusste, dass sie dir gefallen würde.«

Der Leopard bedachte mich mit einem Blick, in dem mehrere Jahrhunderte sündigen Lebens lagen, und ich bemerkte niederträchtig: »Sollte sie nicht beschnitten werden, oder was immer man mit Katzen macht?«

»Das ist deine Entscheidung. Ankaret war schrecklich wählerisch, bis Coochie kam – es muss der amerikanische Akzent gewesen sein.«

»Ich denke, ich nenne sie Tut oder Mut«, erklärte ich, nachdem mir plötzlich eine Inspiration gekommen war.

»Rede keinen Unsinn«, tadelte Mu mich streng, und der kleine Stinker unter dem Tisch schnappte unsanft nach meinem großen Zeh.

Kapitel 16

Verdächtige Umstände

Ich ließ Mu am nächsten Morgen schlafend zurück und fuhr nach meiner *Vengeane*-Schicht nach Rhosili, um zum ersten Mal seit dem eventuellen Selbstmord über die Klippen zu gehen.

Diesmal war es ein klarer Tag und noch so früh, dass sonst niemand unterwegs war. Ideale Verhältnisse also, um zu denken. Um bösartige Gedanken zu entwickeln. Um genauer zu sein.

Als ich ganz am Ende des Weges stand, etwa an der Stelle, an der ich über den Regenmantel gestolpert sein musste (obwohl das bei hellem Tageslicht schwer zu sagen ist), verhärtete sich mein Argwohn.

Als Miranda später vorbeikam, um sich um die Blumenbestellungen zu kümmern (eine davon hatte Ambler ihr durchgegeben – Mirandas neuer Telefonanschluss soll diese Woche verlegt werden), konnte ich an den blauen Ringen unter ihren Augen und an ihrer Blässe erkennen, dass Spike immer noch nicht aufgetaucht war.

Aber andererseits hatte ich auch nicht wirklich damit gerechnet.

»Und Chris hat gestern Abend angerufen, um zu s-sagen, dass er Freitagabend runterkommt. Er hat für Samstag einen alten Freund eingeladen, bei uns zu übernachten – und er hat jetzt schon überall erzählt, wir gäben am Samstagabend eine richtig g-große Party, und m-mir ist nicht im Entferntesten danach zu Mute.«

»Dann mach ihm das klar«, kam der Vorschlag von Mu, die am Küchentisch saß und träge Butter auf ihren Toast strich. Sie trug das übergroße T-Shirt, in dem sie geschlafen hatte, und ihr helles Haar stand ihr wie Borsten vom Kopf ab, aber trotzdem sah sie besser aus als die meisten Menschen gleich nach dem Aufstehen.

»Als er anrief, war es zu spät, um ihm das zu sagen«, bemerkte Miranda, »er hatte bereits jede Menge Leute eingeladen, und er hat mir eine Liste mit allen anderen durchgegeben, die er dahaben will – ich hoffe nur, sie passen alle ins Haus. Doch ihr b-beide müsst auch k-kommen, zu meiner Unterstützung.«

»Aber Chris hasst uns, Miranda«, widersprach ich. »Er wird nicht allzu begeistert sein, wenn wir aufkreuzen.«

»Ich bin nicht allzu begeistert von der ganzen Party, aber es ist m-mein Haus, und wenn ich meine Freundinnen einladen will, dann tue ich das.«

»Das ist die richtige Einstellung«, applaudierte Mu. »Möchtest du auch einen Toast?«

»Oh nein, danke«, antwortete sie. »Ich muss r-runter ins Handwerkszentrum – ich bringe heute alle meine S-Sachen ins Atelier.«

»Wir helfen dir, und dann kannst du deinen ganzen Kram sortieren, während wir ein paar Kleinigkeiten für dieses Geschöpf hier einkaufen.« Ich warf der Katzenkatastrophe einen gehässigen Blick zu, worauf sie aufhörte, sich näher an den Milchkrug heranzuschieben, und von dannen schlenderte, als hätte sie niemals auch nur daran gedacht, Milch zu stehlen.

»Oh, bleibt sie denn? Ich dachte, Mu hätte sie nur zur G-Gesellschaft mitgebracht.«

»Sie ist ein Geschenk zum Einzug«, erklärte Mu.

»Ein *zurückgewiesenes* Geschenk zum Einzug«, korrigierte ich entschlossen.

»Du hast abgenommen, Miranda«, wechselte Mu genauso entschieden das Thema.

»W-wisst ihr, was? Ich hatte mich seit einer Ewigkeit nicht

mehr gewogen, und heute Morgen hab ich es g-getan: Ich war wieder innerhalb der Skala!«

»Innerhalb der Skala?«

»Die Waage zeigt nur bis hundertdreißig Kilo an, und beim letzten Mal habe ich mehr gewogen. Heute waren es nur knapp hundertzehn Kilo! Ich w-weiß gar nicht, wie das passiert ist! Mir fallen auch ständig alle möglichen Dinge auf, z-zum Beispiel dass es leichter wird, mich zu b-bücken, und dass ich zu Llyns L-Laden gehen kann, ohne auf halbem Wege eine V-Verschnaufpause einlegen zu müssen.«

»Das liegt an der vielen Rennerei, an den Blumen und dem Buch und so weiter«, erklärte ich.

»Außerdem habe ich den Appetit verloren, seit Spike verschwunden ist … Es ist seltsam, normalerweise esse ich immer, wenn ich traurig bin, und ich esse, wenn ich glücklich bin, und ich esse – na ja, die ganze Zeit eben.«

»Du siehst gut aus«, versicherte Mu. »Und mir gefällt diese blaue Tunika, die du trägst. Sie hat genau die gleiche Farbe wie deine Augen.«

»Ich habe sie aus einem Katalog, aber w-wenn ich noch ein b-bisschen mehr abnehme, passt mir bald Größe achtundvierzig, und dann könnte ich meine Kleider in normalen Geschäften wie Marks and Spencer kaufen.«

Nun, ich kann nicht behaupten, dass das *meine* Vorstellung von Glückseligkeit wäre, aber Miranda hatte sich offensichtlich ein neues Ziel gesteckt.

»Und plötzlich habe ich das Gefühl, dass ich d-dünner sein möchte, damit ich alle m-möglichen Sachen tun kann!«

»Wenn du Bungeespringen lernen willst, würde ich an deiner Stelle vorher noch etwas mehr abnehmen«, riet Mu ihr.

Miranda lächelte. »Nein, solche Dinge meinte ich nicht! Aber ich b-bin nie über Europa hinausgekommen, und in Europa war ich auch nur mit Chris, sodass ich lediglich

Hotels und solche Dinge zu Gesicht bekommen habe. Ich habe dich und Sappho immer beneidet, weil ihr euch all diese aufregenden Länder ansehen konntet.«

»Aber ich habe dich doch ständig eingeladen, mich zu begleiten«, bemerkte ich.

»Ja, hm – Chris hat es immer irgendwie geschafft, mich daran zu hindern, und später hatte ich Angst, ich würde in keinen Flugzeugsitz passen und sie würden m-mir das Übergewicht berechnen oder so etwas.«

Sie seufzte. »Ihr kommt doch b-beide zu der Party, ja? Ich habe das Gefühl, Chris hat sie nur organisiert, um sich an mir zu r-rächen, weil ich ihm vor seiner Abreise nach London die Stirn geboten habe, und der arme alte Spike k-kümmert ihn nicht im Mindesten. Er hat mir einfach gesagt, ich soll mir einen anderen Hund kaufen!«

Ihre Augen füllten sich mit Tränen. »Ich weiß, dass er t-tot sein muss, aber w-wenn ich mir doch nur sicher sein könnte, was passiert ist ... dass er nicht l-leiden musste!«

Der bösartige Gedanke, der mir auf den Klippen bei Rhosili gekommen war und der seitdem in den Nischen meines Gehirns gärte, sickerte in mein Bewusstsein. Was, wenn Chris Spikes Schicksal gleichgültig war, weil er *wusste,* was ihm passiert war?

Es gab nur eine Möglichkeit, das herauszufinden, also sagte ich Mu, nachdem wir Miranda geholfen hatten, Fantasy Flowers in die neue Werkstatt zu verlegen (wo von dem verrückten Töpfer in seiner Fledermaushöhle glücklicherweise nichts zu sehen war), dass wir zu einem erfrischenden Spaziergang über die Klippen nach Rhosili fahren würden.

»Du bist doch heute Morgen schon da gewesen, und ich stehe nicht besonders auf erfrischende Spaziergänge. Außerdem möchte ich mir die Künstler und die Werkstatt ansehen.«

»Das können wir ein andermal tun: Heute möchte ich dir die Stelle zeigen, an der angeblich der Selbstmörder in den

Abgrund gesprungen ist. Ich habe eine böse Ahnung, und ich wünsche mir sehnlichst, dass sie sich als unwahr erweist.«

Es war noch immer ein ziemlich strahlender Tag, und auf den Klippen wimmelte es nur so von Menschen, sodass die Szenerie nicht annähernd so finster und bedrohlich wirkte wie seinerzeit im Nebel. Ich zeigte Mu die mit einem großen X gekennzeichnete Stelle. Dann gingen wir über den weiten Strand darunter, fanden dort aber nichts als frische Luft und Touristen.

Es war ein ziemlicher Fußmarsch vom Strand zurück nach oben, daher belohnte ich Mu mit einem riesigen zweiten Frühstück, das im »Seaspray« rund um die Uhr zu haben ist.

Es war dieselbe Kellnerin, die sich überraschenderweise an mich erinnerte und den Kaffee sofort an den Tisch brachte, ohne dass ich sie darum bitten musste.

Ich habe der Kleinen unrecht getan: Sie wird es mit ihrem Gedächtnis bis ganz an die Spitze ihres Berufes schaffen (was immer das sein mag).

Wir waren fast fertig, und ich hatte mich in meine Landkarte von der Küste vertieft, als Superspitzel hereinkam und sich ans andere Ende des Raumes setzte. Er gab seine Bestellung auf und machte sich dann an seinem Fernglas zu schaffen, als wäre die Gebrauchsanweisung auf Japanisch geschrieben – was wahrscheinlich auch stimmte –, bis er plötzlich aufblickte und uns entdeckte.

Sofort kam er zu uns herübergewuselt, mitsamt seinem Tee: ein schlechtes Zeichen.

»Ah – Miss Jones – oder darf ich Sie Sappho nennen?«, rief er mit einer Kumpelhaftigkeit, die mir ganz und gar gegen den Strich ging. »Darf ich mich zu Ihnen gesellen? Was für ein unerwartetes Vergnügen, Sie so bald wiederzusehen. Ich hoffe nur, die Polizei hat Sie nicht mitten in einem schwierigen Kapitel bei der Arbeit gestört? Es tut mir Leid, dass ich den Beamten von Ihnen erzählen musste, aber ich hatte das Gefühl, es sei meine Pflicht... obwohl sie sehr unfreundlich zu mir waren, wirklich *sehr* unfreundlich!« Er sah Mu viel sagend an.

»Das ist meine Freundin, Mu Graythorpe«, erklärte ich. »Mu, das ist Gilbert Ace.«

Mu hatte langsam mehrere weiße Zuckerwürfel in ihrem Kaffee versenkt, blickte jetzt aber mit ihren schwarz umrandeten, grünen Augen auf und sagte: »Hallo!«

In seinen Augen blitzte eifriges Interesse auf. »Doch nicht – sicher nicht – die Mu Graythorpe, die Illustratorin von Ambler Graythorpes *Mit dem Yak durch Taschkent* und...?«

»Doch«, seufzte Mu.

»Und die Illustratorin des Kinderbuchs, das ein Bestseller geworden ist – wie war noch gleich der Titel? Corduroy Cat...«

»*Calico Cat.*«

Ohne den Blick von ihr abzuwenden, begann er, seine Kehrseite auf den nächstbesten Stuhl herabzusenken.

»Setzen Sie sich doch zu uns«, meinte ich und kam dem Aufprall seines Allerwertesten um eine Millisekunde zuvor. Aber Ironie war an ihn verschwendet – seine Antennen hatten zu viel damit zu tun, in Mus Richtung zu zucken.

»Ich bin auch Schriftsteller, müssen Sie wissen«, erklärte er bescheiden. »Ich schreibe Bücher über Ornithologie.«

»Oh ja?«, entgegnete sie höflich. Ich brachte die fast leere Zuckerschale vor ihr in Sicherheit.

»Gil ist der Mann, den ich nach dem Zwischenfall auf den Klippen in diesem Café getroffen habe – der, der mich bei der Polizei verpetzt hat«, erklärte ich.

»Oh, nicht verpetzt, liebe Sappho – es war einfach nur meine Pflicht, und ich bin davon überzeugt, dass die Polizei keinen Verdacht gegen Sie hegte, obwohl es ein so merkwürdiger Tag für einen Klippenspaziergang war.«

»Ja, nicht wahr? Und Sie haben dort einen noch längeren Marsch unternommen als ich, da Sie auf der anderen Seite wohnen.«

»Mein Verdauungsspaziergang – ich wandere regelmäßig und bei jedem Wetter über die Klippen!«

»Ein Gewohnheitstier«, bemerkte ich.

»Gewohnheiten sind entweder schmutzig oder langweilig«, murmelte Mu desinteressiert. Sie hatte die Zuckerschale zurückerobert und geleert.

Tante Pops behauptete immer, von zu viel Zucker bekommt man Würmer, aber sie hat sich nie näher darüber ausgelassen, um welche Art von Würmern es sich handelt.

Gil lief rosa an. »Ganz und gar nicht, meine liebe Mrs. Graythorpe, ganz und gar nicht. Die unendliche Vielfalt der Natur sorgt dafür, dass niemals ein Spaziergang dem anderen ähnelt. Es gibt immer etwas Neues zu beobachten.«

»Im Nebel?«, erkundigte ich mich.

»Ich habe *Sie* gefunden, oder etwa nicht?«, erwiderte er galant.

»Erst im Café – und *ich* habe *Sie* gefunden, da an keinem anderen Tisch ein Platz frei war.«

Er lachte, als hätte ich eine witzige Bemerkung gemacht, und tätschelte dann seinen braunen Bart. »Miranda hofft, dass Sie zu der Party am Samstag kommen werden. Ich kann Ihnen gar nicht sagen, wie aufgeregt unsere kleine literarische und künstlerische Gemeinschaft sein wird, Sie beide kennen zu lernen – geradezu ekstatisch.«

»Oh, tatsächlich? Dann gibt es hier wirklich nicht viel Nervenkitzel – und ich mag keine ekstatischen Partys«, gab ich zurück, »ich bin über das Alter für dergleichen Dinge hinaus.«

»Oh, ich weiß nicht«, wandte Mu ein und warf sich in Pose. »Nackte Bewunderung turnt einen doch immer an, meinst du nicht auch, Sappho?«

»Ach, irgendwann verliert alles seinen Reiz, Mu.«

Ein besorgter Ausdruck stahl sich in die braunen Knopfaugen. Ob Menschen ohne Sinn für Humor jemals bemerken, dass er ihnen so gänzlich abgeht?

Natürlich sind Mu und ich nicht *so* bekannt – ganz sicher sind wir nicht in aller Munde, und obwohl ich gelegentlich auf der Straße erkannt werde, vor allem nach einer Fernsehsendung, liegt das nur daran, dass ich so groß bin und sehr, sehr langes Haar habe: Dadurch bin ich leicht zu identifizieren.

Diese letzte Talkshow war ein Fehler gewesen – die Gastgeberin hatte offensichtlich noch nie im Leben ein Buch gelesen, sodass meine schlagfertigen Antworten auf ihre beleidigenden Fragen auf taube Ohren gestoßen waren. Und ich sah merkwürdig aus, weil ich das Make-up-Mädchen nicht in meine Nähe lassen wollte; ich konnte schließlich nicht wissen, ob ich gegen irgendetwas von dem Zeug, mit dem sie mich bestäuben wollte, allergisch war. Alle anderen sahen aus wie zweibeinige Lachse, aber man hat mir gesagt, auf dem Fernsehschirm würde das ganz natürlich wirken, während ich aussah, als wäre ich bereits seit einer Woche tot.

Während meine Gedanken abgeschweift waren, hatte Gilbert sich neu besonnen. »Und sind Sie – darf ich Sie Mu nennen? – hergekommen, um unsere wunderbare Landschaft zu bewundern?«

»Ich bin hier, um Sappho zu besuchen – die Landschaft ist eine Sondervergünstigung«, antwortete Mu schicklich. Aber sie hatte dabei wahrscheinlich dieselbe Vision von Teenagern und Bratenspritzen wie ich.

»Ich dachte, ich zeige Mu mal den Schauplatz des mysteriösen Regenmantels, und dann gehen wir den Strand ab, um den vermeintlichen Selbstmörder zu suchen, obwohl ich annehme, dass die Polizei das bereits getan hat.«

Jetzt spreizte Gilbert ein wenig das Gefieder: »Wenn Sie mich doch zuerst um Rat gefragt hätten – oder wenn die

Polizei es getan hätte! Ich habe die Gegend jahrelang beobachtet und hätte den Beamten sagen können, dass alles, was an dieser Stelle über die Klippen fällt, nicht dort unten angespült wird…« Er bedeutete mit den Händen den weiten, gewölbten Strand an. »Sondern an einer Stelle der Landzunge gegenüber, wenn überhaupt.«

Gilbert lehnte sich selbstzufrieden zurück und wartete auf unsere Bewunderung.

»Bringen Sie uns hin«, drängte ich.

Kapitel 17

Ein Hundetod

»Vorsicht, da geht es ziemlich steil runter«, warnte Gil.

»Das ist kein Problem, wir meinten vorhin noch, wir hätten nicht übel Lust auf eine steile Partie, nicht wahr, Mu?«

Da sie bereits eine Stunde oder länger einen windgepeitschten Strand entlangpromeniert war und noch den langen, anstrengenden Aufstieg zurück nach oben vor sich hatte, fiel ihre Zustimmung eher resigniert als enthusiastisch aus.

Was die Rutschpartie betraf, hatte Gil auf jeden Fall Recht: Wir folgten ihm schon bald einen Schwindel erregenden Schafsweg hinab in eine einsame Bucht, die dem Schauplatz des vermeintlichen Selbstmords gegenüberlag.

Gil plapperte den ganzen Weg nach unten, ohne eine Antwort zu benötigen, was ein Glück war, da wir beide vollauf damit beschäftigt waren, uns an die Klippen zu klammern.

Ob ich denn wisse, erkundigte er sich, dass ich nach einer berühmten griechischen Dichterin benannt sei, die von einer Klippe gestürzt sei? Ich solle nur Acht geben, dass ich ihrem Beispiel nicht folgte, ha-ha!

Wir schnitten hinter seinem nichts ahnenden Rücken Grimassen, schielten und ließen die Zunge aus dem Mund baumeln. Er war übrigens wirklich flink, denn er sprang wie eine Bergziege den Pfad hinunter.

Wir kamen einigermaßen zerzaust und atemlos am Fuß der Klippen an, dankbar dafür, den Sand unter unseren Füßen zu spüren.

Die Sonne schien, das Meer plätscherte vor sich hin, und die Möwen machten ein Mordsgetöse. Gil schwafelte weiter:

»An genau dieser Stelle habe ich letztes Jahr einen ausgesprochen seltenen Gast gesehen. Einen ...«

»Was sind das für Möwen da drüben, die so ein Getöse machen?«, unterbrach Mu ihn schnöde. »Da bei den Klippen?«

Sie bahnte sich vorsichtig einen Weg durch den verfilzten Tang zu der Stelle, an der das Meer sachte an einer kleinen, von den fliegenden Räubern belagerten Gestalt leckte.

Ich folgte ihr ungeachtet Gils klagendem Blöken: »Lassen Sie mich besser vorgehen, meine Damen, es könnte etwas Unerfreuliches sein!«

Ohne ihn weiter zu beachten, scheuchten wir die Möwen weg und blickten traurig auf die Überreste dessen hinab, was einst ein übergewichtiger, übel riechender, geliebter alter Hund gewesen war; ein Hund, der in seinem ganzen Leben nicht einen einzigen Augenblick der Furcht gekannt hatte – hoffte ich jedenfalls. Ich *hoffte*, dass es bis zum Ende so gewesen war.

»Es ist – oh, es ist nur ein Hund«, erklärte Gil und klang erleichtert, obwohl er hinter dem Bart etwas weiß geworden war. »Kommen Sie da weg – es ist ein bisschen unheimlich, aber die Möwen werden da schon Ordnung schaffen. Der Lauf der Natur, Sie wissen schon. Was um alles in der Welt tun Sie da?«

Mit ehrfürchtigem Abscheu löste ich die breiigen Überreste eines bunt karierten Halsbands von dem alten, durchweichten Hals, der sich jetzt nie wieder nach einem Schokoladenplätzchen recken würde.

»Es dürfte mittlerweile unmöglich sein herauszufinden, wie er gestorben ist«, bemerkte Mu. »Da hat sich noch etwas anderes als die Möwen über ihn hergemacht – es ist nicht allzu viel von ihm übrig geblieben. Vielleicht gibt es vor Gower ja Piranhas?«

»Ich nehme an, Sie wollen das Halsband dem Besitzer zurückgeben«, plapperte Gil, »was ein freundlicher Gedanke sein mag, aber andererseits könnte es den Betreffenden auch aufregen...«

»Es ist Spike«, unterbrach ich ihn. »Ich würde dieses Halsband überall erkennen. Mirandas Spike.«

Er erbleichte, und ein paar unvorsichtige Sandfliegen fanden in seinem Mund ihr Ende. »Aber das kann doch unmöglich Spike sein! Wir sind meilenweit von Bedd entfernt – was um alles in der Welt sollte Spike hier machen?«

Zu seinen Gunsten sei gesagt, dass er ehrlich schockiert und erregt wirkte, als ich ihm das Namensschild an dem Halsband zeigte. »Arme Miranda!«, murmelte er. »Ich nehme an, das arme alte Vieh ist einfach auf und davon gegangen und von den Klippen gestürzt ... aber ich hätte nicht im Traum gedacht, dass er es so weit schaffen würde.«

»Spike war außer Stande, viel weiter als bis in den Garten zu gehen, und wenn er nicht Autofahren oder Fliegen gelernt hat, seit ich ihn das letzte Mal gesehen habe, ist er ganz sicher nicht aus eigener Kraft hierher gekommen«, fuhr ich Gil an, und er prallte mit gekränkter Miene ein wenig zurück.

»Vielleicht waren es ein paar Jungen, die sich einen Jux gemacht haben? Ein Besucher, der eine Vorliebe für ihn entwickelt hat?«

»Vielleicht alles Mögliche«, erwiderte ich knapp. »Aber was machen wir jetzt mit ihm? Es ist nicht viel übrig geblieben, und das dürfte die Flut bald wieder wegspülen.«

»Machen? Sie können doch unmöglich meinen...?«

»Er wird zerfallen, wenn wir ihn den Strand hinaufschaffen, Sappho«, bemerkte Mu, »und über den Klippenweg können wir ihn erst recht nicht transportieren. Außerdem scheint es mir nicht viel Sinn zu haben – Miranda sollte ihn so nicht sehen. Gil hat Recht, lass die Natur ihren Lauf nehmen. Ihren zweiten Lauf, so wie es aussieht, wenn nicht gar den dritten. Der Gezeitenwechsel steht unmittelbar bevor – lass uns den alten Spike wie einen Wikinger aufs Meer hinausschicken.«

Gesagt, getan. Mit etwas zundertrockenem Treibholz legten wir ihn auf ein ziemlich großes Brett. Dann entzündeten wir das Holz mit Gils Feuerzeug, obwohl ich nicht glaube, dass Spike selbst brennen würde, da er einfach zu nass war.

Anschließend schien es Gil zu widerstreben, das Feuerzeug von mir zurückzunehmen, ebenso wie es ihn sichtlich ekelte, mit nackten Füßen durchs Meer zu waten, um einen toten Hund zu Wasser zu lassen, aber welche Fußkrankheiten tote Hunde auch immer übertragen mögen – ich kann Ihnen an dieser Stelle versichern, dass wir davon verschont blieben.

Unter dem Geleit einer trauernden Schar Möwen, deren Pläne wir so rüde durchkreuzt hatten, wurde der traurige Kadaver auf einer Rauchwolke von dannen getragen, während Mu sich eine Hand über die Augen legte und die unsterblichen Worte anstimmte: »Ich gehe fort und werde vielleicht eine Zeit lang wegbleiben.«

»Und wird die Uhr halb vier schlagen und mir ein Gourmetmahl zum Tee bescheren?«, ergänzte ich.

Gil legte weiterhin größtmöglichen Abstand zwischen sich und uns, obwohl wir unsere Beine anschließend in einem wunderbar sauberen Felsenteich wuschen. Nachdem er bisher nichts anderes wahrgenommen hatte als Brüste und Vögel, schien ihm jetzt zum ersten Mal Mus Aussehen aufzufallen – die Fingernägel, die schauerlich anmutenden Vampirgewänder, die hohen schwarzen Stiefel (als sie sie wieder trug) –, und während unseres restlichen Trauermarsches für einen toten Hund behandelte er sie, als befände sie sich im allerletzten Stadium von etwas sehr, sehr Unaussprechlichem und Ansteckendem. Nicht einmal die Tatsache, dass sie Schriftstellerin war, genügte, um sie reinzuwaschen.

Ich hatte glücklicherweise eine Plastiktüte für Muscheln in der Tasche, in die ich nun das Halsband stopfte. »Gil, ich wäre Ihnen dankbar, wenn Sie unseren Fund für sich behalten würden, bis ich es Miranda schonend beigebracht habe.«

Das war keine Aufgabe, auf die ich mich freute, denn wenn es sie vielleicht auch erleichtern würde zu wissen, dass Spike tot war und dass es keine sichtbaren Spuren von Gewalt gegeben hatte, hatte die Sache durchaus seine Kehrseite. Die Art, wie er gestorben war, und die Frage, wie er nach Rhosili gekommen war, würden sie am Ende vielleicht noch mehr verstören als die Ungewissheit.

Aber wie dem auch sei, sie war eine erwachsene Frau und hatte das Recht auf die von meinen Interpretationen ungeschönten Fakten. Wenn sie die Person, die den armen alten Spike über die Klippen geworfen hat, in die Finger bekommt, tot oder lebendig, würde ich gern dabei sein.

Gil der jetzt seltsam erpicht darauf war, sich von uns zu verabschieden, stapfte zu seinem Haus davon. Ich denke, jede schwache erotische Anziehungskraft, die ich für ihn gehabt haben mag, ist mit dem lieben, verblichenen Spike für alle Zeit zu Grabe getragen worden.

»Weißt du, was ich jetzt machen werde?«, fragte ich Mu, als wir uns müde zurück auf den Klippenpfad hievten.

»Schnurstracks nach Hause gehen und ein Bad mit Unmengen duftendem Zeugs darin nehmen?«, fragte sie hoffnungsvoll.

Ich schüttelte den Kopf, obwohl der Gedanke definitiv seine Reize hatte. Aber zuerst die Pflicht.

»Du wirst dir den Regenmantel ansehen, den Gil oben auf den Klippen gefunden hat?«, versuchte sie es noch einmal.

»Beim ersten Versuch geraten.«

»Beim zweiten.«

Wir versuchten es in dem nächstgelegenen (winzigen) Polizeirevier und fanden den Regenmantel in einer Kiste mit der Aufschrift *Verlorenes*. In Ermangelung einer Leiche war das Interesse an dem Kleidungsstück offensichtlich geschwunden.

Es war ein beigefarbener Männer-Trenchcoat von mittlerer Größe – aber ich kenne auch Frauen, die diese Dinger tragen – und ziemlich neu. Die Taschen waren leer, und es gab kein hilfreiches Namensschild oder etwas Ähnliches.

Der Beamte hatte das Interesse verloren und rümpfte die Nase über den seltsamen Geruch, der in sein Büro eingedrungen war. Ansonsten war ihm sein Kreuzworträtsel sichtlich wichtiger als wir. »Im Auge des Schweins ...«

Mu und ich breiteten den Mantel aus. Die Innenseite war mit einer Schicht schokoladenbrauner Hundehaare überzogen und verströmte einen warmen, modrigen Geruch nach altem Hund.

Vor unseren Augen verwandelte sich der Mantel in ein Leichentuch.

»Elf Buchstaben ...«, überlegte der Beamte.

»Gerstenkorn«, ächzte ich und blinzelte dabei.

»Ah, vielen Dank, Madam, das ist es. Wie ist es denn nun, kennt eine der Damen den Mantel?«

»Ich fürchte, wir haben ihn noch nie zuvor gesehen«, antwortete ich absolut wahrheitsgemäß und gab ihn zurück.

Kapitel 18

Durchgegangen

Aus irgendeinem Grund wollte die Katze nichts mit uns zu tun haben, als wir zurückkamen, sondern verzog sich mit angewiderter Miene in den Wintergarten.

Ich nahm zuerst eine schnelle Dusche. Aber *aus* dem Kopf kann man sich den Geruch nach totem Hund leider nicht waschen. Dann überließ ich Mu in der Badewanne sich selbst und fuhr zu Miranda, um ihr die schlechte Nachricht zu überbringen.

Aus Erfahrung wusste ich, dass es immer am besten war, direkt zur Sache zu kommen, ohne etwas beschönigen zu wollen, und genau das tat ich auch jetzt. Ich erzählte ihr alles, was uns passiert war, ohne jedoch irgendwelche Schlussfolgerungen zu ziehen.

Dann ging ich taktvoll aus dem Raum, um uns einen Drink zu mixen, während sie über dem einst leuchtend bunten, karierten Halsband heiße Tränen vergoss.

Als sie den ersten Schock überwunden hatte, erzählte ich ihr von dem Wikingerbegräbnis, was ihr gefiel, und beschrieb ihr dann genau, wo wir Spike gefunden hatten.

»Aber er w-wäre niemals aus eigener Kraft dar-runtergekommen, oder?«, fragte sie verwirrt. »W-wie ist er ...? Wer könnte ihn ...? Und der Regenmantel – meinst du, jemand hat ihn darin eingewickelt?«

Wieder quollen ihre Augen über: »Seit ich Spikes Poster aufgehängt habe, habe ich ständig Telefonanrufe b-bekommen ... und ich schätze, es wird noch wochenlang so weitergehen!«

»Wir sammeln sie für dich wieder ein – alle, die wir finden können. Waren es nicht hundert Stück?«

»Ja, und ich habe sie überall aufgehängt.« Sie ließ sich auf ihren Stuhl sinken, und es war offensichtlich, dass sie eine ganze Weile nicht wieder aufstehen würde. »Aber ich weiß nicht mehr genau, w-wo!«

Das Telefon klingelte, und ich meldete mich. Es war jemand, der angeblich etwas über Spike wusste. Es kamen noch drei weitere Anrufe, bis ich das Telefon aushängte. Miranda hatte zwei Kartons Schokoladenflakes aus der Küche geholt, die Kleinen, zum Verzieren von Kuchen, und riss jetzt mit den Zähnen das Cellophan auf.

»Ich hole Mu und begebe mich dann auf Posterjagd«, erklärte ich ihr, nicht ohne einen innerlichen Seufzer beim Gedanken an den armen, vernachlässigten, auf so interessante Weise neu erschaffenen Raarg. »Lass das Telefon noch für ein paar Stunden ausgehängt. Und heute Abend gehen wir in den Pub, um unseren Kummer zu ertränken.«

Da mir plötzlich meine unglückliche Wortwahl auffiel, fügte ich hastig hinzu: »Sieh zu, dass du um acht Uhr fertig bist, dann holen wir dich auf dem Weg zum Pub ab.«

»Ich w-will weder in den P-Pub noch sonst wohin. Ich könnte unmöglich …« Die Worte kamen in Begleitung von Schokoladenbröckchen heraus, da sie sich die Flocken händeweise in den Mund gestopft hatte. »Und Chris m-meint, der Pub sei etwas zweifelhaft.«

»Zum Teufel mit Chris. Der Pub ist nicht nur so wenig zweifelhaft, dass es schon langweilig ist. Ein Besuch dort ist vor allem erheblich besser, als allein hier rumzusitzen. Und Spike hat eine anständige Totenwache verdient. Du kannst uns von seinen glücklichen Zeiten erzählen, dafür ist eine Totenwache schließlich da.«

Die arme Mu und ich lernten die Gassen und Gässchen von Gower an diesem Nachmittag ziemlich gut kennen.

Ich fuhr, und sie hielt nach Postern Ausschau und sprang dann aus dem Wagen, um möglichst viele davon abzureißen. Das Unternehmen war den Nagelgemälden nicht gerade zuträglich, aber das war Mu selbst schuld: Wenn sie die Kunst des Rechtsabbiegens beherrscht hätte, hätte sie fahren können.

Die Katze hatte beschlossen, uns zu begleiten, und ließ sich ohne eine blutige Schlacht nicht wieder aus dem Auto entfernen; aber trotz meiner bösen Vorahnungen benahm sie sich untadelig und hockte wie eine würdige Witwe hoch aufgerichtet auf dem Rücksitz.

»Achtundachtzig«, verkündete Mu müde, als wir in die Vororte von Swansea kamen. »Ich bin fix und fertig, und ich brauche etwas zu essen.«

Wir entschieden uns für einen italienischen Eiskaffee und ein Stück Kuchen am Yachthafen, wo wir parken konnten und die Katze das Auto bewachen sollte – obwohl nicht viele Diebe unterwegs sind, die es auf antike Volvos abgesehen haben.

Als wir wieder aus Swansea herausfuhren, machten wir trotz meines Einspruchs kurz Halt, um ein teures, aber geschmackvolles Katzenhalsband und andere Dinge zu erwerben, von denen Mu mir versichert hatte, ich würde sie brauchen.

Dann wählte sie eine Katzenklappe aus, obwohl ich ihr erklärte, dass ich auf keinen Fall an meiner portugiesischen Tür herumsäbeln würde.

»Du kannst die Klappe in der Tür des Wintergartens anbringen.«

»Der Wintergarten wird in Kürze abgerissen.«

»Du könntest dir stattdessen einen schönen neuen bauen lassen.«

»Wir könnten einen schönen, großen, neuen Korb kaufen,

damit du die Katze wieder mit nach Hause nehmen kannst«, schlug ich vor, aber sie lächelte nur und erwiderte, ich mache sicher Witze, aber wenn ich sie wirklich nicht behalten wolle, würde sie sie zurücknehmen. (Aber bis dahin würden wir wohl einen von diesen Reisekäfigen brauchen, wie man sie im Zirkus benutzte.)

Die Katze schien von dem Halsband erstaunlich angetan zu sein. Es hatte kleine, elastische Einsätze, damit seine Trägerin sich nicht an irgendwelchen Dingen verfing, und Glöckchen. Ich habe kein Verlangen nach kleinen, toten Opfergaben.

Das Ganze kostete mich ein Vermögen, aber als Dreingabe fanden wir in dem Laden ein Spike-Poster.

Neunundachtzig.

Wir schlängelten uns auf gewundenen Wegen zurück nach Hause und schafften es, auf zweiundneunzig Poster aufzustocken, was an ein Wunder zu grenzen schien, wie ich fand. Es war ein beredtes Zeugnis von Mirandas Liebe, dass sie überhaupt die Kraft aufgebracht hatte, all diese Poster aufzuhängen.

Wir waren von unserem traumatischen Tag vollkommen erledigt und einigermaßen überrascht, Simon im Garten vorzufinden, wo er auf unsere Rückkehr wartete.

»Du hast doch keinen Nachschlag geordert, oder?«, sagte ich zu Mu.

»Noch nicht – ich werde erst am Sonntag wissen, ob es beim ersten Mal funktioniert hat.«

»Geh mit ihm irgendwohin und erkläre ihm die Tatsachen des Lebens, die Sache mit dem Monatsrhythmus und all das.«

Aber es stellte sich heraus, dass er lediglich auf dem Weg zu der Party eines Freundes in den Valleys war, und da er von Ambler wusste, dass Mu sich hier aufhielt, wollte er schnell vorbeischauen, falls er gebraucht wurde.

Mu buchte ihn vorsichtshalber für das Wochenende in

vierzehn Tagen, wir versorgten ihn mit Speis und Trank, und dann machte er sich sorglos auf den Weg zu seiner Party.

Ah, die Jugend...

Ich setzte mich an den Resopaltisch (von dem ich zu meiner Schande gestehen muss, dass ich mich in ihn verliebt habe und ihn zu behalten gedenke), als Mu, die Simon zur Tür gebracht hatte, wieder hereinkam.

Ich hatte der Katze in einem neuen Porzellannapf Gourmet-Bröckchen serviert, und sie hatte sich gesättigt auf die Heizung bequemt, wo sie sich nun zu einem unwahrscheinlich pelzigen, länglichen Paket ausstreckte – wie ein billiger, zusammengerollter Ryor-Teppich.

»Sphinx!«, rief ich, während Mu sich müde auf einen Stuhl sinken ließ und mir ihre Teetasse hinhielt. »So würde ich sie nennen.«

Mu begann, ihr Fingernagelreparaturset um das Teegeschirr herum auszubreiten. »Hm, das ist nicht schlecht. Ich werde darüber nachdenken und dir dann Bescheid geben.«

Ich stöhnte.

Als wir losfuhren, um Miranda abzuholen, waren wir beide von all der Kraxelei auf den Klippen von Kopf bis Fuß steif, und die Muskeln in unseren Oberschenkeln zitterten. Ich bin nicht so fit, wie ich es war, bevor ich hierher kam. Ich muss mir in Zukunft mehr Berge vorknöpfen.

Zu meiner Überraschung war Miranda gestiefelt und gespornt, um mit uns auszugehen, auch wenn sie sehr still war und gerötete Augenlider hatte. Doch ihr Gesicht verriet die Entschlossenheit einer Frau, die gründlich nachgedacht hatte und dabei auf einige sehr unangenehme Antworten gestoßen war. Sie ist nicht dumm, auch wenn ihr seit ihrer Heirat ein gewisser Jemand etwas anderes einzureden versucht, und sobald sie über das Zusammentreffen von »Geronimo!« und einem Männerregenmantel nachgedacht hatte, musste sie zu den gleichen Schlussfolgerungen kommen, zu denen auch wir gelangt waren.

Das »Spoon and Lizard« war früher ein kleiner Pub gewesen, hatte sich dann aber auf einigermaßen ansprechende Weise vergrößert, um den Forderungen hungriger Touristen gerecht zu werden. Trotz der frühen Stunde herrschte schon einiger Betrieb, doch wir fanden ein Eckchen für uns und bestellten ein herzhaftes Mahl, denn es gibt durchaus eine Zeit und einen Ort für Cholesterin, Kalorien und Alkohol.

Miranda ist in Bedd aufgewachsen, aber seltsamerweise scheine ich hier mehr Menschen zu kennen als sie. Ob wohl meine vielen Mahlzeiten im Pub etwas damit zu tun haben können?

Nach einer Weile entdeckte ich Lili in einer der kleinen Nischen am Rand des Raumes, die wie Pferdeboxen gestaltet waren. Sie bemerkte uns im selben Moment, lächelte und winkte, bedeutete uns dann aber mit einer knappen Handbewegung, uns fern zu halten. Der Mann, mit dem sie ihre Pferdebox teilte, war nur eine dunkle Gestalt in der Finsternis, aber ich konnte sein helles Haar blitzen sehen: der Töpfer.

Irgendwann jedoch musste sie ihn sich selbst überlassen haben, denn als wir später einen Irish Coffee tranken, kam sie an unseren Tisch und setzte sich mit trostloser Miene zu uns.

»Er ist verduftet, der Bastard!«, berichtete sie. »Wisst ihr, was? Ich verliere langsam den Glauben an mich selbst. Ich habe bisher noch niemals eine Niederlage einstecken müssen, aber ... sagt mir ehrlich, ihr alle, habe ich meine Reize verloren?«

»Nein, sie scheinen alle noch da zu sein«, antwortete ich. »Vielleicht bist du einfach nicht sein Typ?«

»Ich bin *genau* sein Typ – klein, schlank, umwerfend gut aussehend und dunkelhaarig wie seine Ex.«

»Dann möchte er vielleicht einfach nicht an seine Ex erinnert werden?«

»Lasst uns noch einen Irish Coffee trinken«, schlug Mu strahlend vor. »Und seht mal, wer da...«

»Miranda, *hier* steckst du!«, wurde sie von Chris' wütender Stimme unterbrochen.

Kapitel 19
Vereist

Wenn Chris die gewohnte mürbe, karamellweiche Miranda erwartete, stand ihm ein Schock bevor, denn sie blaffte ihn mit eiskalter, königlicher Stimme an: »Hast d-du meinen Zettel nicht gefunden?«

Bei allem, was geschehen war, hatte ich völlig vergessen, dass er dieses Wochenende nach Hause kommen wollte.

Er stand da wie vom Donner gerührt. »Ja … doch, habe ich, aber ich hatte erwartet, dass du da sein würdest, wenn ich nach Hause komme, statt im Pub zu sitzen und ein Gelage zu feiern!«

»Noch dazu in derart schlechter Gesellschaft«, sprang Mu ihm hilfreich bei. »Ich hätte nicht gedacht, dass irgendjemand heutzutage noch diesen Spruch bringt, Chris.«

Abgesehen von einem angewiderten Blick ignorierte er sie, aber offensichtlich war er sich der Tatsache bewusst, dass sein Auftritt allgemeine Neugier erregte, denn er klebte sich ein wenig überzeugendes Lächeln aufs Gesicht und dämpfte die Stimme: »Ist es zu viel verlangt, dass du zu Haus bist, wenn ich übers Wochenende herkomme und Besuch mitbringe? Was soll unser Gast denken?«

»Vielleicht, dass du mir hättest Bescheid geben sollen, um wie viel Uhr ihr ankommt?«, erwiderte sie kalt.

Trotz des interessierten Publikums klappte Chris der Kiefer runter, und er sah jetzt mehr nach Mr. Wiesel aus als nach dem jovialen Fernsehkoch.

»Wir wollten uns gerade noch einen Drink bestellen«, erklärte ich. »Solltest du nicht besser zu deinem Gast zurückkehren?«

Woraufhin das Wiesel beinahe explodierte: Einen interessanten Augenblick lang glaubte ich, er würde vielleicht handgreiflich gegen mich werden, was ein definitiver Fehler gewesen wäre, da ich größer bin als er. All seine entzückenden kleinen Sommersprossen liefen zu einem einzigen roten Klecks des Zorns zusammen, aber nach einem innerlichen Kampf schaffte er es, alles wieder unter Kontrolle zu bringen, alles bis auf den zuckenden Muskel in seiner Wange.

»Gewiss«, erwiderte er, richtete sich auf und löste die Spannung in seinen Händen und Zähnen (und wahrscheinlich die in seinem Hintern). »Aber ich habe mir natürlicherweise Sorgen um Miranda gemacht, als sie nicht zu Hause war – sie geht normalerweise abends nicht aus, und bei ihrem gegenwärtigen Geisteszustand …«

»Abgesehen von einer verständlichen Trauer um Spike, würde ich sagen, dass ihr Geisteszustand normaler ist als deiner«, entgegnete Mu.

Diesmal sah er sie sogar an, und sein Lächeln wurde noch zuversichtlicher. »Ah, sicher, aber du weißt ja nichts von all den merkwürdigen kleinen Dingen, die sie so treibt. Nicht wahr, Darling?«

»Doch, sie weiß es sehr wohl. Wir *alle* wissen, dass du hinter diesen Dingen steckst«, bemerkte ich voller Verachtung.

»Ja«, fügte Miranda hinzu, die zwar blass geworden war, sich aber nicht hatte einschüchtern lassen, »und da wir gerade von komischen Dingen sprechen: Spike ist an einem Strand in der N-Nähe von Rhosili an Land gespült worden. Also, wie um alles in der Welt, g-glaubst du, konnte es dazu kommen?«

»Ich – ähm ich habe keine Ahnung! Rhosili? Wirklich bemerkenswert!« Er war blass geworden, und die Fassade bekam definitiv Risse.

»Es regnet heute Abend«, fügte Miranda scheinbar ohne jede Logik hinzu. »Wo ist dein Regenmantel?«

»Mein ... mein Regenmantel? Den habe ich in L-London gelassen«, stammelte er und trat einen Schritt zurück. »Hör mal, Miranda, ich gehe besser zurück nach Hause und sehe mal nach, wie ... Ich kümmere mich um alles.« Und mit diesen Worten rannte er praktisch aus dem Pub, während wir ihm nur nachstarren konnten, Miranda mit einem sehr lieblosen Gesichtsausdruck.

»Habt ihr s-sein Gesicht gesehen? Ich werde nicht mit einem Mörder zusammenleben!«, erklärte sie.

Mu und ich tauschten einen Blick.

»Es gibt keine konkreten Beweise dafür, dass er etwas mit Spikes Verschwinden zu tun hatte«, wandte ich ein. »Wir haben nur Indizienbeweise.«

»Ihr habt seinen Gesichtsausdruck gesehen – er hat es gegetan. Wahrscheinlich war er, als er nach London fuhr, furchtbar wütend, w-weil ich ihm einmal die Stirn geboten hatte. Und er hat seine Wut an meinem armen alten Hund ausgel-lassen, wie B-Barrett es mit Flush gemacht hätte, wenn Elizabeth ihn nicht mit nach Italien genommen hätte.«

»Elizabeth wer?«, fragte Mu, die den Faden verloren hatte. »Flush?«

»B-Barrett – als sie mit Robert B-Browning durchbrannte. Sie hat darauf bestanden, Flush, ihren Spaniel, mitzunehmen, w-weil sie dachte, ihr Vater würde ihm etwas Sch-Schreckliches antun, wenn er dahinter kam.«

»Stimmt. Aber irgendwie kann ich mir nicht vorstellen, dass Chris den armen Spike wirklich *ermordet* hat – er ist so *zimperlich.* Ich halte es für wahrscheinlicher, dass er Spike einfach tot aufgefunden hat, als er an diesem Morgen runterkam, und dann hat er beschlossen, die Leiche wegzuschaffen.«

Ich konnte sehen, dass Miranda nur zu gern an Spikes natürliches Dahinscheiden glauben wollte, aber noch nicht vollkommen überzeugt war (genauso wenig wie ich übrigens), und als Mu mit drei weiteren mit Sahnehäufchen gekrönten Irish Coffees zurückkam, sagte sie, sie würde die Wahrheit aus Chris herausholen, aber was auch geschehen mochte, er würde ins Gästezimmer übersiedeln und nach dem Wochenende auch aus ihrem Leben verschwinden.

Möglicherweise war der Alkohol an ihrer Entschlossenheit schuld. So hatte ich sie jedenfalls noch nie erlebt.

Wir gingen erst, als die Gäste rausgeworfen wurden, und trennten uns auf dem Dorfplatz, von wo aus wir Mirandas Haus sehen konnten. Sie zischte los wie ein Schwertransporter auf der Suche nach etwas – oder jemandem –, den er zermalmen konnte.

Aber ich nehme an, ihr Gefühl für Sitte und Anstand wird dem Ganzen so lange einen Riegel vorschieben, bis der Gast abgereist ist. Mu allerdings meint, sie würde einfach aus Gewohnheit wieder nachgeben. Chris hatte sich mittlerweile sicher eine Erklärung ausgedacht, um sein Verhalten ins bestmögliche Licht zu rücken.

Wir würden morgen weitersehen, da Miranda darauf bestand, dass wir beide zu ihrer Unterstützung zu der Party kämen, was sicherlich interessant werden würde.

Wir gingen in trauter Einigkeit die schmale, gewundene Landstraße entlang, die hinter dem Haus der Dukes, die draußen immer eine kleine Pseudolaterne brennen ließen, restlos in Dunkelheit versank. Dann spürte ich plötzlich ein Prickeln im Nacken.

»Jemand beobachtet uns, Mu.«

Sie blickte zweifelnd in die Dunkelheit. »Ich sehe niemanden.«

»Es ist nur so ein Gefühl ... und es geht wieder weg, also habe ich es mir vielleicht nur eingebildet.«

»Oder könnte es sein, dass Dave dich wiedergefunden hat?«

»Er wäre schnurstracks in den Pub gekommen, wenn er

glaubte, dass ich mich freuen würde, ihn zu sehen – er schleicht mir nicht mehr hinterher, seit ich ihn mal für einen Straßenräuber gehalten und fast erschlagen habe.«

»Dann war es wahrscheinlich einfach einer von deinen Nachbarn. Schließlich lebst du seit Wochen hier und warst für Dave leicht zu erreichen – wenn er gewollt hätte, hätte er dich schon gefunden. Es sieht so aus, als hätte er dich zu guter Letzt endlich aufgegeben.«

»Wahrscheinlich ist es ihm einfach zu langweilig geworden – wir sind schließlich alle nicht mehr ganz taufrisch.«

»Das ›wir‹ lasse ich nicht gelten: Ich fühle mich noch sehr frisch und springlebendig.«

Während wir um die dunkle Scheune in die noch schwärzere Finsternis des Gartens traten, knipste ich meine Taschenlampe an. Ich musste in der Küche das Licht brennen lassen haben.

»Du brauchst ein neues Tor, der Zaun muss repariert werden, und dann fehlen noch ein oder zwei Außenlichter ...«, meinte Mu, die offensichtlich das Gleiche dachte wie ich. »Rauchalarm, Einbruchsicherungen am Fenster. Alarmanlage gegen Diebe.«

»Stacheldrahtzaun, Schrotflinte, Wachhund?«

»Das ginge denn doch ein bisschen zu weit, außerdem brauchst du keinen Hund mehr, da du ja jetzt die Katze hast.«

Die Wachkatze blickte uns in dem plötzlichen Licht blinzelnd an und gab Geräusche von sich, von denen ich hoffte, dass sie freundlich gemeint waren. Dann spielte sie ungerührt weiter mit einem Stückchen Papier, dass sie über den Fußboden jagte.

Sehr zu ihrem Missfallen fing ich ihr Spielzeug auf und strich es glatt: Kein Stück Papier in meinem Haus ist blau.

Der einzig lesbare Teil lautete »pho«. Mein Name? Ich soll telephonieren? Eine phonetische Aussprache benutzen?

Die Handschrift war zu übel entstellt, um irgendetwas zu erkennen.

Vielleicht war es ja tatsächlich Dave, der da draußen herumlungerte?

Wenn ja, hoffe ich, dass die Katze ihn beim nächsten Mal fressen wird – bis dahin wird sie groß genug sein, um vorher mit ihm zu spielen.

Kapitel 20

Scheiden tut weh

Glücklicherweise bekomme ich nie einen Kater (ich mag zwar manchmal eine Menge trinken, aber ich weiß immer, wann ich aufhören muss). Daher verlief meine morgendliche Schreibarbeit so gut wie immer.

Der scheinbar verwandelte Raarg zeigt jetzt die Neigung, seine verderbten Gewohnheiten wieder aufzunehmen, obwohl Nala ihm noch nicht auf die Schliche gekommen ist. Der Drachentöter geht ihr auf die Nerven, aber sie fühlt sich auch zu ihm hingezogen.

Fragen Sie mich nicht, wie es weitergehen wird: Ich habe keinen blassen Schimmer. Die beiden werden die Sache einfach unter sich ausmachen müssen – wie Miranda und Chris, falls sie nicht in letzter Minute einer Konfrontation aus dem Wege geht. Wir werden es heute Abend erfahren.

Da Mu ebenfalls in aller Frühe aus den Federn gekommen ist, haben wir spontan beschlossen, den Tag in Laugharne zu verbringen und wie alle anderen Touristen auch auf Dylan Thomas' Spuren zu wandeln. Zurück blieb eine entrüstete Katze mit einem brandneuen Katzenklo.

Laugharne ist ein zauberhafter, friedlicher Ort und trotz seines Ruhmes überraschend unverdorben. Das Haus war winzig, und wenn man an die zerstrittene Familie denkt, an die Kinder und den Hund, ist es kein Wunder, dass Dylan zum Schreiben in seine kleine Holzhütte gegangen ist.

Wir aßen im Pub zu Mittag und spazierten dann viel länger durch die Gegend als beabsichtigt, sodass wir ziemlich spät zurück nach Hause kamen. Als wir durch die Tür traten, klingelte das Telefon, und Mu ging an den Apparat, während ich die Katze fütterte und abscheuliche Dinge mit Katzenklos tat, die definitiv nicht zu den Sonnenseiten der Katzenhaltung zählen.

»Entweder du lernst, die Toilette zu benutzen, oder du gehst«, erklärte ich ihr, während sie beobachtete, wie ich die Schweinerei sauber machte. »Und noch etwas – halte dich von meinen Küchentheken fern, sonst setzt es was!«

An ihrem Gähnen konnte ich erkennen, wie beeindruckt sie war.

»Es war Ambler«, erzählte Mu mir, als sie wieder hereinkam. »Er wollte wissen, wie viele Katzen er diesmal füttern sollte, weil es sechs mehr waren als auf seiner Liste.«

»Dann lässt er sich also wieder mal von allen Streunern aus der Nachbarschaft ausnutzen?«

»Darauf kannst du wetten. Wahrscheinlich geben die Viecher es sofort durch, wenn sie mich mit Gepäck das Haus verlassen sehen. Wenn ich nicht bald zurückfahre, werden wir bankrott und sämtliche Katzen aus der Nachbarschaft an Fettleibigkeit gestorben sein.«

»Ein Jammer, dass wir heute Abend zu der Party müssen.« Ich stellte einen Druck des Bootshauses von Laugharne vor mich hin. »Meine Füße sind müde – gestern war ein ziemlich hektischer Tag.«

»Miranda zählt auf uns, und wenn sie die Sache mit Chris ausgetragen hat, wird sie unseren Beistand dringender denn je benötigen«, vermutete Mu. »Aber wir können ja spät hingehen und früh wieder verschwinden.«

»Es ist jetzt schon spät, und wir sind nicht einmal fertig«, bemerkte ich.

»Du hast neun Nachrichten auf deinem Anrufbeantworter. Willst du sie nicht abhören?«

»Nein, dafür haben wir keine Zeit, außerdem wird es sowieso nichts Interessantes sein. Ich kümmere mich später darum. Hör mal, hier ist ein Ersatzschlüssel für den Fall, dass du früher von der Party verschwinden willst als ich.«

»Danke: Das wäre durchaus möglich, da ich dort wohl kaum jemanden kennen werde, oder? Abgesehen von Gil, falls es als Bekanntschaft durchgehen kann, wenn man mit einem Menschen einen toten Hund gefunden hat.«

»Lili wird wahrscheinlich auch da sein.«

»Wird sie diesen atemberaubenden blonden Mann mitbringen, den wir im Pub gesehen haben? Ich hätte nichts dagegen, ihn mir mal näher anzusehen!«

»Ich weiß nicht – und ich würde ihn nicht gerade atemberaubend nennen. Außerdem ist er ein ziemlich übellauniges Geschöpf.«

Ich seufzte. »Ich habe noch nie richtig verstanden, welchen Sinn Partys eigentlich haben sollen. Normalerweise besteht mein einziges Vergnügen bei solchen Anlässen darin, irgendeinem kleinen Mann auszuweichen, der mich wie den Everest anhimmelt.«

»Du schaffst es doch immer, sie abzuschütteln: Und denk mal positiv, vielleicht wird es dir ja Spaß machen. Ich ziehe mich jetzt um.«

Wer weiß, vielleicht hat sie ja Recht, und ich begegne auf der Party meinem dunkelhaarigen Spender, aber andererseits – können Schweine fliegen?

Mu kam mit einem jadegrünen Seidenkleid zurück, das ihre Augen und ihr aschblondes Haar hervorragend zur Geltung brachte und meinen Neid erregte, denn es ist nicht die Art Kleid, die mir auch nur im Mindesten steht. Und es war einmal eine Abwechslung gegenüber ihren üblichen schwarzen Outfits.

Mein Kleid war ein uraltes, leicht viktorianisch anmutendes Gewand aus bernsteinfarbener Spitze über einem Satinunterrock – eine Neuerrungenschaft aus einem Antiquitätenladen. Die meisten Secondhandkleider sind etwas für Winzlinge: Die Frau, der dieses hier gehört hat, muss dagegen eine Riesin unter ihresgleichen gewesen sein, vielleicht ja sogar eine Vorfahrin?

Mein Haar war wie immer still vor sich hin gewachsen (es verfolgt den geheimen Plan, eines Tages die Welt zu übernehmen) und stellt eine ständige Versuchung für die Katze dar. Mu hat mit der Küchenschere ungefähr dreißig Zentimeter abgeschnitten und mir angeboten, mir einen französischen Zopf zu flechten, aber dafür war keine Zeit mehr. Ich ließ es einfach lose runterhängen.

Ich nehme an, wenn ich die vierzig erreiche, muss ich irgendetwas damit anstellen. Aber was? Eine Dauerwelle würde es nur über meine Leiche geben.

Wir ließen das Licht brennen und das Radio laufen, damit die Katze Gesellschaft hatte, und traten unter einem großen Regenschirm hinaus in die Nacht. Es war nicht weit genug, um eine Autofahrt zu rechtfertigen, aber ausnahmsweise einmal trug ich närrische kleine Sandalen mit glitschigen Sohlen und hohen Absätzen, sodass ich nur mühsam hügelabwärts stöckeln konnte.

Aus Chris' Miene schlossen wir, dass er uns die Einfahrt hatte herauftanzen sehen, aber wenigstens schlug er uns nicht die Tür vor der Nase zu, was mich nicht überrascht hätte.

Mu bedachte er mit einem Blick unverdünnten Abscheus und versicherte, wie nett es sei, sie zu sehen, und ob sie noch mit Ambler verheiratet sei? Woraufhin sie erwiderte, dass dies wohl noch der Fall sein müsse, falls man sich nicht binnen zwei Stunden scheiden lassen könne. Dann schob sie sich mit einem ausdruckslosen Lächeln an ihm vorbei.

Da drinnen klang es wie zur Fütterungszeit im Zoo.

Chris beäugte mich wie die sprichwörtliche Katze, die den Kanarienvogel gefangen hat, um ihn später leicht aufgewärmt auf Toast zu verzehren. Er sagte, er freue sich ja so, dass ich gekommen sei, weil er einen alten Freund von mir mitgebracht habe, den ich sicher gern wiedersehen würde.

Ich glaube, in dem Augenblick wusste ich es bereits, aber ich widerstand meinem ersten Impuls, auf dem Absatz kehrtzumachen und zu gehen, obwohl ich Chris erfolgreich abschüttelte, als er meinen Arm nahm und mich in den Raum stoßen wollte.

Ich zog meinen Regenumhang aus und befahl ihn Chris' Obhut, dann folgte ich Mu den Flur hinunter ins Wohnzimmer, das zum Bersten mit Menschen und Lärm gefüllt war.

Als wir auf der Schwelle verharrten, rief Chris hinter mir mit schriller Stimme: »Da ist sie!«

Ein Mann, der größer war als die übrigen Gäste, drehte sich zu mir um und zog bewegliche Augenbrauen in einem dunklen, gut geschnittenen Gesicht in die Höhe. Ein sehr männliches Gesicht, mit braunen Augen, die unter langen Wimpern glitzerten, und krausem, schwarzem Haar, das sich zu locken versuchte.

Es war natürlich Dave Devlyn.

Ich befand, dass es am besten sei, ihn gleich an Ort und Stelle zu begrüßen und die Sache hinter mich zu bringen. Er hatte sich seit Monaten nicht mehr bei mir gemeldet, daher war dieses Zusammentreffen wahrscheinlich nur ein Zufall, und er war nicht länger interessiert ...

Er pflügte sich zu mir durch, wobei er haufenweise bewundernde Damen abschütteln musste. Im nächsten Augenblick tauchte Miranda an meiner Seite auf wie ein kleiner Eisberg, bedeckt mit einem glitzernden, eisblauen Stoff und mit einem Ausdruck in den Augen, der exakt dazu passte. »Ich habe dich angerufen – hast du m-meine Nachrichten nicht bekommen?«, zischte sie. »Ich w-wusste nicht, wer unser Besucher war, bis ich M-Mittags vom Kunsthandwerkszentrum zurückkam. Als ich gestern nach Hause kam, w-war er schon im Bett.«

»Wir waren nicht da, aber es spielt keine Rolle – am besten, ich bringe die Sache gleich hinter mich. Warum flüstern wir eigentlich?«

»K-keine Ahnung.«

»Hast du die Sache mit Chris ausgetragen?«

»Ja – ich erzähle dir später davon ... D-Dave bleibt übrigens eine W-Weile auf Gower ... Er soll alle für ein B-Buch fotografieren.«

»Alle?«

»Alle aus der Kunstszene«, schränkte sie ein. »Es geht mal wieder um diese New-Cornwall-Geschichte.«

»Oh, Mist!«, murmelte ich. Und fügte hinzu: »Sieh mal, Mu hat Dave abgefangen!«

Mu ist ein Meter sechzig groß, und Dave hätte sie womöglich niedergemäht wie ein Schwertransporter, hätte sie nicht etwas gesagt, das ihn wie angewurzelt stehen bleiben ließ. Ohne mich eine Sekunde aus den Augen zu lassen, beugte er seinen dunklen Schopf zu Mu hinunter und antwortete ihr.

Was es auch war, es gefiel ihr nicht. Als Nächstes hörte man ein schrilles Aufheulen, und Dave setzte seinen Weg fort, wenn auch humpelnd.

Wie ich trug Mu zur Abwechslung einmal hohe Absätze. Es geht schließlich nicht an, ein Gewohnheitstier zu werden.

Sie grinste mir zu und spazierte in Richtung Esszimmer davon, während Dave vor mir aufragte und versuchte, mich in die Arme zu nehmen. Er roch wunderbar, und es gab an seinen Muskeln nichts auszusetzen – es kostete mich einen regelrechten Ringkampf, ihn abzuwehren. Ich musste sogar die Ellbogen einsetzen.

»Sapphie, Darling – da bist du ja endlich! Willst du mich nicht küssen?«

»Hallo, Dave«, erwiderte ich wenig begeistert. »Nach all diesen Jahren immer noch verrückt«?

»Verrückt nach dir«, gab er zurück und lächelte beunruhigend auf mich herab. »Du siehst aus wie eine Barbarenkönigin in diesem Kleid und mit den offenen Haaren und all diesem klirrenden Bernstein um dich herum – so werde ich dich für das Buch fotografieren. Es gibt keine Zweite wie dich.«

»Es scheint auch keinen Zweiten wie dich zu geben, Gott sei Dank.«

Ich versuchte, mich ein wenig von ihm zurückzuziehen, bevor seine Körperwärme irgendetwas ansengte: Wenn ich ihn eine Weile nicht gesehen habe, neige ich dazu zu vergessen, wie er eigentlich ist – sexy, attraktiv, erfolgreich, gerissen ... besessen. Es ist dieses gewisse, leicht wahnsinnige Funkeln in den Augen, wann immer er mich ansieht, das ihn jedes Mal verrät. Das Funkeln war immer noch da.

»Du weißt, dass du mich immer geliebt hast«, erklärte er selbstbewusst. »Da du jetzt also endlich die Wanderlust verloren hast ...«

»Was soll das heißen, ich liebe dich?«, verlangte ich zu wissen. »Ich liebe dich nicht – ich mag dich nicht einmal!«

»Das meinst du nicht ernst: Die Anziehung ist immer noch da, ich spüre es. Wozu es abstreiten?«

»Oh ja, und ich nehme an, du hast meinetwegen ein lebenslängliches Keuschheitsgelübde abgelegt?«

»Nein, aber *du* scheinst es meinetwegen getan zu haben, Darling.«

»Du schmeichelst dir: Die ganze Erfahrung mit dir war eine solche Enttäuschung, dass ich fand, es sei der Mühe nicht wert.«

Er blieb ungerührt: »Ich weiß, dass du nicht die frigide Jungfer bist, die du immer gern spielst.«

»Lauwarm heutzutage und nicht mal das, so weit es dich betrifft. Sieh den Tatsachen ins Gesicht, Dave: Ich bin einfach nicht interessiert.«

Er runzelte die Stirn und kam näher. (Falls das möglich war.) »Sapphie, führ mich nicht an der Nase herum – es wird

Zeit, dass wir wieder zusammenfinden. Als Chris mir erzählte, du hättest dich hier niedergelassen, wusste ich es sofort. Ich werde eine ganze Weile in der Nähe sein, also gewöhn dich besser schnell an den Gedanken.«

»Dave, ich führe dich *nicht* an der Nase herum: Ich bin wirklich nicht daran interessiert, mehr mit dir auszutauschen als ein Winken und ein Hallo im Vorübergehen.« (Sofern ich ihn nicht als Erste kommen sehe.)

»Von morgen an werde ich im Dorfpub wohnen – es sei denn, du nimmst mich auf, Sapphie. *Nimmst* du mich auf?«

»Nein, das werde ich nicht!«, rief ich ungeduldig. »Warum hörst du mir eigentlich nicht zu?«

»Ich war gestern Abend oben bei deinem Haus und habe dir einen Zettel unter der Tür durchgeschoben«, erklärte er, als wäre er taub. »Hast du ihn nicht bekommen?«

»Nein, die Katze hat ihn gefressen.«

»Katze?« Eine steile Falte verunzierte seine Stirn. »Oh – Mu wohnt bei dir, nicht wahr? Hat sie eine von ihren verdammten Katzen mitgebracht?«

»Nein, sie gehört mir: eine große, schöne, halb wilde Katze«, fügte ich genüsslich hinzu.

»Du weißt, ich kann Katzen nicht ausstehen! Schaff sie dir vom Hals.«

»Warum sollte ich? Das Einzige, was ich mir vom Hals schaffen möchte, bist du! Wenn du nicht zu meinem Haus raufkommst, wird die Katze dich nicht stören, nicht wahr? Also lass mich einfach in Ruhe, Dave. Ich sage nicht einmal: ›Lass uns Freunde sein‹, weil wir nie Freunde waren, nur ein Liebespaar. Halt dich von mir fern.«

Ich schob mich an ihm vorbei und wollte einfach nur noch weg, obwohl ich spüren konnte, wie seine Augen mir Löcher in die Schulterblätter brannten, bis ich im Esszimmer verschwunden war.

Ich glaubte nicht, dass allzu viel Zeit vergehen würde,

bevor er mir folgte und mir eine Szene machte, und der Gedanke, in mein Cottage und zu meiner Wächterkatze zurückzuflüchten, war sehr verführerisch.

Ich sah mich nach Mu um, die es geschafft hatte, sich auf ein Sofa neben Lilis Töpfer zu drängeln, während Lili selbst, finsteren Blickes und an die Wand gespielt, ein kleines Stück entfernt stand.

Sein weißgoldenes Haar war dicht neben ihrem aschblonden Bubikopf, und die beiden sahen aus wie zwei plaudernde Engel. Das gedämpfte Licht zeichnete die dunklen Höhlen unter seinen hohen Wangenknochen und das kleine Grübchen in seinem Kinn nach. Er hatte die Art Lippen, die in einem den Wunsch wecken, sie zu berühren.

Widerlich: Ich hatte genug von eitlen, gut aussehenden Männern. Voller Abscheu wandte ich mich ab und nahm mir ein volles Glas Rotwein und ein paar von Mirandas köstlichen Knabbereien. Dann genehmigte ich mir, ein wenig langsamer diesmal, noch ein Glas Wein und entspannte mich ein wenig.

Schließlich war es unnötig, sich aufzuregen, nur weil Dave ein klein wenig verrückt war. Sobald er begriff, dass ich schlicht und einfach kein Interesse hatte, würde er wahrscheinlich wieder zu Verstand kommen.

Nach einer Weile trat ich neben die trostlose Lili und murmelte: »Dave Devlyn – im Nebenzimmer.«

»Was? Wirklich? Warum hat mir das niemand erzählt?«, rief sie und verschwand wie eine Rakete.

Ich ging zu dem zum Glück beschrifteten, alkoholfreien Früchtepunsch über, und Gil kam keuchend an meine Seite. Im Schlepptau hatte er einen kleinen, rotgesichtigen Schotten, den er als Rory McCory vorstellte, einen Thrillerautor, der so schottisch klang wie das Ungeheuer von Loch Ness persönlich. Warum ziehe ich bloß kleine Männer an?

Es ist nicht so, als hätte er nicht einen gewissen Charme besessen, aber er verströmte ihn zu reichlich. Gil hatte meinen Arm genommen, während er mich vorstellte, und hielt ihn auf eine leicht Besitz ergreifende Weise fest. Kurz darauf wurde sein Griff noch fester, als Rory mir eine Reihe von Angeboten unterbreitete, die sich schnell von einem Abendessen zu zweit bis zu fünf Minuten im Garten entwickelten. Ich nahm keine seiner Angebote ernst.

Ein paar Minuten später bekam ich mit, wie er dieselben Vorschläge Mu machte, die wegen anderer Bewunderer ihren Platz auf dem Sofa geräumt hatte. Ich hätte mich zu den beiden gesellt, wenn Gil mir endlich von der Pelle gewichen wäre.

»Ich frage mich, ob Mrs. Graythorpes Vorname wirklich Mu lauten kann«, bemerkte er lächelnd. »Vielleicht – Muriel?«

»Sie wird immer nur Mu genannt«, versicherte ich ihm rätselhaft, da Mu mich, was ihren Namen betraf, schon vor Jahren hatte Stillschweigen schwören lassen. »Vielleicht hängt es irgendwie mit ihrem Katzenfimmel zusammen?«

»Meine Frau liebt Katzen«, erwiderte er gedankenvoll und seufzte.

»Ach ja?« Eine menschliche Regung. Ich fragte mich, ob Dorinda einfach nur durchgebrannt war oder ob sie durch die große Katzenklappe im Himmel gegangen war – und wenn ja, ob Gil ihr dabei geholfen hatte. Oder der trottelige Töpfer.

»Ja, ihre Katze – die arme Muff – vermisst sie so sehr. Sie hätte Muff nie im Stich gelassen.«

»Muff? Was für ein origineller Name!«

»Sie war – ist – eine sehr originelle Frau. Wir haben uns sehr nahe gestanden. Was auch geschehen ist, sie hatte nicht die Absicht fortzugehen ... Sie muss das Gedächtnis verloren haben.«

Einen entsetzlichen Augenblick lang dachte ich, seine

feuchten Augen würden überfließen, und ich tätschelte tröstend seine Hand, während er mit einem mannhaften Schniefen die Tränen niederkämpfte.

»Ich weiß, sie wird eines Tages zurückkommen, und dann wird sie alles genauso vorfinden, wie sie es verlassen hat. Ich staube täglich ihren Computer ab«, fügte er zusammenhanglos hinzu. »Wenn sie nach Hause kommt, müssen Sie sie kennen lernen – ich bin sicher, dass sie Sie mögen wird, und an die leidige Angelegenheit mit dem Cottage wird dann niemand mehr denken.«

»Das ist sehr lieb von Ihnen, dass Sie das sagen, Gil.«

»Ja, sie hat natürlich nicht viel übrig für leichtes Geplauder und ähnliche Dinge, aber ich bin mir sicher, sie würde Sie mögen.«

Ich war mir nicht sicher, ob ich beleidigt sein sollte oder nicht.

»Vielleicht«, schlug er vor, »vielleicht möchten Sie morgen ja zum Tee kommen und Muff kennen lernen?«

»Das ist ein sehr verlockendes Angebot, Gil – aber...« Plötzlich war ich mir eines dunklen, grüblerischen Blickes bewusst. Ich spürte, dass er auf mich geheftet war. Ich hatte es für ein paar Minuten fast geschafft, mein Problem zu vergessen, aber wenn Dave gesehen hatte, wie ich Rory abgewehrt und hatte jetzt so vertraulich mit Gil plauderte...?

Der arme, harmlose Gil verdiente den eifersüchtigen Zorn nicht, den er wahrscheinlich auf sein Haupt laden würde. Ich lächelte ihm hastig zu und antwortete: »Das wäre ganz reizend – aber ginge es vielleicht auch in ein oder zwei Tagen, wenn Mu wieder abgefahren ist? Darf ich Sie anrufen? Und jetzt entschuldigen Sie mich bitte.«

Ich nutzte die Gunst des Augenblicks und ging hinter der nächstbesten Menschentraube im Flur in Deckung, bereit zur Flucht, nur um feststellen zu müssen, dass mein Fluchtweg blockiert war: Chris stand mit dem Rücken zu mir vor der Tür und unterhielt sich mit jemandem.

Ich legte den Rückwärtsgang ein und spurtete durch die Tür hinter mir, die zur Küche führte, aber kaum war ich drin, fiel mir auch schon wieder ein, dass es keinen zweiten Ausgang aus dieser Küche gab.

Aber zumindest konnte ich Wache halten und hinausschlüpfen, sobald die Luft rein war, mein Cape an mich nehmen und nach Hause gehen.

Ich hatte genug, und wie Jane Austen einmal bemerkte, je eher eine Gesellschaft sich auflöst, desto besser.

Kapitel 21

Punschtrunken

Nachdem ich die Tür hinter mir zugezogen hatte, lehnte ich mich dagegen und schloss die Augen; ich fühlte mich wie ein gejagtes Tier, ein großes: ein Elch vielleicht?

Aber als ich mir über die Stirn strich, um nach eventuellen Hörnern zu suchen, ging mir durch den Sinn, dass ich vielleicht eine *Spur* zu viel auf einen fast leeren Magen getrunken hatte. Aber eigentlich vertrage ich einiges, und ich hatte auch nur zwei Gläser Wein gehabt, bevor ich zu dem alkoholfreien Punsch übergegangen war.

»Müde ... aber ich fühle mich gut, absolut blendend ...«

Das war in Ordnung – Elche reden nicht. Als ich meine plötzlich schwer gewordenen Lider wieder öffnete, blickte ich unvermittelt in zwei seltsam helle, grässlich vertraute Augen. »Silbermünzen«, murmelte ich. »Wer bezahlt den Fährmann?«

Der Töpfer, der am Tisch saß, blickte mich mit der Wachsamkeit des Gejagten an.

»Machen Sie sich keine Sorgen«, sagte ich zu ihm. »Ich bin der Elch.«

»Was?«

Ich entfernte mich von der Tür, zog mir einen Stuhl an den Tisch und setzte mich ihm gegenüber hin. »Was machen Sie da?«, fragte ich und griff nach den Papierfetzen, die vor ihm ausgebreitet lagen. Es standen Namen darauf – Frauennamen und Telefonnummern.

Er beugte sich vor und nahm mir die Zettel aus der Hand. »Ich habe meine Taschen ausgeleert – bei der Hälfte der Zettel weiß ich nicht mal, wie sie da reingekommen sind. Die Frauen drücken mir ständig solche Dinger in die Hand oder stecken sie mir in die Tasche – oder sie schieben sie mir unter meiner Ateliertür durch, wenn ich arbeite. Ich ...«

»Sie sitzen gern da und ergötzen sich an ihrem Anblick?«

»Nein, tue ich nicht!«

»So ist es meinem Exfreund auch immer ergangen, und er hat es genossen – hat sie alle aufbewahrt. Er ist übrigens da draußen«, erklärte ich und zeigte mit dem Kopf zur Tür. »Warum gehen Sie nicht zu ihm und fachsimpeln ein bisschen mit ihm?«

Auf dem Tisch standen mehrere offene Weinflaschen und frische Gläser, daher schenkte ich mir ein großes Glas Roten ein.

Das Gesicht des Drachentöters funkelte mich an, genauso wie ich es mir vorgestellt hatte: hohe Wangenknochen, schmale, ein ganz klein wenig schräg stehende Augen mit langen Wimpern, die wie ein Chamäleon die Farbe wechseln konnten, ein immer beweglicher Mund und das platinfarbene Haar. Die helle Iris seiner seltsamen Augen hatte dunkle, zerlaufene Ränder, und die Wimpern waren wie die Haare eines Dachses an den Wurzeln interessanterweise dunkler als an den Spitzen ...

»Auf den strahlenden Luzifer«, prostete ich ihm zu.

Das Funkeln in den Augen wurde von einem Ausdruck der Resignation vertrieben. »Haben Sie zu viel getrunken?«

»Ich weiß, wer ich bin«, gab ich mit einiger Befriedigung zurück. »Ich weiß auch, wer *Sie* sind.«

Er nahm mir die Flasche ab und füllte sein eigenes Glas nach. »Ich nehme an, Sie sind mir hierher gefolgt?«

»Hören Sie, Narziss, ich hatte nicht nur keine Ahnung, dass Sie hier waren, ich würde Ihnen nicht einmal nachsteigen, wenn ich nach einem Mann suchte, was ich nicht tue. Ich mag nämlich keine blonden Männer, erst recht keine hübschen.«

Er spitzte die Lippen. »Ich nehme an, Sie ziehen Frauen vor.«

Ich starrte ihn an. »Um Gottes willen! Kann eine Frau Ihnen nicht sagen, dass sie Sie nicht attraktiv findet, ohne den alten Spruch Marke: ›Sie fährt nicht auf mich ab, also muss sie lesbisch sein‹, zu hören zu bekommen? Wo liegt Ihr Problem? Ich bin nur hier reingekommen, um mich vor meinem Exfreund in Sicherheit zu bringen!«

Er senkte den Blick, schob seine Papierschnipsel zusammen und zerknüllte sie zu einem Ball. »Entschuldigung – Sie müssen mich für einen entsetzlich aufgeblasenen Kerl halten«, murmelte er.

»Stimmt – das tue ich.«

Er warf mir einen finsteren Blick aus diesen veränderlichen Augen zu, und ich zuckte die Schultern. »Nun, das ist Ihr Problem.«

Die Tür wurde aufgerissen, und ein kleiner, strahlender, alkoholisierter Mann kam hereingewirbelt wie ein betrunkener Wirbelwind. »Sappho, meine Süße!«

Ich entspannte mich mit einem Seufzen. »Oh, Sie sind es nur, Rory.«

Er drapierte mir einen Arm um die Schultern, eine Geste, die eher zur Aufrechterhaltung seines Gleichgewichts diente als zu irgendetwas anderem. Dann starrte er Nye streitsüchtig an. »Und ist es diese Bohnenstange, die Sie von Freunden fern hält, die Sie lieben?«

Er warf sich in die Brust, taumelte hustend einen Schritt zurück und blickte mit gequälten, rot unterlaufenen Augen um sich.

»Diese Geste kann nur Wirkung zeigen, wenn Sie einen Quilt tragen, Rory«, gab ich freundlich zu bedenken.

»Mädel, Sie brechen mir das Herz.«

»Flüssigkeiten brechen nicht, sie laufen einfach irgendwo anders hin.«

Er beäugte mich seelenvoll. »In der Sekunde, in der ich Sie

das erste Mal sah, wusste ich, dass Sie die Richtige für mich sind, meine große, schöne Amazone!«

»Jetzt hören Sie mal gut zu, Rory!« Nye erhob sich halb von seinem Stuhl, als Rory einen ungeschickten Versuch machte, mich an sich zu ziehen, was ich ohne Mühe zu verhindern wusste.

Rory prallte zurück, und ein Ausdruck jähen Verstehens trat auf sein Gesicht. »So ist das also, ja? Ich bin durchaus im Stande zu merken, wann ich nicht erwünscht bin!« Und mit diesen Worten taumelte er wieder hinaus, nicht ohne jedoch im Vorbeigehen eine volle Flasche Wein an sich zu reißen.

Ich seufzte, leerte mein Glas und füllte es von neuem. »Warum ziehe ich nur immer kleine, betrunkene Männer an?«

»Wer kennt schon den Ursprung unserer rätselhaften Reize?«, bemerkte Nye sarkastisch, und ich entspannte mich und lächelte ihn an.

»Jetzt bin ich an der Reihe, eingebildet zu klingen?«

Als ich aufstand, schienen meine Beine einem anderen Menschen zu gehören – oder eher zwei anderen Menschen, die in verschiedene Richtungen gingen –, aber das spielte keine Rolle, weil mein Kopf ganz, ganz klar war. Ich öffnete die Küchentür einen Spalt und spähte hinaus.

Als Erstes fiel mein Blick auf Dave; Lili stand neben ihm und versuchte, sich wie Efeu um ihn herumzuwickeln, daher schloss ich die Tür hastig wieder, verkeilte einen Stuhl unter der Klinke und sah mich nach einem anderen Ausgang um. Eine unangenehme Szene schien unausweichlich zu sein, und ich hatte definitiv für einen Abend genug Szenen gehabt.

Das Fenster über der Küchenspüle war eins dieser modernen Dinger, die sich wie eine Tür öffnen lassen, wenn man den Griff in die richtige Richtung dreht und dazusagt: »Sesam öffne dich«.

Ich zog meine Sandalen aus und warf sie in den Garten

hinaus, bevor ich meine heiß geliebte bernsteinfarbene Spitze raffte und ein Knie auf die Spüle stemmte.

Goldlöckchen erkundigte sich milde: »Halten Sie mich bitte nicht für neugierig, aber was machen Sie da?«

»Aus dem Fenster klettern. Was haben Sie denn gedacht, das ich tue? Ein Bad in der Spüle nehmen?«

»Es besteht kein Grund, sarkastisch zu werden, es ist nur ein wenig ungewöhnlich für einen Gast, eine Party durchs Fenster zu verlassen. Was wahrscheinlich ein altmodisches Vorurteil meinerseits ist. Tun Sie so etwas gewohnheitsmäßig, oder ist das auch eine dumme Frage?«

»Ich habe vor langer Zeit herausgefunden, dass ein plötzlicher Abschied durch das nächstbeste Fenster tausend Erklärungen erspart«, entgegnete ich, ohne ihm große Beachtung zu schenken. Ich war in diesem Moment mehr damit beschäftigt, mir zu wünschen, Miranda hätte einen von diesen trendigen Belfaster Spülen einbauen lassen, die stabil genug waren, um mein Gewicht zu tragen.

Nye stellte einen Küchenstuhl neben mich und klopfte einladend auf die Sitzfläche. »Wäre es nicht einfacher, wenn Sie erst darauf steigen würden?«

»Vielen Dank, aber ich bin durchaus im Stande, allein aus einem Fenster zu klettern«, blaffte ich ihn ungehalten an, aber da der Stuhl nun schon mal da war, stieg ich hinauf und von dort aus weiter auf die Spüle.

»Wollen Sie jemandem aus dem Weg gehen?«

»Nein.« Ich klammerte mich an den Fensterrahmen und fügte über die Schulter gewandt hinzu: »Nun, nicht in dem Sinne, dass ich Angst hätte, zur Tür hinauszugehen, sondern eher in dem Sinne, dass für mich das Maß an eingebildeten, leicht verrückten Männern für einen Abend einfach voll ist.«

Die Küchentür klapperte plötzlich, und der Stuhl, den ich unter die Klinke geklemmt hatte, bewegte sich ein klein wenig. Das erschreckte mich so sehr, dass ich mich unvermittelt auf die Wasserhähne setzte, ein Unterfangen, dass ich nicht unbedingt weiterempfehlen würde.

»Nye?«, gurrte Lili von draußen mit verführerischer Stimme. »Die Tür scheint zu klemmen.«

Verdammt! Dann hatte sie bei Dave offensichtlich auch nicht landen können. Vielleicht verliert sie wirklich ihre Reize?

»Ich komme mit Ihnen«, erklärte Nye plötzlich.

Ich sah ihn mit hochgezogenen Augenbrauen an, und er fügte hinzu: »In dem Sinne, dass ich eine Heidenangst habe, durch die Tür hinauszugehen.«

»Wie Sie wollen.« Wer weiß, wenn wir beide verschwinden, tun sich Lili und Dave vielleicht aus schierer Frustration doch noch zusammen.

Und los gings. Mit einem Sprung war ich draußen und landete bis zu den Knöcheln in einem kühlen, feuchten, frisch umgegrabenen Beet. Ich hatte gerade noch Zeit, im Licht des Fensters eine Sandale zu erspähen, bevor die blonde Bombe sich ebenfalls hinausstürzte.

Er landete anmutig auf etwas, das vernehmlich knirschte, und fiel daraufhin prompt auf die Nase. »Oh, Mist«, schimpfte er, »ich bin auf etwas gelandet, das sich anfühlt wie ...«

»Eine Sandale«, warf ich erbittert ein und riss die zerquetschten Überreste, die so schlaff waren wie ein entgräteter Hering, an mich.

Ohne mir die Mühe zu machen, nach der zweiten Sandale Ausschau zu halten, warf ich die erste hinter mich und machte mich barfuß auf den Weg. Es hatte aufgehört zu regnen, was ein Glück für meine bernsteinfarbene Spitze war, und alles verströmte diesen dunklen, üppigen Geruch nach Kuchen.

Es war eine Nacht wie geschaffen für Spaziergänge. Ich hätte meilenweit laufen und einfach diesen herrlichen, kühlen Duft einatmen können ... vorzugsweise allerdings ohne einen geisterhaften Verfolger.

»Das mit der Sandale tut mir Leid«, bemerkte er zaghaft und aus unmittelbarer Nähe.

»Ist nicht weiter wichtig«, sagte ich angespannt, aber es war sehr wohl wichtig: Es ist nicht leicht, etwas Zierliches und Glitzerndes für diese besonderen Anlässe zu bekommen, wenn man Schuhgröße einundvierzig hat. Ich habe diese Sandalen geliebt. Vielleicht komme ich morgen noch mal zurück und gebe ihnen ein rituelles Begräbnis.

Aber wie auch immer, es tat gut, hier draußen zu sein. Ich sog die Nachtluft mit tiefer Befriedigung in meine Lungen und machte mich mit forschem Schritt auf den Weg durchs Dorf. »Warum *gehe* ich eigentlich auf Partys?«, bemerkte ich rhetorisch.

»Ich weiß es nicht. Warum gehen Sie auf Partys?«, erwiderte Nye, der unaufgefordert neben mir herstapfte.

»Wollen Sie mich nicht fragen, warum ich aus dem Fenster gestiegen bin?«

»Um jemandem aus dem Weg zu gehen, das haben Sie mir schon erzählt. Und es ist nicht Rory, mit dem Sie sehr geschickt fertig geworden sind, oder der arme alte Gil, der früher am Abend versucht hat, Sie mit Beschlag zu belegen. Nun, Gil wird Sie möglicherweise zu Tode langweilen, aber davon abgesehen ist er ganz harmlos.«

»Angeblich – was ist mit dem Geheimnis der verschwundenen Ehefrau? Könnte Dorinda tot sein?« Ich meine, ich hoffte ehrlich nicht, dass Gil etwas damit zu tun hatte, da ich die Idee verfolgte, Gil und Miranda zwecks gegenseitiger Unterstützung zu verkuppeln, falls man sich ihrer jeweiligen Ehegatten sauber entledigen konnte. »Wobei mir gerade einfällt – waren Sie nicht Mordverdächtiger Nummer zwei? Ermorden Sie auch noch andere Dinge als teure Sandalen? Sollte ich mit einem Mordverdächtigen durch dunkle Gassen spazieren? Warum spaziere ich eigentlich mit Ihnen durch dunkle Gassen? Warum gehen Sie nicht einfach *weg*?«

»Wenn ich jede nervtötende Frau umgebracht hätte, die mir je in die Quere gekommen ist, wäre ich mittlerweile ein Massenmörder«, gab er gelassen zurück. »Und ich bringe Sie nach Hause.«

»Ich gehe nicht nach Hause. Meinen Sie, Gil könnte ...«

»Ich kenne ihn erst seit ein paar Jahren, aber ich glaube, er ist ohne seine Frau ehrlich verloren, auch wenn sie noch so eine Xanthippe war. Und was meinen Sie damit: Sie gehen nicht nach Hause?«

»Sie sind Waliser, nicht wahr?«, erkundigte ich mich. Ein ganz schwacher, melodischer Akzent in seiner Stimme hatte mich für den Augenblick von anderen Dingen abgelenkt.

»Mein Vater war Waliser, daher auch der Name Nye – Aneurin –, aber ich bin in Manchester aufgewachsen. Das College habe ich dann jedoch in Wales besucht, wo ich mir anscheinend einen leichten Akzent zugelegt habe.«

»Der Akzent ist ein Teil ihres beträchtlichen persönlichen Charmes«, sagte ich gehässig.

»Wie würde Ihnen ein Tauchbad in einem kalten, schlammigen Graben behagen?«

»Huh, Sie und wer noch?«, gab ich wenig einfallsreich zurück, und er lachte. »Und haben Sie eigentlich kein eigenes Zuhause, das auf Sie wartet?«

»Ich habe es Ihnen schon erklärt – ich bringe Sie vorher nach Hause.«

»Und *ich* habe *Ihnen* erklärt – ich gehe nicht nach Hause, ich gehe noch spazieren.«

Er blieb wie angewurzelt stehen und hielt mich ebenfalls fest: »Sie meinen, wir sind *nicht* auf dem Weg zu Ihrem Haus?«

»Nein, ich habe nur gesagt: Ich gehe noch spazieren«, erwiderte ich und streifte entschlossen seine Hand von meinem Arm ab. »Gute Nacht, Nye.«

»Von wegen gute Nacht!«, brummte er, als ich mich abwandte. »Das Dorf liegt gleich hinter uns, und ich lasse

Sie nicht mutterseelenallein nachts durchs Moor spazieren.«

»Ich bin schon ein großes Mädchen, und ich laufe oft nachts hier herum, wenn ich den ganzen Tag gearbeitet habe. Das Landsträßchen hinauf zu dem Steinkreis und dann über den Viehweg zurück auf die Landstraße, die zu meinem Cottage hinunterführt.«

»Mit nackten Füßen?«

»Regelmäßig. Warum nicht?«

Es folgte ein kleines, verärgertes Schweigen. Meine nackten Füße machten kein Geräusch auf dem Pflaster, aber Nye bewegte sich für einen so großen Mann ebenfalls erstaunlich leise.

»Sollten Sie nicht nach Hause gehen und Töpfe drehen oder irgendetwas in der Art?«

»Mitten in der Nacht?«

»Vielleicht nicht. Was stellen Sie eigentlich her, Nye? Teller und solchen Kram?«

»Haben Sie das Kunsthandwerkszentrum nicht besichtigt, als Sie Miranda geholfen haben, diesen Blumenladen in Lavenders Atelier unterzubringen?«

»Nein«, antwortete ich knapp. Ich würde niemals freiwillig irgendwo herumlungern, wo ich in die Verlegenheit kommen konnte, mit einer meiner Romanfiguren reden zu müssen – vor allem nicht, wenn besagte Romanfigur schon einmal mir gegenüber die Fassung verloren hatte. Er hätte geglaubt, ich sei eine seiner seibernden Bewunderinnen.

»Sie sollten bei Gelegenheit mal rüberkommen und sich umsehen.«

»Beim letzten Mal bin ich jemandem über den Weg gelaufen, der sehr unfreundlich war.«

»Ich wollte nicht unfreundlich sein ... Ich war in Gedanken nur gerade bei dem Stück, an dem ich arbeitete. Ich habe sehr starke Gefühle für meine Arbeit«, murmelte er. »Das hat Eloise immer gesagt – ich sei zu wahrer Leidenschaft nur fähig, wenn es um meine Arbeit gehe.«

Diese Bemerkung brachte eine Saite in mir zum Klingen. »Ich auch«, räumte ich mitfühlend ein. »Eloise war diese Freundin, von der Lili gesprochen hat?«

»Ich nehme an, sie hat es Hinz und Kunz erzählt!«, fuhr er auf. »Wissen Sie, was für ein Gefühl das ist, wenn Ihre Freundin, mit der Sie ein halbes Leben zusammen waren, Sie wegen einer *Frau* sitzen lässt?«

»Das weiß ich aus nahe liegenden Gründen nicht. Aber wenn sie so lange gebraucht hat, um zu dem Schluss zu kommen, dass sie vom anderen Ufer ist, dann scheint sie mir zumindest in emotionaler, wenn nicht auch in intellektueller Hinsicht ziemlich zurückgeblieben zu sein.«

»Als ich dahinter kam, sagte sie, sie hätte immer Affären mit anderen Frauen gehabt, die sie jedoch nicht als Treuebruch angesehen hätte, aber jetzt hätte sie sich wirklich verliebt.«

»Sie hat versucht, zu Ihnen zurückzukommen, nicht wahr?« Ich blieb stehen und sah ihn an. Das Mondlicht überhauchte ihn mit einem silbernen Schimmer und ließ ihn ein wenig unheimlich erscheinen: *Spiralgebundener Führer Gespenster.*

»Sie war an jenem Wochenende da, weil sie hoffte, schwanger zu werden, da sie und Lou – diese andere Frau – ein Baby wollten. Als ich nicht *übermäßig* begeistert darüber war, sie zu sehen, verlor sie die Fassung und hat es mir erzählt.«

»Oh?« Ich drehte mich um und trabte in Gedanken versunken weiter. Ich fühlte mich unangenehm daran erinnert, auf welche Weise *ich* vorgehabt hatte, irgendein glückloses männliches Wesen zu benutzen, ohne es in meine Pläne einzuweihen. Wobei noch einmal gesagt sein muss, dass den meisten Männern die Moral nicht so wichtig ist, Hauptsache, sie bekommen, was sie wollen.

»Ich hätte gern Kinder gehabt, aber für sie war es immer die falsche Zeit«, bemerkte er grüblerisch. »Sie wollte mich nicht einmal heiraten.«

»Liegt wahrscheinlich an Ihrer Übellaunigkeit.«

»Ich bin nicht übellaunig!«

»Nein, und Island ist ein Land, in dem es niemals schneit. Fragen Sie doch mal Lili: Sie würde Sie im Handumdrehen heiraten.«

»Ich bleibe von jetzt an Single, und selbst wenn ich das nicht täte: Lili ist eine Menschenfresserin – in mehr als einer Hinsicht. Neulich ist sie auf mich zugestürzt und hat versucht, mir in den Hals zu beißen!«

»Keine Bange, sie spuckt die Einzelteile hinterher immer wieder aus«, erklärte ich hilfreich.

»Also, wer war dieser Exfreund, vor dem Sie weggelaufen sind?«

»Ich bin nicht weggelaufen, ich bin ihm lediglich aus dem Weg gegangen.«

»Na schön, wem wollten Sie dann aus dem Weg gehen?«

»Haben Sie Dave Devlyn kennen gelernt, der nach Gower gekommen ist, um das hiesige Künstlerpack für ein Buch zu fotografieren? Groß, dunkelhaarig und gut aussehend?«

»Der Traum einer jeden Jungfer?«

»Eher der Albtraum. Wir hatten vor Jahren mal eine Affäre, als wir beide noch Studenten waren, aber dann bekam ich kalte Füße und habe mich davongemacht, und er hat das mit dem Vergeben und Vergessen nie so richtig hinbekommen. Irgendwie ist er von der fixen Idee besessen, dass ich mich nur rar machen will, damit er glaubt, ich sei schwer zu haben.«

»Und, tun Sie das?«

»Nein – ich bin einfach ein weiblicher, exzentrischer Single. W. E. S. Ich habe sogar eine Katze.«

»Oh?«, sagte er nachdenklich. »Macht mich das zu einem M. E. S.? Ich habe allerdings keine Katze«, fügte er hinzu.

»Nein, das macht Sie zu einem V. A. J.: verrückter alter Junggeselle.«

»Vielen Dank. Und vielleicht bin ich ja wirklich verrückt, dass ich hier im Regen stehe und Akronyme erörtere, obwohl wir uns genauso gut an dieser Bushaltestelle unterstellen könnten, bis es aufhört zu regnen und wir nach Hause gehen können.«

Ich hatte gar nicht gemerkt, dass wir stehen geblieben waren. »Sie können jederzeit nach Hause gehen«, versicherte ich ihm, aber dann ließ ich mich doch von ihm in die dunkle, nach Schafen riechende Hütte ziehen, während der Regen draußen auf die Straße prasselte, dass es wie Schritte klang…

Es *waren* Schritte.

Kapitel 22

Stoned

Ohne viel Federlesens zerrte ich Nye in die dunkelste Ecke, und er kam widerstandslos mit: Wahrscheinlich passiert ihm das ständig mit Frauen.

Als ich zitterte, legte er die Arme um mich und zog mich auf freundschaftliche Art und Weise an sich. Ich bekam mehr und mehr das Gefühl, ihn schon lange zu kennen, wie Mu zum Beispiel.

Nun ja, beinahe. Und es war schön, sich an etwas anlehnen zu können, das warm war und größer als ich selbst, denn es war ein wenig kühl, und meine Beine kamen mir immer noch so vor, als gehörten sie jemand anderem...

»Das muss der alkoholfreie Punsch gewesen sein«, murmelte ich. »Haben Sie auch etwas von dem Punsch getrunken?«

»Nein.«

»Dann muss es das gewesen sein – ich werde nicht betrunken, ich bin für meine Selbstbeherrschung bekannt«, versicherte ich ihm. »Dann hat also jemand etwas in den Punsch getan. Wahrscheinlich puren Alkohol, von dem man blind wird.«

»War...?«, hob er an, und ich schlug ihm die Hand auf den Mund und zischte: »Scht!«

Schritte kamen näher, hielten inne und verschwanden dann langsam wieder in Richtung Dorfkern, und ich nahm die Hand von Nyes Mund, aber nicht bevor er die Innenfläche geküsst hatte.

Er zog mich an sich und flehte heiser: »Einen letzten Kuss, bevor der Bus uns für immer trennt, Blodwen?«

»Idiot!«, gab ich grinsend zurück, und dann küsste er mich tatsächlich. Es war ein leichter, freundschaftlicher Kuss, der eine jähe Richtungsänderung erfuhr und eine ganze Weile dauerte.

Ziemlich lange, um genau zu sein: Er war ein Mann, der als Champion für England hätte küssen können. Als unsere Lippen sich endlich und nur widerstrebend voneinander lösten, bewegte ich mich nicht, sondern starrte nur auf das, was ich von ihm sehen konnte: eine große, dunkle Gestalt. Und ich dachte: Das Sprichwort ist wahr, bei Nacht sind alle Katzen grau.

Die Tatsache, dass er blond, gut aussehend, reizbar und möglicherweise ein Mörder war, verlor nach diesem Kuss irgendwie an Bedeutung. Ich habe mich noch nie so klein, so schwach und so benommen gefühlt – ob das vielleicht am Punsch lag?

»Lass uns das noch einmal versuchen«, meinte er leise und ließ den Worten Taten folgen.

»Widerstand ist zwecklos!«, erklang eine Roboterstimme in meinem Kopf.

»Widerstand ist zwecklos«, stimmte ich während einer späteren Atempause zu, doch einige meiner Gehirnzellen hatten sich aus ihrem Koma befreit und begannen, Botschaften auszusenden: »Sappho, du stehst an einer Bushaltestelle und schmust mit einem fremden Mann, der sowohl größer als auch stärker ist als du.«

Und noch etwas – es war plötzlich sehr, sehr dunkel geworden.

Ich löste mich von ihm (etwa einen halben Zentimeter) und sagte ängstlich: »Ich bin blind geworden. Bist du auch blind geworden?«

»Blind? Nein, natürlich nicht.« Er lockerte seinen Griff ein wenig, und ich spürte, wie meine Lungen sich wie ein Blasebalg hoben und senkten. »Warum sollte ich blind sein?«

»Es war wirklich etwas in diesem Punsch.«

»Ich habe ihn nicht getrunken, und du bist nicht blind, es ist einfach dunkel hier. Sieh mal zur Tür hinüber, durch die das Licht der Straßenlaternen hereinfällt.«

Zu diesem Zweck musste ich die Augen öffnen und stellte bei der Gelegenheit fest, dass ich restlos und sturzbetrunken war. Machen wir uns nichts vor: Eine Frau, die nicht merkt, dass sie die Augen geschlossen hat, ist sturzbetrunken, und ihr Gehirn funktioniert nur noch auf Autopilot.

Was sie braucht, ist frische Luft und einen flotten Spaziergang durch eine nächtliche, verlassene Moorlandschaft zu einem uralten Hügelgrab, um wieder einen freien Kopf zu bekommen. Sie braucht die Willenskraft, ihre niederen Instinkte zu bekriegen, die ihr sagen, dass sie da etwas sinnverwirrend Attraktives in Händen hält.

Selbstbeherrschung.

»Entschuldige bitte«, erklärte ich höflich, stieß mich von einer Brust ab, die wie ein muskulöses Springbrett wirkte, und zielte auf die Tür.

Ich muss ihn überrascht haben, denn ich hatte die Straße schon verlassen und war halb den Viehweg zum Steinkreis hinauf gestiegen, bevor er mich einholte, und als ich mich umdrehte und ihm befahl wegzugehen, stand er einfach nur da und sah mich mit vor der Brust verschränkten Armen trotzig an, und das Mondlicht ließ seine Augen und sein Haar auf eine höchst beunruhigende Weise glitzern.

Kein Wunder, dass der Drachentöter der armen Nala das Unterste zuoberst kehrte, als er ihr durch die dunklen Wälder folgte!

Aber jetzt weiß ich, dass er nur *aussieht* wie ein Geist – er fühlt sich fest und warm an: sogar heiß und hart. Und halsstarrig. Also gab ich es auf und folgte weiter dem breiten, grasbewachsenen Pfad zu dem Grab hinauf, das in dem seltenen Ruf steht, nichts mit König Artus zu tun zu haben. Nach der Anzahl der Grabsteine zu urteilen, muss Artus nach seinem Tod zerfetzt und in alle vier Winde verstreut worden sein.

Mein Kopf war wieder klar, und es hatte aufgehört zu regnen, sodass man jetzt den Halbmond und eine Unzahl funkelnder Sterne sehen konnte. Ich fühlte mich gut. Ich raffte die Röcke und stieg auf den riesigen, flachen Stein.

»Nala stand am ›Ort der Steine‹ und trotzte den Mächten der Dunkelheit, die sie in ihrer Unbesiegbarkeit anrühren wollten…«, rief ich, fühlte mich inspiriert und wünschte, ich hätte meinen kleinen Rekorder dabei.

Die schnelle Drehung, mit der ich das Licht der Sterne in mich aufsaugen wollte, führte dazu, dass mir plötzlich schwindelig wurde und die Knie unter mir nachgaben, und als etwas Riesiges und Dunkles mir entgegenkam, dachte ich: Das ist es! Ich stehe am Abgrund … und falle … falle…

Dann fing Nye mich mit seinen starken Armen auf und legte mich ohne viel Federlesens auf den feuchten Steinquader, obwohl ich mich an ihn klammerte, als er mich loslassen wollte, denn dann wäre ich einfach immer weiter gefallen: durch den Felsen hindurch, durch die Knochen und die Erde und die Würmer und die…

»Wirst du *jetzt* nach Hause gehen?«, fragte er und klang dabei so verärgert, dass ich zu erklären versuchte, warum er mich weiter festhalten musste, statt mich wie Raarg in den Abyssus fallen zu lassen. Aber er verstand offensichtlich nicht, was ich meinte, bis ich ihn küsste. Vielleicht ist Küssen seine Muttersprache?

Danach vergaß ich, wo und wann und warum, und es gab nur noch uns beide, eingehüllt in eine warme Welt, die uns allein gehörte. Alles andere hörte auf zu existieren, und am Ende lagen wir eng umschlungen auf dem Stein, obwohl ich mir nicht sicher war, wer von uns beiden das Opfer darstellte.

Wahrscheinlich Nye, weil er sich wohl an einer bestimmten Stelle zurückgezogen hätte, wenn ich ihn nur gelassen hätte.

Der Felsen war verdammt heiß. Außerdem war er nach einer Weile auch ziemlich unbequem, selbst wenn Nye mir zu diesem Zeitpunkt entgegenkommenderweise als Kissen diente. Hinzu kam, dass ein kühler Wind recht unsanft mit meinen Extremitäten verfuhr.

»Du bist also kein tuntiger Töpfer?«, flüsterte ich ihm ins Ohr.

»Du bist also keine lesbische Schriftstellerin?«, gab er zurück.

»Nein«, stimmte ich ihm zu. »Aber ich lebe im Zölibat.«

»Ja, das habe ich gemerkt.«

»Lebte«, schränkte ich ein. »Werde leben«, fügte ich nach kurzem Nachdenken hinzu. »Das war nur ein kleiner Fehltritt, verursacht durch Alkohol. Ich mag gar keine blonden Männer – erst recht keine übellaunigen.«

Er stemmte sich auf den Ellbogen und funkelte mich an: »Das hast du schon einmal gesagt – und ich bin nicht nur *nicht* übellaunig, ich weigere mich auch, ein kleiner Fehltritt zu sein! Und – es war doch in Ordnung, Sappho, nicht wahr? Ich *habe* dich gefragt, bevor ich ...«

»Es war schön«, unterbrach ich ihn hastig. Typisch Mann, sich Sorgen darum zu machen, wie er abgeschnitten hatte! Wollte er einen Punktzettel? »Und ich weiß nicht, worüber du so sauer bist – du schläfst wahrscheinlich jeden Abend der Woche mit einer anderen Frau ... nur nicht mit der armen Lili.«

»Dann lass dir gesagt sein, dass ich nicht mehr mit einer Frau zusammen war, seit Eloise mich verlassen hat – wahrscheinlich der Grund, weshalb ich so verzweifelt war, dass ich mich heute Nacht auf diesem verdammt unbequemen Felsen von dir habe verführen lassen!«

»*Ich* habe dich verführt ...«, begann ich entrüstet zu protestieren, brach dann aber ab, weil es nur allzu wahr war. »Und lass *du* dir gesagt sein, dass ich seit *Jahren* mit niemandem mehr zusammen war, und dieser Punsch muss nicht nur aufgemotzt, sondern *vergiftet* gewesen sein, dass ich plötzlich den Wunsch verspürte, auch nur in die Nähe eines derart tyrannischen, voreingenommenen, selbstherrlichen ... Oh, mir fehlen die Worte!«

Er lächelte entnervend. »Dann hat die Sache wenigstens ein Gutes: Wenn keiner von uns beiden in letzter Zeit viel rumgekommen ist, haben wir auch keine interessanten Krankheiten ausgetauscht.«

Ich versteifte mich. Es war so lange her, und es war dann so plötzlich gekommen, dass sich die praktischen Aspekte des Ganzen mir völlig entzogen hatten, mitsamt meiner viel gerühmten Selbstbeherrschung.

»Du magst mich ja für eingebildet halten«, fügte er kalt hinzu, »aber ich laufe nicht mit Kondomen in der Tasche rum, selbst wenn du mir die Zeit gegeben hättest, eins zu benutzen. Aber ich habe dich gefragt, ob es in Ordnung sei.«

»Ja, und ... oh!« Der Groschen war gefallen: Ich hatte gerade ungeschützten Sex mit einem Fremden gehabt – und wenn es auch etwas war, das ich irgendwann mal durchaus in Erwägung gezogen hatte, dann ganz sicher nicht mit *diesem* Fremden. »Und du bist nicht mal das, wonach ich suche!«, erklärte ich ihm verbittert.

»Wonach suchst du denn, Sappho?«

»Nach einem großen, dunkelhaarigen, attraktiven Mann, der nicht Tür an Tür mit mir wohnt.«

»Aber du bist gerade vor jemandem weggelaufen, der groß, dunkelhaarig und attraktiv ist«, bemerkte er.

»Ich bin nicht weggelaufen – es war ein strategischer Rückzug. Und dieser Mann ist groß, dunkelhaarig, attraktiv und eifersüchtig, dass es an Schwachsinn grenzt. Doch du hast Recht, was heute Nacht betrifft – wenn wir beide in letzter Zeit so keusch waren, dann kann ja nichts passiert sein, nicht wahr? Wenn du mich jetzt bitte loslassen würdest – ich will nach Hause.«

Und schreiben und schreiben, bevor ich all das hier vergesse ... falls es möglich ist, das zu vergessen, obwohl einige Aspekte mir bereits ziemlich nebulös erscheinen, wie zum Beispiel die Frage, wie es überhaupt dazu kommen konnte, dass wir am Ende beide auf diesem Felsen lagen. Was danach passierte, ist dauerhaft in meinen Rücken eingraviert wie eine Art lüsterner Stein von Rosetta. Allerdings würde ich einen Spiegel brauchen, um die Gravur zu lesen.

Nye verlagerte sein Gewicht ein wenig. »Vorher wirst du mich loslassen müssen«, bemerkte er sanft, und jetzt erst fiel mir auf, dass ich seinen breiten, muskulösen, warmen Rücken immer noch mit beiden Händen umklammert hielt ...

Unsere Lippen waren ungefähr zwei Zentimeter voneinander entfernt und kamen sich rasch näher, als der Wind eine schwache Stimme zu uns herauftrug, die mit skandinavisch eingefärbtem Entzücken rief:

»Siehst du jetzt, wie Recht ich hatte, dass ich diesen Stein bei Mondschein besuchen wollte! Wie faszinierend, diese alten Fruchtbarkeitsrituale zu beobachten.«

»Ja«, fiel eine zweite Person ein. »Während der Mond sich erhebt, erhebt sich auch *er*, und ...«

Wir erstarrten.

»Oh mein Gott!«, zischte Nye. »Das ist Ceris ›Mystic Celtic Midnight Tour‹ – und sie kommen in unsere Richtung!«

Noch immer eng umschlungen, rollten wir uns von dem Felsen herunter, richteten hastig unsere ziemlich feuchten und zerzausten Kleider und liefen hügelabwärts, weg von den Stimmen.

Glücklicherweise führte dieser Weg nach Aces Acre, da ich nicht besonders scharf darauf war, in meinem gegenwärtigen Zustand durchs Dorf zu paradieren, selbst wenn es mitten in der Nacht war. Ich bin mir allerdings nicht sicher, ob es Nye genauso ging. Er lachte so sehr, dass ich ihn stehen gelassen hätte, hätte er meine Hand nicht so entschieden festgehalten.

Ich bin davon überzeugt, der Drachentöter hätte an dieser Stelle nicht gelacht: Er hat zu viel Würde.

Nüchternheit machte sich breit ... und Entsetzen über mich selbst. Wie hatte ich nur derart die Beherrschung verlieren können? Je eher ich nach Hause kam und die bösen Geister austrieb, indem ich sie auf Papier bannte, desto besser.

»He«, meinte Nye, »beruhige dich. Es hätte schlimmer sein können – sie hätten ein paar Minuten früher und etwas ganz Besonderes verderben können.«

»Huh!«, erwiderte ich unelegant, riss meine Hand los und spurtete auf die Lücke in der Mauer zu, durch die man in meine Gasse kam.

Nun gut, man stelle sich nur vor, sie wären tatsächlich ein bisschen früher gekommen ... oder später – oder wenn Dave uns da oben erwischt hätte ... nicht auszudenken.

»Es ist schon gut, du brauchst nicht so zu tun, als hätte es dir etwas bedeutet, Nye. Es war schön, es ist vorbei. Ich wohne gleich hier um die Ecke, also vielen Dank und gute Nacht.«

»Sappho«, sagte er, und das Lachen in seiner Stimme war erstorben. »Sappho, komm zurück!«

Aber ich lief die Gasse hinunter, und der glitschige Schlamm unter meinen nackten Füßen erinnerte mich an den Tag, an dem ich Nye das erste Mal als Töpfer gesehen hatte.

Dann blieb ich schlitternd stehen und lauschte, denn ein schrecklicher Schrei zerriss die Nacht, ein Heulen der Verzweiflung, das mir die Haare im Nacken zu Berge stehen ließ – und es kam von meinem Haus.

»Was zum Teufel war das?«, rief Nye, der mit mir Schritt hielt, als ich um die Ecke und in meinen Garten lief und wie angewurzelt stehen blieb.

Im Garten vor der offenen Tür lag Sphinx, so reglos wie ihr Name, in einem See sich ausbreitenden, dunklen Blutes, während Mu wehklagte und die Hände rang.

Was für einen Macbeth sie gegeben hätte!

Kapitel 23

Gut informiert

Einen Augenblick lang verharrten wir bewegungslos und wie gebannt. Dann stürzte Mu vor, um sich in ihrem grünen Seidenkleid auf die regendurchnässten Pflastersteine zu knien.

Ich war so froh, dass sie aufgehört hatte zu schreien.

»Etwas hat sie getroffen...«, murmelte sie, als ich mich neben ihr auf die Knie sinken ließ, und untersuchte mit empfindsamen Fingern den zerbrechlichen Schädel. »Sie ist aus dem Haus geschlichen, als ich zurückkam, und ich hatte gerade die Taschenlampe geholt, um nach ihr zu suchen, als ich ein Geräusch hörte und sie hier liegen sah.«

»Glaubst du, es ist irgendetwas gebrochen?«

»Nein, aber da ist ein tiefer Schnitt... all dieses Blut!«

»Sie atmet noch«, bemerkte ich ängstlich. In der Nähe lag ein glänzender Stein, und was da glänzte, war mehr als nur Regen. Es war ein ziemlich schwerer Stein, um so eine kleine Katze zu treffen. »Wir brauchen etwas, um die Blutung zu stillen, und einen Tierarzt...«

»Ich kenne einen guten Tierarzt, der herkommen wird«, fiel mir Nye ins Wort, und Mu, die ihn bisher nicht bemerkt hatte, zuckte zusammen. »Er ist ein Freund von mir. Wo ist dein Telefon?«

Mu führte ihn hin und kam mit einem sauberen Handtuch zurück, mit dem sie die Blutung stillte. »Es muss Dave gewesen sein, Sappho – verrückt genug ist er ja, und er hasst Katzen. Er und Lili sind bei der Party voll aufeinander abgefahren, bis sie dahinter kamen, dass ihr beide, du und Nye, verschwunden wart. Ich habe ihnen erklärt, es sei lächerlich zu glauben, ihr wäret zusammen weggegangen, aber ...« Sie brach ab und starrte mich über die am Boden liegende Sphinx hinweg an: »Aber ihr seid *doch* zusammen verschwunden, nicht wahr? Ich dachte, du hättest einfach genug von der Gesellschaft gehabt und wärst weggegangen.«

»Bin ich auch. Nye ist mir gefolgt.«

»Oh? Nun, wie auch immer, Dave hat Lili fallen gelassen wie ein heiße Tomate und ist davongestürmt, um nach dir zu suchen, und Lili meinte, sie habe genug und wolle zu Fuß nach Hause gehen – sie hat sich dein Regencape ausgeborgt. Danach habe ich beschlossen, ins Cottage zurückzukehren, wo ich dich zu finden erwartete, und Sphinx ist aus dem Haus gelaufen – was mir schrecklich Leid tut. Ich hätte besser aufpassen müssen.«

Sphinx machte eine unruhige kleine Bewegung, als Nye wieder nach draußen kam. »Der Tierarzt wird in ein paar Minuten hier sein, und er sagt, wir sollen sie nicht bewegen.«

»Gut.«

»Also, was glaubst du, wer deiner Katze den Kopf einschlagen wollte?«, fragte er im Plauderton. »Wie schwachsinnig eifersüchtig ist dein Exfreund?«

»Eifersüchtig genug«, versicherte Mu ihm. »Ich habe Sappho gerade erklärt, dass ich ihn für den Täter halte.«

»Aber warum? Ich meine, ich weiß, dass er Katzen hasst, aber warum sollte er sie mit Steinen bewerfen?«

»Warum nicht, wenn er hergekommen ist, um nach dir zu suchen, und stattdessen Sphinx gefunden hat?«, erwiderte Mu.

»Aber das wird bei mir kaum zärtliche Gefühle für ihn wecken, oder?«

»Es hat niemand behauptet, dass er je klar hätte denken können, soweit es dich betraf. Wahrscheinlich hatte er mich und die Katze völlig vergessen und sich einfach eingeredet, du wärst mit Nye allein im Haus.«

Ich rieb mir müde die Stirn, hinter der sich ein bohrender Kopfschmerz aufbaute – der jedoch nichts im Vergleich zu dem Schmerz war, den die arme alte Sphinx ertragen musste. »Jetzt fällt mir wieder ein, dass er erwähnte, er habe mir gestern Abend einen Zettel unter der Tür durchgeschoben, daher weiß er also, wo ich wohne ... Aber es könnte genauso gut irgendein Lümmel aus dem Ort gewesen sein, der sich einen Spaß erlauben wollte.«

An der Ecke der Scheune flackerte eine Taschenlampe auf und beleuchtete kurz darauf unsere Gesichter.

»Kann das schon der Tierarzt sein?«, fragte Mu.

»Nein, dann hätten wir den Wagen gehört«, antwortete Nye. »Es ist Chris.«

Er war es tatsächlich. Er blieb stehen und bemerkte geistreich: »Hallo, ist etwas passiert?« Dann entdeckte er Nye und setzte eine wissende Miene auf. »Hier sind Sie also abgeblieben, Nye!«

»Jemand hat einen Stein nach Sapphos Katze geworfen und sie verletzt«, berichtete Nye, ohne auf Chris' anzüglichen Tonfall einzugehen. »Ich nehme nicht an, dass Ihnen auf dem Weg hierher jemand entgegengekommen ist?«

»Nein – keine Menschenseele. Heute Abend sind andauernd irgendwelche Leute verschwunden, jetzt auch noch Miranda. Ich dachte, ich sehe mal nach, ob sie hier ist.«

»Warum sollte sie während der Party hierher kommen?«, wandte Mu vernünftig ein. »Sie ist wahrscheinlich nur in den Garten gegangen, um etwas frische Luft zu schnappen.« Ihr Tonfall ließ keinen Zweifel daran, dass sie Chris' Ausrede durchschaute, mit der er seine Neugier tarnen wollte.

Er wandte sich wieder an Nye: »Sie ist in letzter Zeit ein bisschen geistesabwesend und unberechenbar gewesen, und der Schock über den Tod ihres Hundes scheint ihren Verstand arg strapaziert zu haben, und ...« Er brach theatralisch ab und rief: »Gütiger Gott! Was, wenn Miranda diejenige war, die heute Abend hierher gekommen ist und ...«

»... einen Stein nach meiner Katze geworfen hat?«, ergänzte ich höhnisch. »Nun mach mal halblang, sie liebt Tiere, und ihr einziger Fehler ist der, dass sie mit dir verheiratet ist. Ich rufe jetzt in der Hazienda an, und ich wette, sie ist die ganze Zeit über dort gewesen, was man von dir nicht behaupten kann.«

»Und da kommt der Tierarzt«, bemerkte Nye. »Geh du schon mal ins Haus, Sappho. Wir regeln das hier mit Sphinx.«

Mit einem letzten Blick auf meine arme, geschundene Katze ging ich zum Telefon und hatte nach einiger Zeit Miranda persönlich am Apparat. Auf der Party schien es immer noch äußerst lebhaft zuzugehen.

»Ich bin es – Sappho. Chris ist hier, und er behauptet, er hätte nach dir gesucht.«

»Nach mir? Ich habe n-nach ihm gesucht – wir haben keinen Wein mehr; alle sitzen auf dem Trockenen, deshalb musste ich selbst in die Garage gehen und noch eine Kiste holen.«

»Ich schicke ihn sofort zurück. Danke für die Einladung – aber ich muss Schluss machen. Die Katze hatte einen Unfall, und der Tierarzt ist hier. Oh, und Miranda«, fügte ich noch hinzu, »pass auf den Punsch auf – ich glaube, da hat jemand Alkohol reingekippt.«

»Ich weiß, ich habe drei F-Flaschen eines sehr starken Wodkas unter dem Tisch gefunden, und alle, die davon getrunken haben, sind völlig *hinüber.* Deshalb sind überhaupt noch alle hier – sie können n-nicht selbst nach Hause fahren, und das T-Taxi ist im Dauereinsatz.«

Als ich wieder nach draußen kam, hatten die anderen Sphinx bereits behutsam in den weißen Kombi des Tierarztes gebettet, und der Arzt selbst versicherte mir:

»Nur eine Gehirnerschütterung und ein paar Schnitte und Quetschungen, denke ich, aber ich werde sie röntgen und sie mindestens eine Nacht dabehalten. Rufen Sie mich morgen Nachmittag an, um zu hören, wie es ihr geht.«

»Das wird ein hübsches Sümmchen kosten, den Tierarzt zu dieser nachtschlafenden Zeit aus dem Bett zu klingeln«, meinte Chris, als die Scheinwerfer weiter hinten in der Gasse verschwanden.

»Das ist es mir wert«, antwortete ich knapp und fragte mich plötzlich, ob er nicht vielleicht den Stein geworfen haben konnte, da ich bei ihm nicht besonders hoch im Kurs stehe, und es wäre in der Tat eine Möglichkeit für ihn gewesen, sich an mir zu rächen. »Du gehst besser wieder nach Hause – Miranda hat dich gesucht, weil der Wein ausgegangen ist, und jemand hat Wodka in den Punsch geschüttet, sodass die meisten deiner Gäste außer Stande waren, selbst nach Hause zu fahren. Der Taxifahrer aus dem Dorf tut sein Bestes, aber du musst damit rechnen, dass du noch eine ganze Weile aufbleiben musst.«

»Dann sollte ich Nye vielleicht überreden, mit mir zu kommen?«, schlug er vor. »Die Nacht ist noch jung. Wie sieht es aus, Nye?«

»Die Nacht mag jung sein, aber ich bin es nicht«, erwiderte Nye. »Nein danke.«

Chris zuckte die Schultern, sagte: »Dann gute Nacht alle miteinander«, und verschwand, doch Nye machte keine Anstalten, seinem Beispiel zu folgen. Stattdessen kehrte er mit uns ins Cottage zurück.

»Nun, so viel zu meinem Lieblingskleid«, bemerkte Mu, als das Licht auf die blutbefleckte grüne Seide fiel. »Und was hast du mit deinem Kleid angestellt? Da sind ja noch mehr Flecken drauf als auf meinem, und …« Ihre Stimme verlor sich, als sie im Licht der Küchenlampe jetzt zum ersten Mal einen vollen Blick auf Nye werfen konnte: Er war noch zerzauster als ich. Seine Haare standen ihm wirr vom Kopf ab, und wir trugen unsere moosgrünen Flecken quasi im Partnerlook.

»Es ist eine abscheuliche Nacht für einen Spaziergang«, erklärte ich lahm. »Und ich schulde dir ein neues Kleid – Sphinx ist meine Katze.«

»Ja, aber *ich* habe sie dir aufgedrängt, du wolltest sie eigentlich gar nicht haben. Ich werde dieses Kleid jetzt in kaltem Wasser einweichen und mal sehen, was passiert.«

»Das Kleid wird einlaufen, aber die Flecken nicht. Sehen wir der Wahrheit ins Auge: Dein Kleid ist hinüber und meins auch.«

»Einen Versuch ist es immerhin wert. Geh und zieh dein Kleid aus, dann weiche ich beide zusammen ein.«

»Möchte irgendjemand, dass ich auch meine Sachen ausziehe, oder soll ich nach Hause gehen?«, erkundigte sich Nye hoffnungsvoll.

»Ich habe keine Einwände«, antwortete Mu grinsend. »Aber Sie waren einfach großartig, den Tierarzt zu rufen und alles – warum bleiben Sie nicht und genehmigen sich noch etwas Heißes zu trinken, bevor Sie gehen? Wir kommen runter, sobald wir uns umgezogen haben.«

Nye sah mich an, aber ich mied seinen Blick. Ich war so müde, dass die Situation nur langsam ein wenig unwirklich erschien, vor allem die hell erleuchtete Küche, in der wir uns befanden. Sie war immer noch weiß, und der glitzergrüne Resopaltisch war ein wenig schrill. Eine Dampflok, die aus dem Kamin getuckert kam, hätte dem Ganzen noch einen Hauch von Heimeligkeit verliehen.

»Ich entschuldige mich für die Einrichtung«, murmelte ich müde. »Geh schon mal rüber ins Wohnzimmer – da ist es gemütlicher.«

»Ich zünde Feuer im Kamin an – ihr zwei lauft los und zieht euch um.«

Als ich wieder herunterkam, sauber und mit meinem Thob bekleidet, hatte Mu bereits die Kleider in einen Eimer kaltes Wasser gelegt und Kakao gekocht.

Ohne den grünen Schleim und die Schafsköttel zwischen den Zehen fühlte ich mich erheblich wohler.

Das Wohnzimmer, in dem das Feuer brannte, war wunderbar behaglich, vor allem nachdem ich einen ordentlichen Schluck dunklen Rum in meinen Kakao gegeben hatte.

Mu hatte sich den Zahnarztstuhl unter den Nagel gerissen und lümmelte sich darin wie ein Gast bei einer römischen Orgie. Ich hatte nur noch die Wahl zwischen dem Kamelhocker, dem Korbstuhl oder dem einen Ende des Sofas.

Das Sofa schien mir noch die beste Wahl zu sein, selbst wenn Nye das andere Ende belegte. Er schien sich hier sofort zu Hause zu fühlen, genau wie die Katze, und auf eine andere Art und Weise fand ich das ebenso beunruhigend.

»Bist du wirklich durchs Küchenfenster geklettert?«, fragte Mu schläfrig. »Lili meinte, du hättest Nye entführt. Das war, nachdem Dave das Interesse an ihr verloren hatte und anfing, wie ein Wilder nach dir zu suchen.«

»Es stimmt. Sie hat mich entführt«, erklärte Nye.

Ich öffnete die Augen. »Habe ich nicht – du wolltest mir unbedingt folgen, weil du Angst vor Lili hattest, und dann wolltest du nicht wieder gehen.«

»Ich konnte dich nicht einfach allein in der Dunkelheit durchs Moor spazieren lassen.«

»Das macht sie ständig«, warf Mu ein.

»Und es ging dich überhaupt nichts an«, fügte ich hinzu. »Ich bin groß genug, um selbst auf mich aufzupassen!«

»Du bist groß – ich bin größer«, konterte er mit einem rätselhaften Lächeln.

»Mit dir würde ich noch fertig, wenn ich eine Hand auf den Rücken gefesselt hätte!«, entgegnete ich unvorsichtig.

»Ich dachte, das wärst du schon?«

Mu richtete sich ein wenig auf und sah ihn mit einigem Interesse an, und zugegeben, er ist es wert, angesehen zu werden, wenn man so etwas mag. Er hat die Art bleicher Haut, die unter den Augen fleckig wirkt, wenn er müde ist.

»Ich habe ihn nicht angerührt«, versicherte ich hastig, als Mu mich anklagend ansah.

Ich muss das präzisieren: Ich habe ihn nicht *geschlagen*. Andererseits: Wenn er nicht aufhört, so zu lächeln, hole ich das vielleicht noch nach.

»Hast du ihm erzählt, warum du aus dem Fenster gestiegen bist?«, wollte sie wissen. »Um vor deinem verrückten Exfreund zu flüchten, der dir nachschleicht?«

»Hmhm – obwohl ich immer noch nicht glaube, dass er verrückt genug ist, um Sphinx zu steinigen.«

»Wenn er eine seiner Eifersuchtsattacken hat, ist er zu mehr fähig, als du denkst.«

»Sappho hat mir allerdings nicht besonders viel erzählt«, bemerkte Nye. »Wir wurden ... abgelenkt.«

»Ich gebe Ihnen einen kurzen Überblick über das Geschehen«, erbot sich Mu.

»Den braucht er nicht – es geht ihn nichts an.«

Sie ignorierte mich und gab ihm mit bewundernswerter Genauigkeit (sie kann den Punsch nicht angerührt haben) eine kurz gefasste Version meiner Geschichte mit Dave. Gleichzeitig berichtete sie ihm noch, was Chris getan hatte, um Miranda aus dem Gleichgewicht zu bringen, und was – nach unseren Vermutungen – mit Spike geschehen war.

Dann fügte sie hinzu: »Aber wenigstens wissen wir jetzt, dass *Sie* nichts mit dem Verschwinden von Gils Frau zu tun haben.«

Ich wäre um ein Haar eingenickt, aber bei dieser Bemerkung wurde ich schlagartig hellwach: »Wissen wir das?«

»Natürlich tun wir das.« Sie lächelte Nye an. Noch eine Eroberung.

»Und jetzt, da ich Gil kennen gelernt habe, glaube ich auch nicht, dass er es war, also ...«

Aber mittlerweile döste ich halb vor mich hin, eingeschläfert von dem sanften Auf und Ab der Unterhaltung, und als ich wieder an die Oberfläche auftauchte, sagte Mu gerade: »... man muss Butter auf ihre Pfoten streichen.«

»Was?« Ich war an Nyes Schulter zusammengesunken,

und er hatte einen Arm um mich gelegt. »Hat Nye eine Katze?«

»Noch nicht, aber er denkt darüber nach.« Aus irgendeinem Grund grinste Mu – vielleicht hatte ich geschnarcht. »Ich dachte, du wärst eingeschlafen.«

Ich rappelte mich hoch. Wie bin ich an diesem Ende des Sofas gelandet? Und ich habe meinen Kopf noch nie an eine Männerschulter gelegt, ohne einen steifen Nacken zu kriegen: Dieser Mann hat echten Neuigkeitswert.

»Worüber haben wir denn geredet?«

»Wie du nach Bedd gekommen bist – Dave – die Bücher – Miranda – alles«, antwortete er beiläufig, und ich warf Mu einen verärgerten Blick zu, den sie voller Unschuld erwiderte.

»Ich habe ihn nur ins Bild gesetzt. Schließlich wirst du, wenn ich weg bin, vielleicht ein wenig Hilfe brauchen, falls Dave wirklich für ein paar Wochen in der Gegend bleibt.«

»Warum sollte ich Hilfe brauchen? Ich komme schon klar – ich bin immer klar gekommen.«

»Es ist ein bisschen einsam hier.«

»Nicht einsamer als an manchen Orten, an denen ich gelebt habe.«

Mu schwang die Beine von dem Zahnarztstuhl und stand sichtlich benommen auf. »Ich hab jetzt genug – ich gehe ins Bett. Gute Nacht, Nye – vielleicht sehe ich Sie ja noch mal, bevor ich am Montag nach Hause fahre?«

Sie würde mit keiner Wimper zucken, wenn er zum Frühstück hier wäre – er würde aber nicht hier sein.

»Ich mache mich auch auf den Weg«, erklärte er, als hätte er meine Gedanken gelesen, »es sei denn, du möchtest, dass ich bleibe und dich beschütze?«

Zu spät, der Wolf hat den Schafpferch bereits gefunden.

»Nein, will ich nicht. Ich brauche dich nicht«, fuhr ich ihn ungehalten an.

»Wirklich nicht, Sappho?«, hakte er leise nach und fügte dann völlig zusammenhanglos hinzu: »Deine Augen haben die Farbe von Sherry, wie dein Haar.«

»Sie sind einfach straßenköterbraun«, stammelte ich, und mir wurde ganz heiß – wahrscheinlich ein Vorbote der Wechseljahre und nichts Ungewöhnliches bei einer Neununddreißigjährigen.

Er erhob sich ziemlich steif, reckte sich (was sehr angenehm anzuschauen war) und zog seine schlammbespritzte Lederjacke an.

Irgendetwas – ich glaube, es waren Gewissensbisse – veranlasste mich, noch zu bemerken: »Nye, nimm dich vor Dave in Acht, ja? Er kann ziemlich eifersüchtig sein, und wenn er denkt ... Na ja, nimm dich einfach in Acht, das ist alles.«

»Mach dir um mich keine Sorgen«, entgegnete er. »Hör mal, Sappho – morgen arbeite ich im Atelier, warum kommst du nicht einfach mal vorbei? Bring Mu mit, wenn du willst, aber komm.«

»Ich arbeite morgens immer«, erwiderte ich steif. Nun, das ist doch die Wahrheit, oder nicht?

»Dann komm am Nachmittag und erzähl mir, was auf dem Planeten Vengeane so los ist.«

Ich zuckte zusammen. »Woher wusstest du das?«

»Von Miranda – ich habe sie nach dir gefragt.« Er klopfte sich auf die Reißverschlusstasche in der Innenseite seiner Jacke. »Sie hat mir deinen letzten Roman geliehen.«

Verräterin!

»Der wird dir nicht gefallen«, versicherte ich ihm. »Außerdem, wenn du die Bücher schon lesen willst, solltest du mit Band eins anfangen«, sprudelte es aus mir heraus. »Gib mir das da zurück, dann leihe ich dir Band eins und ...«

»Nein, ich glaube, ich werde mit diesem Buch anfangen und mich dann von hinten nach vorne durcharbeiten.«

»Dann wirst du nicht verstehen, worum es geht.«

Ich kämpfte wirklich verzweifelt, hätte er das bloß gewusst, aber er lächelte nur und wandte sich zum Gehen. »Schließ alle Türen ab, und wir sehen uns dann morgen.«

Ich ließ mich nicht dazu herab, darauf zu antworten, und er fügte hinzu: »Bedd war ohne dich lange nicht so interessant, Sappho Jones!«

Er hat ein sehr betörendes Lächeln, wenn es einem gefiel.

Es gefiel nicht: Ich schob ihn hinaus und schloss hinter ihm die Tür ab, und eine Sekunde später hörte ich seine Schritte, die sich über die Pflastersteine entfernten.

Kapitel 24
Impulse

Ich erwachte am nächsten Morgen zur gewohnten Zeit, aber ich lag statt im Bett auf dem Zahnarztstuhl, mit einem schmerzenden Kopf und einem pulsierenden Körper.

Aber zumindest war der pulsierende Körper mein eigener.

Wie hatte ich, selbst unter dem Einfluss von Alkohol, mit Nye Thomas gestern Abend nur so zügellos sein können? Selbst als ich jünger war und das mit dem Trinken übertrieben habe, hat mich das nie zu wildem Sex auf irgendwelchen Gräbern mit irgendwelchen fremden Männern verleitet.

Also war es vielleicht einfach mein Schicksal – wie bei Nala? Nur dass der Drachentöter ziemlich in sie vernarrt zu sein scheint, während ich davon überzeugt bin, dass Nye keinen weiteren Gedanken an mich verschwenden wird. In der Tat, da mir die ganze Episode bei hellem Tageslicht höchst peinlich ist, *hoffe* ich, dass er keinen Gedanken mehr an mich verschwendet.

Und ich werde mir keine Sorgen wegen einer möglichen Schwangerschaft machen: Ein One-Night-Stand in meinem Alter kann kein großes Risiko sein. Ich meine, man sehe sich doch nur Mu an – all diese Jahre hat sie es probiert, und nichts ist passiert, nicht einmal mit Sexy Simon …

»Sappho!«, zischte Mu und kam ins Zimmer geschwebt. Sie hielt einen Schwangerschaftstest um Armeslänge von sich fort, als könnte er in ihrer Hand explodieren und ihr ins Gesicht springen.

»Sappho, er ist *positiv:* Sieh nur!«

Ich richtete mich mit mehr Eile als Vorsicht auf und

schaffte es, den gesamten Stuhlmechanismus zu kippen, woraufhin ich einen sauberen Überschlag rückwärts machte; mein akrobatischer Akt beförderte mich akkurat und zu Mus großem Erstaunen direkt vor das Sofa.

»Alles in Ordnung, ich habe nicht die Absicht, mir das zur Angewohnheit zu machen.«

Ich rappelte mich hoch und sah mir den Test an, aber ohne große Hoffnung: Mu hat seit ihrem Hochzeitstag ein Köfferchen mit Schwangerschaftstests im Gepäck, und wir hatten schon zweimal falschen Alarm. Aber was diesen Test betraf, gab es kein Vertun – er war positiv.

»Ich hab mir fast schon so was gedacht, weil ich meine Tage normalerweise so pünktlich bekomme, dass man die Uhr danach stellen könnte. Eigentlich hätte es gestern anfangen müssen ... hat es aber nicht. Und dann habe ich beschlossen, heute früh aufzustehen und den Test durchzuführen – und das Ergebnis siehst du ja! Oh, Sappho!«

Wir sahen einander an, und dann standen Umarmungen und Tränen auf dem Plan, bis unsere Gehirne wieder zu ticken begannen, und Mu sprach schließlich aus, was wir beide dachten.

»Es muss Simons Kind sein, nicht wahr? Gleich beim ersten Mal ein Volltreffer?« (Dann geht schon wieder eine schöne Theorie den Bach hinunter.) »Nur dass ich mir einreden muss, es sei Amblers Kind.«

»Es *könnte* seins sein, das kannst du unmöglich sagen, und Gott weiß, dass es ihm ähnlich sehen wird, nicht wahr?«

Ich besah mir den Test noch einmal und schluckte heftig, weil ich an kleine Kuckucke in ihrem Nest denken musste, Kuckucke mit merkwürdigen Augen ... Aber natürlich werde *ich* nicht beim ersten Mal schwanger. Solche Zufälle gibt es nicht.

Ich könnte mir sogar noch diese Pille für den Morgen danach besorgen – oder es einfach den Göttern überlassen und abwarten? Was, wenn ich wirklich schwanger war und das Kind abtrieb, weil Nye nicht der richtige Vater war, und dann nie wieder schwanger werden würde?

Ist es nicht mehr oder weniger das, was ich wollte – wenn auch mit einem auf Herz und Nieren untersuchten, dunkelhaarigen Mann und nicht mit einem anderweltlichen Schwarzeneggertyp mit einem boshaften Grinsen, der zufällig gerade während des zehnminütigen Zeitfensters zur Hand war. Gerade in dem Augenblick, als mein Körper eine lebenslängliche Gewohnheit brach und statt »Nicht heute, vielen Dank« zu sagen, »Ja, jetzt!« schrie.

Es war ein hormoneller Last-Minute-Ball, und meine Hormone trieben mich nicht nur an, sie katapultierten mich geradezu nach vorn.

Kann nicht aufhören, will nicht aufhören.

Ich habe nicht mal nach Felsen Ausschau gehalten, als ich gesprungen bin: Mein Start war verfrüht, ich habe mir die Flügel leicht angesengt, aber zumindest ist mein Wachs noch nicht geschmolzen. Ich werde den Flug zu Ende bringen.

»Du siehst irgendwie ... merkwürdig aus«, stellte Mu fest.

Geistesgestört, möchte ich meinen.

Ich legte die Arme um sie und drückte sie noch einmal an mich. »Tut mir Leid, es ist ein Schock zu hören, dass ich zu guter Letzt doch noch Tante Sappho werde! Und es ist und bleibt Amblers Baby.«

»Ja«, stimmte Mu mir zu und brach in Tränen aus. »Und ich bin ja so glücklich!«

»Du hast so lange auf diesen Augenblick gewartet, und ich habe nie richtig verstanden, warum du es dir so sehr wünschst, doch jetzt versteh ich es – genau jetzt, da es für mich vielleicht zu spät ist.« Ich zitterte plötzlich. »Oder vielleicht auch nicht.«

Mu schnüffelte eine Glücksträne hoch und sah mich scharf an: »Sappho, du hast Nye gestern Abend doch nicht etwa mitgenommen, um ihn zu benutzen? Um vielleicht von ihm schwanger zu werden? Ich meine, es war unübersehbar, was ihr beide gemacht habt, aber sag mir um Gottes willen, dass du Vorsichtsmaßnahmen ergriffen hast! Er ist nicht mal dein Typ!«

»Natürlich ist er nicht mein Typ – es war bloß dieser alkoholisierte Punsch.«

»Das sieht dir so gar nicht ähnlich!«

»Ich weiß, aber er war ein Spontankauf unter Einfluss von Drogen.« Ich zuckte die Schultern. »Es war ein Sprung in die Dunkelheit.«

»*Sappho!*«

»Ich bin bereit, die Konsequenzen für meine Tat zu tragen, obwohl es rein statistisch extrem unwahrscheinlich ist, dass es welche geben wird.«

»Du bist eine unbekannte Größe, keine Statistik, Sappho! Einmal könnte durchaus genügen. Überleg dir besser sofort, was du tun willst, bevor es zu spät ist.«

»Nein, ich befinde mich im freien Fall. Nala und ich werden unser Schicksal auf uns zukommen lassen.«

Sie sah mich zweifelnd an.

»Kopf hoch, du solltest außer dir sein.«

»Ich bin ja auch glücklich, aber irgendwie fühle ich mich plötzlich so leer ...«

»Wir gehen aus und feiern – gönnen uns einen tollen Nachmittag.«

»Aber – wolltest du heute nicht Nye besuchen?«

Ich starrte sie an. »Nein, warum sollte ich?«

Sie starrte zurück. »Hat er dich nicht eingeladen?«

»Wir waren ja schon zusammen aus, und das war es auch schon – Schiffe, die in der Nacht aneinander vorüberziehen.«

Und die Frage, ob ich nicht Lust hätte, zur Werkstatt zu kommen, ist *nicht* dasselbe wie die Einladung, mit ihm auszugehen. Nicht dass ich eine solche Einladung überhaupt angenommen hätte. Und was wird er denken, wenn er dieses

Buch liest? Wenn ich ein Feigling wäre, würde ich mir ein Ticket nach Portugal kaufen.

In diesem Augenblick rief der Tierarzt an und teilte mir mit, Sphinx sei eine lebhafte kleine Katze mit Kopfschmerzen und könne um zehn Uhr abgeholt werden, was eine gute Neuigkeit war.

Danach belegte Mu das Telefon mit Beschlag, um sich eine Rückfahrkarte für den nächsten Tag zu organisieren, damit sie Ambler die großartige Neuigkeit von Angesicht zu Angesicht mitteilen konnte. Dann sprach sie mit Simon und rief schließlich noch den ahnungslosen Ambler an, um ihm ihre Rückkehr anzukündigen.

Später schob sie den Kopf durch die Tür, um mir alles brühwarm zu berichten: Simon schien sich so sehr über seine Fähigkeiten zu freuen, dass er daran dachte, sich als Samenspender anzubieten, doch zu diesem Zeitpunkt war ich bereits zu Raarg und dem lästigen Drachentöter zurückgekehrt, dessen körperliche Vorzüge Nala ziemlich in Anspruch zu nehmen schienen. Mu, die meine Unaufmerksamkeit spürte, zog sich wieder zurück.

Raarg ist nur *scheinbar* geläutert, daher kann Nala ihn, wie attraktiv er auch sein mag, unmöglich bekommen, andererseits hat sie Angst davor, von dem Drachentöter bezwungen zu werden und ihre Kräfte in mehr als einer Hinsicht zu verlieren.

Das arme Mädchen sitzt in der Tat zwischen zwei Stühlen, und wahrhaftig, ich glaube, es wird Zeit, dass sowohl Raarg als auch der Drachentöter ein wenig leiden.

Ich legte mich bequem auf den Zahnarztstuhl, richtete Haar und Morgenrock und klickte den Kassettenrekorder an.

Der Rekorder stieß ein behagliches Summen aus, und ich spürte, wie sich da eine ganz und gar grässliche Erfahrung für Raarg anbahnte und auch eine wohlverdiente Strafe für den Drachentöter: so groß, so mächtig, so verdammt selbstsicher.

Aber irgendein störendes Element im Raum rief mich immer wieder von Vengeane zurück. Etwas von Nyes Anwesenheit war nach wie vor zu spüren – saubere Wäsche, frisch gemähtes Gras und ein Schuss Ozon wären wohl die beste Beschreibung, die ich dafür liefern könnte. Die Luft an der Stelle, an der er gestern Abend gesessen hatte, summte und vibrierte noch.

Verdammt.

Ich riss mich zusammen und kümmerte mich zuerst um Raarg: Wenn Dave für die Steinigung gestern Abend verantwortlich war, verdiente er alles, was Raarg bekommen würde …

»Raarg spürte das Prickeln der Gefahr, das wie ein eisiger Finger über sein Rückgrat strich, und er begann unkontrolliert zu zittern. Denn irgendetwas, etwas Böses, kam unausweichlich näher … etwas, das Vergeltung forderte, weil er die Gabe des Orakels missbraucht hatte …«

Ein Kapitel später öffnete sich die Tür weit genug, um eine zerzaust aussehende Sphinx hindurchstolzieren zu lassen. Die Katze sah zu mir auf und miaute leise Beleidigungen in meine Richtung. Wenn vorwurfsvolles Miauen eine olympische Disziplin wäre, hätte diese Katze eine realistische Chance auf eine Goldmedaille.

Einen Augenblick lang hielt ich sie für einen Geist, dann sprang ich auf: »Oh Gott – zehn – und ich habe vergessen …«

»Immer mit der Ruhe«, meinte Mu, die der Katze in den Raum folgte. »Ich habe mir deinen Wagen geliehen und sie abgeholt. Sieht sie nicht süß aus mit dieser rasierten Stelle über dem einen Auge?«

»Nein, ich glaube nicht, dass ich sie jemals süß nennen würde, aber sie hat einen gewissen rauen Charme. Danke, dass du sie geholt hast – du hättest mich rufen sollen.«

»Du wirst mir vielleicht nicht mehr danken, wenn du die

Rechnung siehst! Aber lass uns das für den Augenblick vergessen. Rate mal, was passiert ist: Ich habe unsere beiden Partykleider in die Waschmaschine gesteckt und den Super-Schonwaschgang eingestellt, und beide Kleider sind tatsächlich ohne Flecken, ohne Knitter und in ursprünglicher Größe wieder rausgekommen.«

»Es ist ein Wunder«, erwiderte ich. »Überhaupt ist heute der Tag der Wunder. Glaubst du, Sphinx würde allein zurechtkommen, wenn wir irgendwo hingingen?«

»Ganz bestimmt – sie braucht jetzt viel Schlaf. Wohin gehen wir denn? Wie wär es mit dem Kunsthandwerkszentrum in der Burg? Nye ist vielleicht dort«, schlug sie hinterlistig vor.

»Nein danke.«

»Mir kannst du nicht weismachen, dass ihr beide euch nicht zueinander hingezogen fühlt – gestern hat es mächtig zwischen euch geknistert.«

»Soll es ruhig knistern – das legt sich schon wieder. Es ist nur vorübergehende Lust, er ist nicht mein Typ. Und ich hänge an meinen Gewohnheiten. Mal was anderes: Was machen wir denn heute Mittag? Wie wär es mit der Oxwich Bay? Wir könnten im Hotel essen und anschließend einen schönen, windzerzausten Strandspaziergang machen. Ich habe das Gefühl, ich muss mir ein paar Spinnweben aus dem Kopf wehen lassen.«

Mu grinste mich bedeutungsvoll an, dann nickte sie.

Ich sah sie wortlos an und ging mich umziehen. Man kann nicht in einem Thob an einem windigen Strand entlangspazieren. Er wickelt sich einem um die Beine, und man fällt auf die Nase.

Das Wetter war wechselhaft – ein Jammer, dass Lili immer noch mein Cape hatte.

»Wir sollten auf dem Heimweg bei Lili vorbeigehen und mein Cape abholen«, meinte ich. »Du kannst mich beschützen, wenn sie gewalttätig wird, und ich werde ihr versichern, dass ich keine Absichten auf ihren Töpfer habe, also wird sie mir vielleicht verzeihen.«

Immerhin interessiert er sich nicht wirklich für mich – eine beiläufige Einladung, mir seine Becher und Krüge anzusehen, ist *kein* romantisches Tete-à-tete. Ich erinnerte mich an seine Augen, die mir gestern Abend Botschaften schickten, die ich nicht hören wollte – oder die ich vielleicht nicht richtig übersetzt habe? Vielleicht sollte ich noch einmal auf meinen Rücken sehen, um den Code zu entziffern?

Nach dem Mittagessen machten wir bei entspanntem Schweigen einen langen Spaziergang und brachen dann zur Tee- und Ginzeit zu Lilis Cottage auf, aber als ich klopfte, bekam ich keine Antwort.

Vielleicht hatte sie gestern Abend doch noch einen Glückstreffer gelandet und war nicht nach Hause gekommen, weder allein noch in Begleitung? Oder möglicherweise hatte sie ein Rendezvous mit Dave gehabt, nur dass er vorher noch einen Umweg hatte machen und eine Katze hatte steinigen müssen?

Ich nahm mir vor, Lili später anzurufen, aber als wir zurückkamen, wartete bereits Miranda auf uns, sprudelnd vor Ungeduld:

»Oh, Sappho, endlich! Man hat die arme Lili bewusstlos im Moor gefunden, mit einer Kopfverletzung – sie m-muss die ganze Nacht da draußen gelegen haben.«

»Gesteinigt oder stockbetrunken?«, fragte ich.

Kapitel 25
Bloßgestellt

Wir beruhigten Miranda mit meinem universellen Allheilmittel, einem Kaffee mit Rum, und sie erzählte uns, was sie wusste:

»Der Postbote hat sie heute Morgen entdeckt, gleich n-neben dem verfallenen Cottage am Dorfrand – an der Straße nach Rhyss, das heißt, sie wollte nach Hause. Etwas Rotes flatterte um ihren Körper, daher ging er nachsehen. Es war dein Regencape, Sappho! Und da lag die arme Lili und war bewusstlos, obwohl die Polizei meinte, es sei nur eine Gehirnerschütterung und Unterkühlung, doch wenn sie nicht in das Cape eingew-wickelt gewesen wäre, wäre es viel schlimmer gewesen.«

»Geölte Seide ist ziemlich warm und wasserdicht«, pflichtete ich ihr bei, als sie eine Atempause machte. »Und wieso hat Lili eine Gehirnerschütterung? Ich meine, Chris wird dir wahrscheinlich erzählt haben, dass meine Katze gestern Abend mit einem Stein verletzt wurde, also gibt es da vielleicht einen Zusammenhang?«

»Man ist sich nicht sicher, ob es nur ein Unfall war: Sie hat sich an den Steinen der T-Türfassung den Kopf angeschlagen, aber z-ziemlich weit unten, also muss sie gef-fallen sein, als es p-passierte. Aber die Polizei d-denkt, sie hätte sich vielleicht dort untergestellt, als es plötzlich anfing zu regnen – und dann ist sie gestolpert und hat sich den Kopf angeschlagen. Aber sie sind sich nicht s-sicher, und als sie heute Morgen bei uns waren, erzählte Chris ihnen das mit deiner Katze, und da wollten sie auch mit dir sprechen. Ich habe versucht, d-dich anzurufen, aber es hat sich niemand gemeldet.«

»Wir waren heute Nachmittag weg – um zu feiern: Mu ist schwanger.«

»Oh Mu!«, quiekte sie und nahm sie in die Arme. »Oh, Mu, ich bin ja so glücklich für dich!«

»Ich danke dir – aber es ist noch ein Geheimnis unter uns dreien, bis ich es Ambler erzählt habe; ich bin auch ganz am Anfang der Schwangerschaft.«

»Es wird schon alles g-gut gehen, mach dir k-keine Sorgen.«

Ich hatte nachgedacht: »Wenn Lili mein ziemlich unverwechselbares Cape getragen hat ...«

»Eine absolut einzigartige Kreuzung zwischen Gangsterbraut und riesigem rotem Reitmantel«, fügte Mu hinzu.

»Sie hat es sich ausge-borgt, w-weil sie ein b-bisschen sauer war, als ihr beide, du und Nye, praktisch gleichzeitig verschwunden seid – obwohl sie und Dave v-vorher voll aufeinander abgefahren w-waren.«

»Hatten wir nicht einen Stuhl unter die Küchentür geklemmt?«

»Ja, es musste jemand durchs Fenster steigen und den Stuhl wegnehmen. Als du unauffindbar warst, hat Lili sich heftig b-betrunken. Es war schrecklich – fast *alle* waren b-betrunken, w-weil so viel Alkohol in dem Punsch war. Zig Leute konnten nicht nach Hause f-fahren, und das Taxi hat bis zum M-Morgen die Gäste nach Hause kutschiert! Lili hat darauf bestanden, zu Fuß nach Hause zu gehen.«

»Wo war Dave?«

»Ich habe ihn anschließend eine Ewigkeit n-nicht gesehen, aber viel später ist er dann m-mit dieser grässlichen F-Frau aus Port Talbot heruntergekommen – angeblich ist sie Malerin. Ich habe sie n-nicht eingeladen, sie war als Begleitung irgendeines Gastes da, und sie hat gesagt, D-Dave sei st-stundenlang mit ihr zusammen gewesen, also w-weiß ich nichts Genaueres.«

Ich sah Mu an und zog eine Augenbraue in die Höhe. »Vielleicht war er die ganze Zeit auf der Party, oder er hat die Katze gesteinigt – aber warum sollte er Lili angreifen?«

»Weil sie dein Cape trug und einladend in dunklen Türen von verfallenen Cottages herumlungerte?«, erwiderte Mu.

»Sie ist ungefähr einen Meter kleiner als ich.«

»Es war dunkel – und es hat geregnet.«

»Und warum sollte ich mich auf der anderen Seite des Dorfes befinden und in Richtung Rhyss gehen?«

Sie zuckte die Schultern. »Warum nicht? Du unternimmst zu jeder Tages- und Nachtzeit meilenweite Spaziergänge.«

»Das s-solltest du wirklich nicht tun, es könnte g-gefährlich sein, allein mitten in der Nacht draußen herumzulaufen, Sappho.«

»Eine Frau muss tun, was eine Frau tun muss.«

»Und gestern Nacht warst du ja nicht allein«, bemerkte Mu hilfreich.

Miranda sah mich mit runden Augen an: »Als Chris von dir z-zurückkam, erzählte er, du und Nye, ihr w-wärt zusammen gewesen und...« Sie brach abrupt ab und errötete.

Hatte ich vielleicht ein unauslöschliches Schild auf der Stirn: *Ich habe mit Nye Thomas geschlafen*?

Sichtlich aus dem Konzept gebracht, hastete sie weiter: »D-Dave war heruntergek-kommen, und er hat alles gehört – er w-war nicht allzu begeistert.«

»*Ich* bin nicht allzu begeistert, wenn Chris in einem Raum voller fremder Leute die Einzelheiten meines angeblichen Sexlebens herausposaunt«, brauste ich auf.

»Die einzigen Leute, die noch da waren und auf das Taxi warteten, waren zu b-betrunken, um irgendetwas zu kapieren.«

»Bis auf Dave. Seltsam, dass es ihm gelungen ist, sich von dem Punsch fern zu halten, findest du nicht auch? Fast, als hätte er Bescheid gewusst.«

»Er hat es gew-wusst – er hat den Wodka hineingemixt. Es war ein besonders Hochprozentiger, den er mitgebbracht hatte. Ich habe ihn direkt gefragt, und er schien es komisch zu finden. Und dann habe ich ihn gebeten, mein Haus zu verlassen«, fügte sie hinzu. »Glücklicherweise war ich s-selbst zu beschäftigt, um viel zu t-trinken, aber ich habe mich trotzdem ziemlich b-benebelt gefühlt. Den ganzen T-Tag waren Leute d-da, um ihre Autos abzuholen, und die, die ich gesehen habe, sahen mir ziemlich verkatert aus. Und D-Dave ist in d-das ›Eagle and Stone‹ gezogen.«

»Gut gemacht«, applaudierte Mu. »Hat er sich denn überhaupt um Lilli Sorgen gemacht?«

»Nicht wirklich – er meinte, es tue ihm Leid, dass sie verletzt sei, aber w-wenigstens hätte m-man sie noch rechtzeitig gefunden.«

»Warmherzig und fürsorglich wie immer«, kommentierte ich. »Was ist mit Chris?«

»Ich habe ihn früh morgens sich selbst überlassen und bin ins Bett g-gegangen – und ich habe w-wieder die Sch-Schlafzimmertür abgeschlossen. Als D-Dave dann ausgezogen war, habe ich Chris auf den Kopf zugesagt, ich wüsste, dass er Spike über die Klippen geworfen hat, und er hat es zugegeben. Bloß behauptete er, Spike sei da schon t-tot gewesen.« Ihre Augen füllten sich mit Tränen. »Er hat ihn überfahren, als er den W-Wagen rückwärts aus der Garage setzte, um nach London zurückzufahren, und er dachte, es w-wäre weniger schmerzlich für mich, wenn Spike einfach v-verschwinden würde.«

Noch während wir sie trösteten, fragte ich mich, ob es tatsächlich so gewesen war. Hatte Chris Spike wirklich versehentlich getötet? Er ist definitiv ein Mistkerl.

Miranda schien meiner Meinung zu sein. »Er hat versucht, es so darzustellen, als hätte er Spike nur weggebracht, um mich zu schonen, aber ich g-glaube, er hat es nur getan, w-weil er mir gegenüber nicht zugeben wollte, was er g-gemacht hatte, und dadurch ist alles viel schlimmer geworden! Ich habe jedenfalls erwidert, das sei der letzte Strohhalm für mich, und ich sei jetzt davon überzeugt, dass er mir auch all die anderen Streiche gespielt hat, und ich hätte die Nase voll von seelischer Grausamkeit und Untreue, und ich wolle die Sch-Scheidung.«

Miranda mausert sich mit Macht. »Bravo! Wie hat er reagiert?«

»Er ist aus dem Haus gestürmt, z-zurück nach London – er rief mir noch zu, ich könne ihn anrufen, wenn ich wieder zu Verstand gekommen sei.«

»Schöner Spruch«, bemerkte Mu kritisch.

»Das war es jedenfalls«, fügte Miranda und schnüffelte ein wenig. »Es ist alles ein b-bisschen traurig ... doch ich habe ja zur Abl-lenkung Fantasy Flowers. Gil ist gestern Abend noch lange bei mir geblieben und hat mir geholfen. Er ist Abstinenzler und m-mag keine gemixten Drinks, deshalb hat er den P-Punsch nicht mal angerührt. Ich bin sicher, dass ich es überleben werde, denn ich habe ja mein G-Geschäft und meine Kochbücher und meine Freunde.«

Nach diesem arglosen Geständnis hielt ich es für besser, der Frage nachzugehen, ob Gil seine Frau wirklich um die Ecke gebracht hatte, daher rief ich ihn später an und erinnerte ihn an seine Einladung zum Tee. Wir verabredeten uns für Mittwoch. Er meinte, Violet Duke sei gerade bei ihm und zeige ihm, wie er Dorindas Computer benutzen müsse, weil sie glaube, dort könnten sich vielleicht wichtige Informationen befinden. Gil ist natürlich ein absoluter Analphabet in Bezug auf Computer, und das Gleiche gilt für mich, sonst wäre ich vielleicht selbst auf diesen Gedanken gekommen.

Es war ein beunruhigendes Gefühl, dass Dave im Dorf wohnte, aber mehr auch nicht – er hat mir noch nie Angst gemacht ... obwohl sich das vielleicht ändern könnte, wenn er tatsächlich ausflippen und es sich zur Angewohnheit machen würde, Katzen und Menschen mit Steinen den Schädel einzuschlagen. Was ich mir aber wirklich nicht vorstellen kann.

Wie dem auch sei, ich bin schon früher mit ihm fertig geworden, es wird mir also abermals gelingen.

»Hast du schon im Krankenhaus angerufen, um dich nach der armen Lili zu erkundigen?«, fragte ich Miranda.

»Ja, sie ist in Swansea – sie hat eine Gehirnerschütterung.«

»Wie die arme Sphinx, aber wie du siehst, geht es ihr schon wieder gut.«

»Lili ist nun anscheinend bei Bewusstsein, aber s-sie ist ein b-bisschen verwirrt. Ich werde sie morgen besuchen.«

»Soll ich mitkommen?«, bot ich an.

»Vielleicht b-besser nicht. Ich w-weiß nicht, an wie viel sie sich noch erinnern kann, und du bist w-wirklich mit Nye weggegangen.«

»Ja, aber eigentlich bin ich nicht *mit* ihm gegangen, es war mehr ein Zufall, dass wir zur selben Zeit aufgebrochen sind. Und sie kann ihn meinetwegen gern haben, ich will ihn nicht.«

»Möglich, dass Nye da gern ein Wörtchen mitreden würde«, meinte Mu. »Du kannst nicht ›Taler, Taler, du musst wandern‹ mit ihm spielen.«

Kapitel 26

Schreckliche Steine

Wenig später ging Miranda nach Hause – sie sagte, sie sei erschöpft und müsse zu Bett gehen, wenn sie am nächsten Morgen früh genug aufstehen wolle, um die Blumenbestellungen zu erledigen. Vor allem, da es der erste Tag sei, an dem die Anzeige mit ihrer eigenen Telefonnummer für Fantasy Flowers erscheine.

Ich vermisse ihre Besuche im Cottage, um die Blumen zusammenzustellen, aber wahrscheinlich kann ich jetzt wenigstens den Wintergarten abreißen lassen, obwohl er für die Katze schon irgendwie praktisch ist. Ich werde keine Katzenklappe in meine portugiesische Tür schneiden, die im Übrigen immer noch dekorativ an der Küchenwand lehnt, da ich denke, dass ich sie in die vordere Seite der Scheune einbauen lassen werde.

Als ich jemanden hier hatte, der die Pläne für die Scheune zeichnen sollte, meinte der Mann, dass es ursprünglich dort eine Tür gegeben habe, mit einem Durchgang zu einer weiteren zugemauerten Tür in meiner Küche. Auf diese Weise könnte ich einen Flur und eine Haustür bekommen, obwohl ich für den Rest der Scheune auf eine Baugenehmigung warten muss.

Wir waren mittlerweile ziemlich müde und durchstöberten gerade die Tiefkühltruhe, um uns zwischen den säuberlich gestapelten und etikettierten Kartons von Mirandas vorgekochten Mahlzeiten zu entscheiden, als zwei Polizisten auftauchten.

Wie beliebt wir doch sind!

Es war wieder Constable Gwynne, und diesmal hatte er

noch einen älteren Mann mit Knopfaugen, einem mottenzerfressenen Schnurrbart und gelben Fingern mitgebracht: Eine besondere Art von Gelbsucht oder Raucherhände?

Die Polizisten klapperten immer noch die Partygänger aus dem Ort ab, um Nachforschungen wegen Lilis Unfall anzustellen, also führte ich die beiden ins Wohnzimmer, während Mu Kaffee kochen ging.

Ich setzte mich auf den Zahnarztstuhl, und die beiden Männer nahmen auf dem Sofa gegenüber Platz. Inspektor Crabtree, wie Streuselkuchen ihn vorgestellt hatte, nahm ein Zigarettenpäckchen aus der Tasche.

»Sie haben doch nichts dagegen ...?«, begann er.

»Und ob ich etwas dagegen habe«, erwiderte ich, woraufhin er mir einen unfreundlichen Blick zuwarf, das Päckchen aber wieder wegsteckte.

Sphinx kam herein und baute sich mitten vor dem armen Constable Gwynne auf, um ihn anzustarren. Vielleicht hatte sie auch noch nie so viele Pickel auf einmal gesehen.

»Wir versuchen, Mrs. Jakes' letzte Bewegungen nachzuvollziehen«, begann der Inspektor. »Außerdem hat man uns berichtet, dass es hier gestern Abend ebenfalls einen Unfall mit einem Stein gegeben hat.«

»Ford Jakes. Ms.«

»Mit Bindestrich?«

»Ohne.«

Der Blick, den er mir zuwarf, war nicht freundlicher als der vorherige.

»Jemand hat gestern Abend einen Stein nach meiner Katze geworfen und sie bewusstlos liegen gelassen. Ich habe den Stein noch – ich habe eine Teekiste darüber gestülpt, um den Regen abzuhalten, falls Fingerabdrücke darauf waren, obwohl es wahrscheinlich nicht leicht sein dürfte, Fingerabdrücke auf einer aufgerauten Oberfläche wie einem Stein sicherzustellen?«

»So gut wie unmöglich, Miss.«

»*Ms.*«

Er warf mir noch einen säuerlichen Blick zu, und der arme Constable Gwynne kritzelte hektisch vor sich hin.

»Miranda Cotter hat uns alles über Lilis Unfall erzählt, und ich staune, dass der Postbote sie von der Straße aus überhaupt bemerkt hat, wenn sie in der Tür dieser Ruine lag.«

»Er – ähm – musste einem dringenden Ruf der Natur Folge leisten.«

Wenigstens hatte er nicht die nächstgelegene Telefonzelle benutzt. Wie kommt es nur, dass Männer den Drang verspüren, in kleinen, engen Räumen zu pinkeln? Eine Art Markierung ihres Territoriums?

In diesem Augenblick kam Mu mit dem Tablett herein, wurde den Männern vorgestellt und über den bisherigen Verlauf des Gespräches in Kenntnis gesetzt, falls man die letzten paar Minuten als Gespräch bezeichnen durfte.

Sie setzte sich in den gepolsterten Korbsessel und lächelte gewinnend.

Inspektor Crabtree kaute an seinem strähnigen Schnurrbart, der ihn eigentlich mit genug Nikotin versorgen müsste, um auf ungewisse Zeit damit auszukommen.

Als ich den kleinen Tisch etwas näher heranzog und aus der Raarg-Kanne Kaffee einschenkte, tauschten die beiden Polizisten aus irgendeinem Grund einen Blick. Vielleicht mochten sie keinen Kaffee, waren aber zu höflich, das zu sagen.

Dann halfen wir gemeinsam unserem Gedächtnis auf die Sprünge, was die Frage betraf, wer auf der Party gewesen war. Ich nehme an, sie hatten bereits eine Liste bekommen, und ich war darüber hinaus keine große Hilfe, denn ich war ja schon früh weggegangen. Von Mu, die nicht viel länger geblieben war, erfuhren sie ebenfalls nichts Neues.

»Hat eine der Damen gestern Abend mit Mrs. – Ms. Ford Jakes gesprochen?«

Ich schüttelte den Kopf. Die Tatsache, dass ich ihr »Dave Devlyn« ins Ohr geflüstert hatte, zählte eindeutig nicht.

Mu antwortete: »Ich habe kurz mit ihr geplaudert, aber es war nichts Wichtiges. Ich meine, sie hat nicht gesagt: ›Ich treffe mich später in diesem verfallenen Cottage an der Straße nach Rhyss mit einem Mann, und er wird mich vielleicht mit einem Stein niederschlagen‹.«

Die beiden Männer warfen ihr einen Blick zu, und sie fügte unverfroren hinzu: »Sie war genau wie immer.«

»Ich verstehe.« Crabtree wandte sich wieder an mich, während Constable Gwynne hastig seine Kritzelei beendete und eine frische Seite aufschlug.

»Also, ich höre, Sie hätten die Party früh verlassen und hätten überdies einen etwas ungewöhnlichen Weg dafür gewählt?«

»Ich bin durchs Küchenfenster gestiegen«, stimmte ich zu.

»Aus irgendeinem speziellen Grund?«

»Ich wollte gehen, und im Flur stand ein Mann, mit dem ich nicht sprechen wollte.«

»Und Sie haben die Party mit einem Mr. Aneurin Thomas verlassen.«

»Er ist mir durchs Fenster gefolgt, wir sind nicht zusammen weggegangen.«

»Er hat ausgesagt, dass er Mrs. Jakes' Aufmerksamkeiten habe aus dem Weg gehen wollen. Vielleicht wären Sie so freundlich, mir zu erzählen, was Sie als Nächstes getan haben?«

Sein Tonfall legte die Vermutung nahe, dass er bereits ziemlich genaue Vorstellungen davon hatte. Was genau hatte Nye ihm erzählt?

»Wir haben einen Spaziergang ins Moor gemacht und sind dann hierher zurückgekommen.«

»Ach ja? Aber Sie hatten Ihr Regencape bei den Cotters gelassen, nicht wahr? Sind Sie bei diesem plötzlichen Guss nicht sehr nass geworden?«

»Nein, wir haben uns untergestellt, bis es aufhörte. War das die fragliche Zeit? Warum haben Sie das nicht gleich gesagt? Nye und ich waren noch bis weit über diese Zeit hinaus zusammen, weil er mich hierher begleitet hat. Also kann keiner von uns beiden etwas damit zu tun gehabt haben, falls es kein Unfall war – was mir durchaus möglich erscheint. Ich vermute, meine arme Katze war gestern Abend das einzig wirkliche Opfer.«

»Um wie viel Uhr haben Sie entdeckt, dass Ihre Katze verletzt worden war?«, fragte er mit dem Tonfall eines Menschen, der mit großer Geduld einen Schwachsinnigen ertrug.

»Es war so gegen eins«, antwortete Mu. »Sie ist aus dem Haus gelaufen, als ich von der Party zurückkam, und kurz darauf hörte ich ein Geräusch und habe sie gefunden. Ich hatte den Eindruck, dass in diesem Moment jemand weglief.«

»Aber gesehen haben Sie niemanden?«

»Nein, obwohl es wahrscheinlich Dave Devlyn war, der Mann, dem Sappho bei der Party aus dem Weg gehen wollte.«

»Du kannst ihn nicht ohne jeden Beweis beschuldigen!«, protestierte ich.

»Gibt es einen Grund, warum er etwas Derartiges tun sollte?«, erkundigte sich der Inspektor geduldig.

»Er ist wahnsinnig eifersüchtig, was Sappho betrifft – die beiden waren vor Jahren mal ein Paar –, und er neigt dazu, alle möglichen gehässigen Dinge zu tun, um ihre Aufmerksamkeit zu erringen.«

»Wir haben mit Mr. Devlyn bereits gesprochen, und ich glaube, er war zur fraglichen Zeit anderweitig beschäftigt, obwohl sowohl er als auch Mr. Ace irgendwann im Laufe des Abends mal nach draußen gegangen sind, um frische Luft zu schnappen.«

Nach ein paar weiteren scheinbar willkürlichen Fragen

erklärte er, das sei nun alles. Lili sei mittlerweile bei Bewusstsein und erhole sich gut, könne sich aber noch nicht daran erinnern, wie sie in das Cottage gekommen war. Nachdem sie uns das noch berichtet hatten, standen sie auf und verabschiedeten sich.

Ich bestand darauf, dass sie sich noch den Stein ansahen, der Sphinx getroffen hatte, dann brachen sie auf, wobei sie auf dem Weg um die Scheune beinahe noch mit Nye zusammengestoßen wären.

Er trug eine lehmbespritzte Cordhose und machte ein finsteres Gesicht. Ich habe herausgefunden, dass diese seltsamen Augen ein Barometer für seine Gefühle sind: Bleigrau bedeutet Ärger.

Plötzlich überfiel mich eine lebhafte Erinnerung an die Nacht zuvor, eine Erinnerung, auf die ich hätte verzichten können und die wahrscheinlich mit dazu beitrug, dass ich ziemlich schnippisch klang, als ich sagte: »Hallo, Nye! Das ist aber eine Überraschung.«

»Ach ja?«, entgegnete er kalt und fuhr fort, auf mich herabzufunkeln. Und über mir aufzuragen. Ich bin das nicht gewohnt.

»Deine Katze wird gesteinigt, Lili könnte gestern Nacht von derselben Person angegriffen worden sein, und sie hat zu dem Zeitpunkt deinen Umhang getragen, und du bist überrascht, dass ich sehen wollte, ob es dir gut geht?«

»Oh, uns geht es bestens – genauso wie Sphinx, wie du sehen kannst«, antwortete ich hochfahrend.

»Ich finde das ausgesprochen aufmerksam von Ihnen, Nye«, versicherte Mu. »Warum kommen Sie nicht herein? Ich brühe frischen Kaffee auf – oder lieber Tee?«

Verräterin.

»Kaffee wäre wunderbar«, stimmte er zu, strich sich müde das zerzauste, weißgoldene Haar aus der Stirn und hinterließ dort stattdessen einen grauen Streifen, der seinem guten Aussehen seltsamerweise keinen Abbruch tat.

»Ich habe den ganzen Tag gearbeitet – die Polizisten haben mich unterbrochen, aber davon abgesehen ...«

Ich ließ ihn nur bis in die Küche – abgesehen davon, dass er von Kopf bis Fuß voller Lehm war, möchte ich ihn nicht zum Bleiben ermutigen. Aber er schien den Raum ziemlich auszufüllen. Seine langen Beine beanspruchten den halben Bodenraum unter dem Tisch.

»Als du heute nicht im Atelier aufgetaucht bist, habe ich angenommen, du seist anderweitig beschäftigt, mit der Katze und der Polizei«, wandte er sich an mich. »Aber das war offensichtlich ein Irrtum.«

Mu warf mir einen gedankenvollen Blick zu. »Wir waren heute Nachmittag draußen in der Oxwich Bay, Nye – ich wusste nicht, dass Sie sich im Atelier verabredet hatten.«

Ich rührte mit aller Aufmerksamkeit, die diese Tat verdiente, in meinem Kaffee. »Wir waren nicht verabredet. Ich habe vielleicht gesagt, dass ich irgendwann mal vorbeikommen würde.«

»Und das, obwohl wir auch noch ganz in der Nähe waren!«, rief Mu bedauernd. »Ich würde mir Ihre Arbeiten schrecklich gern einmal ansehen, Nye, aber vielleicht kann Sappho Sie morgen besuchen und mir davon erzählen, weil ich in aller Frühe nach Hause fahren werde. Werden Sie morgen dort sein?«

»Ich bin immer dort.«

»Jetzt aber nicht«, warf ich ein.

»Ich bin früher weggegangen – ich wollte mich davon überzeugen, dass bei dir alles in Ordnung ist.« Er runzelte die Stirn. »In letzter Zeit passieren hier zu viele merkwürdige Dinge, angefangen mit Dorinda Aces Verschwinden – dann wurde erst deine Katze verletzt und später auch Lili. Andererseits könnte das mit Lili ein Unfall gewesen sein, und die Katze war möglicherweise das Werk deines leicht verrückten Freundes.«

»Ex. Exer geht es nicht.«

Miranda kam durch die offen stehende Tür herein: »Sappho? Oh, da bist du ja – und Mu auch. Ich w-war bei Lili, und sie erholt sich gut – morgen wird sie vielleicht schon entlassen. Nur dass sie sich an nichts erinnern kann! Sie hat mich gebeten, D-Dave D-Devlyn einen Brief zu b-bringen, was merkwürdig ist, findet ihr nicht auch? Allerdings hatte man wirklich den Eindruck, dass sie s-sich angefreundet haben, also ist es vielleicht...«

Sie brach mitten im Satz ab, da sie Nye entdeckt hatte, und errötete.

»Hallo, Miranda.«

»Kümmer dich nicht um ihn«, bewertete ich abschätzig. »Setz dich – trink eine Tasse Kaffee, solange er noch heiß ist.«

Nye warf mir einen seiner unergründliche Blicke zu, obwohl mir schleierhaft ist, wie jemand so blond sein und trotzdem eine so düster brütende Miene aufsetzen kann. Zumindest war das Blei aus seinen Augen verschwunden und an seiner Stelle nur eine Spur Pulverrauch zurückgeblieben.

Miranda schenkte er jedoch ein bezauberndes Lächeln. »Ich weiß alles über Dave«, erklärte er freundschaftlich. »Ich denke, ich weiß überhaupt alles über alle«, fügte er nach kurzer Überlegung hinzu. »Mu hat mir gestern einen ausführlichen Bericht gegeben.«

Ich warf ihr einen Blick zu – wie lange habe ich eigentlich gestern Abend auf diesem Sofa geschlafen? Lange genug für meine ganze Lebensgeschichte?

»Ich bin davon überzeugt, dass Lili ausgerutscht ist und sich den Kopf angeschlagen hat«, erklärte Miranda. »Und die Katze – hm, D-Dave scheint da am ehesten als Täter infrage zu kommen, er ist so eifersüchtig deinetwegen, und er hasst Katzen ... Ja, und er hat die P-Party tatsächlich für eine Weile verlassen. Aber er s-sagt, er sei nur ein paar Minuten weggeblieben, und dann ist er mit diesem Mädchen nach oben verschwunden.«

»Chris war hier«, entgegnete ich. »Aber das war schlichte, reine Neugier.«

»Und Gil ist auch für ein paar Minuten verschwunden, erwähnte die Polizei«, fügte Mu hinzu.

»Oh, Gil war es bestimmt nicht – er *mag* Katzen. Außerdem würde er so etwas einfach nicht tun«, erwiderte Miranda voller Zuversicht. »Ich hoffe, die Polizei wird ihm nicht wieder s-so zusetzen – er war bestimmt nicht lange genug weg, um zum Cottage raufzugehen, wo man Lili gefunden hat, und w-wieder zurückzukommen.«

»Vielleicht war es später«, meinte ich, »und Lili hatte sich mit jemandem dort verabredet – zum Beispiel mit Nye.«

»Die Polizei nimmt an, das Lilis Unfall vor dem schweren Regenguss passiert ist, währenddessen wir, wie du dich vielleicht erinnerst, anderweitig beschäftigt waren. Und einmal abgesehen davon, warum sollte ich so etwas tun?«

»Sie hatte dich irgendwie in der Hand?«, schlug ich vor.

»Untadelige Vergangenheit«, entgegnete er unbeeindruckt.

»Du warst heimlich verheiratet und ...«

»Nein, war ich nicht!«

»Ihr hattet eine Affäre und ...«

»Du musst doch wissen, dass ich kein Interesse an ihr hatte. Warum versuchst du zu beweisen, dass ich der Attentäter war?«

Unsere Blicke trafen sich, und ich antwortete überrascht: »Das tue ich nicht – ich entwerfe lediglich verschiedene Szenarien.«

»Das ist aber dem armen Nye gegenüber nicht fair«, wandte Mu ein. »Wir wissen, dass er es nicht gewesen ist. Das hier ist kein Roman.«

»Ah ja – die Romane«, sagte Nye und sah mich wieder mit diesem brütenden Blick an. »Als ich gestern Abend nach Hause kam, habe ich mit *Vengeane: Dunkle Stunden, dunkle Taten* angefangen.«

»Warst du nicht zu müde?«, platzte ich heraus und errötete dann.

»Ja, aber ich habe das Gefühl, das Buch könnte der Schlüssel zu allem sein. Einige der Figuren kommen mir seltsam vertraut vor.«

Oh Gott! Ich werde das Land vielleicht doch früher als erwartet verlassen müssen.

Miranda seufzte: »Ich bin so müde, ich gehe nach Hause. Tut mir Leid, dass ich einfach s-so reingeplatzt bin, aber ich b-bin ins Grübeln gekommen und...«

»Ist schon gut.«

»Ich h-hoffe nur, D-Dave tut in s-seiner Eifersucht nicht irgendetwas V-Verrücktes, weil d-du gestern Abend mit Nye weggegangen bist«, fügte sie hinzu. »Aber andererseits, w-wenn er sich mit Lili angefreundet hat...?«

Ich gähnte. »Er wird nicht lange hier sein – er wird seine Fotos machen und wieder abreisen. Außerdem habe ich sowieso keine Angst vor ihm.«

»Du könntest die Probe aufs Exempel machen«, schlug Nye vor. »Wir treffen uns morgen Abend auf einen Drink in dem Pub, in dem er abgestiegen ist, und sehen dann, ob er eifersüchtig oder gleichgültig reagiert. Zumindest werde ich da sein, um dich zu beschützen, falls er unangenehm wird. Und wenn er sieht, dass du mit einem anderen befreundet bist, begreift er vielleicht, dass er sich falsche Hoffnungen macht.«

»Ich bin mit niemand anderem befreundet«, erwiderte ich kalt.

»Du könntest so tun als ob.«

»Das wäre vielleicht eine gute Idee«, meinte Mu. »Es gefällt mir gar nicht, dass ich dich morgen hier allein lasse.«

»Mit der Katze – es sei denn, du möchtest sie wieder mitnehmen?«

»Du brauchst sie, selbst wenn sie nicht schlagfest ist.«

»Ich komme gut allein zurecht.«

»Wenn du natürlich zu große Angst hast, es zu versuchen – oder wenn du dich vor mir fürchtest…«, begann Nye erneut.

»Das tue ich ganz bestimmt nicht! Ich komme morgen mit dir – aber mach mir keine Vorwürfe, wenn es unangenehm wird.«

»Er ist alt genug – und ganz sicher groß genug –, um auf sich selbst Acht zu geben«, erklärte Mu. »Sie nimmt Ihr Angebot an!«

»Vielen Dank«, sagte Nye. »Und was habe ich schon zu verlieren? Wenn er immer noch Sapphos wegen so eifersüchtig ist, wird er dann nicht ohnehin schon eifersüchtig auf mich sein? Warum sollte ich nicht aus der Situation ein wenig Vergnügen ziehen?«

»Welche Art von Vergnügen hattest du denn im Sinn?«, fragte ich argwöhnisch.

»Das Vergnügen deiner Gesellschaft, was sonst? Geh nach Einbruch der Dunkelheit nicht mehr aus dem Haus«, fügte er hinzu, als schenkte ich ihm auch nur die geringste Beachtung.

Kapitel 27

Süß und sauer

Habe meine übliche Schreibration erledigt, aber Nala schwankt auf eine höchst ungewöhnliche und ärgerliche Art und Weise hin und her.

Sie hat noch nicht ganz akzeptiert, dass Raarg, wie attraktiv er auch sein mag, nicht der richtige Mann für sie ist und dass es besser ist, allein zu herrschen und zu leben, als sich geistig und körperlich von dem Drachentöter überwältigen zu lassen.

Bin mir nicht sicher, ob meine Leser ebenfalls bereit sind, das zu akzeptieren.

Danach war es Zeit, Mu zum Zug zu bringen, leider ohne die Katze.

Mu flatterte vor Nervosität und Aufregung – aber sie war auch voller begeisterter Pläne für ihr Indiana-Cat-Buch, das langsam Gestalt annimmt. Es ist seltsam, dass alles plötzlich gleichzeitig Blüten treibt.

»Jetzt kannst du nach Hause fahren und den Rest des Tages damit zubringen, dich für Nye schön zu machen«, erklärte sie mir, als sie bereits in der Tür ihres Wagons stand.

»Besser wäre es, ich würde absolut grässlich aussehen, das würde Dave vielleicht von mir kurieren. Außerdem weiß ich gar nicht, warum ich mich auf diese Verabredung eingelassen habe, es war eine blöde Idee. Dave wird uns lediglich eine Szene machen, wenn er da ist.«

»Ja, aber er glaubt, du hättest dich all diese Jahre für ihn aufgespart, wenn er dich jetzt also mit einem anderen Mann sieht, könnte ihn das durchaus desillusionieren: Vielleicht schockiert es ihn sogar derart, dass er wieder zu Sinnen kommt.«

»Ich glaube nicht, dass er überhaupt irgendwelche Sinne hat, abgesehen vom Tast- und Geschmackssinn vielleicht. Und was ist, wenn er wirklich derjenige war, der Sphinx und sogar Lili angegriffen hat? In dem Falle hätte er wohl doch einen *kleinen* Dachschaden, meinst du nicht auch? Und wenn er mich mit einem Rivalen sieht, treibt ihn das womöglich dazu, etwas noch Schlimmeres zu tun.«

»Ich dachte, du glaubtest nicht, dass er für diese Dinge verantwortlich ist? Hast du mir nicht jahrelang erzählt, er sei einfach harmlos boshaft?«

Ich schauderte plötzlich. »Ja, aber bei der Party war etwas in seinen Augen, dass – nun ja, es hat mir nicht direkt Angst gemacht, aber ich hatte den Eindruck, er sei nicht mehr recht bei Sinnen, was meine werte Person betrifft. Ich kann mir nur nicht vorstellen, warum.«

Mu umarmte mich. »Ich steige besser ein, bevor sie ohne mich losfahren. Und keine Sorge – Nye wird sich um dich kümmern!«

Das hatte er bereits getan, und einmal war genug.

Aber im Großen und Ganzen hatte ich das Gefühl, dass er mich holen kommen würde, wenn ich heute Abend zu kneifen versuchte. Ich weiß nicht, warum er sich unbedingt in meine Angelegenheiten einmischen will, aber wahrscheinlich ist er groß genug, um auf sich selbst aufzupassen.

Mu drückte das Fenster herunter: »Gib Acht, dass du dir nicht ins eigene Fleisch schneidest: Ich würde überall hingehen, wohin Nye mich einlädt, Ambler hin, Ambler her!«

»Nein, würdest du nicht – du bist ein Hund, der nur bellt und nicht beißt«, gab ich ein wenig rüde zurück, als der Zug anfuhr.

Als ich nach Hause kam, lauerten mir die drei Grazien von nebenan auf, obwohl zwei von ihnen nach einigen Begrüßungsworten zu irgendwelchen Jobs aufbrachen, und nur Violet zurückblieb, um das Verhör zu führen.

Ob die drei vielleicht eine Art Minihexenzirkel waren?

»Wir haben gehört, was dieser Frau passiert ist, dieser Lili Ford Jakes«, informierte sie mich. »Lavender und Popie glauben, sie sei einfach betrunken gewesen und gefallen, als sie sich vor dem Regen unterstellte. Aber eine Schande ist es schon. Wie dem auch sei, Miranda sagt, Lili würde morgen aus dem Krankenhaus kommen, obwohl sie sich an nichts erinnern kann.«

»Vielleicht kommt die Erinnerung ja zurück?«

»Vielleicht tut sie das, und dann werden wir die Antwort auf die Frage wissen: ›Ist sie gefallen, oder wurde sie niedergeschlagen‹«, kicherte sie. »Und sie hat *Ihr* Cape getragen, nicht wahr? Das bringt einen doch ins Grübeln – vor allem, nachdem in derselben Nacht Ihre Katze von einem Stein getroffen wurde. Interessanter Zufall.«

»Ja, nicht wahr? Lili hat sich mein Regencape ausgeliehen, weil ich es liegen gelassen hatte.«

»Nachdem Sie sich den Mann ausgeliehen hatten, auf den sie ein Auge hatte?«

Gütiger Himmel! Weiß diese Frau denn *alles?* Das ist keine Buschtrommel, es ist eine Buschtelepathie.

Sie kicherte: »Der reinste Adonis! Aber ein netter Kerl.«

»Sie kennen Nye, ja?«

»Ich kenne alle Leute aus dem Kunsthandwerkszentrum – ich trinke zweimal die Woche mit meinen Freundinnen dort Tee, um ein wenig zu plaudern.«

Sie spähte über die Hecke, als könnte sich dahinter etwas verstecken, und fügte leise hinzu: »Vorhin hat da ein Mann bei Ihrer Scheune herumgelungert – dunkelhaarig, gut aussehend, ein bisschen Marke Teufelskerl.«

Dave, wie er leibt und lebt. Wahrscheinlich hat er es wegen der Katze nicht gewagt, näher zu kommen. Jetzt war nichts von ihm zu sehen, aber ich dachte langsam daran, meine Vordertür auf dieser Seite des Hauses anbringen zu lassen, damit niemand mehr ungesehen dort herumlungern konnte.

»Der Exfreund, nehme ich an?«, erkundigte Violet sich. »So sah er auch aus: ein verhinderter Heathcliff. Ich höre, er ist im Dorfpub abgestiegen.«

Sie *musste* eine Hexe sein – aber wenigstens konnte sie das von Nye und mir auf dem Felsen nicht wissen ... oder?

Zu meiner Erleichterung wechselte sie das Thema. »Ihre Freundin Muriel war gestern mit Ihrer Katze draußen im Garten.«

»Mu«, korrigierte ich sie. »Sie heißt nicht Muriel.«

»Ich kann mir nicht vorstellen, für welchen Namen die Abkürzung sonst stehen sollte«, bekannte sie, aber ich lächelte nur rätselhaft.

»Was halten Sie von der Katze?«

Es stellte sich heraus, dass sie liebend gern selbst so ein merkwürdiges Kätzchen wie meins hätte, falls Coochie und Ankaret noch einmal so entgegenkommend sein sollten.

Gower wird von ebenso riesenhaften wie sonderbaren Miezen überschwemmt werden.

Miranda hatte eine Eilbestellung, einen Blumenstrauß, den sie vor dem Mittagessen liefern musste – an mich.

Es war ein viktorianisches Sträußchen, dessen Botschaft eine Liebeserklärung war. Um dies zu erkennen, brauchte ich das Büchlein nicht. Zitronenfarbene Geranien – die Begegnung, rote Rosen – Liebeserklärung, Levkojen – bleibende Schönheit, Phlox – Übereinstimmung und Heliotrop – Liebe und Hingabe.

Es lag keine Karte bei – ich nehme an, die Blumen sagten alles, wie beabsichtigt –, aber der Strauß kam von Dave.

Er war der Charme in Person gewesen, als er den Strauß bestellt hatte, hatte sich für den Wodka im Punsch entschuldigt und Miranda erklärt, er liebe mich so sehr wie eh und je. Er schien zu glauben, ich sei am Abend der Party mit Nye spazieren gegangen, wie man mit einem Hund Gassi geht. Und er war davon überzeugt, dass ich es getan hatte, um ihn eifersüchtig zu machen.

Miranda fand ihn rührend, weil er so aufrichtig wirkte, was ich nur als einen akuten Anfall von Gehirnerweichung betrachten kann.

Nye holte mich um sieben Uhr ab, und ausnahmsweise einmal war er nicht mit Tonspritzern übersät, was bedeutete, dass er diesmal vielleicht nicht auf dem Kriegspfad war. Aber ich hatte doch das Gefühl, dass ihm an seinem Plan Zweifel gekommen waren, denn er wirkte sehr geistesabwesend.

Ich fragte ihn, ob er das Ganze abblasen wolle, und er kehrte lange genug aus seinen Tagträumereien zurück, um mit einiger Überraschung zu bemerken, dass das keineswegs seine Absicht sei. Außerdem habe er Hunger, und ich möchte mich bitte beeilen.

Freundlich, aber reserviert, wie die Katze. Genau das, was ich wollte, nicht wahr?

Ich war irgendwie davon ausgegangen, dass wir im »Newt and Rocket« im Dorf essen würden, aber stattdessen fuhren wir in Nyes kleinem weißen Lieferwagen (der in puncto Komfort eine Spur zu wünschen übrig ließ und außerdem nach nassem Lehm und feuchten Säcken roch) nach Swansea und gingen in ein chinesisches Restaurant.

Ich bin ein berüchtigter Stäbchenschwinger.

Während des Essens malte Nye unaufhörlich irgendwelche Schnörkel auf leuchtend bunte Klebezettel, aber nach einer Weile schien er auf den Planeten Erde zurückzukehren und steckte sie in seine Tasche.

»Der Drachentöter war geistesabwesend – irgendetwas beschäftigte ihn derart, dass nichts anderes mehr in sein Bewusstsein drang, nicht einmal ihre Anwesenheit…«

»Entschuldige, hast du etwas gesagt?«

»Nein«, erwiderte ich hastig und drückte den Ausknopf. Vielleicht war ein Diktiergerät an einer Kordel als persönliches Schmuckstück ein wenig sperrig, doch wenn ich es zu Hause lasse, bereue ich es immer.

»Ich kümmere mich gar nicht richtig um dich«, bemerkte er freundlich, »aber ich habe über etwas nachgedacht, und du weißt ja, wie das ist, wenn man mit seinen Gedanken bei der Arbeit ist?«

Ich nickte. Ich verstehe das durchaus, obwohl ich mir nicht vorstellen kann, was so wichtig an dem Entwurf eines Bechers oder eines Tellers sein soll. Trotzdem, Nye ist offensichtlich ein hingebungsvoller Künstler, und das sollten auch Schriftsteller sein – sind sie oft aber nicht. Was zu Schlamperei in ihren Büchern führt.

Jetzt, da er vollends an die Oberfläche zurückgekehrt war, war er wieder der Mann, den ich von der Party kannte – bevor wir den Sprung ins Unbekannte gewagt hatten.

Es war, als zöge man einen vertrauten Mantel über: etwas aus maßgeschneidertem Samt, mit einem fünfstelligen Preisschildchen dran. Ich wusste, dass ich ihn mir nicht leisten konnte, aber ich genoss es, mich für ein Weilchen in ihn zu hüllen.

Er hat eine ziemlich tiefe Stimme, was nur gut ist. Schließlich möchte man keinen Mann von dieser Größe, der quiekt. (Vorausgesetzt, man *möchte* einen Mann.)

Er erzählte, dass alle Bewohner der Chalets in Preece's Plot aufgefordert worden seien, ihre Zelte abzubrechen und zu verschwinden, weil dort im Herbst alles abgerissen werden sollte.

»Aber diese Häuser stammen doch aus der viktorianischen Zeit, oder nicht? Sollten sie nicht für die Nachwelt erhalten bleiben oder so etwas?«

»Ich glaube nicht, dass die Nachwelt sie haben will – sie sind alle ziemlich verfallen, und zwar unrettbar. Wir haben unser Bestes gegeben, um sie in Stand zu setzen, weil der Vermieter keinen Handschlag mehr an den Häusern getan hat, um uns rauszuekeln. Ich liebe mein Chalet, aber es gibt keine Kanalisation, das Wasser kommt aus Hydranten, und dann wäre da noch ein gewisses Rattenproblem.«

»Ratten?«

»Hauptsächlich außerhalb der Häuser«, fügte er lässig hinzu, »doch da die Chalets aus Holz gebaut sind, nagen die Tiere sich manchmal nach innen durch. Und wir haben natürlich Mäuse, aber die sind nicht so ein Problem.«

Oder nur nicht so ein *großes* Problem?

»Also, wie viel Zeit hast du noch, bevor du ausziehen musst? Und wohin wirst du gehen?«

»Bis September. Einige der Leute wollten sich in ihren Wohnungen verbarrikadieren, um die Renovierung aufzuhalten, aber da wird nicht mehr viel zu machen sein. Daher werden einige in das Jurtendorf oben in Nordwales ziehen, und der Gemeinderat wird wahrscheinlich ein paar der Familien in neuen Wohnungen unterbringen. Wir anderen müssen uns einfach etwas anderes suchen.«

»Weißt du schon, wohin du willst?«

»Nein. Aber ich habe auch noch nicht richtig darüber nachgedacht. Vielleicht finde ich ja ein Cottage, das ich mieten kann, aber da Gower jetzt dermaßen *in* ist, werde ich mir die Preise vielleicht nicht leisten können und in einem Wohnwagen enden.«

»Du kommst mir nicht wie ein Camper vor.«

Er grinste. »Es ist mir eigentlich egal, wo ich wohne, solange ich die Werkstatt habe, obwohl eine Wohnung mit Atelier, damit ich zu Hause arbeiten könnte, perfekt wäre. Vielleicht eines Tages …«

»Aber du brauchst das Kunsthandwerkszentrum doch, um dort zu verkaufen, nicht wahr?«

»Nicht unbedingt – ich verkaufe so ziemlich alles durch Kommissionen oder über Londoner Galerien.«

»Oh?« Wahrhaftig, ich sollte mal ins Kunsthandwerkszentrum gehen und mir ansehen, was er eigentlich produziert – er schien in seinem Fach gut zu sein. In seinem Fach und in anderen Dingen.

»Ich komme morgen mal rüber und sehe mich um.«

»Das habe ich schon mal gehört. Es überrascht mich, dass du heute Abend nicht gekniffen hast.«

»Ich bin kein Feigling, bin noch nie einer gewesen!«

»Ist das der Grund, warum du bei unserer ersten Begegnung einfach auf und davon gefahren bist, nachdem du mich mit eiskaltem Schlamm durchtränkt hattest?«

»Ich bin an den Straßenrand gefahren, oder etwa nicht? Wenn du nicht so in Wut geraten wärest und ausgesehen hättest, als wolltest du mich ermorden, wäre ich geblieben.«

»Ich bin nicht in Wut geraten, und ich hätte dir nichts getan, ich wollte dich nur fragen, ob du einen Radschlüssel hast.«

»Eine plausible Geschichte, und ich weiß nicht, warum du abstreitest, dass du leicht in Wut gerätst, da dir das doch dauernd zu passieren scheint.«

Er starrte mich einen Augenblick leise vor sich hin brodelnd an, aber seine Augen hatten sich nur schwach verfärbt, daher wusste ich, dass er nicht wirklich böse war.

Dabei fällt mir ein, seine Wimpern sind *wirklich* interessant – an den Wurzeln etwas dunkler und an den Spitzen fast golden ... und je länger ich ihn ansehe, desto leichter fällt es mir zu glauben, dass er von einem anderen Planeten stammt.

Je länger ich ihn ansehe, desto breiter wird sein Grinsen.

Ich wandte hastig den Blick ab und legte meine Essstäbchen beiseite. »Das war ein wunderbares Essen«, erklärte ich und lehnte die Nachtischkarte mit einem Kopfschütteln ab. »Überhaupt war es ein schöner Abend – es gibt schließlich keinen Grund, warum wir nicht Freunde sein sollten. Aber ich habe über den Plan nachgedacht, den ihr beide, du und Mu, ausgebrütet habt, um Dave zu verschrecken. Und ich bin zu dem Schluss gekommen, dass es die Sache nur schlimmer machen wird, wenn er uns zusammen sieht. Außerdem würdest *du* dadurch in Gefahr geraten, mit seinem eifersüchtigen Temperament Bekanntschaft zu machen. Wenn ich ihn einfach immer wieder abweise, wird er seine Arbeit hier wahrscheinlich in ein oder zwei Wochen erledigt haben und nach London zurückkehren.«

»Andererseits braust er vielleicht wütend ab, wenn er uns zusammen sieht, und dann ist die Sache ein und für alle Mal beendet. Was du doch willst, nicht wahr? Oder willst du das gar nicht? Du hast nicht vielleicht immer noch eine Schwäche für ihn?«

»Nein, habe ich nicht!«, versicherte ich mit Nachdruck.

»Also dann – wenn ich bereit bin, das Risiko einzugehen, warum nicht? Und wenn wir, wie du sagst, Freunde sein werden, wird er mich öfter in deiner Nähe antreffen, nicht wahr?«

Es gibt Freundschaften und Freundschaften. Vielleicht könnten wir ein oder zwei Jahre lang Brieffreunde sein?

»Und ich habe die Absicht, dir genauso lange erhalten zu bleiben wie der Drachentöter«, fügte er hinzu. »Wie bist du auf mich als deinen Helden gekommen?«

»Der Drachentöter ist *nicht* der Held des Romans! Er ist lediglich eine Nebenfigur, die ein wenig zu groß geworden ist für ihre Schuhe – und er ist *nicht* du! Er sieht dir nur – rein zufällig – ein wenig ähnlich.«

»Ein wenig? Du meinst nicht, dass er eher ein Spiegelbild von mir ist?«

»Zufälle kommen immer wieder vor«, verteidigte ich mich hitzig. »Wenn du es genau wissen willst, Lili hat mir *Monate*, bevor ich dich überhaupt kennen lernte, ein ausgesprochen schlechtes Foto von dir gezeigt, und daher muss ich ein grobes Bild von dir im Kopf gehabt haben, aber die Einzelheiten, die auf dem Foto nicht zu sehen waren, sind wirklich reiner Zufall.«

Er sah mich fragend an.

»Wirklich!«

»In Ordnung. Ich kann es gar nicht erwarten, dass das nächste Buch erscheint. Wann kommt es raus?«

»Ich arbeite noch daran«, entgegnete ich steif und legte hörbar das Geld auf den Tisch, das genau die Hälfte der Rechnung abdeckte.

»Wollen wir jetzt den Löwen in seiner Höhle stellen? Oder soll ich dich einfach sicher nach Hause bringen und ihn mit einem scharfen Stock reizen, um zu sehen, wie fest er zubeißen kann?«, fragte er.

Wart es nur ab, Drachentöter.

Kapitel 28

Zeit der Prüfungen

Es war schon ziemlich spät, als wir draußen vor dem »Rat and Casket« vorfuhren. Helle Lichter und laute Stimmen quollen durch die geöffnete Tür hinaus, obwohl es dann wirklich gar nicht so voll war, wie es sich angehört hatte.

Von unserem Opfer war nichts zu sehen. Wir holten uns jeder einen Drink und setzten uns in eine der Nischen – in eben die Nische, in der Lili so manches Mal Nye in die Enge getrieben hatte.

»Er wird wahrscheinlich nicht kommen – er ist auf und davon. Wir trinken einfach unser Glas aus und gehen nach Hause«, meinte ich.

»Gib ihm Zeit: Er wird wahrscheinlich den magnetischen Sog deiner Anwesenheit spüren.«

Ich warf ihm einen frostigen Blick zu, und er schob mich in die Ecke und legte mir liebevoll einen Arm um die Schultern.

»Was machst du da?«, fragte ich scharf.

»Ich bereite den Schauplatz vor: Ich finde, wir sollten wie Freunde aussehen.«

»Es gibt Freunde und Freunde, und ich habe nie viel von Knutschereien in der Öffentlichkeit gehalten.«

Oder sonst irgendwo, wenn ich es recht bedachte, was ich ihm wahrscheinlich erzählt hatte, als ich betrunken gewesen war.

»Knutschen ist ein wunderbares Wort. Wenn es schon Küsse unter Cousins gibt, dann sollte auch Knutschen unter Freunden erlaubt sein.« Er hob sein Glas und lächelte auf mich hinunter. »Auf uns.«

»Mehr wird es von *uns* nicht geben, daher schätze ich, dass ich wohl darauf trinken kann.«

»Das ist aber nicht der Eindruck, den du mir oben beim Steinkreis vermittelt hast«, entgegnete er tadelnd.

»Ich war betrunken, wie du sehr wohl weißt. Ein Gentleman würde den Vorfall nicht wieder erwähnen.«

»Kennst du denn irgend einen Gentleman?«

»Nein«, antwortete ich knapp.

»Und *ich* war nicht betrunken – nur unvorsichtig genug, mich von dir da hinaufschleppen und mir deinen Willen aufzwingen zu lassen.«

»Ich habe dich nirgendwo hingeschleppt, du hast darauf bestanden mitzukommen!«

»Es ist schon gut, ich wollte mich gar nicht beschweren: Bei der Liebe geht es um mehr als um die Frage, wer was mit wem macht.«

»Was?« Ich starrte ihn mit weit aufgerissenen Augen (und wahrscheinlich offenem Mund) an, und er beugte sich verschwörerisch zu mir hinunter, bis seine Lippen über mein Ohr strichen.

»Er ist da!«, flüsterte er leise. Es kitzelte.

»Wer?«

»Der Löwe – und er hat uns bemerkt. Sieh mich einfach weiter so hingebungsvoll an, wie du es bisher getan hast.«

Eine vernichtende Antwort lag mir auf der Zunge, aber bevor ich etwas erwidern konnte, stand Dave an unserem Tisch.

»Ich störe doch nicht bei irgendetwas?«, begann er mit einem drohenden Unterton und nahm dann gegenüber Platz.

Nye lächelte höflich. »Aber gar nicht! Haben wir uns nicht bei den Cotters kennen gelernt? Sie sind Dave …«

»Devlyn«, ergänzte er automatisch und heftete seine brennenden, dunklen Augen auf mich. »Ich habe dich gesucht, Sapphie.«

»Ach ja? Ich dachte, du wärst mit deinen Fotos beschäftigt.«

»Ich habe diesen Job nur angenommen, um in deiner Nähe zu sein – damit wir etwas Zeit zusammen verbringen können –, und dann verschwindest du einfach. Ich habe dir einen Blumenstrauß geschickt, um dir zu sagen, was ich empfinde. Hast du ihn bekommen?«

»Ja, aber ich habe arbeitsreiche Tage hinter mir – ich muss nämlich einen Roman schreiben. Außerdem möchte ich gar nicht mehr von dir sehen, als ich bereits zu sehen bekommen habe, und wenn du es genau wissen willst, es ist mir egal, was du empfindest.«

»Ich nehme an, du hast das von diesem Mädchen auf der Party erfahren, aber sie bedeutet nichts. Sie war einfach da, als ich dich nicht finden konnte.«

Wie schmeichelhaft.

»Sappho und ich fanden die Party ein wenig langweilig, daher haben wir zusammen einen Spaziergang gemacht und bei der Gelegenheit entdeckt, dass wir viel gemeinsam haben, nicht wahr, Darling?«, meldete Nye sich hilfsbereit zu Wort.

»Oh? Ähm ... ja, wir haben in der Tat viel gemeinsam, nicht wahr?« Ich drückte seine Hand und strahlte ihn hingebungsvoll an, und er blinzelte.

Dave sprang so abrupt auf, dass der Tisch kippte und die Gläser in meinen Schoß rutschten. Ich wünschte, ich hätte nur einen Schnaps bestellt.

»Glaub ja nicht, du könntest diese kleinen Spielchen mit mir spielen, Sappho, und damit durchkommen!«, knurrte er wie eine West-Side-Story-Version von Heathcliff. »Was hat er, das ich nicht habe?«

»Geistige Gesundheit?«, schlug ich vor und sah dann ein so wahnsinniges Funkeln in seinen Augen, dass ich etwas ganz Untypisches tat: Ich flüchtete mich in Nyes Arme, was die Dinge noch verschlimmerte.

»Und was Sie betrifft, Goldjunge«, fuhr Dave fort, »Sappho gehört mir, sie hat immer mir gehört und wird immer mir gehören. Und wenn Sie glauben, Sie könnten etwas daran ändern, dann irren Sie sich. So, und jetzt raus mit Ihnen! Ich bringe sie nach Hause!«

Er bückte sich in der Absicht, wie ich glaube, Nye am Kragen zu packen und ihn vom Stuhl zu ziehen, nur dass es nicht ganz so funktionierte: Nye schnellte in die Höhe wie eine gut geölte Feder und verpasste ihm einen sauberen Kinnhaken.

Daves Mund schloss sich mit einem Geräusch, das wie das Klappern einer Kastagnette klang, dann fiel er mit mehr Eile als Eleganz auf seinen Allerwertesten und blickte benommen in die Runde.

»Mein Held!«, sagte ich zu Nye, der sehr zufrieden mit sich zu sein schien. »Schnell – lass uns gehen, bevor er von neuem anfängt.«

»Ich laufe nicht weg …«, protestierte er und setzte sich zur Wehr, als ich ihn aus dem Pub zog. »Wir sollten diese Angelegenheit ein und für alle Mal aus der Welt schaffen.«

»Auf Leben und Tod? Ich lasse nicht zu, dass irgendjemand in einem Pub um mich kämpft, als wäre ich der erste Preis bei einer Tombola – wir leben nicht in einer Seifenoper. Komm schon, du hast für einen Abend genug Öl ins Feuer gegossen.«

Draußen vor dem Pub blieb er in der kalten Abendluft stehen und fragte anklagend: »*Ich* habe Öl ins Feuer gegossen? Was hast du um Himmels willen jemals angestellt, um den Mann überhaupt in einen solchen Zustand zu versetzen?«

»Ich habe mich in ihn verliebt – und dann wieder entliebt –, aber mein Gott, das war vor dreizehn Jahren!«, antwortete ich voller Verbitterung. »Du glaubst doch nicht, ich hätte ihn all die Jahre insgeheim ermutigt, oder? Oder denkst du, mir *gefallen* solche Szenen?«

»Nein, das denke ich nicht, also hör auf, mich so anzufunkeln – und steig in den Wagen, wenn du wirklich entschlossen bist, es dabei zu belassen.«

Er ließ gerade den Motor an, als Dave, eine Hand am Kinn, nach draußen getaumelt kam. Als er uns entdeckte, torkelte er auf den Wagen zu und versuchte, die Beifahrertür zu fassen zu bekommen.

»Ich weiß alles über Sie, Sie verfluchter, tuntiger Töpfer mit einer Lesbe als Freundin!«, brüllte er. »Sappho...«

»Wenn ich schwul bin, haben Sie ja nichts von mir zu befürchten, oder?«, erwiderte Nye kühl und schaffte es, gerade in dem Augenblick loszufahren, als Dave die Tür zu öffnen versuchte.

Wir ließen ihn wild gestikulierend und brüllend zurück: Kein schöner Anblick, hätte ich mich darum geschert, aber ich war vollauf damit beschäftigt, ein ganz und gar unpassendes Gekicher zu bezähmen.

Da es nicht weit bis zu meinem Haus war, dachte ich, dass Dave uns vielleicht im Laufschritt – oder im Taumelschritt – folgen würde, aber als wir aus dem Wagen stiegen, war kein Laut zu hören. Alles war still...

»Worüber lachst du eigentlich?« Nye blieb stehen und starrte auf mich herab, und seine entrüstete Miene setzte erneut meine Lachmuskeln in Gang.

»Über den ... den tuntigen Töpfer«, ächzte ich. »Der unwiderstehliche Reiz der Alliteration – erst ich und dann...«

Zwei starke Arme rissen mich praktisch vom Boden hoch, um mich anschließend zu zermalmen, was möglicherweise ursprünglich auf einen Wutanfall zurückzuführen war, dann aber schnell zu etwas anderem und sehr viel Demoralisierenderem wurde...

Wieder hörte ich diese Roboterstimme: »*Widerstand ist zwecklos!*«

Es hat keinen Zweck, ich habe einfach kein Fünkchen Romantik in mir.

»Widerstand ist zwecklos«, stimmte ich zu, als ich zum Luftschnappen auftauchte.

»Was?« Er klang erschüttert und ausnahmsweise einmal gar nicht mehr cool.

»Du brauchst mir nicht zu demonstrieren, dass du kein tuntiger Töpfer bist – ich weiß es bereits.«

»Nun, ich bin keine Tunte.«

»Offensichtlich nicht.«

»Aber ich gebe zu, ein Töpfer zu sein.«

Ich wehrte ihn ab, als seine Arme sich wieder um mich schlossen, obwohl meine Knie unter mir nachzugeben versuchten. »Es ist schon gut – ich brauche keine zweite Demonstration.«

»Sappho...« Seine Stimme wurde weicher, und sein Griff lockerte sich. »Ich wollte nicht plötzlich den Höhlenmenschen markieren. Habe ich dir wehgetan?«

»Nur drei gequetschte Rippen, und die werden schnell wieder heilen«, erwiderte ich und atmete dabei vorsichtig ein und aus. Meine Knie befanden sich mittlerweile in einem den Umständen entsprechend stabilen Zustand, daher brachte ich mich eilig in Sicherheit.

»Nun, jedenfalls vielen Dank für den interessanten Abend«, sagte ich höflich.

»Das Vergnügen war ganz auf meiner Seite«, gab er ernst zurück. »Oder andererseits vielleicht auch nicht?«

»Ich glaube nicht, dass Dave heute Abend viel Vergnügen hatte – tatsächlich haben wir die Dinge vielleicht nur noch verschlimmert.«

»Er scheint nicht sehr vernünftig zu sein, was dich betrifft«, gab er mir Recht, »aber nachdem wir einmal angefangen haben, können wir jetzt nicht wieder aufhören.«

Womit er möglicherweise Recht hatte.

»Was hattest du denn im Sinn?«

»Oh, das Übliche. Du könntest zum Beispiel in die Werkstatt runterkommen, wie du es versprochen hast. Wir gehen dann zum Mittagessen zusammen ins Café, und wir können Händchenhalten, einander tief in die Augen sehen...«

»Das würde mich bloß vom Essen ablenken – außerdem hat der Plan einen Haken: Dave würde nicht da sein, um es mit anzusehen.«

»Es wird sich herumsprechen«, erklärte er unbestimmt.

»Ja, und wenn es Lili zu Ohren kommt, wird sie mich wahrscheinlich lynchen. Außerdem, was ist mit meiner Arbeit?«

»Erledigst du die nicht überwiegend früh morgens?«

»Ja, doch es kommt drauf an…« Ich seufzte und gab nach: »Oh, na schön, ich komme, aber nur weil ich mich im Zentrum umsehen möchte.«

»In Ordnung. Bist du dir ganz sicher, dass du diesen Kuss nicht noch einmal probieren möchtest, bevor ich gehe? Ich habe eine Theorie bezüglich des Stillstehens von Zeit, die ich gern einmal testen würde.«

»Nein.«

»Und du möchtest nicht, dass ich heute Nacht bleibe und dich bewache, für den Fall, dass Dave vorbeikommt?«

»Wird er nicht – vergiss die Katze nicht.«

»In Ordnung, dann kann ich jetzt ja auch nach Hause gehen.«

Als ich die Tür aufschloss, blickte ich zurück und sah, dass er mich immer noch beobachtete, obwohl ich seinen Gesichtsausdruck in der Dunkelheit nicht erkennen konnte. Ich hoffte, dass Dave nicht nach Mafiamanier irgendwo auf der Lauer lag.

»Sei vorsichtig auf dem Heimweg«, warnte ich ihn.

»Mach dir keine Sorgen um mich«, gab er überrascht zurück. »Nein, wenn ich so darüber nachdenke, *mach* dir Sorgen um mich, das bedeutet zumindest, dass du an mich denken wirst.«

»Red keinen Unsinn«, brummte ich und stolperte über die Katze.

So viel zu einem guten Abgang.

Kapitel 29

Gut informiert

Habe darüber nachgedacht, den Drachentöter ein winziges bisschen zu verstümmeln, konnte mich aber irgendwie nicht dazu überwinden, was mir gar nicht ähnlich sieht.

Wie dem auch sei, Nala ist keine mausgraue kleine Gouvernante, so viel steht fest. Falls irgendwelche Verstümmelungen durchgeführt werden, wird sie das wahrscheinlich höchstpersönlich übernehmen.

Das adrette kleine Café war ziemlich voll, aber Nye hatte einen Tisch mit Blick auf den kleinen Garten ergattert.

Eine Gruppe junger Touristinnen versuchte, sowohl den Tisch als auch Nye zu übernehmen, zog dann aber bedauernd weiter, als Nye »Darling!« rief, sobald er mich sah, aufsprang und begeistert meine geöffneten Lippen küsste – geöffnet vor Überraschung, wie ich dringend hinzufügen möchte.

Ich hatte nicht damit gerechnet, dass wir ein solches Ausmaß öffentlicher Zurschaustellung unserer Zuneigung beabsichtigten.

Ich ließ mich auf den nächstbesten Stuhl sinken und drapierte mir das Haar über die eine Schulter, damit niemand drauftrat. Ich hatte es zu einem langen Zopf geflochten und am Ende mit einem Stück perlenbesetzter Lederschnur zusammengebunden. Meine Füße waren nackt. Ich werde doch nicht meine Gewohnheiten ändern, nur weil ich mit einem Außerirdischen speise.

Die Kellnerin trug ein pseudowalisisches Kostüm, ganz

ähnlich dem, das Llyn besaß. Das verhieß nichts Gutes für die Qualität der Kunst, die dort geschaffen wurde, und ich hoffte nur, dass ich mir ein paar nette Bemerkungen über Nyes Töpferei würde abringen können.

Was, wenn er auf zerlaufenen Lack und rote Drachen stand?

Ich wollte gerade wie gewöhnlich große Mengen Kaffee ordern, als mir aufging, dass ich weder Kaffee noch Tee trinken wollte. Allein der Gedanke war abstoßend. »Haben Sie Ingwerbier?«, erkundigte ich mich.

»Ja, ich glaube schon.«

»Richtiges Ingwerbier, mit richtigem Ingwer drin?«

»Es sind Dosen«, antwortete sie, als besiegelte das die Angelegenheit. Aber wie dem auch sei, als das Ingwerbier zusammen mit den frischen Schinkenbrötchen serviert wurde, war es echtes, feuriges Ingwerbier.

Salat ist für gewöhnlich etwas, das ich nur esse, weil es sich zwischen mich und meine Sandwichfüllung drängt, doch heute schmeckte mir der Salat vorzüglich. Meine Vorlieben verändern sich...

»Lili hat mich vorhin angerufen«, erzählte Nye.

Mich durchzuckte ein Stich von etwas, das ich nicht benennen konnte, aber es gelang mir trotzdem, beiläufig zu fragen: »Ach ja? Vom Krankenhaus aus?«

»Ja, aber sie machte sich gerade fertig, um nach Hause zu fahren.«

»Doch sicher nicht allein? Oder wollte sie, dass du sie abholst?«

»Nein«, antwortete er, »sie hatte sich bereits einen Fahrer organisiert – Dave Devlyn.«

Ich starrte ihn an. »Wie hat sie denn das geschafft? Weißt du, was? Ich glaube, es gibt hier womöglich eine Nebenhandlung, die völlig an mir vorbeiläuft!«

»Sie hat ihm angeboten, bei ihr zu wohnen, solange er hier unten zu tun hat.«

»Das wundert mich gar nicht! Aber ich wüsste doch zu gern ...?« Nachdenklich kaute ich den letzten Bissen von meinem Brötchen. »Was meinst du, wollte sie dich eifersüchtig machen? Ist das der Grund, warum sie dich angerufen hat?«

Irgendetwas an meinen Worten schien ihn zu amüsieren. »Nein, das war keineswegs ihre Absicht. Sie will, dass ich dich beschäftige, damit sie bei Dave freie Hand hat. Sie sagte, der plötzliche Schlag auf den Kopf habe sie klar sehen lassen.«

»Ich dachte, so etwas bewirkt eher das Gegenteil? Und was soll das heißen, du sollst mich *beschäftigen?«*

»Frag mich nicht«, erwiderte er unschuldig. Dann senkte er die Stimme zu einem tiefen, vertraulichen Brummen, blickte mir gedankenvoll in die Augen und meinte: »Könnte ich dich nicht in Versuchung führen ... ein Stück Schokoladenkuchen mit mir zu essen?«

»Wenn du derart übertreibst, wird dir niemand die Nummer abkaufen, nicht einmal jemand, der so eifersüchtig ist wie Dave«, erklärte ich ernst. »Und, nein, ich möchte keinen Kuchen.«

Tatsächlich vernichtete ich dann doch geistesabwesend die Hälfte des beträchtlichen Kuchenstücks, das die Kellnerin uns brachte, weil ich über Lilis Verhalten nachdachte, aber Nye aß wenigstens den Rest.

Es wäre eine Möglichkeit, mir Dave vom Hals zu schaffen, wenn Lili beschloss, ihre Netze nach ihm auszuwerfen – aber würde es funktionieren? Vielleicht sollte jemand auch Dave einen Schlag auf den Kopf geben?

»Wir können später wiederkommen und noch mehr Kuchen essen«, schlug Nye vor. »Ich freue mich, dass du gekommen bist – ich war mir nicht sicher, ob du auftauchen würdest. Es hat mir übrigens gar nicht gefallen, dass ich dich gestern Abend allein lassen musste, nachdem ich Daves Reaktion mit eigenen Augen gesehen hatte. Ich dachte, ihr beide, du und Mu, ihr würdet ein wenig übertreiben, aber er ist offensichtlich vollkommen verrückt nach dir. Wie ich übrigens auch«, fügte er hinzu, griff nach meiner Hand und strich mit dem Daumen darüber, was ein ebenso interessantes wie angenehmes Gefühl war.

Ich ließ die Hand liegen: Es schien sich nicht zu lohnen, deswegen Umstände zu machen.

»Möglicherweise ist er gestern Nacht ums Haus geschlichen – ich bin aufgewacht und dachte, ich hätte jemanden im Hof gesehen ... aber ich war noch nicht richtig wach, und als ich wieder hinsah, war niemand da. Außerdem hat die Katze keinen Mucks von sich gegeben, deshalb nehme ich an, dass niemand versucht hat einzusteigen.«

Nye blickte verlegen drein. »Tut mir Leid – das war ich! Ich bin gegen Mitternacht noch mal zurückgekommen und habe eine Art Kontrollgang gemacht, doch im Pub und im Dorf war alles still, daher bin ich nach einer Weile wieder nach Hause gegangen.«

»Das war sehr aufmerksam von dir, Nye, aber es bestand wirklich keine Gefahr. Wäre er zum Haus gekommen, hätte die Katze ihn schon davon abgehalten einzusteigen.«

»Mir war sowieso nach einem Spaziergang.«

»Drei Meilen in der Dunkelheit?«

»Warum nicht? Du spazierst doch selbst oft durch die Nacht, oder? Obwohl ich hoffe, du wirst es nicht tun, solange Dave frei herumläuft – es sei denn, ich wäre bei dir.« Er stand auf. »Komm, Rapunzel – ich führe dich herum.«

Im Vorbeigehen deutete ich auf den Laden: »Bietest du da drin nichts zum Verkauf an?«

»Gewöhnlich nicht, nein. Ich stelle keine Sachen her, die man aus einem Impuls heraus kauft«, erklärte er nebulös und ging dann mit forschem Schritt über den Hof und führte mich in die dunklen Tunnel zwischen den Werkstätten.

»Möchtest du eine komplette Führung?«

»Nein, ich möchte dein Atelier als Erstes sehen und dann ein wenig allein herumstöbern.«

Die meisten Ateliers schienen über Mittag geschlossen zu sein, sodass außer im Laden und im Café kaum Leute zu sehen waren.

Er öffnete die Tür zu seinem Atelier und schaltete das Licht an, und ich trat ein. An den Wänden entlang zogen sich Regale, und an einer riesigen Pinnwand hingen alle möglichen Dinge. Aber was den Raum beherrschte und was mich wie angewurzelt stehen bleiben und staunen ließ, war die Keramikskulptur auf dem Arbeitstisch.

Dann ging ich wie betäubt um den Tisch herum und musterte die Skulptur von allen Seiten. Für mich sah sie fertig aus, obwohl ich da kein Experte bin – die glatten, polierten Seiten flossen und kräuselten sich unter einer Vielzahl von Strichzeichnungen über Farben, die in alle Richtungen verliefen ...

Ich nehme an, wenn man es unbedingt müsste, *könnte* man das Werk als einen Topf beschreiben, so wie man Michelangelos David als das Modell eines Jungen bezeichnen könnte.

»Gefällt es dir?« Nyes Stimme klang seltsam unsicher.

Ich schaffte es, den Blick gerade lange genug von seinem Werk loszureißen, um andere, kleinere Stücke auf einigen der Regale zu betrachten ... »Ob es mir gefällt? Wie kannst du mich fragen, ob es mir *gefällt?* Es ist wundervoll! Und ich dachte, du töpferst Teekannen und Punschschalen!«

»Es gibt nichts daran auszusetzen, wenn man solche Dinge macht, du künstlerischer Snob – die Leute, mit denen ich mir den Brennofen teile, töpfern geniales Tischgeschirr. Es ist nur zufällig so, dass ich solche Dinge herstelle.«

»Wo ist der Brennofen? Er muss riesig sein, um so etwas darin zu brennen!«

»Nicht alle meine Arbeiten werden in einem Stück gebrannt, aber es ist in der Tat ein großer Ofen. Er befindet sich im Keller unter dem Westturm. Ich habe gerade etwas drin – der erste Brand.«

»Es gibt wohl keine Touristen, die so etwas kaufen?«

»Ich versuche nicht, es ihnen zu verkaufen, obwohl ich manchmal Aufträge bekomme. Überwiegend verkaufe ich über die Kunstgewerbekammer in London, über Ausstellungen, durch Mund-zu-Mund-Propaganda ... und dergleichen«, fügte er vage aus. »Ich arbeite nicht besonders schnell, und diese Dinge brauchen viel Zeit, daher verlange ich viel Geld dafür.«

»Diese Stücke sind jeden Preis wert, den du festsetzt«, versicherte ich ihm und strich behutsam über die kühle, fließende Gestalt. »Das ist fertig, nicht wahr?«

»Ja, es muss nur noch verpackt werden. Um ehrlich zu sein«, fügte er mit gequälter Verlegenheit hinzu, »es war eigentlich schon am Sonntag fertig, aber ich wollte, dass du es siehst, bevor ich es verpacke.«

»Und ich bin nicht aufgetaucht? Oh Nye, das tut mir Leid – wenn ich das gewusst hätte, hätte mich nichts aufhalten können!«

»Ich sehe, ich hätte schneller Fortschritte bei dir gemacht, wenn ich dir meine Arbeiten gezeigt hätte«, bemerkte er trocken.

Wie viel schneller wollte er denn noch vorankommen?

»Was für Fortschritte meinst du?«

Er ignorierte diese Frage und zeigte auf die Ausgabe von *Dunkle Stunden, dunkle Taten.* »Ich bin mit deinem letzten Buch fertig, und jetzt werde ich den Rest in der richtigen Reihenfolge lesen. Vielleicht hast du bis dahin ja das nächste fertig? Du willst mir wohl nicht einen kleinen Fingerzeig geben, was aus mir wird, oder?«

»Ich habe es dir doch immer wieder gesagt: Du bist nicht der Drachentöter.«

»Und Raarg ist nicht Dave, und Nala bist nicht du, ich weiß. Es ist alles Zufall.«

»Nala hat überhaupt keine Ähnlichkeit mit mir, abgesehen von dem langen Haar.«

»Und dem tyrannischen Naturell.«

»Ich bin nicht tyrannisch.«

»Und ich bin nicht übellaunig.«

Wir starrten einander an. »Ich warne dich«, erklärte er mit Nachdruck, »wenn Nala am Ende dieses Buches mit Raarg auf und davon geht, wird der Drachentöter ihm seine Eier abschneiden und sie als Murmeln benutzen.«

»Kann er nicht«, erwiderte ich hastig, »er muss tun, was ich ihm befehle. Nala wird nur ihresgleichen heiraten, nicht jemanden, der sie in irgendeiner Weise übertrifft. Ich glaube, der Drachentöter ist sich seiner Sache ein wenig zu sicher, nur weil sie eine kleine Affäre hatten, während Nala unter dem Einfluss des verderblichen Laag Brands stand. Der Drachentöter muss von seinem hohen Ross herunterkommen.«

»Ich glaube, sie sollte ein wenig mehr in Rechnung stellen, was er durchmacht. Als er aus seinem eigenen Land kam, war er ein Gefangener in ihrem Land, und er fühlte sich zu ihr hingezogen, obwohl er das gar nicht wollte. Nun beschützt er sie und rettet sie, wo er nur kann, und was bekommt er dafür? Einen feuchten Händedruck? Der Mohr hat seine Schuldigkeit getan, der Mohr kann gehen? Können die beiden sich nicht darauf einigen, dass sie anders sind und doch gleich?«

»Diskutieren wir hier über die Frauenbewegung oder über die Situation auf Vengeane?«

Oder über etwas ganz anderes?

»Ich wüsste nur gern, in welche Richtung du das Buch weiterschreibst.«

»Da habe ich bisher selbst keine Ahnung: Das entwickelt sich mit der Zeit. Es wird nach diesem hier wahrscheinlich nur noch ein weiteres *Vengeane*-Buch geben, und dann nehme ich mir irgendjemand oder irgendetwas anderes vor.«

»Könnte ich nicht das Manuskript zu diesem Buch lesen, damit ich weiß, welchen Fallgruben ich aus dem Weg gehen muss?«

»Nein, kannst du nicht! Die Tatsache, dass ich mir dein hübsches Gesicht ausgeborgt habe, gibt dir noch lange nicht das Recht auf einen Vorabausdruck.«

»Wäre es dir lieber, wenn ich mir einen Bürstenschnitt schneiden und mir einen idiotischen Schnurrbart wachsen ließe?«

»Nein.«

»Meinst du: ›Nein, ich bete dich an, genauso wie du bist‹? Oder: ›Nein, es spielt keine Rolle‹?«

Ich wandte mich ab und betastete die Werkzeuge, die an der Tischkante ausgelegt waren. »Nein ... ich meine ... du bist ganz in Ordnung so, wie du bist.«

»Ach ja?«, sagte er leise und legte mir sacht einen Finger unters Kinn, damit ich zu ihm aufschauen musste ...

»Nye, nicht ...«, bat ich. Als mir das verzückte Publikum hinter dem Fenster auffiel, wandte ich mich hastig ab.

Ich werde nie wieder in den Zoo gehen – und war diese hoch gewachsene, dunkle Gestalt im Hintergrund nicht ...

»Es ist Dave – er ist uns vom Hof hierher gefolgt«, erklärte Nye. »Aber jetzt ist er fort.«

»Oh, ich verstehe – das war also der Grund, warum du ...«

»Es war nicht der Grund«, widersprach er und kam mit einem Licht in den Augen auf mich zu. »Komm herüber, dann zeige ich es dir!«

Ich ging rückwärts in Richtung Tür: »Hast du denn gar keine Scham?«

»Ich glaube nicht. Treffen wir uns später noch?«

»Nein, ich bin mit Gil zum Tee verabredet, und anschließend werde ich nach Hause gehen und dem Drachentöter etwas Schreckliches antun!«, fuhr ich ihn an, und er lachte.

»Nimm dich vor Dave in Acht – komm wieder zurück, wenn er immer noch da draußen ist.«

Ich nickte – sollte er das deuten, wie er wollte – und stahl mich mit ziemlich rosigen Wangen und halb in Erwartung einer Beifallssalve durch die Tür.

Von Dave war nichts zu sehen, also hatten wir uns vielleicht geirrt – außerdem würden ihn normalerweise keine zehn Pferde an einen Ort wie diesen bringen.

Immer noch ziemlich durcheinander, schlenderte ich durch die übrigen Ateliers und verweilte ein wenig bei den Lederarbeiten, deren Duft ich tief einsog. Außerdem gab es auch noch eine interessante Möbelwerkstatt, die einen späteren Besuch lohnen würde.

Natürlich sah ich auch jede Menge hölzerner Doppellöffel – eine traditionelle Liebesgabe bei der Brautwerbung – und walisische Drachen, aber die Ersteren waren wunderschön geschnitzt und die Drachen sehr annehmbar und aus mundgeblasenem Glas.

Sie erinnerten mich an die Schnitzerei über meiner Tür – die nach dem Abriss des Wintergartens bald wieder sichtbar werden würde –, und ich dachte gerade darüber nach, mir einen dieser Löffel zu kaufen, als ich ein vertrautes Gefühl wahrnahm. Nämlich das eines Laserstrahls, der sich einem ins Unterbewusstsein und durchs Rückgrat bohrt.

Dave folgte mir nach draußen in den sonnenbeschienenen Biogarten, wo ich schließlich keine Lust mehr hatte, »Ich und mein Schatten« zu spielen, und mich auf eine Bank setzte.

»Warum kommst du nicht hinter diesem Busch hervor, Dave?«, fragte ich seufzend.

Mit einem attraktiven Schmollmund trat er zwischen dem Grünzeug hervor und setzte sich neben mich. »Woher wusstest du, dass ich da war?«

»Ganz elementar, mein lieber Watson: Du bist kein Vampir, also wirfst du einen Schatten. Ich wünschte, du würdest mir nicht folgen.«

»Das möchte ich auch gar nicht, ich würde viel lieber in dein Haus kommen, wenn du mich ließest. Warum tust du so, als wärst du schwer zu haben?«

»Ich tue nicht so. Ich interessiere mich nur einfach nicht mehr auf diese Weise für dich. Aber ich wünsche dir alles Gute – mit jemand anderem.«

»Während du dich mit diesem Nye Thomas amüsierst? Ich glaube nicht, Sapphie! Ich glaube, du solltest ihn zum Teufel jagen.«

In seiner Stimme lag ein beunruhigender Unterton von Bosheit, als er hinzufügte: »Es wäre alles gut gewesen, wenn es ihn nicht gegeben hätte.«

»Also, jetzt hör aber auf!«, entgegnete ich wütend. »Ich kenne ihn erst seit kurzem, außerdem geht das Ganze dich überhaupt nichts an. Es gibt nichts, das du tun oder sagen könntest, um in mir auch nur den Wunsch zu wecken, dich jemals wiederzusehen, geschweige denn mit dir zu leben.«

»Du liebst mich«, beharrte er. »Du bist eine halsstarrige, unabhängige Frau, doch du bist endlich zurückgekommen – zu mir. Er ist nur eine Ablenkung, um mir die anderen Frauen heimzuzahlen, mit denen ich zusammen war, auch wenn keine davon mir das bedeutet hat, was du mir bedeutest.«

Mir fehlten die Worte.

»Ich nehme an, du hast gehört, dass ich bei Lili wohne – aber ich bin da nur ein Lückenbüßer. Sie brauchte für ein oder zwei Tage jemanden in ihrer Nähe, und es war eine bequeme Regelung.«

»Aber du *bist* nicht in ihrer Nähe, oder? Du bist hier und gehst mir auf die Nerven.«

Er lächelte sein träges, erotisches Lächeln und sagte leise: »Gehe ich dir auf die Nerven, Sapphie?«

Ich schloss die Augen: Gott, gib mir Kraft! Als ich sie wieder öffnete, war er näher herangerückt und verströmte genug Charme, um einen Büffel umzuhauen. »Sapphie ...« Er versuchte, meine Hände zu ergreifen. »Warum beginnen wir nicht noch einmal von vorn: Wir haben auf dem falschen Fuß angefangen, das ist alles. Du und ich? Ich könnte ...«

»Ich störe doch nicht bei irgendetwas?«

Nye stand plötzlich vor uns, die Hände in den Taschen, das silbrige Haar zerzaust und mit Augen wie getriebenes Silber. Mein Herz vollführte eine kleine Gymnastiknummer, als wärmte es sich für irgendetwas auf, aber das war wahrscheinlich nur die Anspannung.

Dave sprang auf, um ihm ins Gesicht zu sehen, und er wirkte sehr düster und sehr zornig: Die beiden sahen aus wie ein Negativ und sein Abzug, sehr merkwürdig.

»Sie stören tatsächlich – wir wollen nicht, dass Sie sich in unsere Angelegenheiten einmischen, nicht wahr, Sapphie? Verschwinden Sie und lassen Sie sie in Ruhe.«

Nye sah mich mit seinen seltsam schönen Augen an, als suchte er nach etwas – Zustimmung vielleicht? Er glaubte doch nicht, dass ich immer noch etwas für Dave empfand?

Ich stand auf und trat vor Dave hin. »Du hast bei nichts Wichtigem gestört, Nye – ich habe alles gesagt, was ich zu sagen hatte.«

Daves Augen wurden schmal. »So ist das also, ja? Er ist derjenige ...«

»Nein, ist er nicht, ich bin es. Nye ist nicht wichtig, denn ich wäre ohnehin nie zu dir zurückgekommen.«

»Sie haben es gehört«, schaltete Nye sich gelassen ein. »Geben Sie es auf – es gibt hier nichts für Sie zu holen.«

Er hätte sich genauso gut den Atem sparen können.

»Sapphie, lass uns später noch einmal darüber reden, allein. Wenn du diese verdammte Katze weggesperrt hast, könnte ich bei dir vorbeikommen und ...«

Nye war plötzlich so nah, dass ich das Spiel der Muskeln unter der Haut seines Arms spüren konnte.

»Es gibt nichts zu bereden, und ich möchte dich nicht wiedersehen – wie oft muss ich das noch sagen?«

»Lassen Sie sie in Ruhe – lassen Sie *uns* in Ruhe«, fügte Nye hinzu, und ich dachte, dass dieses vertrauliche »uns« Dave vielleicht endgültig um den kleinen Rest von Selbstbeherrschung bringen würde, den er noch besaß, doch das plötzliche Auftauchen einer Horde Schulkinder im Garten ließ seine hastige Bewegung ins Leere laufen.

»Das werdet ihr beide noch bereuen!«, drohte er, machte abrupt auf dem Absatz kehrt und ging mit langen, wütenden Schritten davon.

Ich stieß vorsichtig den Atem aus, und Nye drückte mich plötzlich so fest an sich, dass alles, was noch an Luft in meinen Lungen war, hinausgepresst wurde. »Ihr habt da gesessen, als wärt ihr tief ins Gespräch versunken gewesen ... und ihr wart euch so nah«, murmelte er und küsste mich auf den Kopf.

Die meisten Männer hätten dazu eine Trittleiter gebraucht.

Leicht schnaufend löste ich mich aus seiner Umarmung. »Nun, hoffentlich war es das jetzt. Nun kann Lili sich über ihn hermachen, und wenn sie ihn erst einmal von mir abgelenkt hat, können wir beide einen Riesenstreit haben und brauchen uns nie wiederzusehen.«

»Ich will dir ja nicht widersprechen, und ich hoffe, dass Lili Dave wie eine Spinne bei lebendigem Leib verspeist, aber ich ziehe die Grenze, was die Idee betrifft, dich nicht wiederzusehen: Ich habe die Absicht, so viel Zeit wie möglich mit dir zu verbringen, und wenn ich nicht da bin, kann der Drachentöter übernehmen.«

Der Drachentöter? Er hatte ja keine Ahnung, welche Handlungskomplikation ich mir gerade in dieser Sekunde für ihn ausgedacht hatte!

Etwas an meinem Lächeln schien ihn zu beunruhigen. »Du wirst doch heute Abend nicht aus dem Haus gehen, oder? Nur für den Fall, dass die Sache damit noch nicht erledigt ist.«

»Ich habe nicht die Absicht, heute Abend auszugehen – aber nicht aus Angst vor Dave. Miranda kommt zum Essen rüber.«

Wie schaffte er es bloß, gleichzeitig hungrig und zurückgewiesen auszusehen? Warum wurde ich schwach?

Wer, bitte schön, ist hier der Töpfer und wer der Topf?

»Wie stehst du zu Fischstäbchen?«, fragte ich.

Kapitel 30

Einladungen

Kurz nachdem ich zurückkam, rief Mu an. Es geht ihr gut; sie isst weder Kohle noch Teer noch irgend welche anderen Dingen, nach denen es schwangere Frauen angeblich gelüstet. Ich bin froh, dass Ambler so glücklich war – und so ahnungslos.

Ich habe keinerlei Gelüste, abgesehen von meinen üblichen Schwächen für dunklen Rum und Mandelschokolade, was nicht überraschend ist, da Nye mit diesen Augen einfach ein Außerirdischer sein muss und wir daher genetisch inkompatibel sind.

Nachdem ich meine Ideen für Vengeane skizziert hatte, bevor ich sie wieder vergaß, ging ich zum Tee zu Gil. Er wohnt in einem winzigen, adretten Bungalow, der aussieht wie ein Puppenhaus und einen Blick auf das Meer in der Nähe von Rhosili hat. Außerdem gehört ein Garten dazu mit mehr Vogelkästen und Vogelbadewannen pro Quadratmeter, als man für möglich halten würde.

Die Inneneinrichtung war sehr überladen und geschmacklos, und es standen jede Menge Nippessachen herum. Ich habe mich seit meinem Japanbesuch nicht mehr so groß und unbeholfen gefühlt.

Violet Duke verabschiedete sich gerade. Sie hatte Gil wieder einmal Computerunterricht erteilt, und die beiden hatten jede Menge versteckte Dateien in Dorindas Computer gefunden, kannten aber das Passwort nicht, um hineinzugelangen. Aber wie dem auch sei, selbst wenn sie es schaffen, wird Dorinda kaum eine Nachricht hinterlassen haben wie: »Heute habe ich mein Auto an einem entlegenen Ort stehen lassen, wo es Autodieben zum Opfer fallen wird, die es in einem Loch verstecken werden« oder irgendwelche anderen nützlichen Hinweise.

Sie hatten alle nahe liegenden Passwörter wie »Dorinda«, »Höhle«, »Knochen« und so weiter ausprobiert, aber ohne Erfolg.

Nachdem Violet gegangen war, tischte Gil mit großem Bombast den Tee auf: Ich war ganz gerührt – niemand hat sich mehr solche Mühe gegeben, seit ich vor einigen Jahren zum Tee ins »Ritz« eingeladen wurde.

Es gab Tee mit Milch oder Zitrone und kleine Sandwiches und Küchlein auf geblümtem Porzellan, und auf dem Tisch lag eine dazu passende geblümte Decke mit – Sie haben es sicher erraten – geblümten Papierservietten.

Selbst der Teppich war übersät von üppigen Rosen – Sie haben noch nie in Ihrem Leben einen derart blühenden Raum gesehen. Eine Blumenfee hätte sich dort absolut heimisch gefühlt, aber die sind normalerweise nicht ein Meter achtzig groß. Sie haben auch keinen imposanten Busen und kein deutliches Defizit in puncto Flügel.

Und der überaus merkwürdige und abstoßende Geruch, der im Raum hing, hätte einer Blumenfee sicher genauso wenig behagt wie mir.

»Wenn Sie mir die Frage verzeihen, Gil«, bemerkte ich, als er aus der Küche kam und eine Schale mit diesem hübschen, braunen Würfelzucker mitbrachte, der aussieht, als sollte er zu Schmuckstücken verarbeitet werden, »was ist das für ein Geruch? Ist Ihre Kanalisation defekt?«

Er setzte die Zuckerschale ab und stellte Teller und Unterteller auf den Tisch, wobei er unter jeden einen kleinen Papieruntersatz legte: »O nein, es ist nicht die Kanalisation: Meine Tiefkühltruhe hat den Geist aufgegeben, und die Leichen verwesen. Ich hatte gehofft, die neue würde geliefert werden, bevor sie mir verderben, aber sie ist noch nicht gekommen.«

Ich dachte: »Na wunderbar, ich bin allein in einem einsamen Bungalow mit einem Mann, dessen Frau verschwunden ist, und er beichtet mir eine Tiefkühltruhe voller verwesender Leichen.«

»Ich werde sie wohl wegwerfen müssen, und dabei habe ich ein paar großartige Exemplare da drin. Ich habe sie entweder selbst aufgelesen oder geschenkt bekommen, nachdem sie eines natürlichen Todes gestorben oder verunglückt waren«, fügte er hastig hinzu, weil er meinen Gesichtsausdruck falsch interpretiert hatte. »Ich würde keinen Vogel oder sonst irgendein Tier *töten*, nur um es zu studieren, glauben Sie mir.«

»Nein, das würden Sie sicher nicht tun.«

»Es hat mir ehrlich Leid getan, dass Ihre Katze verletzt wurde, aber ich hoffe, sie hat sich inzwischen vollkommen wieder erholt?«

»Alles bestens. Doch die Sache war schon sehr merkwürdig, nicht wahr?«

»Ja, sehr.« Er blickte nervös in seine Tasse, als lauerte dort etwas Böses, dann rief er plötzlich mit einer schauerlichen Fistelstimme: »Muff, Muff, wo bist du? Sahne!«

Die mit dem Namen Muff gestrafte Katze war ein weißer Schwanendaunenpuderpinsel auf Beinen. Ihr selbstgefälliges Gesicht war flach, was wahrscheinlich der Grund für die unappetitliche Art war, wie sie Sahnetüpfelchen und Bröckchen Lachssandwiches über den Teppich verteilte.

Gil war sehr gastfreundlich und drängte mir unaufhörlich zierliche Leckerbissen auf, die, wie ich aufrichtig hoffte, nicht aus der kaputten Tiefkühltruhe stammten.

Wir hatten ein recht angenehmes kleines Plauderstündchen beim Tee. Er kennt sich nicht nur mit Vögeln aus, sondern ist auch auf der Höhe des Geschehens, was die Gerüchte im Ort betrifft – ich nehme allerdings an, dass er in dieser Hinsicht einen regen Austausch mit den Dukes pflegt. Ich gewann den Eindruck, dass seine verzweifelte Suche nach Dorinda zum Teil einem schlechten Gewissen entspringt, weil er so viel glücklicher ist, nachdem er sich daran gewöhnt hat, wieder ganz seinen eigenen Neigungen zu frönen.

Er scheint Miranda sehr gern zu haben – er hat sie in einer halben Stunde ungefähr sechsmal erwähnt.

Nach dem Tee machte ich Vorschläge für Passwörter, und er schaltete den Computer wieder an, wobei er heftigen Gebrauch von seinen handschriftlichen Notizen machte. Wir probierten einige der Passwörter aus, aber ohne Erfolg. Ein Jammer, ich hatte mir von »Muff« so viel versprochen.

Die Katze gesellte sich zu uns und wollte sich auf die Tastatur setzen, und Gil schob sie überaus sanft beiseite. »Böse kleine Muffkins, will sie denn gar nicht wissen, wo ihre Mummy geblieben ist?«

»Versuchen Sie es mal mit Muffkins«, sagte ich plötzlich.

»Was?«

»Als Passwort. Na los, versuchen Sie es.«

Es funktionierte nicht – aber Muffkin funktionierte.

Wir konnten es nicht fassen, dass wir die Nuss tatsächlich geknackt hatten, doch unsere Euphorie sollte sehr kurzlebig sein, da die Dateien allesamt keinen Sinn ergaben: Sie mussten in einer Art Code verfasst sein.

Ja, Dorinda war die Enigma von Südwales. Ein Mensch, der sein Tagebuch und seine Notizen unter einem geheimen Passwort und verschlüsselt in einen Computer eingab, musste schon sehr seltsam sein.

Nach dieser Entdeckung war Gil mit einem Mal sehr reserviert. Er erklärte, es sehe seiner lieben Dorinda so ähnlich, und es sei ihm grässlich, etwas zu lesen, was sie offensichtlich geheim halten wollte, aber er müsse feststellen, ob er sie mithilfe ihrer Notizen vielleicht finden konnte. Außerdem behauptete er, ein Genie bei der Entschlüsselung von

Codes zu sein, daher beschloss ich, ihn mit dieser Arbeit allein zu lassen.

»Ich gebe Ihnen Bescheid, falls ich etwas Nützliches herausfinde«, versprach er. »Und vielen Dank für das Passwort.«

»Vielleicht sollten Sie es der Polizei mitteilen?«, meinte ich vorsichtig.

»Das werde ich auch, falls ich hier irgendwelche Hinweise finde.« Er blickte zu Tode erschrocken drein – wahrscheinlich fürchtete er sich vor neuerlichen Verhören. »Ansonsten möchte ich nicht, dass die Polizei Dorindas Tagebücher liest.«

Als ich aufbrach, wurde die neue Tiefkühltruhe geliefert, und sie war zu klein, um eine Leiche darin zu verstecken. Ich habe eine schmutzige, argwöhnische Fantasie.

Es war ein anstrengender Tag, aber als ich nach Hause kam, setzte ich mich sofort hin, um mich meinem vernachlässigten Roman zu widmen, und vergaß prompt alles andere, bis das Telefon mich rüde aus meinen Gedanken riss.

Phinny (wie ich sie inzwischen nannte, da Sphinx einem wegen der Zischlaute so schwer über die Lippen geht), die wie ein sehr merkwürdiges Wappentier zu meinen Füßen gelegen hatte, sprang vom Zahnarztstuhl und flitzte mit hocherhobenem Schwanz durch den Raum.

»Oh Gott!«, entfuhr es mir, als mein Blick auf die Uhr fiel – schon halb sechs, und Miranda und Nye wollten zum Abendessen kommen!

Der Anrufer war Gil. Er war ziemlich außer sich, da er im Computer eine Art Landkarte gefunden hatte und mit dem Code ein gutes Stück weitergekommen war, aber dann war das Gewitter losgebrochen (das ich verpasst haben musste!), und der Computer war ausgefallen.

Gil hatte ihn anschließend abgestellt, wagte es jetzt jedoch nicht, ihn wieder einzuschalten, solange das Gewitter noch tobte.

»Und ich finde einfach keine Ruhe, daher habe ich überlegt, ob Sie nicht vielleicht Lust hätten, heute Abend irgendwo mit mir zu essen?«

»Es tut mir so Leid, Gil, aber ich habe heute Abend Gäste.«

»Oh«, murmelte er und brachte es fertig, in dieses eine Wort so viel Pathos und Verzweiflung zu legen, dass ich, bevor ich wusste, was ich tat, ihn ebenfalls zum Essen einlud. (Ja, heute ist Singles-Night.)

»Es sind nur Miranda und Nye Thomas – Sie kennen doch Nye, oder?«

»Oh ja – aber Sie wollen sicher so kurzfristig nicht noch einen Gast, und ...«

»Nein, *wirklich* – es wäre wunderbar, wenn Sie kommen könnten, obwohl Sie sicher viel lieber ...«

Doch er nahm meine Einladung mit großer Begeisterung an und legte auf, bevor ich den Satz zu Ende sprechen konnte. Ich hängte ebenfalls ein und schlenderte dann in der Küche umher, um nach etwas Essbarem Ausschau zu halten. Meine Tiefkühltruhe war voller himmlischer vorgekochter Mahlzeiten, die meisten davon von Miranda zubereitet, sodass sie also nicht infrage kamen.

Am Ende trabte ich hinunter in den Dorfladen und kaufte Erbsen und Krabben für einen Risotto und ein griechisches Dessert, das von Honig und Nüssen nur so glitzerte und so ziemlich das Unwahrscheinlichste war, das man in einem walisischen Minimarkt zu finden erwartet hätte. Es überraschte mich nicht, als Llyn sagte, Miranda hätte das Dessert zubereitet, und es verkaufe sich sehr gut, aber – an dieser Stelle klopfte sie sich mit dem Zeigefinger auf den Nasenrücken, »kein Wort zu niemandem, sonst steigt ihr die Gesundheitsbehörde aufs Dach und durchsucht ihre Küche.«

Wonach? Nach gefährlichen Kochutensilien? Außerdem konnte man in Mirandas Küche vom Fußboden essen!

Wie dem auch sei, mit dem Dessert, etwas Käse und Wein und ein paar Tüten würziger Snacks und Nüsse zum Knabbern würde es ein denkwürdig sättigendes und unverdauliches Essen werden.

Während ich ein Stück Thob-Stoff auf den glitzernden Resopaltisch legte und mein weißes Geschirr und das Besteck mit den weißen Griffen aufdeckte, dachte ich sehnsüchtig an den Holztisch, den ich im Kunsthandwerkszentrum gesehen hatte. Mittlerweile konnte ich mich von meinem Resopaltisch nicht mehr trennen, aber ich könnte ihn in einen anderen Raum stellen.

Phinny beobachtete mich voller Interesse und kratzte sich nur gelegentlich verstohlen den langsam verheilenden Riss auf ihrem länglichen Schädel.

Sie folgte mir, während ich oberflächlich das Haus aufräumte und das Feuer im Kamin im Wohnzimmer anzündete. Nachdem ich die Deckenlampe, die noch keinen Schirm besaß, ausgeknipst hatte, wirkte der Raum überraschend gemütlich.

Schon seltsam, dass man gewisse Dinge nach einer Weile gar nicht mehr wahrnimmt. Ich nahm mir ein Stück Papier und schrieb *Lampenschirm* darauf, bevor ich es wieder vergessen konnte. Dann verteilte ich die Knabbereien in chinesischen und japanischen Schälchen, die nicht zueinander passten, und stellte sie auf den Couchtisch. Anschließend ging ich in die Küche, nachdem ich die Wohnzimmertür fest hinter mir geschlossen hatte, um die Katze von den Knabbersachen fern zu halten.

Alles war fertig, außer mir – ich trug noch immer meinen Thob, der zwar bequem und schön ist, aber nach jahrelanger Benutzung doch auch ein wenig schäbig. Und schon klingelte es an der Tür: Es war Nye, der eine Flasche Wein und einen kleinen, runden Ziegenkäse mitbrachte.

Er trug ein schönes, kuscheliges Sweatshirt in einem verblichenen Blauton und Jeans, die ausnahmsweise keinen einzigen Lehmspritzer aufwiesen, und er hatte ein gewinnendes Lächeln aufgesetzt.

»Nye – komm herein. Ich bin noch nicht ganz fertig, aber …«

»Ich bin früh dran. Kann ich dir bei irgendetwas helfen?«

»Nein, es ist alles geregelt, vielen Dank.« Ich erinnerte mich an mein ungekämmtes Haar und die schmutzigen Füße. »Aber vielleicht könntest du schon mal den Wein öffnen, während ich mich umziehe?«

»Wozu die Mühe? Du siehst wunderbar aus in diesem Morgenrock«, versicherte er, entledigte sich seiner Mitbringsel und kam mit einem beunruhigenden Glitzern in den Augen ein oder zwei Schritte näher.

»Dieses Ding da? Das ist nur ein Aufzug, in dem ich gern arbeite«, entgegnete ich und wich hastig in Richtung Tür zurück. »Entschuldige mich – ich bin gleich wieder da. Aber wenn du vielleicht die anderen reinlassen könntest, falls sie ankommen, bevor ich wieder unten bin?«

»Die anderen?« Seine Stimme folgte mir klagend die Treppe hinauf. »Ich dachte, außer mir wäre nur Miranda eingeladen?«

»Und Gil.«

Binnen zehn Minuten war ich gewaschen, gekämmt, frisiert und bekleidet mit einem lockeren Top und Samthosen bekleidet, und ich hatte mich auch wieder gefasst, und das alles rechtzeitig, um Miranda und Gil zu begrüßen, die zusammen ankamen.

Gil hatte berechenbarerweise eine Schachtel After Eight besorgt, aber Miranda hatte nichts mitgebracht als eine geistesabwesende Miene, was ihr ganz und gar nicht ähnlich sah. Nichts mitzubringen, meine ich, nicht die geistesabwesende Miene – jeder, der mit Chris verheiratet war, musste sich zwangsläufig eine solche zulegen.

Zu dritt beobachteten sie, wie ich den Risotto zum Aufwärmen auf die Platte schob, dann gingen wir mit unseren Drinks ins Wohnzimmer, wo Gil mit leicht verblüfftem Gesichtsausdruck die Möbel betrachtete. Das überraschte mich gar nicht: Im ganzen Haus gibt es nicht einen einzigen Gegenstand mit Blumenmuster.

Nye schenkte Wein aus und gab Schüsselchen und Schälchen herum, als wäre er hier zu Hause, und da er genauso hinterhältig zu sein scheint wie die Katze, wird er wahrscheinlich in Bälde einfach bei mir einziehen, ohne dass ich in dieser Hinsicht je eine bewusste Entscheidung getroffen hätte, und ich werde seinen Futternapf neben Phinnys Napf auf den Boden stellen.

Er sah auf, fing meinen Blick auf und grinste, als hätte er meine Gedanken gelesen, dann gab er mir mein Glas und ließ sich anmutig neben mir auf dem Zahnarztstuhl nieder.

»Miranda hat ihren Ehemann eingebüßt«, informierte er mich.

»Was soll das heißen: Ist er nicht nach London zurückgefahren? Und außerdem, Miranda, ich dachte, du *wolltest* ihn einbüßen?«

»Ich w-wollte nicht mehr mit ihm leben, aber ich b-bin davon ausgegangen, dass er auf direktem W-Weg nach London fährt, und jetzt scheint er verschwunden zu sein!«

»Aber er hat die letzte Nacht bei mir verbracht, wusstest du das denn nicht?«, wunderte sich Gil, der sich mechanisch händeweise Bombay-Mix in den Mund geschaufelt hatte und jetzt nur eine kurze Pause einlegte. »Er hat auf dem Sofa geschlafen – ich habe kein Gästezimmer. Er ist heute Morgen schon in aller Frühe aufgebrochen – er hat nur einen Zettel dagelassen.«

»Hat er dir gesagt, wo er hinfahren wollte?«, fragte ich.

»Zurück nach London – aber ihr braucht euch keine Sorgen zu machen, weil er bester Laune war. Tatsächlich hatte er sogar ein paar sehr hilfreiche Ideen, was den Zugang zu

Dorindas Computerdateien betrifft, aber durch den Stromausfall gestern Nacht bin ich in der Sache nicht mehr weitergekommen.«

»Ja, von Computern versteht er etwas«, stimmte Miranda ihm zu. »Er nimmt seinen Laptop überall mit hin.«

»Und er interessiert sich sehr für alte Begräbnisstätten«, fügte Gil hinzu. Wir alle sahen ihn überrascht an.

»Ich bin zwar bereit zu glauben, dass Chris genug verdrehte Hirnwindungen hat, um Computerrätsel zu lösen«, wandte ich ein, »ich kann mir aber beim besten Willen nicht vorstellen, dass er ein lebhaftes Interesse an den Knochenhöhlen von Gower hat.«

»Oh doch«, murmelte Gil, den Mund voller Bombay-Mix, »er schien sich besonders für das Grab des Tutanchamun zu interessieren, und er war ganz fasziniert, als ich ihm erzählte, dass eine neu entdeckte Begräbnisstätte für die walisische Archäologie ein ebenso wichtiger Schatz sein würde.«

Ich hielt dies für eine leichte Übertreibung, aber für Miranda zumindest erklärte es alles. »Dann war es das, Gil – er hat keine Ahnung von Archäologie oder Geschichte, aber als du von einem Sch-Schatz gesprochen hast, hat er sich wahrscheinlich eine Höhle voller goldener Kunstwerke vorgestellt.«

»Ich glaube, nicht einmal Chris könnte so dumm sein, oder?«, bemerkte ich. »Aber wie dem auch sei – wir sind von unserem Hauptthema abgekommen: Wenn er nicht direkt nach London zurückgefahren ist, wo ist er dann jetzt?«

»Im St-Studio ist er nicht aufgetaucht, w-weil sie mich angerufen haben, um zu fragen, wo er bleibt«, berichtete Miranda. »Daraufhin habe ich im Haus angerufen und die Putzfrau an den Apparat bekommen, und sie meinte, sie hätte an diesem M-Morgen noch nichts von ihm gesehen.«

»Er war doch ziemlich verschnupft, als er weggefahren ist, oder? In dem Fall hält er sich vielleicht irgendwo versteckt, um seine Wunden zu lecken und sein Ego wieder aufzublasen?«

»A-aber er würde niemals einen Aufnahmetermin versäumen, also muss ihm etwas zugestoßen sein – ein Unfall? Oder vielleicht war er so außer sich...«

»...dass er nach einer Nacht auf Gils Sofa sich bei Morgengrauen aus dem Haus geschlichen hat, um sich voller Reue von den Klippen zu stürzen?«, warf ich ein. »Ganz bestimmt nicht – die Chrisse dieser Welt bringen sich nicht um.«

»Da hast du wohl Recht«, gab Miranda zu. »Und seltsamerweise m-macht es mir gar nicht so viel aus – weil ich weiß, dass er m-mich, so wie ich wirklich bin, gar nicht liebt. In den letzten Jahren hat er bei mir nur das F-Fett gesehen, sonst gar nichts.«

»Ich dachte, ihr hättet nur eine kleine Auseinandersetzung gehabt«, murmelte Gil mit offenem Mund. »Und ich glaube ganz bestimmt, dass es ihm nichts ausmacht, dass du ein bisschen zugenommen hast – du bist immer noch so hübsch wie damals, als wir zusammen zur Schule gingen«, erklärte er unerschrocken, und Miranda bekam rosige Wangen.

Es lässt sich nicht leugnen, dass sie hübsch ist – vor allem seit sie wieder richtige Kleider trägt statt Schonbezügen.

Gil folgte mir in die Küche, angeblich, um mir zu helfen, in Wirklichkeit aber, um mir von seinen Ausflügen in Dorindas Tagebuch zu erzählen: eine alltägliche Geschichte über das Leben auf dem Lande.

Ich schnalzte mitfühlend mit der Zunge, während ich rührte, abschmeckte und die Warmhalteplatten aus dem Ofen nahm.

»...und es war gerade interessant geworden, Sappho – das macht mich ja so fertig! Im Computer gibt es eine Art Landkarte, die zeigt, wo sie in den Klippen gesucht hat, und dazu gibt es noch andere Dateien, und ich habe endlich den Code geknackt – er ist sehr simpel, es dauert nur ein wenig, die Texte zu übersetzen. Andererseits kommt es mir nicht richtig vor, die Dateien zu lesen, da sie das doch offensichtlich nicht wollte, nur ... ich *muss* herausfinden, was ihr zugestoßen ist! Vielleicht hatte sie ja einen Unfall. Glauben Sie, dass sie tot ist?«

»Ich weiß es wirklich nicht, doch nach all dieser Zeit müssen Sie diese Möglichkeit in Betracht ziehen. So, würden Sie jetzt wohl die anderen für mich rufen? Und versuchen Sie, heute Abend nicht mehr daran zu denken.«

Kapitel 31
Schreibautomat

»Das waren aber keine Fischstäbchen«, bemerkte Nye später.

»Tut mir Leid, dich zu enttäuschen, aber ich habe nie gesagt, du würdest Fischstäbchen *bekommen*, ich habe nur gefragt, ob du sie magst.«

»Köstlich!«, schwärmte Gil mit einem wohligen Seufzer.

»Aber auch einfach: Um fünf Uhr wusste ich noch nicht einmal, was wir essen würden.«

»Es gibt Risotto und Risotto«, meinte Miranda. »Deiner war perfekt.«

»Dasselbe gilt für das Dessert, und das hast du zubereitet. Ich wusste ja gar nicht, dass du ein heimliches kleines Nebengeschäft für Llyns Laden betreibst?«

»Es ist nichts Regelmäßiges, nur wenn ich m-mal eine große P-Portion von irgendetwas habe, b-bringe ich ihr die Sachen, und ich wollte diese griechischen Süßigkeiten unbedingt mal ausprobieren. Sie sind lecker, findest du nicht auch? Ich würde schrecklich gern mal nach Griechenland fahren und Rezepte sammeln und zusehen, wie die Leute dort kochen.«

»Es gibt keinen Grund, warum du das nicht tun solltest«, erklärte ich überrascht. »Du könntest später im Jahr mit mir zu Bob und Vivi fahren – ich unterrichte diesmal nur zwei Wochen, und die beiden würden dich mit Freuden aufnehmen. Lefkada ist eine wunderschöne Insel.«

An diesem Punkt überlebte Phinny die Unterhaltung, indem sie den Bombay-Mix erbrach – mir war gar nicht aufgefallen, dass sie ihn gefressen hatte. Aber es war nicht allzu viel, und Nye kümmerte sich darum. Er hat durchaus seinen Nutzen.

Angenehm gesättigt und zufrieden saßen wir im Wohnzimmer und tranken Kaffee, bis Miranda verkündete, dass sie gehen wolle: »Falls es irgendwelche Neuigkeiten w-wegen Chris gibt.«

»Ich würde mir an deiner Stelle keine Sorgen machen – er hat wahrscheinlich ein wenig geschmollt und ist mittlerweile schon wieder in London«, bemerkte ich, weil es ihm ähnlich sehen würde, so etwas zu tun, um Miranda dermaßen zu erschrecken, dass sie ihn mit offenen Armen wieder aufnahm.

»Ich bringe dich nach Hause«, erbot sich Gil, und Miranda lehnte nicht ab: Die beiden scheinen sich sehr wohl miteinander zu fühlen, aber ich bekomme einfach nicht heraus, ob es gegenseitige Anziehung ist oder einfach die Tatsache, dass sie einander kennen, seit sie in den Windeln gelegen haben.

Aber wie dem auch sei, verschwundene Ehefrauen und Ehemänner (mögen sie lange verschwunden bleiben) verbinden wahrscheinlich.

»Was ist mit Ihnen, Nye? Soll ich Sie auch im Wagen mitnehmen?«, fragte Gil.

»Nein danke, ich gehe zu Fuß zurück, ich habe Lust, mich noch ein wenig zu bewegen. Aber vorher helfe ich Sappho, das Kaffeegeschirr zu spülen.«

Ich brachte Gil und Miranda zur Tür, und als ich wiederkam, waren die Kaffeetassen verschwunden, aber nicht so Nye – er lag lang hingegossen auf dem Zahnarztstuhl, die Arme hinterm Kopf verschränkt, und beobachtete mich unter geschwungenen, mit goldenen Spitzen versehenen Wimpern.

»Du kannst unmöglich schon alles abgewaschen haben«, sagte ich kalt.

»Habe ich auch nicht, ich habe die Sachen in die Spüle gestellt – das war nur eine schlaue Ausrede, um noch ein paar Minuten bleiben zu können. Ich wollte mich davon überzeugen, dass du in Sicherheit bist; Dave könnte ja auf die Idee kommen, noch einen letzten Versuch zu unternehmen ... Es sei denn, du möchtest, dass ich heute Nacht hier bleibe – nur für den Fall?«

Für welchen Fall? Dass ich einen weiteren verrückten Anfall von außer Kontrolle geratenen Hormonen erleide und mich ihm an den Hals werfe?

»Nein danke«, antwortete ich geziert. »Ich komme schon klar.«

»Dann werde ich mich, falls du keine Lust hast, dich auf diesem überraschend bequemen Gerät zu mir zu gesellen, jetzt verabschieden.«

Ich warf ihm einen frostigen Blick zu, und er lächelte mich mit ärgerlichem Gleichmut an und schwang seine langen Gliedmaßen von dem Stuhl.

»Schließ hinter mir gut ab. Ich habe dir meine Nummer über das Telefon geklebt. Ruf mich an, wann immer du willst.«

Um ein Haar hätte ich erwidert: »Wenn ich was will?«, aber wie üblich kam mir meine Selbstbeherrschung zu Hilfe. »Ich werde mir eine Außenlampe zulegen«, bemerkte ich, »du brauchst dir also keine Sorgen zu machen. Mu hat mich dazu überredet.«

»Ich bin froh, dass irgendjemand dich zu etwas überreden kann.« Irgendetwas schien ihn zu belustigen, denn sein beweglicher Mund verzog sich abermals zu diesem verführerischen Grinsen. »Ich mag Mu.«

»Nun, ich mag sie auch, aber ...«

»Und wenn du das nächste Mal mit ihr sprichst, kannst du ihr erzählen, dass ich ihren Rat beherzige – aber nur bis zu einem gewissen Punkt.«

»Welchen Rat?«, fragte ich argwöhnisch.

»Das ist ein Geheimnis zwischen mir, Mu und der Katze.«

Er zog seine Jacke an, während ich ihn mit einiger Frustration beobachtete. »Ich glaube nicht, dass sie dir irgendwelche Ratschläge gegeben hat. Wozu auch?«

»Instinkt kontra Strategie«, sagte er und trat in die klare Sternennacht hinaus. »Aber vielleicht hat sie doch nicht alles richtig verstanden.«

Und mit diesen Worten drückte er mir einen warmen Kuss auf die Lippen und verschwand in die Dunkelheit.

Ich schlug die Tür mit unnötiger Heftigkeit zu und legte die Riegel vor, während seine langen, leichten Schritte hinter der Scheune verklangen.

Danach fühlte ich mich angespannt und voller Energie. Plötzlich war mein Kopf bis zum Rand angefüllt mit Ideen, und ich wusste, dass ich sie *jetzt* aufschreiben musste, noch in dieser Minute, bevor ich sie vergaß.

Eilig räumte ich die letzten Spuren unserer kleinen Party weg, schenkte mir ein wenig dunklen Rum ein und machte mich in meinem alten Morgenrock an die Arbeit. Es wurde eine lange Nacht für *Vengeane.*

In dieser Nacht erzählte die Geschichte sich von selbst, wie beim automatischen Schreiben ... oder beim automatischen Diktieren. Die Figuren drängelten und lärmten in meinem Kopf, um ihr Recht zu fordern.

Ich unterbrach meine Arbeit nur, um Kassetten zu wechseln oder hastig einen Schluck von meinem Drink zu nehmen, und ließ die Geschichte sich selbst entwickeln, obwohl ich irgendwann vor Morgengrauen im Vorbeigehen den Stecker des Telefons aus der Steckdose zog: Niemand würde den Fluss unterbrechen, ganz egal, wie lange es dauerte.

Selbst nachdem ich die Geschichte zu einem – wenigstens für mich – überraschenden Ende geführt hatte und die Kassette leer immer weitersurrte, dachte ich noch darüber nach, wie das nächste und letzte Buch sich entwickeln würde ...

Also diktierte ich auch noch meine Notizen für diesen Band, und dann war es plötzlich wieder Abend, und ich war steif, müde, benommen und in Hochstimmung ... und irgend jemand hämmerte so heftig gegen meine Tür, als wollte er sie aus dem Rahmen schlagen und über die Überreste hinwegsteigen wie über eine Zugbrücke.

In einer plötzlichen Trance der Erschöpfung trottete ich durch die Küche, vorbei an einer wütenden, ungefütterten Katze, und schloss die Tür auf, aber sie wurde mir aus der Hand gerissen, bevor ich den Knauf drehen konnte. Nye stürzte sich auf mich, knurrte und schüttelte mich. Ich erschlaffte.

»Es geht dir gut! Es geht dir gut, Sappho!«

»Es geht mir mehr als gut, ich bin überglücklich, aber sehr müde. Hör auf, mich zu schütteln – was ist los mit dir?«

»Was *los* ist? Weißt du, wie spät es ist? Ich habe den ganzen Tag versucht, dich anzurufen, und als ich dich nicht erreichte und auch Miranda dich nicht gesehen hatte, habe ich mir furchtbare Sorgen gemacht ...«

»Ich habe den Telefonstecker aus der Steckdose gezogen, damit mich niemand störte.«

»Aber dir muss doch klar gewesen sein, dass ich mir Sorgen machen würde, dass dir etwas zugestoßen ist?«

»Nein – warum solltest du dir Sorgen machen? Ich bin hier vollkommen sicher. Ich musste das Buch fertig schreiben, solange ich in der Stimmung war – und ich habe es geschafft!« Oh, himmlischer, himmlischer Gedanke! Ich gähnte plötzlich und herzhaft. »Tut mir Leid – ich bin nicht daran gewöhnt, dass jemand sich um mich sorgt. Wie spät ist es?«

»Sieben Uhr abends. Ich wäre schon vor Stunden hier gewesen, wenn ich nicht einen Termin mit jemandem gehabt hätte, der eigens aus London gekommen ist. Wie lange hast du denn gearbeitet?«

»Seit du gestern Abend weggegangen bist. Ich bin völlig verhungert, und die arme Phinny ist es auch.«

»Die ganze Nacht?«

Die Haustür stand immer noch offen, und etwas Helles und Rechteckiges auf der Türschwelle lenkte meinen Blick auf sich … etwas, dessen Form vage an einen Sarg erinnerte.

»Was ist das?«, wollte ich wissen. »Hast du das mitgebracht?«

»Was? Nein, es war schon da, als ich ankam – eine Art Kiste.«

Ich bückte mich und hob das Ding hoch. »Sieht aus wie ein Gruß von Dave – ein unfreundlicher kleiner Blumenstrauß vielleicht?«

Er starrte die Schachtel an. »Doch nicht in einem verdammten Sarg!«

»So was hat er schon einmal gemacht, bevor er anfing, Fantasy Flowers zu benutzen, doch der Schockwert hat sich nach dem ersten Mal verloren.«

»Gib mir die Schachtel, ich öffne sie.«

Ich war zu schwach, um mich deswegen zu streiten, außerdem hatte ich kein allzu großes Interesse an einer weiteren schauerlichen Blumenbotschaft, daher sah ich nur zu, wie Nye die Schachtel vorsichtig öffnete. Ein launischer Luftzug erwischte den Deckel und ließ ihn durch die Luft fliegen, zusammen mit einer Schicht Seidenpapier.

Nye erstarrte. In der Schachtel lagen die jämmerlichen Überreste eines gehäuteten Tieres – eines kopflosen, katzengroßes Tieres …

Ich wirbelte herum, aber Phinny stand immer noch in der Tür und sah mich von dort aus angewidert an.

»Es ist alles in Ordnung, Sappho – es ist keine Katze, zumindest glaube ich das, es sieht mir aus wie ein Kaninchen.«

Ich zwang mich, noch einmal hinzusehen. »Klar. Und es ist auch kaum eine blutdurchtränkte Leiche, oder? Eher ein Kaninchen aus dem Supermarkt, was das betrifft. Könntest du es wohl in den Mülleimer werfen? Es ist eine Tüte drin, die nur auf so etwas wartet.«

Häschen in der Schachtel? Ich glaube nicht, dass das Schule machen wird.

Nye tat wie geheißen und band den Beutel dann zu, bevor er den Deckel wieder aufsetzte.

Ich ging zurück ins Wohnzimmer, und er folgte mir. »Glaubst du, dass das eine Drohung an die Katze war oder eine Drohung an mich?«, fragte ich. Plötzlich zitterten mir die Knie.

Nye führte mich zu einem Sessel: »Setz dich um Gottes willen hin – du bist geschockt, erschöpft und hungrig. Ich bereite dir etwas zu essen zu.«

»Gib zuerst Phinny etwas. Sie muss halb verhungert sein, obwohl ich gesehen habe, dass sie die Reste des Risottos aus der Pfanne gefressen hat.«

Er fütterte Phinny, dann brachte er mir ein Omelett, wobei er ungeheuer häuslich aussah: Wenn ich ihn in einem Katalog gesehen hätte, hätte ich einen in Übergröße bestellt.

Er hatte breite, eckige Schultern und sehr, sehr lange Beine, und sein platinblondes Haar machte den Eindruck, als hätte er es in einem Anfall von Wut oder etwas Ähnlichem mit Ton eingerieben, was wahrscheinlich der Wahrheit entsprach.

Alles in allem konnte man nicht behaupten, er hätte so etwas wie eine Frisur – sein Haar bedeckte einfach auf die vollkommenste und natürlichste Art und Weise seinen Kopf. Aber heute Abend sah er aus wie ein platinfarbener Punkigel mit Dachssträhnchen.

Die Tatsache, dass sein Äußeres ihn keinen feuchten Kehricht interessiert, macht ihn seltsam liebenswert, und natürlich sieht er trotzdem sehr sexy aus, eine Mischung aus Ton und Leinensacktoga, aber die Wirkung ist unbeabsichtigt.

Anders als bei Dave, dessen Äußeres mehr »Armani« als »Absichtslos« ist.

»Weißt du, was?«, bemerkte ich, als ich das perfekte Omelett gegessen hatte, »die Morgengabe von heute Abend sieht Dave viel ähnlicher als die Steinigung einer Katze: Eine boshafte, aber blutlose Geste. Ich glaube wirklich nicht, dass du dir seinetwegen den Kopf zerbrechen musst – soweit ich weiß, hat er mir nie einen Schaden zugefügt.«

»Er hat mich vorhin angerufen, und seine Drohungen waren ziemlich plastisch. Deshalb hatte ich mir solche Sorgen um dich gemacht. Sobald ich mit meinem Kunden fertig war, bin ich hierher gerast.«

»Oh, Nye, ich hoffe, ich habe dich nicht um ein Geschäft gebracht«, entgegnete ich schuldbewusst.

»Nein.« Er grinste plötzlich. »Ich habe mir noch schnell das Geld geschnappt, bevor ich abgehauen bin – ich habe ihm die Kartons gezeigt und ihn mit dem Verpacken der Ware allein gelassen. Wahrscheinlich hält er mich jetzt für einen durchgeknallten Exzentriker oder einen Alkoholiker, der nach dem nächsten Drink lechzte.«

Ich hievte mich müde hoch. »Ich nehme jetzt ein Bad ... und dann gehe ich ins Bett. Alles andere ist mir im Augenblick ziemlich egal.«

»Ich werde dich nicht fragen, ob ich dir den Rücken schrubben darf, weil du zu müde bist, um zu wissen, was du sagst.«

Daraufhin ließ ich ihn lächelnd stehen und schlief in der nach Rosen duftenden Glückseligkeit beinahe ein.

Als ich noch einmal kurz nach unten ging, hatte er den Abwasch erledigt und fühlte sich im Wohnzimmer mit einer Ausgabe von *Spiralgebunden: Japan* sichtlich heimisch.

»Habe ich da vorhin das Telefon gehört?«

»Miranda. Man hat Chris' Wagen nicht weit von hier gefunden, auf einem Parkplatz. Sein Koffer war da, aber von Chris selbst keine Spur.«

»Was mag er im Schilde führen? Ich dachte, er versucht nur, Miranda Angst einzujagen.«

»Er scheint mir nicht der Typ zu sein, der einen Drehtermin für seine Serie verpassen würde.«

»Nein, doch das wird mir keine schlaflose Nacht bereiten«, gähnte ich. »Nichts wird mir heute eine schlaflose Nacht bereiten. Ich gehe ins Bett.«

»Ich bleibe heute Nacht hier, ganz egal, für wie harmlos du Dave hältst – es sei denn, du möchtest lieber mit zu mir kommen?«

»Nein, aber mach, was du willst«, gab ich groggy zurück, »ich bin zu müde, um noch eine Meinung zu haben.«

»Vielen Dank. Ist das der Küchenschlüssel? Ich gehe schnell nach Hause, um ein paar Sachen zu holen, aber ich werde in zwanzig Minuten wieder da sein und schließe mir dann selbst auf.«

»Gib der Katze zu fressen.«

»Das habe ich schon – du hast daneben gesessen und mir zugesehen.«

»Oh ... wirklich?« Es gelang mir, meinen Blick auf sein Gesicht zu konzentrieren, das mir vorkam wie eine Vision des Engels Gabriel mit Stoppelbart und schlechter Laune. »Tut mir Leid, Nye, ich kann anscheinend nicht mehr klar denken. Es wäre schön, wenn du bleiben würdest. Das Gästezimmer ist fix und fertig.«

Ich trottete die beinahe unerklimmbar steile Treppe hinauf und war eingeschlafen, sobald mein Kopf das Kissen berührte.

Kapitel 32

Sackgasse

Es war ein wonnevoller Traum, und Nye, in der Maske des Drachentöters, spielte eine so hervorstechende Rolle darin, dass alles Weitere eigentlich kein Wunder war: Als ein sanfter, warmer Kuss mich weckte, reagierte ich mit einer Begeisterung, die Nye möglicherweise überrascht hat.

Wenn ja, so zeigte er sich der Situation jedenfalls gewachsen, und als ich vollends begriff, was ich da tat, fühlte ich mich umschlungen von der Art muskulöser, seidiger Wärme, wie man sie nicht einmal von den besten Bettdecken bekommt.

Wir waren weit über das »Widerstand-ist-zwecklos«-Stadium hinaus, und hinter uns brannten die Brücken – und ehrlich, lieber Leser, es war mir vollkommen gleichgültig. Ich wollte nur, dass es nie mehr aufhörte. Ich habe dem Zölibat abgeschworen und bin zur Unzucht bekehrt.

Nachher, geborgen in einer warmen Umarmung, als wäre ich ein kleiner, kostbarer, zerbrechlicher Gegenstand (obwohl ich in diesem Falle mittlerweile in tausend Stücke gegangen wäre, statt nur an den Rändern ein wenig angesengt zu sein), meinte er zärtlich: »Das ist etwas ganz Besonderes, Sappho. Was unternehmen wir jetzt deswegen?«

»Nichts, du bist nicht mein Typ«, erwiderte ich ziemlich ungehalten. Wer hat Nye in *meinen* Lebensplan geschrieben?

Seine Augen waren klar und silbrig und brannten vor Gefühl – aber ob es Liebe war, Hass oder das Verlangen, mich zu erwürgen, konnte ich nicht mit Sicherheit feststellen. »Sag du mir, dass der Drachentöter das Mädchen am

Ende nicht bekommen wird, und ich glaube dir, dass ich nicht dein Typ bin.«

Ich wandte den Blick ab. »Das ist ein Geheimnis. Außerdem gibt es nach diesem Buch noch ein weiteres, es könnte also alles Mögliche passieren.«

»Ich glaube, es ist bereits passiert. Ich habe es dir gesagt: Ich liebe dich.«

»Das war nicht dein Ernst.«

»War es doch – ist es! Ich möchte mit dir zusammenleben.«

Aber nicht in einem baufälligen viktorianischen Chalet, oh, nein!

»Ich bin veranlagungsbedingt außer Stande, meine alltägliche Existenz mit einem anderen Menschen zu teilen.«

»Ich liebe die Art, wie du die Dinge ausdrückst«, bemerkte er und küsste mich auf den Kopf. »Ich finde dich ungemein niedlich.«

»Niedlich?«, ächzte ich entrüstet. »Das bin ich ganz bestimmt nicht!« Ein Meter achtzig muffige Niedlichkeit?

»Ich glaube, ich wusste von dem Augenblick an Bescheid, als ich dich mit verängstigter Miene in diesem Auto sitzen sah«, fuhr er nachdenklich fort.

»Ich war nicht im Mindesten verängstigt!«

»Du sahst aus wie zu Tode erschreckt, und ich konnte nicht aufhören, an dich zu denken, obwohl ich das gar nicht wollte ... nicht nach dem, was mir gerade mit Eloise passiert war. Ich wollte keine Beziehung mehr – keine ernsthafte – nie wieder.«

»Aber es ist nichts Ernsthaftes zwischen uns. Oder?« Ich starrte ihn an. »Ich weiß nicht, was hier eigentlich vorgeht!«

Er zog mich näher an sich. (Falls das möglich war.) »Es ist etwas Ernstes.«

»Aber du warst ein Irrtum. Ich hatte daran gedacht, zu

meinem vierzigsten Geburtstag schwanger zu werden, keine Beziehung, und ich wollte mir jemanden aussuchen – einen dunkelhaarigen und passenden Mann ...«

»Wir könnten ein Baby haben«, antwortete er sanft.

»Ja, das könnten wir«, stimmte ich ihm zu, denn – hoppla! – ich hatte es schon wieder getan. »Ich nehme nicht die Pille oder irgendetwas in der Art, und das ist das zweite Mal, dass wir ...«

Er drückte mich ein klein wenig von sich weg und starrte mich an: »Aber ich habe dich beim ersten Mal *gefragt*, ob es in Ordnung sei, und du hast Ja gesagt!«

»Nun, das war es: *mehr* als in Ordnung. Ich habe damals nicht klar gedacht – und diesmal auch nicht, wenn ich es mir recht überlege. Du hast eine unglückliche Wirkung auf mein Gehirn.«

Er sah ein wenig gekränkt drein. Über sein Kinn zog sich ein bestrickend männlicher Stoppelbart, daher fuhr ich mit dem Finger darüber. Dann überwältigte mich ein jäher Impuls, und ich küsste ihn.

Ich sage Ihnen, die Tasse Kaffee, wegen der er mich ursprünglich geweckt hatte, war eiskalt, als wir wieder auftauchten.

Was mache ich jetzt? Ich kann nicht mit ihm leben – doch ich frage mich langsam, ob ich ohne ihn leben kann.

Nach einer Weile – mehr als einer Weile – bemerkte Nye, dass Phinny lautlos in den Raum gekommen war und uns beobachtete, billigend, wie es schien. Es war definitiv beunruhigend.

»Diese Katze weckt mein Schamgefühl«, bemerkte Nye, »ich stehe auf. Siehst du an deiner Seite ein Badehandtuch auf dem Fußboden? Ich habe es getragen, als ich reinkam.«

Es gelang ihm, das Handtuch umzulegen, ohne der Katze etwas von seiner Anatomie zu zeigen, aber das Manöver erforderte Verrenkungen, die mir ein Kichern entlockten.

Lächelnd legte ich mich wieder in die Kissen, mit einem

Gefühl absoluten geistigen und körperlichen Wohlbehagens. »Ich bin mit dem Buch fertig!«

Er blieb mit bestürzter Miene in der Tür stehen: »War ich dann nur eine kleine Feier?«

»Nun ja, ich hatte gerade keine Flasche Champagner zur Hand, und du warst das Nächstbeste…«

»Wie lange muss ich warten, bevor du mit dem nächsten Buch fertig bist?«, fragte er mit ehrlichem Interesse, und ich warf ein Kissen nach ihm.

Es traf stattdessen Phinny, die das nicht witzig fand.

Während wir in einvernehmlichem Schweigen unseren Toast aßen und unseren Koffeinpegel in die Höhe trieben, tauchte Miranda auf.

»Da bist du ja, Sappho«, begann sie und trat durch die offene Küchentür. »Ich habe gestern versucht, dich anzurufen, und ich bin vor einer Weile schon mal hier gewesen, a-aber du scheinst v-verschlafen zu haben, was dir gar nicht ähnlich sieht!«

»Ich habe gestern Abend das Buch fertig geschrieben, und ich war vollkommen erschöpft.«

Ich war jetzt noch erschöpfter, auf eine höchst interessante Art und Weise. Kennen Sie das Gefühl grenzenloser Energie, das einen erfüllt, wenn man jung ist und voll im Saft steht? Nun, dieses Gefühl hatte ich nicht, es war noch viel besser!

»Hallo, Miranda«, grüßte Nye, beschwingt von den Freuden des Frühlings oder etwas in der Art, und Miranda zuckte zusammen.

Ich nehme an, es ist wirklich etwas dunkel in der Küche, wenn diese grässliche Leuchtstoffbirne nicht brennt. »Möchten Sie eine Scheibe Toast?«, fragte er.

»Ähm … hallo, Nye. Ich habe S-Sie gar nicht gesehen. Ich w-wollte nicht stören, und ich m-muss zum Handwerkszentrum runter und – und…«

»Trink zuerst eine Tasse Kaffee, es ist noch früh«, meinte ich, »Nye will ohnehin aufbrechen.«

»Nye hätte schon vor einer Stunde gehen müssen«, bemerkte er unfairerweise.

Hatte ich vielleicht die Tür verschlossen? »Also, was hält dich auf?«

»Warum kommst du nicht später runter?«

»Mach ich vielleicht, aber ich habe noch jede Menge Arbeit. Ich muss das Buch so weit auf Vordermann bringen, dass Violet es tippen kann.«

»Vorher brauchst du eine Pause – ich sehe dich dann später. Willst du mir nicht meinen Zylinder und die Aktentasche reichen?«

»Ich komme mir vor w-wie der sprichwörtliche Anstandswauwau«, murmelte Miranda, als er fort war. »Tut m-mir Leid, dass ich einfach so reingeplatzt bin.«

»Spielt keine Rolle – du hast uns schließlich nicht *in flagranti* erwischt.«

»Ich freue mich, dass ihr beide zueinander gefunden habt.«

So kann man das auch ausdrücken.

»A-aber ich bin überrascht, w-weil ich nicht g-gedacht hätte, dass er dein Typ ist.«

»Ist er auch nicht, das sage ich ihm immer wieder, doch er schert sich nicht darum.«

»Und ich muss an seinem Wagen draußen vorbeigekommen sein, ohne ihn zu sehen, was zeigt, wie dicht der Nebel ist.«

»Ich hatte gar nicht gemerkt, dass es nebelig ist.« Und ich hatte Phinny rausgelassen!

»Ja, es ist ziemlich sch-schlimm, a-aber im Laufe des Vormittags wird sich der Nebel sicher heben. Gil hat mich gestern angerufen, Sappho. Er hat an der Entzifferung des C-Computertagebuchs g-gearbeitet, und er meinte, er käme endlich weiter. Mit Chris' V-Verschwinden sei es wie damals, als D-Dorinda verschwand, nur dass Chris' Auto gefunden wurde.«

»Er wird schon wieder auftauchen.«

»Ich kann nicht behaupten, dass es mir w-wirklich wichtig wäre, ich würde nur gern wissen, was er im Schilde führt. Außerdem w-will ich die Sch-Scheidung, und das könnte schwierig w-werden, wenn er n-n-nicht wieder auftaucht.«

Sie trank ihren Kaffee aus und ging. Es herrschte Waschküchenatmosphäre da draußen. »Sei vorsichtig«, bat ich.

»K-keine Sorge, ich kenne diese Straßen wie meine W-Westentasche.«

Als sie fort war, hatte ich gerade angefangen, die verschiedenen Teile von *Dunkle Geschicke* zusammenzusammeln, als Gil mich anrief.

»Sappho, da sind Sie ja!«, sagte er, als wäre das eine Überraschung – aber vielleicht hatte auch er gestern versucht, mich zu erreichen. »Ich habe das Tagebuch entschlüsselt, und ich kenne jetzt die Stelle in den Klippen, die Dorinda am Tag ihres Verschwindens untersucht hat. Komischerweise ist es ganz in Ihrer Nähe (Luftlinie jedenfalls). Leider befindet sich der nächste Parkplatz etwa eine Meile entfernt, und man kommt nur zu Fuß dorthin.«

»Das ist ja eine großartige Neuigkeit! Haben Sie schon die Polizei verständigt? Die könnten dann das Gebiet durchkämmen.«

»Nein – ich möchte zuerst selbst hingehen und suchen, nur dass ich gern jemanden bei mir hätte, für den Fall des Falles. Ich habe es bei Nye versucht, aber ich konnte ihn nicht erreichen, und von Miranda kann ich es natürlich nicht verlangen – sie ist so zerbrechlich und empfindsam –, deshalb habe ich an Sie gedacht.«

»Sie wollen, dass *ich* Sie begleite?« Ich blickte voller Entsetzen auf das Chaos eines Buches, das um mich herum ausgebreitet lag.

»Wenn Sie so nett sein würden? Ich könnte Sie mit dem Landrover abholen – ich kann auf Straßen, mit denen Ihr Wagen niemals fertig würde, fast bis zu der betreffenden Stelle fahren.«

»Nein – das geht schon in Ordnung«, antwortete ich langsam. »Ich habe zwei Tage lang im Haus gesessen und gearbeitet, ich brauche also etwas frische Luft und Bewegung. Ich fahre zu dem Parkplatz in der Nähe der Klippen und gehe zu Fuß, bis ich Sie treffe.«

»Es ist sehr nebelig«, bemerkte er zweifelnd.

»Das sagt Miranda auch, aber man kann sich auf diesen Wegen nicht verirren, dafür gibt es nicht genug davon, und Miranda meint, der Nebel würde sich ohnehin bald lichten.«

»Das hat er da unten wahrscheinlich schon«, stimmte Gil mir zu und beschrieb mir genau die Stelle, an der wir uns treffen wollten. »Also schön, ich sehe Sie dann so bald wie möglich an den Klippen. Und noch mal vielen Dank.«

Ich zog Jeans, Anorak und Stiefel an, zweckmäßige Kleidung, um in den Klippen herumzuklettern. Dann füllte ich Phinnys Fressnapf und dachte sogar daran, im Kunsthandwerkszentrum anzurufen und Nye eine Nachricht zu hinterlassen, wo ich hingehen wolle und dass ich wahrscheinlich nicht zum Mittagessen kommen würde. Dann schloss ich ab und ging hinaus in den Nebel, der tatsächlich schwer und dick war und erstickend wie Wolle.

Es war sehr still. Für Auge und Ohr mochte es so wirken, als hätte ich keine Nachbarn gehabt, aber offensichtlich war jemand da gewesen, denn als ich die Scheune umrundete, entdeckte ich, dass mein armer alter Wagen auf vier flachen, aufgeschlitzten Reifen stand.

Ich konnte die Abdrücke sehen, wo Nyes Wagen neben meinem in der Nacht gestanden hatte. Es musste also geschehen sein, nachdem er gegangen war ... und es würde mich ein Vermögen kosten, vier neue Volvo-Reifen zu kaufen!

Ich war sehr, sehr wütend. »Ist da jemand?«, fragte ich in den Nebel, aber bekam keine Antwort.

Dave? Möglich, dass er in der Nähe gewesen war und Nyes Wagen die ganze Nacht vor dem Haus hatte stehen sehen. Und dann hatte er zwei und zwei zusammengezählt ... In diesem Falle wäre er wütend genug gewesen, um etwas derart Boshaftes zu tun.

Aber ich glaubte nicht, dass er anschließend noch lange hier herumgehangen hätte. Er hätte die Reifen aufgeschlitzt und das Weite gesucht.

Ich ging zurück ins Haus, um Gil anzurufen, dass er mich doch abholen müsse, doch er meldete sich nicht. Er war bereits unterwegs, und ich wollte ihn nicht im Stich lassen, also warf ich einen Blick auf meine Landkarte und überlegte mir, dass ich den Weg auch übers Moor finden würde. Schließlich ging es die ganze Zeit bergab, und zurück konnte ich mit Gil fahren.

Nervös und wütend zugleich, stopfte ich die Karte in meine Tasche und machte mich auf den Weg die Straße hinauf zu der Stelle, an der der Fußpfad in Richtung Meer abzweigte.

Gut möglich, dass Dave immer noch irgendwo da draußen herumlungerte, und obwohl ich ihn gern in die Finger bekommen hätte, gefiel mir der Gedanke nicht, dass er für mich unsichtbar war – obwohl ich natürlich davon überzeugt war, dass ich schon mit ihm fertig würde, falls er irgendetwas versuchen sollte.

Ich fand den Fußpfad und ging mit langen Schritten weiter, wobei ich einige Schafe aufschreckte. Gleichzeitig hielt ich Ausschau nach der ersten Wegkreuzung, an der ich abbiegen musste. Es war unheimlich – so sehr, dass ich glaubte, Schritte auf dem Rasen direkt hinter mir dröhnen zu hören, obwohl niemals jemand da war, wenn ich mich umdrehte.

»Sappho!«, erklang plötzlich eine leise Stimme. Sie schien überall um mich herum zu sein.

»Dave? Wo bist du, du Idiot? Komm raus und zeig dich!«, verlangte ich, aber es kam keine Antwort – überhaupt kein Geräusch, um genau zu sein, und da ich keine echte Alternative hatte, ging ich weiter, ein wenig zügiger jetzt, und ich sah auch häufiger über die Schulter zurück.

Ich ging schneller und schneller, und als ich endlich zu dem breiteren Weg kam, der mich direkt nach unten zu den Klippen führen würde, nahm ich die Beine in die Hand und rannte los.

Der Nebel wurde dünner, wofür ich dankbar war, da Gils Landrover langsam aus einem Seitenweg getuckert kam und ich ihm plötzlich über die Motorhaube hinweg mitten in die Augen sah. Ich weiß nicht, wer von uns überraschter war.

Nachdem ich die Beifahrertür mit einem Ruck aufgerissen hatte, sprang ich hinein. »Los, weiter – fahren Sie!«, befahl ich, und er holperte gehorsam weiter den gefurchten Pfad hinunter. Im Rückspiegel sah ich Dave aus dem Nebel auftauchen und uns nachstarren.

Als ich Gil von den aufgeschlitzten Reifen erzählte und davon, dass Dave mir folgte, wäre er um ein Haar vom Weg abgekommen. Er blickte immer wieder in den Rückspiegel, obwohl ich ihm erklärte, dass wir wahrscheinlich nicht länger verfolgt würden und ich außerdem mit Dave umzugehen wüsste, jetzt, da ich ihn sehen konnte.

Er behielt Recht, was den Nebel betraf, denn schon bald umgab uns leuchtender, warmer Sonnenschein. Gil parkte vor einem großen Felsen in der Nähe des Weges übers Kliff, das hier aus gefährlich bröckeligem Kalkstein bestand. Deshalb führte der Pfad nicht unmittelbar am Rand entlang.

Er lehnte sich an die Motorhaube und konsultierte seine Notizen und die Landkarte. »Sie hatte das Gebiet bis zu dieser Seite des großen Felsens abgearbeitet, und am Tag ihres Verschwindens wollte sie die Klippen auf der rechten Seite untersuchen. Sie ist nicht mit dem Landrover gefahren, daher muss sie vom Parkplatz zu Fuß hier raufgegangen sein. Es ist ziemlich einsam – wenn der Wagen stundenlang hier gestanden hat, könnte ihn jemand gestohlen haben.«

Gil staffierte sich mit einem Seil und ähnlichen Dingen aus, als wollte er irgendwann den Tarzan geben (wenn ja, dann konnte er auf mich zählen), und wir begannen, vorsichtig über den bröckeligen Boden des Klippenrandes zu gehen und so gut wir konnten nach Spuren von Dorinda Ausschau zu halten, ohne in die Tiefe zu stürzen.

Ich entdeckte es zuerst – ich bin buchstäblich darüber gestolpert –, und dann schlitterte etwas Kaltes unter meiner Wange dahin …

Eine Natter? Es gab hier Nattern, ich hatte sie gesehen … nur dass diese aus einem Seil gemacht war, einem guten, dicken, starken Seil, das, ordentlich gesichert, um den Klippenrand herumführte.

»Oh, gut gemacht!«, rief Gil, warf sich neben mir zu Boden und spähte über den Rand. »Das muss ihres sein – sehen Sie, das Seil ist geknotet –, das hat sie immer so gemacht, damit sie wieder nach oben klettern konnte. Ich gehe runter.«

»Das Seil ist nass und glitschig«, warnte ich.

»So schlimm ist es nicht. Ich sehe nach, was da unten ist.« Er verschwand in der Tiefe, wobei er mich ständig auf dem Laufenden hielt, während ich von oben auf seinen glänzenden, braunen Kopf blickte.

»Das Seil führt über diese Wölbung … dann kommt nichts außer einem kleinen Vorsprung, der von einem Felsen am anderen Ende blockiert wird und sehr instabil ist …« Es folgte ein schlurfendes Geräusch, dann ein Klappern von Steinen. »Oh, ich verstehe – hinter dem Felsen ist ein Spalt, man kann sich gerade eben hineinzwängen …«

Stimme und Mann verschwanden. »Gil?«

»Hier ist eine Höhle!«, rief er sehr schwach. »Ich gehe hinein.«

Lieber er als ich – wer weiß, was da unten ist?

Hier oben war ganz eindeutig etwas, denn als ich über meine Schulter zurückblickte, stand Dave, uns heiß auf den Fersen, neben dem Landrover.

Beharrlich bis zum Letzten – aber er konnte mich da, wo ich lag, nicht sehen.

»Sappho, Sappho!«, rief er.

Es ist schon erstaunlich, wie spontan ein so vernünftiger Mensch wie ich manchmal handeln kann: Ich schlitterte wie Houdini dieses Seil hinunter, bevor man »aufgeschlitzte Reifen« sagen kann.

Ich war so dankbar, mich auf einem Felsvorsprung zu befinden, wie bröselig er auch sein mochte, dass ich fünf Minuten lang meine Nase an den Stein gedrückt hatte, bevor Gils Kopf vom anderen Ende des Felsvorsprungs auftauchte und er sagte: »Hallo – Sie sind runtergekommen, ja? Nehmen Sie meine Hand und kommen Sie vorsichtig her.«

Ich ließ mich von ihm hinter den Felsen führen, und ich musste mich ganz schön dünn machen, um mich in den Eingang der Höhle zu quetschen. Die Felsenoberfläche war quasi zusammengefaltet, sodass sie vom Meer aus nur schwer und von den Klippen aus überhaupt nicht zu sehen war, und man musste über einen kleinen Spalt steigen, der steil nach unten zum Wasser führte.

»Haben Sie etwas gefunden?«, fragte ich, zog den Kopf ein und schlitterte mehr oder weniger auf meinen vier Buchstaben auf den Höhlenboden.

Er richtete den Strahl seiner Taschenlampe auf ein Häufchen Knochen.

»Oh Gott – das ist doch nicht Dorinda, oder?«

»Natürlich nicht – die Knochen sind *viel* älter«, erklärte er ehrfürchtig. »Dorinda ist allerdings hier gewesen – da liegen ihr Rucksack und ihre Flasche. Ich kann keinen anderen Ausgang entdecken, aber ich habe mich noch nicht richtig umgesehen, weil ich Sie runterkommen hörte.«

Er begann, mit seiner Taschenlampe die Wände aus morschem Stein abzuleuchten. »Es ist wirklich gefährlich. Sie können sehen, an welchen Stellen der Stein eingestürzt ist, und – ah! – ein Loch.«

Er verschwand, verschwand wie das weiße Kaninchen.

»Gil?« Ich duckte mich und schob den Kopf in das Loch. »Gil?«

»Nicht! Kommen Sie nicht her ...«, bat er mit zitternder Stimme.

»Ist sie da?«

Und ist sie die »Tote Dorinda«?

»Ja ... sie ist hier. Es ... es muss einen Steinschlag gegeben haben, und sie konnte nicht mehr raus. Die Art, wie sie unter dem Felsbrocken liegt – es ist gerade so, als streckte sie die Hand aus, um Hilfe zu erflehen. Mein Gott, es ist grauenhaft! Die arme Dorinda.«

Sie hätte jemandem erzählen sollen, wo sie hingehen wollte, es ist ganz allein ihre Schuld, obwohl dies nicht der richtige Zeitpunkt war, um das Gil zu erklären. Eine schreckliche Art zu sterben.

Er kam rückwärts heraus und sah im Schein der Taschenlampe krank aus. Einige kleine Steine lockerten sich unter seinem Gewicht.

»Vorsicht!«, warnte ich ihn, als weitere Steine sich zu bewegen begannen, und wir zogen uns hastig zu den Knochen zurück.

»Was treibt ihr zwei hier unten?«, erklang Daves argwöhnische Stimme hinter uns, und da stand er, eingerahmt in der Öffnung wie ein neolithischer Dorian Gray.

Kapitel 33

On The Rocks

Wir starrten ihn ausdruckslos an, denn er war sehr plötzlich aufgetaucht.

Kaum aus der Fassung gebracht von seinem Abstieg über den Felsen, strich er sich sein zerzaustes schwarzes Haar zurück und lächelte dieses leicht debile Lächeln, das er ganz allein für mich reserviert hat.

»Warst du derjenige, der meine Reifen aufgeschlitzt hat?«, fragte ich scharf, als ich mich einigermaßen erholt hatte. »Und warum hast du da draußen im Nebel rumgelungert?«

»Du bist eine absolute Hure, nicht wahr, Sapphie?«, entgegnete er im Gesprächston, ohne auf meine Fragen einzugehen. »Gestern Nacht mit Nye Thomas, und jetzt bist du hier mit einem anderen.«

»Sappho hilft mir, nach meiner Frau zu suchen«, versicherte Gil, weiß bis in die Lippen von dem Schock über das, was wir soeben entdeckt hatten, »und ... wir haben sie gefunden. Aber sie ist tot – es muss einen Steinschlag gegeben haben. Sie liegt da hinten ...«

Er wies schaudernd zu der Stelle, an der wir Dorinda gefunden hatten, und Dave machte ein bestürztes Gesicht.

»Was hat Ihre Frau hier unten getan?«

»Sie hat eine Knochenhöhle gesucht, doch sie hat niemandem erzählt, wo sie hingehen wollte, und als sie einen Unfall hatte, wussten wir nicht, wo sie zu finden war. Arme Dorinda ...«

Er blickte auf und fügte mit trauriger Würde hinzu: »Jetzt sind Sie vielleicht so freundlich, wieder zu den Klippen hinaufzuklettern, damit wir hier rauskommen und die Polizei verständigen können.«

Aber Dave hatte abrupt jedes Interesse an ihm verloren und starrte mich nachdenklich an.

»Du wirst dich kaum bei mir einschmeicheln, wenn du meine Reifen aufschlitzt«, stieß ich angriffslustig hervor. »Warum hast du das getan? Aus einer Laune heraus?«

Er zuckte die Schultern: »Warum nicht? Und es war noch besser, als ich erwartet habe, weil du hierher gekommen bist.«

»Ich nehme an, du *weißt,* dass du geistesgestört bist?«, gab ich spitz zurück. »Ich denke du warst es auch, der den Stein nach meiner armen Katze geworfen hat?«

Hinter mir begann Gil, nervös zu hüsteln, und gestand zu meiner absoluten Überraschung: »Ähm, nein – ich fürchte, das war ich.«

Unter meinen erstaunten Augen errötete er schuldbewusst: »Ich wollte sie nur erschrecken – sie hatte nämlich eine Wühlmaus gefangen, und ich mag Wühlmäuse. Aber Sie müssen wissen, dass ich kein Lebewesen absichtlich verletzen würde. Und dann war alles so peinlich – ich meine, dass ich überhaupt bei Ihrem Haus war ... Als Ihre Freundin herauskam und ich Sie und Nye näher kommen hörte, habe ich deshalb die Beine in die Hand genommen und bin übers Moor weggelaufen.«

Ich beschloss, ihn nicht zu fragen, warum er bei meinem Haus herumgelungert war – allgemeine Neugier, schätze ich. »Was ist mit Lili?«

»Oh, das war nun wirklich ich«, gestand Dave unbekümmert. »Obwohl es eigentlich ein Missgeschick war – sie trug deinen Mantel, und ich habe sie aus dem Dorf gehen sehen. Aber als ich sie einzuholen versuchte, war sie verschwunden – bis sie aus diesem verfallenen Cottage herausgesprungen kam und sich mir an den Hals warf.«

»Und da hast du sie geschlagen?«

»Nein – sie hatte mich einfach erschreckt, das ist alles, und ich habe sie automatisch weggestoßen. Sie ist gefallen und hat sich den Kopf an der Tür angeschlagen. Ich dachte, sie sei tot, daher bin ich auf die Party zurückgekehrt und habe mir ein Alibi besorgt.«

»*Weiß* Lili, dass du es warst?«

Seine Stirn legte sich in Falten: »Sie hat sich unglücklicherweise soeben daran erinnert. Sie ... sie macht Schwierigkeiten.«

»Oh, *gut*«, erwiderte ich begeistert. »Du meinst, es läuft auf etwas hinaus wie: ›Du tust, was ich will, oder ich verpfeife dich bei der Polizei‹?«

»Woher weißt du das? Hast du mit ihr darüber geredet?«

»Nein, aber ich kenne Lili.«

»Lili hat ihre Reize – doch meinst du, ich würde dich einem anderen Mann überlassen, wenn ich dich nicht haben kann? Nein, du bleibst hier unten – ihr werdet beide hier unten bleiben.«

Ich glaube nicht, dass Gil bis zu diesem Augenblick alles begriffen hatte – der Schock über die Entdeckung der toten Dorinda war zu groß gewesen –, aber jetzt ächzte er: »Sie können doch unmöglich die Absicht haben, uns hier zu lassen?«

»Warum nicht?«, entgegnete Dave beiläufig. »Der Felsvorsprung hier draußen ist ohnehin halb vermodert – sobald ich das Seil habe, reicht ein einziger Tritt, und das Ding stürzt ein. Dann gibt es keinen Weg zurück. Das Seil werde ich natürlich mitnehmen.«

Er drehte sich um und tastete nach einer Stelle im Felsen, wo er Halt finden konnte, und genau in dieser Sekunde warf sich Gil mit einem beeindruckenden Sprung auf ihn: gute walisische Rugby-Tradition, nehme ich an.

Sein Schwung riss sie beide mit. Es folgte ein Übelkeit erregendes Dröhnen – der Aufprall eines Mannes oder beider auf den Felsen. Dann waren sie verschwunden.

Ich glaube nicht, dass es ganz das war, was Gil beabsichtigt hatte.

Als ich zum Rand kroch und in die Tiefe spähte, konnte ich zwei Köpfe auf und ab hüpfen sehen, weit unter mir, wo das Wasser in eine kleine Bucht wirbelte. Der Felsen dort sah aus, als hätte jemand etwas voreilig ein Stück aus dem Stein gebissen.

Dann fiel mir wieder ein, dass Dave nicht schwimmen konnte, und ich sah mit einigem Interesse zu, wie er schlaff mit dem Gesicht nach unten im Wasser trieb, bis Gil, der wie eine Otter schwamm, ihn packte, ihn umdrehte und begann, ihn im Schlepptau zu einigen Felsen hinüber zu ziehen.

Was für ein Held! Dieser Mann hat ungeahnte Tiefen. Alles in allem ist er vielleicht sogar Mirandas würdig.

»Ist das eine private Zeremonie, oder darf jeder da runterspringen?«, erkundigte sich Nye höflich zu meiner Linken, und ich glaube, ich wäre an dieser Stelle wahrscheinlich zurück in die Höhle gegangen, wenn er nicht in letzter Sekunde meinen Arm gepackt hätte.

»Wenn du da reingehst, ist dann dort noch Platz für mich? Denn dieser Felsvorsprung wird gleich in die Tiefe stürzen, und ich glaube, ich würde mich gern zu dir gesellen«, sagte er im Gesprächston, und als ich hastig zur Seite rückte, machte er einen Satz und stolperte neben mir in die Höhle.

»Wie kommst du hierher?«, fragte ich nach einer willkommenen Mund-zu-Mund–Beatmung.

»Ich habe deine Nachricht bekommen, und der Gedanke gefiel mir überhaupt nicht, dass du mit Gil allein auf den Klippen herumkriechst, also bin ich ebenfalls hergefahren. Als ich dann vom Parkplatz aus den Klippenweg entlangging, konnte ich dich und Gil über den Klippenrand verschwinden sehen – und Dave, der euch folgte, also bin ich losgerannt.«

»Wie viel von all dem hast du gehört?«

»Das meiste davon – ich wollte gerade wieder nach oben steigen und darauf warten, dass Dave ebenfalls auftaucht, damit ich ihm eine Tracht Prügel verabreichen und euch nach wahrer Heldenmanier retten konnte, aber da haben er und Gil ihre Stuntman-Nummer abgezogen. Dave scheint mir auf dem Weg nach unten ziemlich hart gegen die Felsen geschlagen zu sein.«

»Selbst schuld«, kommentierte ich gefühllos. »Ich ... Was war das?«

Ich hörte einen leisen Schrei, der von weiter unten an den Klippen zu uns heranzudringen. »Hilfe!«, jammerte es schwach.

»Ach ja, das wollte ich noch erzählen: Chris sitzt ein bisschen weiter auf einem Felsvorsprung fest – er muss die ganze Zeit über hier gewesen sein. Aber das Touristenboot ist da draußen, siehst du? Und ich bin mir ziemlich sicher, dass sie ihn entdeckt haben, denn sie sind so nah wie möglich herangekommen. Sie haben bestimmt schon per Funk die Küstenwache alarmiert.«

»Chris hat die ganze Zeit über *hier* festgesessen? Was macht er hier?«

»Wenn ich raten darf, würde ich sagen, er sucht nach der Höhle. Der Gedanke an einen Schatz hat ihn bestimmt dermaßen aufgeheizt, dass er in der Nacht, die er in Gils Haus verbracht hat, den Computer manipuliert hat. Er wird gedacht haben, dass er die Knochenhöhle entdeckt hat. Nur dass er nicht ganz so schlau war, wie er meinte, und nicht nur das. Er muss über einen dieser Viehwege hinuntergegangen sein, die plötzlich im nichts enden und einen auf dem Trockenen sitzen lassen.«

»Geschieht ihm recht«, gab ich zurück. »Aber wenigstens kann die Küstenwache dann gleich auch Gil und Dave retten – siehst du die beiden auf dem Felsen da unten? Ich denke, die Küstenwache wird einen Hubschrauber brauchen, um sie zu holen.«

»Sie scheinen aber in Sicherheit zu sein – die Flut ist voll aufgelaufen, höher steigt das Wasser nicht. Jetzt wird es erst einmal Zeit, uns in Sicherheit zu bringen, und das wird nicht leicht werden. Es war nicht genug Seil da, um es mitzubringen, und von dem Felsvorsprung ist nicht mehr viel übrig, um auf diesem Weg zurückzukommen, aber ...«

Tief in den Gedärmen der Höhle wurde ein bedrohliches Rumoren laut, und die Wände begannen ein wenig zu zittern. Wir rappelten uns unbeholfen hoch und sahen einander an, dann drehten wir uns wie auf ein geheimes Stichwort hin um und blickten nach unten, weit nach unten, in die dunkle Wölbung des Wassers.

Ein Paar, das zusammen springt, bleibt zusammen – und wir wurden hilfreicherweise auf einer Wolke von Staub und – Felspartikeln hinausgeblasen. Hinaus und hinab, Hand in Hand, und es war ein absolut erstaunliches Gefühl, bis wir auf dem eiskalten Wasser aufprallten. Zum Glück war es kein eiskalter Felsbrocken.

Ich trat Wasser, kämpfte gegen die mächtige Unterströmung an und suchte verzweifelt nach Nye, aber er tauchte kurz darauf neben mir auf, und wir wurden Seite an Seite an Gils gaffendem Gesicht und seiner ausgestreckten Hand vorbei aufs Meer hinausgerissen.

Von einem Boot voller Touristen gerettet zu werden, ist besser als gar keine Rettung, doch es bedeutet, dass man später auf ungefähr vierzig verschiedenen Schnappschüssen und Videos nachvollziehen kann, wie man, einem riesigen Tintenfisch gleich, ziellos über das Deck watschelt.

Meine Zähne klapperten anfangs so heftig, dass ich das Klicken der Kameraauslöser erst bemerkte, als eine weit tragende, grässlich vertraute Stimme mit einem singenden skandinavischen Akzent erklang:

»Wie in den Legenden der alten Zeit, nicht? Der große, gut aussehende Wassergeist mit goldenem Haar klammert seine menschliche Geliebte an sich, während die Wellen sie fortreißen ... Wirklich interessant, das alles ...«

Ich stöhnte, rollte mich auf die Seite und wurde von dem Wassergeist auf die Füße gerissen, während über uns mit großem Getöse ein Hubschrauber dahin ratterte.

Zu Hilfe!

»Sie haben wohl nicht zufällig etwas Rum an Bord?«, wandte ich mich hoffnungsvoll an den kleinen Mann, der mit ziemlich übertriebener Begeisterung einen Mantel um mein nasses T-Shirt wickelte.

Es ist traurig, dass meine Lieblingsjeans jetzt irgendwo vor der Küste von Gower im Meer schwimmt, aber wenigstens geht es *mir* nicht so. Und wie hat es Nye geschafft, der keine nennenswerten Hüften besitzt, *seine* Hose anzubehalten, während mir meine vom Leib gerissen wurde, um von der Wäscherei Neptun in die Mangel genommen zu werden?

Wie dem auch sei, die Sache war es wert, und ich würde jedem, der eine Katharsis benötigt, einen Sprung von einer Klippe wärmstens empfehlen. Ich bin davon überzeugt, dass es uns allen unendlich gut getan hat ... möglicherweise mit Ausnahme von Chris. Seine Rettung bekam jede Menge Publicity, auf die er sicher gern verzichtet hätte, und es gab viele Spekulationen darüber, was er eigentlich auf den Klippen *getan* hatte.

Einige meiner Lieblingsschlagzeilen lauteten:

Fernsehkoch in Nöten – jetzt hat er den Salat.

Fernsehkoch brockt sich Suppe ein.

Und ganz besonders:

Hat Fernsehkoch zu lange in der Sonne geschmort?

Er war so hysterisch, dass man ihn an eine Bahre geschnallt nach oben ziehen musste, doch es war alles seine Schuld – was musste er auch seine Nase in anderer Leute Computer stecken? Außerdem, wenn er einem Schafsweg nach unten gefolgt war, hätte er wieder nach oben finden müssen – das schaffen Schafe schließlich auch.

Miranda meint, es geschehe ihm recht, wegen Spike, und ich habe den Eindruck, es hätte ihr nichts ausgemacht, wenn er endgültig von der Bildfläche verschwunden wäre. Sie hat einen Anwalt engagiert, der ihre Scheidung regelt. Wir sind jetzt weit über das Stadium »desillusioniert« hinaus und befinden uns mitten in der »militanten Phase«.

Kapitel 34

Ausgezählt

Liebe Sappho,

Lili hat uns geschrieben, wie du ihr ihren Freund gestohlen hast, was sehr gut ist, glaube ich! Ich hoffe, er ist ein netter Mann und wird einen guten Ehemann für dich abgeben. Lili sagt, er sei Töpfer, wie ich. Vielleicht bringst du ihn ja mit, wenn du im September nach Lefkada kommst? Er ist uns sehr willkommen.

Lili meint, sie hätte dafür deinen alten Freund genommen, aber er hätte etwas Böses getan, weshalb du ihn von einer Klippe geworfen hast, und jetzt muss sie ihn wieder gesund pflegen. Sie hat mir nicht geschrieben, was für eine böse Sache das war, und ich bin sehr *neugierig!*

Dieser grässliche Ken Smollett hat bereits versucht, deinen Kurs zu buchen und auch einen von Lilis Kursen, obwohl ich nicht fest damit rechne, dass sie dieses Jahr herkommt, weil Bob diesen Dave nicht im Haus haben will.

Schreib mir doch und erzähl mir von deinem Freund. Mich interessiert, wie du ihn Lili abspenstig gemacht hast! Uns beiden geht es gut, und wir freuen uns auf das Baby. Das Leben ist in letzter Zeit sehr aufregend, findest du nicht auch?

Alles Liebe, Vivi

Ich glaubte nicht, *mit* Nye leben zu können, aber während ich nach unserem Klippensprung darauf wartete, dass er wieder auftauchte, dämmerte mir langsam, dass ich nicht *ohne* ihn leben konnte. Es ist mittlerweile ohnehin eine rein hypothetische Frage, da er sich während der letzten Wochen auf die gleiche Weise wie zuvor Phinny in meinem Haus etabliert.

Also habe ich die Pläne für den Umbau der Scheune geändert, um ein Atelier dort unterzubringen und zusätzlichen Wohnraum zu schaffen, mit Verbindungstüren zu beiden Stockwerken des Cottages. Wir sind beide kreative Menschen mit dem Drang, mit unserer Arbeit allein sein zu wollen, wann immer uns danach der Sinn steht, und Türen können geöffnet oder geschlossen sein...

Außerdem wird es nützlich sein, ihn dazuhaben, wenn das Baby kommt (Wer hätte das gedacht? Außerirdische Gene übernehmen die Welt!), selbst wenn er jetzt schon einen Riesenwirbel darum macht, dass ich richtig esse und keinen Alkohol trinke.

Ich persönlich finde an einer Diät aus Marsriegeln, Ingwerbier und Rum nichts auszusetzen, aber andererseits habe ich die Bücher nicht gelesen. (Und werde es auch nicht tun.)

Er und Mu haben sich telefonisch über gesunde Ernährung verständigt, obwohl selbige ihr nicht viel genutzt hat: Sie muss sich häufiger übergeben als eine Bulimiekranke.

Was soll das ganze Theater eigentlich? Ich bin nicht krank, und ich werde bis zum allerletzten Augenblick weitermachen wie immer. Wenn irgendjemand mich schikaniert, verschwinde ich von hier und bringe das Baby bei Bob und Vivi auf Lefkada zur Welt, wo man mich mit dem Kind in Ruhe lassen wird.

Während ich mich davon überzeugte, dass die Handwerker die portugiesische Tür auch ordentlich in die Vorderseite der Scheune einbauten, bog Mus Wagen unerwartet in die Einfahrt und legte eine ziemlich riskante Vollbremsung hin.

Sie sprang heraus und erbrach sich hinter dem Holunderbusch. Als sie bleich und hohlwangig wieder auftauchte, hatte ich den Motor ihres Wagens abgestellt und die Handbremse gezogen. Die Arbeiter versuchten so zu tun, als hätten sie nichts bemerkt, was ich sehr taktvoll fand. (Wenn sie es schaffen, die Tür richtig herum einzuhängen, bekommen sie zu ihrem Elf-Uhr-Tee Plätzchen.)

»Oh Gott!«, seufzte sie schwach. »Morgendliche Übelkeit? Warum nennt man das nicht morgendliche, nachmittägliche und nächtliche Übelkeit?«

»Komm ins Haus, dort besorge ich dir einen schönen Eimer«, versprach ich und ging voran. »Dann kannst du mir erzählen, was dich so plötzlich hierher getrieben hat.«

»Sappho, ich bin so aufgeregt, dass ich *rechts* abgebogen bin! *Quer durch den Verkehr!*«

»Gut gemacht. Du wirst jetzt wahrscheinlich nie mehr zurückblicken. Und stell dir nur vor, wie viel schneller du in Zukunft überall ankommen wirst!«, erklärte ich ermutigend, als sie sich auf das Sofa sinken ließ. Ich stellte den weißen Plastikeimer neben ihr auf den Boden, nur für den Fall des Falles.

»Ich *musste* herkommen. Du bist der einzige Mensch, dem ich es erzählen kann. Und ich wollte nicht telefonieren, falls Ambler mithörte – Gott sei Dank war er gestern Abend nicht da, als Simon mich anrief!«

»Simon? Er macht doch nicht etwa Schwierigkeiten, oder? Ich hätte das nicht für möglich gehalten, aber wenn er es tut, komme ich höchstpersönlich nach Bristol und …«

»Nein, nein – er macht keine Schwierigkeiten. Es ist … mehr das Gegenteil. *Gute* Neuigkeiten, um genau zu sein … gut für mich. Du weißt doch, dass er beschlossen hat, Samenspender zu werden?«

»Ich weiß, er hat es mir erzählt. Ich glaube, viele dieser Spender sind Studenten, und wenigstens hat er ja schon Übung.«

»Sie haben vorher seine Spermien getestet, um sicherzugehen, dass alles in Ordnung ist – und, Sappho, es waren keine da!«

»Was, keine?«

»Oh, es waren wohl *ein paar* da, aber so wenige, dass die Leute im Labor vor Langeweile eingeschlafen sind, während sie darauf warteten, dass das nächste unter dem Mikroskop vorbeigeschwommen kam.«

»Der arme Simon! Was für ein Schlag!« Ich werde den bedauernswerten Jungen später anrufen müssen und ihm meine seelische Unterstützung anbieten.

»Ich glaube, sie können etwas tun, um ihm zu helfen – aber um ehrlich zu sein, das habe ich nicht mehr richtig aufgenommen, weil mir da plötzlich dämmerte, dass das Baby doch von Ambler sein muss!«

»Das ist wirklich wundervoll«, stimmte ich ihr zu, obwohl mir durchaus der Gedanke kam, dass *sowohl* Ambler als auch Simon vielleicht nicht die volle Produktionsmenge lieferten, was bedeutete, dass die Chancen fifty-fifty standen.

»Ich bin ja so glücklich!« Sie brach in Tränen aus, etwas, das sie in letzter Zeit häufig tat, doch ich nehme an, mir wäre es genauso gegangen, wenn *ich* mich die ganze Zeit übergeben müsste.

»Lass uns zur Feier des Tages ein Glas Ingwerbier trinken. Eigentlich müsste es ja etwas Alkoholisches sein, aber die Sachen hat Nye alle versteckt.«

»Das überrascht mich nicht. Du darfst keinen Alkohol trinken, wenn du schwanger bist.« Sie schnüffelte, und ein überraschter Ausdruck trat in ihre Züge: »Weißt du, was? Ich glaube, ich hätte sehr *gern* ein Glas Ingwerbier – wie merkwürdig!«

»Es ist ein bisschen wie bei Enid Blyton«, pflichtete ich ihr bei, »aber ich habe im Augenblick eine echte Vorliebe dafür.«

Am Ende aß sie auch Plätzchen. Ingwerbier: das Wundergetränk.

Nachdem sie einigermaßen wiederbelebt war, gewann sie auch ihre Wahrnehmungsgabe zurück. »Du siehst großartig aus!«, stellte sie mit einer Spur Groll in der Stimme fest.

»Ich habe mich nie besser gefühlt, weder geistig noch körperlich. Durch den Sprung von dieser Klippe haben sich alle Dinge nahtlos zusammengefügt – jeder sollte das mal probieren.«

»Ja, aber nicht, wenn er schwanger ist!«

»Das wusste ich zu der Zeit noch nicht«, bemerkte ich. »Es hätte mich allerdings nicht davon abhalten können: Ich meine, es ist noch ein Mikropünktchen in einer gepolsterten Zelle – genauso gut, als wäre es von Stoßdämpfern umringt. Warum sollte nicht alles in Ordnung sein?«

Sie starrte mich an. »Sappho, hast du denn *niemals* Angst?«

»Natürlich habe ich die! Aber man kann sich von so etwas doch nicht aufhalten lassen, oder? Wie es so schön heißt: ›Habe Angst und tu es trotzdem.‹ Welchen Sinn hat es, sich vorher Sorgen zu machen? Tu es einfach.«

»Du hast wahrscheinlich Recht, nur dass es nicht so einfach ist. Wie dem auch sei, um eine Sache brauche ich mir wenigstens keine Sorgen mehr zu machen: Das Baby ist von Ambler. Mein Katzenroman ist auch fast fertig, und der Verleger von *Calico Cat* ist sehr interessiert, das läuft also bestens. Allerdings muss ich noch Mirandas *Partytier* illustrieren, bevor ich irgendetwas anderes anfangen kann!«

»Ja, sie hat sich wirklich in dieses Projekt verbissen, doch diesmal arbeitet sie so hart für sich selbst, nicht für Chris. Ich dachte, ich hätte eine kleine Rebellion angezettelt, und in Wirklichkeit war es eine Revolution! Nächste Woche fährt sie nach Holland, um sich einem radikalen neuen Programm gegen das Stottern zu unterziehen, und dann kann sie nichts mehr aufhalten.«

»Aber was ist mit Chris?«

»Er hat seine Niederlage eingestanden – Miranda hat

damit gedroht, die Spike-Geschichte an die Zeitungen weiterzugeben, und er hat wohl das Gefühl, dass er in letzter Zeit mehr Publicity gehabt hat, als ihm lieb ist.«

»Was wird dann aus Fantasy Flowers? Will sie das Geschäft auflösen?«

»Nein, Gil und Lavender werden sich darum kümmern, solange sie unterwegs ist. Lavender wird die Gartenarbeit langsam ein wenig zu viel, daher wird sie wahrscheinlich eine Art Geschäftspartnerin werden.«

»Wie geht es Gil? Ich werde ihm wohl verzeihen müssen, dass er die arme Sphinx mit einem Stein beworfen hat.«

»Er wollte sie nicht treffen, und ich fand es ziemlich mutig von ihm, dass er Dave angegriffen und ihn anschließend vor dem Ertrinken gerettet hat. Also hat er sein Verbrechen gesühnt. Er litt in letzter Zeit an schweren Schuldgefühlen, weil er Dorinda nicht viel früher durch den Computer ausfindig gemacht hat, aber ich habe ihn, was das betrifft, einigermaßen wieder hingebogen, sodass er wahrscheinlich bald wieder in Ordnung sein wird.«

»Hat man Dorinda schon aus der Höhle geholt?«

»Nein, es wird eine ziemliche Schinderei werden, weil zuerst die Höhle abgestützt werden muss, obwohl die alten Knochen das Ganze unversehrt überstanden haben. Gil möchte, dass die neue Höhle nach Dorinda benannt wird.«

»Nun, warum auch nicht?«

»Sein Vorschlag für einen Namen war ›Dorinda's Hole‹, bis ich ihm eingeredet habe, dass ›Aces Hole‹ *viel* besser klingt.«

»Dieser Mann ist ein solches Unschuldslamm, dass es schon erschreckend ist«, stimmte Mu mir zu.

»Ich habe vorgeschlagen, dass er auf ihren Grabstein gravieren lassen soll: *Kämpfe deinen Kampf*, und er fand auch diese Idee gut.«

»Er scheint Wachs in deinen Händen zu sein.«

»Und in Mirandas Händen – aber obwohl sie ihn gern hat,

denke ich, dass sie aus den gewohnten Gleisen ausbrechen wird, genauso, wie ich in diese Gleise zurückgekehrt bin. Sie will im September mit mir nach Lefkada fahren, um für ein Buch über die griechische Küche zu recherchieren.«

»Aber du wirst doch diesen Herbst keinen Schreibkursus mehr übernehmen, oder?«

»Warum nicht? Ich unterrichte nur zwei Wochen, und Nye begleitet mich – es wird ein Riesenspaß werden.«

»Du wirst bis dahin im sechsten Monat schwanger sein, Sappho, und hast vielleicht gar keine Lust dazu.«

»Ich wüsste nicht, warum nicht!«

»Nein, das weißt du wohl wirklich nicht«, stimmte sie mir resigniert zu. »Und ich schätze, du hast vollkommen Recht!«

»Aber ich glaube nicht, dass Lili dieses Jahr hinfahren wird – sie wagt es nicht, Dave in diesem Stadium der Entwicklung allein zu lassen. Bob hat sich auch rundheraus geweigert, ihn ins Haus zu lassen, nachdem er sich mir gegenüber dermaßen danebenbenommen hat.«

»Wie geht es Dave eigentlich? Ich meine, nicht dass es mich wirklich interessierte, aber du kannst mir nicht erzählen, dass es ihm gut getan hätte, von einer Klippe zu springen!«

»Er ist nicht gesprungen – Gil hat ihn gestoßen, und abgesehen von zwei gebrochenen Armen, einem Schlag auf den Kopf und einem Anstieg des Salzgehalts in seinem Körper, geht es ihm gut. Von *mir* ist er jedenfalls geheilt, immerhin. Weißt du, einer der Höhepunkte in dieser ganzen Geschichte war die Show, wie Lili ihn aus der Notaufnahme des Krankenhauses abholte – gebrochen, geschunden, hilflos und traumatisiert –, um ihn im Rollstuhl in ihr Cottage zu befördern. Mit ein bisschen Glück taucht er vielleicht nie wieder auf, und wenn doch, wird er nur noch ein Schatten seiner selbst sein.«

»Es ist wie in einem Stephen-King-Roman – nur dass ich

nicht glaube, dass sie ihn noch weiter verstümmeln wird; schließlich hat sie ihn doch jetzt genau da, wo sie ihn haben will«, bemerkte Mu.

»Ich denke nicht, dass sie vor irgendetwas Halt machen würde, wenn es sie überkommen sollte. Er hat übrigens durchaus versucht, Widerstand zu leisten – er meinte, er würde sich in seiner Londoner Wohnung von einer Privatpflegerin versorgen lassen –, aber Lili hat daraufhin eine wunderbare Schmierenkomödie aufgeführt und so getan, als käme die Erinnerung daran zurück, wer sie k.o. geschlagen hat – woraufhin Dave prompt klein beigegeben hat.«

»Hast du sie seither mal gesehen? Ich meine, sie sind doch beide nicht in dem Haus gefangen, oder?«

»Oh nein, sie kommt öfter mal auf einen Sprung vorbei. Sie neigt nicht dazu, nachtragend zu sein, außerdem hat sie sich in Dave verliebt, kaum dass sie ein Auge auf ihn werfen konnte. Er ist genau ihr Typ: groß, dunkel und schwierig. Sie meinte, sie hätte sich einen kurzen Augenblick lang nicht zwischen den beiden entscheiden können – und sich schwer geärgert, als beide Männer sich nur für mich zu interessieren schienen! –, doch abgesehen vom Äußeren findet sie Nye langweilig. Er interessiert sich nur für seine Arbeit!«

Ich sah Mu an: »Seltsam, nicht wahr? Das ist das Beste an ihm – es ist das, was uns verbindet. Wie kann sie sagen, er sei langweilig?«

»Schlechter Geschmack, ganz klar.«

»Muss wohl – sie ist absolut vernarrt in Dave. Und vergiss ihre Vampirphase, sie beschäftigt sich jetzt mit Regression ... oder war es Transgression? Im Moment kommt irgendein Spinner aus Cardiff zu ihr und versetzt sie per Hypnose in ein früheres Leben. Angeblich war sie eine ägyptische Prinzessin, und Dave war ihr Geliebter oder so etwas. Jetzt will sie sich auch noch entsprechend kleiden und durchsichtige Musselinstoffe tragen, wie eine altägyptische Liz Hurley.«

»Vielleicht lässt sie Dave ja auch hypnotisieren«, überlegte Mu. »Und das ist der Grund, weshalb er in letzter Zeit so gefügig ist? Obwohl ja viele Krankenschwestern ihre Patienten heiraten, nicht wahr? Nähe und Abhängigkeit oder so etwas.«

»Ja, da kommt er nicht wieder raus«, stimmte ich glücklich zu. »Und sobald die eheliche Schlinge um seinen Hals liegt, ist es um ihn geschehen. Er wird zu erschöpft sein, um etwas anderes als monogam zu sein, selbst wenn er seine Arme wieder voll benutzen kann. Falls er irgendetwas in der Hinsicht versucht, wird Lili sie ihm wieder brechen.«

Mu war jetzt eine ganz andere Frau als die, die an diesem Morgen so überstürzt bei mir angekommen war. Sie wirkte entspannt und gelassen und hatte sogar ein wenig Farbe im Gesicht.

»Ich muss bald los, sonst fragt Ambler sich, wohin ich gegangen bin – und warum. Grüß Nye von mir – ich nehme an, er ist in der Werkstatt und töpfert?«

»Töpfern ist zwar ein grässlich profaner Ausdruck für die Skulpturen, die er modeliert, aber ja. Ich denke, er war letzte Nacht hier – tatsächlich bin ich mir da sogar ziemlich sicher, nur dass ich mitten in meinem letzten *Vengeane*-Buch stecke, und du weißt ja, wie das ist. Hinzu kommt, dass er sich genau wie diese verdammte Katze ins Haus schleicht und wie sie auch wieder hinausschlüpft.«

»Du meinst die verdammte Katze, die auf deinem Schoß sitzt, ihren Kopf unter dein Kinn schmiegt und schnurrt?«

Ich blickte hinab. »Da hast du es mal wieder – die halbe Zeit bemerke ich gar nicht, dass sie da ist, und mit Nye geht es mir genauso.«

»Wie kannst du Nye *nicht* bemerken?«

»Er bemerkt mich auch nicht, wenn er gerade an einer genialen Idee knobelt – aber das ist in Ordnung so. Es ist sogar gut, um genau zu sein. Wir verstehen einander.«

Und wenn wir einander bemerken, nun, das ist dann auch ziemlich gut!

»Wenn der Umbau der Scheune fertig ist, werden wir beide Unmengen Platz haben.«

»Du liebst ihn, nicht wahr?«

»Als ich diesen Sprung gewagt habe, bin ich anscheinend, ohne es zu wissen, eine feste Bindung eingegangen. Ich liebe ihn wirklich, und es ist uns bestimmt, ein Doppelpack zu sein – oder ein Dreierpack, wie es sich herausgestellt hat, mit diesem kleinen, silberäugigen Kuckuck im Nest.«

»Ich finde, du solltest dein Baby nicht als Kuckuck bezeichnen!«

»Nein, ich werde es Cromlech nennen, wenn es ein Junge ist, oder Rosetta, falls es ein Mädchen wird.«

»Du machst Witze, oder?«, erkundigte sie sich ängstlich.

»Nein, wie war das mit Mustard Spoon Graythorpe?«

»Ich werde mein Kind Tsambika oder Tsambikos nennen«, sagte sie. »Ich denke, das Ergebnis dieses Pilgermarsches ist einfach nur mit leichter Verzögerung eingetreten.«

»Armes kleines Ding«, seufzte ich.

»Tsam?«

»Das klingt nun wieder ganz nett. Vielleicht wird es die Schulzeit überleben.«

»Wie macht sich denn das neue Buch so?«, wechselte sie das Thema und griff geistesabwesend nach einem weiteren Keks: einem von diesen knusprigen, schokoladenüberzogenen Waffelkeksen, die meiner Meinung nach mit zu Mirandas bestem Gebäck gehören.

»*Dunkle Träume, tödliche Begierden*? Sehr gut, denke ich: Der gesamte Plot ist mir quasi in den Schoß gefallen, als ich den letzten Roman fertig gestellt habe.«

»Und es soll *wirklich* die letzte Folge der *Vengeane*-Serie sein?«

»Absolut. Ich kann nicht über jemanden schreiben, der aussieht wie der Mann, mit dem ich zusammenlebe, obwohl er es nicht länger ist. Nun, ich kann – ich tue es –, aber es wird ihm nicht gefallen.«

Der Keks stockte auf halbem Wege zu Mus Lippen: »Sappho, du wirst dem Drachentöter doch nicht irgendetwas Gemeines antun, oder?«

»Verstehst du jetzt, was ich meine? Nur weil er *aussieht* wie Nye und Nala ein bisschen so aussieht wie ich, heißt das nicht, dass wir parallele Leben führen! Nye glaubt anscheinend, dass das letzte Buch genauso ausgehen wird, aber ...« Ich grinste sie an: »Das muss nicht unbedingt so sein!«

»Das kannst du nicht tun!«

»Ich kann, und ich werde: Es ist notwendig für die Geschichte, diese letzte Wendung am Ende, und es bleibt schließlich der eigenen Interpretation überlassen. Ich muss meiner Kunst treu bleiben!«

»Scheiße«, murmelte Mu, aber sie wusste, dass es mir ernst war.

Kapitel 35

Verfallsdatum überschritten

Nye und ich saßen auf den Klippen von Lefkada und sahen zu, wie die Sonne unterging.

Wir befanden uns in der Nähe der Stelle, an der ich an meinem neununddreißigsten Geburtstag gestanden hatte und von einem Gefühl der Panik erfüllt gewesen war: als rinne der Sand meines Lebens plötzlich zu schnell davon.

Nun, ich wollte in dem letzten Jahr vor der großen Vierzig etwas Bedeutsames tun, und Sie können wahrhaftig nicht behaupten, das wäre mir nicht gelungen!

»Es ist wunderschön«, sagte Nye leise und legte einen Arm um mich.

»Ja, das ist es«, stimmte ich ihm zu, »aber das Komische ist, dass ich zum ersten Mal in meinem ganzen Leben Heimweh habe! Mir fehlt Bedd und das Cottage und sogar die *Katze.* Es ist nicht so, dass ich nicht wieder reisen wollte, nur werde ich von jetzt an immer das Gefühl haben, dass ich am Ende wieder gern nach Hause fahren werde.«

»Nach Hause, wo nur du und ich sind«, meinte Nye.

»Und die Katze. Und später das Baby. Ich freue mich darauf, nach Hause zu kommen, damit ich auch den letzten *Vengeane*-Roman beenden kann: das Ende einer Ära und der Beginn von etwas Neuem.«

»Eine neue Fantasy-Serie?«

»Es gibt da draußen neue Welten, die darauf warten, erfunden und erkundet zu werden«, erklärte ich.

»Aber zuerst das Happy End auf Vengeane: du und ich, der Drachentöter und Nala – Raarg und Sirene?«

Ich öffnete den Mund, um etwas zu erwidern, und klappte

ihn dann wieder zu: Warum einen magischen Augenblick verderben?

Das Leben – und die sich entfaltenden Handlungen meiner Bücher – sind für mich einfach eine ständige Überraschung.

So gefällt mir das.

„Eine wunderschöne Liebesgeschichte vor einer faszinierenden Kulisse“
WOMAN'S WEEKLY

Nach 35 Jahren Ehe sagt Helen ihrem griesgrämigen Gatten Lebwohl und erfüllt sich ihren Lebenstraum: An der schottischen Westküste mietet sie sich ein Cottage, um sich dort ganz dem Zauber der Natur hinzugeben. Bis ihr eines Tages der erfrischend junge Buchhändler Jake begegnet und ihr neues Leben völlig auf den Kopf stellt...

3-404-14794-4

BASTEI LÜBBE

„Eine romantische Liebesgeschichte mit lebendigen Figuren und jede Menge trockenem Humor“
MARIE CLAIRE

Nach dem unerwarteten Tod ihres Ehemanns erfährt Rosie, dass ihr schönes Landhaus hoch verschuldet ist und zum Verkauf ansteht. Doch Rosies Schicksal nimmt eine unerwartete Wendung, als eines Tages der charmante Oliver erscheint, der eigentlich für den neuen Eigentümer die Lage sondieren soll...

3-404-14765-0

BASTEI LÜBBE